Nora Venturini ist gebürtige Römerin und arbeitet als Regisseurin und Drehbuchautorin für Theater und Fernsehen. Mit *Taxi criminale* hat sie ihr Krimidebüt rund um die lebenslustige Hobbyermittlerin Debora Camilli geschrieben.

Besuchen Sie uns auf www.penguin-verlag.de
und Facebook.

Nora Venturini

Taxi criminale

Ein Fall für die
rasanteste Hobbyermittlerin Roms

Roman

Aus dem Italienischen
von Barbara Neeb und Katharina Schmidt

PENGUIN VERLAG

Die italienische Originalausgabe erschien 2017 unter dem Titel
»L'ora di punta« bei Mondadori, Mailand.

MIX
Papier aus verantwortungsvollen Quellen
FSC® C014496
FSC
www.fsc.org

Verlagsgruppe Random House FSC® N001967

PENGUIN VERLAG

1. Auflage 2019

Umschlag: Favoritbüro
Umschlagmotiv: Avny/Moloko88/EKATERINArina/Shutterstock
Redaktion: Brigitte Lindecke
Satz: Uhl + Massopust GmbH, Aalen
Druck und Bindung: GGP Media GmbH, Pößneck
Printed in Germany
ISBN 978-3-328-10356-1
www.penguin-verlag.de

Dieses Buch ist auch als E-Book erhältlich.

Für Edoardo und Lucia

1

An diesem Morgen wäre Debora Camilli, von Beruf Taxifahrerin, am liebsten im Bett geblieben. Sie hatte eine beschissene Nacht hinter sich, die ganze Zeit war eine Stechmücke um sie herumgesirrt, dazu schweißtreibende Hitze und ein Albtraum nach dem anderen. In einem davon war ihr vor zwei Jahren verstorbener Vater mit seinem alten Taxi über die Küstenstraße von Ostia gebrettert, als wollte er den Großen Preis der Formel 1 gewinnen. Debora nahm gerade ein erfrischendes Bad im Meer, als er auftauchte. Cesare Camilli brachte seinen alten Fiat Multipla, auf dem das Taxischild leuchtete, mit quietschenden Reifen zum Stehen und rief ihr zu: »Ich muss einen Kunden vom Flughafen abholen! Willst du mit?« Noch während ihr Vater mit ihr sprach, begann das Auto in den Fluten zu versinken. Debora versuchte die Tür des Fiats zu öffnen, aber es gelang ihr nicht mehr. Ihr Vater, den nie etwas erschüttern konnte, lachte nur, während das Wasser ihm bis zum Hals stieg. »Na gut, dann eben ein anderes Mal …«

Debora war schweißgebadet aufgewacht, ihr war übel, und sie hatte einen unangenehmen, sauren Geschmack im Mund. Sie war in die Küche gegangen, um ein Glas Wasser zu trinken: Am Vorabend hatte sie reichlich Bier gehabt, dazu eine Riesenportion Chips, und jetzt rächte sich ihr Magen dafür. Sie war am Küchenfenster stehen geblieben und hatte reglos in die Dunkelheit hinausgestarrt. Die trübe Mondsichel hatte kaum Licht in die dichte Finsternis gebracht. In der Stille der Nacht war nichts zu hören gewesen als das dumpfe Grollen des Meeres. Ihr Traum hatte eine merkwürdige Sehnsucht in ihr geweckt. Eine Mischung aus Hunger und Wehmut. Halbherzig hatte sie zunächst den Kühlschrank geöffnet, kurz hineingeschaut und ihn schließlich doch wieder geschlossen. Sie hatte sich auf ihr Bett geworfen, aber wegen dieser verdammten Mücke und weil ihr so viele Gedanken durch den Kopf gingen, schlief sie erst ein, als es hell wurde.

Als ihre Mutter sie wie üblich um acht Uhr wecken wollte, hatte Debora sich die Decke über den Kopf gezogen und ihr den Rücken zugewandt.

»Komm schon, Kleines, es ist Zeit. Ich muss los, ich hab um halb neun Dienst. Dein Bruder sitzt bereits beim Frühstück. Steh auf, sonst kommt er noch zu spät …«

Marina, Deboras Mutter, war um die fünfzig. Früher hatte sie als äußerst attraktive Frau gegolten, eine von diesen dunklen Schönheiten mit bernsteinfarbenem Teint und pechschwarzen Locken. Nun hatte sie dunkle Ringe unter den Augen, und nach dem Tod ihres Mannes, mit dem sie ihr halbes Leben lang nur gestritten hatte, hatten sich links und rechts vom Mund zwei tiefe Furchen gebildet. Sie arbeitete als Krankenschwester im Krankenhaus von Ostia.

»Oh Mann, das nervt! Dann soll er eben mit dem Zug fahren! Soll ich ihn etwa bis zum Examen herumchauffieren?«

»Du musst ja sowieso mit dem Taxi ins Zentrum, oder? Das kostet dich doch nichts… Nun steh endlich auf, er hat um neun Vorlesung.«

Von der Küche her drang gedämpft Musik aus dem Radio zu ihr und vermischte sich mit den letzten Ausläufern ihres Traums und dem Duft nach Kaffee. Debora blieb noch ein wenig liegen, kuschelte sich in den Halbschlaf, diese wunderbare Zeit ohne Verantwortung oder Bewusstsein, vergleichbar nur mit der Betäubung durch Schmerzmittel oder ein paar Gläser Wein zu viel.

Als sie hörte, wie die Wohnungstür ins Schloss fiel, begriff sie, dass es höchste Zeit war. Sie rollte sich aus dem Bett und schleppte sich zum Spiegel. Beim Anblick ihres verquollenen Gesichts und der zerzausten Löwenmähne erschrak sie. Eigentlich konnte man das alles in die Tonne treten, dachte sie. Nur den Mund hätte sie behalten, ihr Glanzstück. Perfekte weiße Zähne und dazu üppige Lippen, die wie mit Silikon aufgespritzt wirkten, aber bei ihr war alles echt.

Ab heute beginne ich mit der Dukan-Diät. Hähnchenbrust und pochiertes Kabeljaufilet bis zum Erbrechen. Eine Woche lang, und schon purzeln die Pfunde. Dann kann ich mich allmählich wieder sehen lassen.

Als sie die Küche betrat, bekam sie gerade noch mit, wie ihr Bruder sich die letzte Nutellaschnitte in den Mund schob. *Wie konnte er bloß so viel essen und dabei so ein dürrer Hungerhaken bleiben? Warum kam er nach der Mutter und sie nach ihrem Vater?*

Giampiero, genannt Giampi, sah von seinem Milchkaffee auf. Rund um den Mund hatte er einen fetten

Schokorand, der im Flaum seines kindlichen, noch etwas pausbäckigen Gesichts hängen blieb.

»Warum bist du noch nicht angezogen? Also ich muss in einer Viertelstunde los!«

»Dann nimmst du eben die Bahn, okay? Ich geh jetzt duschen.«

Ihr Bruder wollte schon protestieren, aber Debora drehte eine halbe Pirouette und blieb in Ballettpose stehen, die Hände hoch über dem Kopf zusammengeführt, so wie sie als kleines Mädchen mit Tutu auf dem gerahmten Foto im Esszimmer verewigt war, und sagte: »Los, mach mir einen Kaffee, dann können wir in einer Viertelstunde fahren. Einen großen Espressokocher voll, ohne Zucker.«

Sie hauchte ihm einen Kuss zu und verschwand dann im Flur.

2

Auf der Via del Mare, der Stadtautobahn, die aus dem Süden von Rom ins Zentrum führte, staute sich wie immer der Verkehr. Giampi hatte sich mit Ohrstöpseln von der Außenwelt abgekapselt und nutzte die Zeit, um seine Anatomieskripte durchzugehen. Debora hatte das Seitenfenster geöffnet und das Radio voll aufgedreht und sog die mit stinkenden Auspuffgasen vermischte salzige Luft in sich ein.

»Siena 23? Siena 23, bist du einsatzbereit?«

Eine näselnde Frauenstimme quäkte aus dem Funkgerät. Sie kam nicht vom Computer, auch wenn sie sich so anhörte. Sondern von einem Menschen aus Fleisch und Blut.

»Nein, ich bin noch auf der Via del Mare. Alles dicht hier. In etwa einer halben Stunde bin ich in der Gegend um die Poliklinik.«

»Du bist zu spät. Deine Schicht beginnt um halb neun.«

»Ja, ich weiß, aber meiner Mutter ging es nicht gut. Eine Art Lebensmittelvergiftung. Sie hat die ganze Nacht gekotzt.«

»Ja, ja, schon gut. Das kannst du deiner Großmutter erzählen.«

Die Angestellte der Taxikooperative klang plötzlich wie die strenge Hausmeisterin ihrer ehemaligen Schule.

»Nein, ernsthaft, ich hab echt einen Riesenschrecken bekommen ... Ich hätte fast den Notarzt gerufen.«

»Pass auf, Siena 23. Du trittst deine Schicht schon zum dritten Mal in diesem Monat zu spät an. Melde dich sofort, wenn du in der Nähe bist.«

Damit brach das Gespräch abrupt ab.

Als ob nichts geschehen wäre, drehte Debora wieder *RomaDimensioneSuono* laut auf.

Giampiero sah von seinen Skripten hoch und zog sich einen Ohrstöpsel heraus.

»Lügst du wieder das Blaue vom Himmel herunter wie damals in der Schule?«

»Wie jetzt, du guckst in deine Skripte, lässt dich von deinem iPod zudröhnen, und dann kriegst du auch noch mit, was ich sage?« Debora schnappte sich einen Ohrstöpsel von ihrem Bruder und steckte ihn sich ins Ohr. »Was hörst du denn da gerade?«

»Eine irische Band.«

Die Ampel war grün, aber das Auto vor ihr fuhr nicht los. Die Frau am Steuer plapperte in aller Seelenruhe in ihr Handy. Debora hupte. Und fügte noch ein paar wüste Beschimpfungen hinzu. Die Frau machte eine beschwichtigende Handbewegung und fuhr dann ganz gemütlich los.

»Warum ist nie so ein beschissener Polizist da, wenn man ihn braucht, und verpasst Leuten wie der da ein saftiges Bußgeld!«

»Du telefonierst doch auch mit dem Handy, während du fährst.«

»Das ist was anderes, Autofahren ist mein Job.«

Ihr Bruder schüttelte nur den Kopf und steckte sich den Stöpsel wieder ins Ohr.

Okay, das war jetzt Unsinn, aber sie verbrachte nun mal acht Stunden am Tag hinterm Steuer, wenn sie da nicht ab und zu eine Freundin anrufen konnte … Sie hätte so gern die Nachtschicht übernommen. *Roma by night* war ein Traum. Alle Straßen frei. Sie würde die Touristen durchs Zentrum zu den Lokalen fahren und dabei wahnsinnig gut verdienen: Denn diese Leute tranken was und gaben ordentlich Trinkgeld. Aber ihre Mutter war strikt dagegen, ebenso die ehemaligen Kollegen ihres Vaters, die sich nach dem plötzlichen Tod Cesare Camillis, er hatte einen Herzinfarkt erlitten, unaufgefordert zu ihren Beschützern aufgeschwungen hatten.

»Spinnst du jetzt völlig, Kleines? Du hast ja keinen Schimmer, was für ein Pack nachts in Rom rumläuft…«

Und dann folgten irgendwelche Horrorgeschichten von Taxifahrern, die verprügelt, ausgeraubt, betäubt oder entführt worden waren…

Daher musste sie jetzt Stunden im Stau stehen und Einheimische befördern, die stets nur auf den Taxameter starrten, immer zu spät kamen und auf die gerade herrschende Regierung schimpften.

Sobald sie ihren Bruder vor der Medizinischen Fakultät abgesetzt hatte, krächzte das Funkgerät erneut: »Via degli Ausoni 8, Ecke Via Tiburtina.«

»Siena 23, Viale del Policlinico. Ich übernehme. Erreiche Via degli Ausoni 8 in etwa fünf Minuten.«

»Ach, Siena 23, deine Mutter hat angerufen. Sie sagt, sie hat ein Gewerkschaftstreffen heute Abend und es wird vielleicht spät werden.«

»Verstanden. Danke.«

»Anscheinend geht es ihr schon wieder besser…«, meinte die Stimme ironisch, dann brach das Gespräch ab.

3

Vor dem Eingang einer Mietskaserne im San-Lorenzo-Viertel wartete schon eine schlanke, elegante Blondine auf sie.

Deboras Wagen war noch nicht ganz zum Halten gekommen, da war die Signora schon eingestiegen. Sie musste es sehr eilig haben.

»Bringen Sie mich bitte in die Via Bartoloni.«

Debora hantierte an ihrem Navi. Sie war in Ostia aufgewachsen, und bevor sie die Taxilizenz vom Vater geerbt hatte, war sie nur am Samstagabend nach Rom ins Zentrum gekommen, um sich mit Freunden an stets denselben Orten zu treffen: Via del Corso, Campo de' Fiori, Trastevere. Nun entdeckte sie neue Viertel und machte sich diese Stadt, die *Grande Bellezza,* Stück für Stück zu eigen.

Die Dame half ihr: »Das ist eine Querstraße vom Viale Parioli.«

Daraufhin ließ Debora das Navi außer Acht, das ohnehin noch nichts ausgespuckt hatte, und fuhr los.

Besorgt sah die Signora auf ihre Uhr, dann holte sie ihre Puderdose aus der Tasche. Sie richtete sich vor dem Spiegel die leicht derangierten Haare und zog ihren Lippenstift nach.

Bei jedem Ampelstopp beobachtete Debora sie heimlich im Rückspiegel. Das machte sie bei allen Kunden. Am Anfang eher schüchtern aus dem Augenwinkel, aber mit der Zeit war sie selbstsicherer geworden und tat es jetzt ziemlich unverblümt. Sie war neugierig, beobachtete gern ihre Fahrgäste und stellte sich dabei vor, wer sie wohl waren, was sie machten, wohin sie fuhren und aus welchem Grund. Das liebte sie an ihrem Beruf, den sie sich ja nicht ausgesucht hatte und zu dem sie der Zufall, oder besser gesagt ein Unglücksfall gebracht hatte. Manchmal, wenn Kunden sie allzu neugierig machten, versuchte sie auch, ein Gespräch anzufangen. Doch im Allgemeinen reichte es ihr, sie ausgiebig zu studieren.

Die Signora hatte ihren Lippenstift nachgezogen – ein Zyklamrot, das hervorragend zu ihrem hellen Teint und den grünen Augen passte – und legte nun Puder auf. Immer wieder unterbrach sie ihre Verschönerungsmaßnahmen, um einen nervösen Blick auf ihre Uhr zu werfen. Als sie ins Taxi gestiegen war, hatte Debora sie auf fünfunddreißig geschätzt. Groß und schlank, eine perfekte, noch mädchenhafte Figur. Doch während sie das Gesicht im Rückspiegel betrachtete, waren ein paar Jahre dazugekommen. Vierzig? Fünfundvierzig, aber gut gehalten? Oder fünfzig, aber dann wirklich fantastisch gehalten? Bei diesen Damen aus den wohlhabenden Vierteln konnte man das nie so genau sagen, wenn sie mit ihren Töchtern ins Fitnessstudio gingen, sahen sie wie deren ältere Schwestern aus. Sie musste an ihre Mutter denken: Seit sie verwitwet war, ging sie nicht einmal mehr zum Friseur.

Inzwischen hatte die Signora aus ihrer Gucci-Handtasche einen Parfümflakon hervorgeholt und besprühte sich damit ausgiebig. Ein intensiver, leicht pudriger Blumenduft erfüllte den Wagen.

»Mmh, riecht das gut! Was für ein Parfüm ist das?«

»Ein englisches. Ich benutze es seit zwanzig Jahren, aber mittlerweile wird es nicht mehr hergestellt, man bekommt es kaum noch.«

»Schade, ich hätte es gern meiner Mutter geschenkt …«

Die andere verzog den Mund zu einem Lächeln, doch es wurde eher eine Grimasse.

Aus ihrer Gucci-Tasche schrillte jetzt der *Türkische Marsch* von Mozart. Die Signora zuckte zusammen. Hastig holte sie ihr Smartphone hervor, sah dann aber zunächst aufs Display, ohne den Anruf anzunehmen. Unentschlossen hielt sie das Telefon in der Hand, doch dann ging sie schließlich dran.

»Ja, was gibt's?«

»…«

»Warum bist du noch da?« Sie wirkte verärgert. »Jetzt kann ich nicht. Es ist zu spät.«

»…«

»Ich habe dir alles gesagt. Nun ist es genug.«

Obwohl sie leise sprach, konnte Debora alles verstehen. Sie bemerkte, dass die Stimme der Frau zitterte.

»Bitte dräng mich nicht weiter.«

Darauf schien ihr Gesprächspartner etwas zu sagen, das sie erschreckte.

»Was fällt dir ein! Bist du verrückt?«, wurde sie kurz laut, senkte die Stimme jedoch gleich wieder. »Na gut, ich komme zurück und dann reden wir darüber. Aber beruhige dich… Und tu es nicht. Bitte.«

Rasch beendete sie das Gespräch. Dann legte sie mit einer spontanen, beinahe vertraulichen Geste ihrer jungen Fahrerin die Hand auf die Schulter.

»Würden Sie mich bitte zurückbringen?«

Als Debora plötzlich diese knochigen Finger auf ihrer Schulter spürte, erschrak sie fast.

Sie bremste abrupt und fuhr an den Straßenrand, was ihr einen Stinkefinger von ihrem Hintermann eintrug, und drehte sich zu ihrem Fahrgast um.

Eine schöne Frau, ganz egal, wie alt sie nun wirklich war und wie gut oder weniger gut sie sich gehalten hatte. Schön und völlig durcheinander.

»Wohin wollen Sie zurück?«

»In die Via degli Ausoni. Ich habe dort etwas vergessen«, stammelte die Frau, als müsste sie sich vor Debora rechtfertigen.

Mit der für die Bewohner Roms typischen Nonchalance und Schicksalsergebenheit zuckte Debora nur mit den Schultern. »Kein Problem …«

Auf der Fahrt zurück nach San Lorenzo herrschte im Taxi Grabesstille. Die Signora starrte mit traurigen Augen verloren aus dem Fenster. Jetzt wirkte sie beinahe älter als ihre Mutter, dachte Debora, die sich inzwischen fühlte, als würde sie ihren Gast zu einer Beerdigung fahren. Mehr als einmal war sie drauf und dran, die Frau zu fragen, was vorgefallen war. Sie hatte sich schon öfter hemmungslos in die persönlichen Angelegenheiten ihrer Kunden eingemischt, wenn ihre Neugier sie zu sehr quälte. Aber in diesem besonderen Fall traute sie sich nicht, aus Angst, ihren Fahrgast aus ihrem ohnehin schon sichtlich wackligen Gleichgewicht zu bringen. Die Frau schien mit den Tränen zu kämpfen, ein falsches Wort hätte alle Schleusentore öffnen können.

Kaum hatten sie die Via degli Ausoni erreicht, kramte die Signora in ihrer Handtasche nach dem Portemonnaie. »Was macht das?«

Sie war so aufgeregt, dass sie in ihrer Hektik alles hervorholte: Schlüssel, Handy, Brille, Puderdose … Dabei zitterten ihr die Finger.

Debora sah auf den Taxameter. »Das sind dann fünfundzwanzig Euro …«

Inzwischen hatte die Signora ihr Portemonnaie gefunden, natürlich wie die Handtasche von einer Nobelmarke. Sie holte einen Fünfziger hervor und wollte ihn gerade nach vorn reichen, als sie in der Bewegung innehielt. Sie sah Debora an, als wollte sie ihr etwas sagen. Ihr Blick schien sie geradezu anzuflehen.

»Könnten Sie hier auf mich warten? Ich spring nur kurz hoch, hole das, was ich vergessen habe, und dann fahren Sie mich zurück ins Parioli-Viertel.«

Debora akzeptierte ihre Bitte mit demselben ergebenen Schulterzucken wie vorher.

»Kein Problem. Ich rauch dann mal eben eine.«

Die Dame sammelte ein, was sie in ihrer Hektik aus der Handtasche geholt hatte, und warf es einfach dorthin zurück. Kurz darauf war sie im Eingang des Wohnhauses verschwunden.

Debora schob ihren Sitz zurück, streckte die Beine aus, zog ein Päckchen Camel Blue aus ihrer Tasche, holte eine Zigarette heraus und zündete sie an. Genüsslich inhalierte sie den Rauch. Sie schloss die Augen und ließ sich von den lauten Geräuschen der Großstadt einlullen. Nichts entspannte sie mehr als Chaos. Der Lärm um sie herum erinnerte sie an ihre Kindheit, wenn sie vor dem dröhnenden Fernseher einschlief und ihr Vater sie dann wie eine Puppe auf seinen Armen ins Bett trug, während sie selig vor sich hin dämmerte und davon überhaupt nichts mitbekam. Diese Geräusche – die Motoren, das Geschrei, das Hupkonzert, ein bellender

Hund irgendwo – waren das Leben, das um sie herum tobte und über sie wachte, während sie in aller Seelenruhe mit den Gedanken ganz woanders sein konnte. Stille dagegen jagte ihr Angst ein. Die erinnerte sie an den Tod. Wobei sie weniger an ihren eigenen Tod denken musste als an die Menschen, die nicht mehr waren. Ihre Großmutter, eine Lehrerin aus der Mittelstufe, einer ihrer Freunde, der mit dem Mofa verunglückt war. Und vor allem musste sie an ihren Vater denken.

Als Debora die Augen öffnete und auf ihren Taxameter sah, stellte sie fest, dass fast eine halbe Stunde vergangen war. Vielleicht war sie eingeschlafen, ohne es zu merken.

Sie hupte einmal laut, nur um die Dame daran zu erinnern, dass sie hier unten wartete und der Taxameter immer noch lief.

Es vergingen weitere zehn Minuten, aber von ihrem Fahrgast keine Spur. Debora stieg aus dem Taxi und trat in den Hauseingang.

Es handelte sich um einen großen Wohnblock mit weitläufigem Hof, um den sich weitere kleinere Häuser gruppierten. Gerade kam eine alte Frau mit einem Kinderwagen eine Treppe herunter. Debora fragte sie, ob sie eine elegante blonde Dame um die vierzig gesehen habe …

Die Frau schüttelte den Kopf. »Sind Sie sicher, dass die *hier* wohnt?«

Von draußen hörte man ein lautes Hupen.

»Entschuldigen Sie, ich muss mein Taxi woanders abstellen …«

Die alte Frau bückte sich, um den Schnuller aufzuheben, den ihr Enkel auf den Boden geworfen hatte. »Geh nur, Schätzchen, tut mir leid, ich kann dir nicht weiterhelfen. Also hier auf meiner Seite wohnt so eine bestimmt nicht …«

Das Taxi versperrte einem verbeulten Panda den Weg, dessen Fahrer, ein junger Mann mit Bart, bereits tobte und in einer Tour hupte und dabei brüllte:

»Verfluchte Scheiße, welches Arschloch lässt denn sein Taxi so bescheuert stehen?«

Debora packte ihr strahlendstes Lächeln aus und spielte das Dummchen. »Entschuuuldigung … Ich bin sofort weg.«

Der junge Mann, das Gesicht feuerrot und die Halsschlagader schon kurz vorm Platzen, stellte sein Gebrüll so schlagartig ein, wie ein Auto mit hundertachtzig Stundenkilometern eine Vollbremsung hinlegt. Sein wutverzerrtes Gesicht zeigte jetzt ein verlegenes Lächeln. Er stammelte ein »Tut mir leid … aber ich muss dringend was erledigen … bin schon spät dran …«.

Debora machte eine beschwichtigende Geste, um ihm zu zeigen, dass sie das *Arschloch* nicht persönlich genommen hatte.

Sie hatte gerade den Motor angelassen, als es an das Beifahrerfenster klopfte. Sie wandte den Kopf und blickte direkt in zwei schwarze Augen.

»Hör mal, darf ich dich auf einen Kaffee einladen, um mich zu entschuldigen?«

Dieses Gesicht, das sich an die Fensterscheibe quetschte, sah äußerst komisch aus. Debora musste an die Fische im Aquarium von Genua denken, die, angezogen vom Licht und den Besuchern, ihre Münder an die Glasscheiben pressten. Sie ließ das Fenster herunter.

»Danke, ich habe schon gefrühstückt. Außerdem bin ich gerade auf Diät. Und hast du nicht gesagt, du bist spät dran?«

Der Typ versuchte es auf die romantische Tour. »Ich bin superspät dran, aber es gibt Menschen, denen man nicht jeden Tag begegnet.«

Debora zögerte kurz. Im Grunde war dieser bärtige Kerl gar nicht mal so übel. Welchen Beruf er wohl hatte? Dem Tonfall nach konnte er nicht aus Rom sein, eher von viel weiter nördlich …

»Ich kann nicht, ich warte auf eine Kundin, die in das Haus hier gegangen ist … Seit heute Morgen fahre ich die schon durch die Gegend. Wenn ich die jetzt versetze, sind zwei Stunden Arbeit beim Teufel.«

Der junge Mann begriff, dass dieses »Jetzt« die vage Möglichkeit offen ließ, dass sie seinen Vorschlag irgendwann einmal in einer unbestimmten Zukunft annehmen könnte, und hakte schnell nach.

»Lass es uns so machen: Wenn du mal Lust auf eine Einladung zum Frühstück hast, ruf mich an …«, und mit diesen Worten zog er eine offensichtlich selbst gemachte Visitenkarte hervor und gab sie ihr.

»Okay. Ciao, man sieht sich …«, erwiderte Debora freundlich-unverbindlich, wie es in Rom üblich war und man sich in ihrer Generation alle Optionen offenhielt.

Als der Panda und sein Fahrer im Anmachmodus verschwunden waren, holte Debora das grüne Kärtchen, das sie eben mit gekonnt lässiger Geste eingesteckt hatte, hervor und las: »Fabrizio Comin. Zimmermann.«

Alle Zimmerleute, die sie bislang kennengelernt hatte, waren schon älter, was bei Debora Ü40 bedeutete. Junge Leute wie sie arbeiteten in Bars oder als Automechaniker, die mit Uniabschluss als Vermessungsingenieur, doch die meisten waren arbeitslos. Zimmermann jedenfalls war niemand. Noch dazu aus dem Norden. Dem Nachnamen nach kam er aus dem Veneto. Was wollte ein junger Schreiner von dort in Rom?

Die krächzende Stimme aus dem Funkgerät holte Debora wieder aus ihren Gedanken.

»Siena 23, wo steckst du denn? Seit heute Morgen neun Uhr nimmst du keine Aufträge mehr an.«

Debora seufzte tief und steckte die Visitenkarte ein.

»Wo ich stecke? Seit einer Stunde stehe ich in der Via degli Ausoni und warte auf meine Kundin, die in einem Haus verschwunden ist!«

»Du stehst da seit neun Uhr? Sag mal, tickst du noch richtig?« Die Angestellte der Kooperative war ziemlich direkt. »Willst du nicht mal da klingeln?«

»Bei wem denn? Es gibt acht Treppenaufgänge. Hat sie keine Telefonnummer hinterlassen, als sie bei euch angerufen hat?«

»Einen Augenblick, Siena 23. Bleib in der Leitung«, erwiderte die Stimme und klang plötzlich wieder ganz professionell.

Ein paar Minuten lang war die Verbindung unterbrochen. Debora nutzte die Zeit, um einige Male zu hupen. Nichts passierte.

Als die Stimme sich wieder meldete, dann nur, um ihr mitzuteilen, dass sich unter der Handynummer, die die Kundin hinterlassen hatte, niemand meldete, und um Debora zu raten, dass sie das Ganze am besten vergaß, wenn sie nicht nur einen Vormittag Arbeit, sondern gleich den ganzen Tag in den Wind schreiben wollte.

»Und lass dich nicht noch mal von Kunden aus dem Parioli-Viertel bescheißen. Das sind die Schlimmsten«, fügte sie noch hinzu, wie eine, die wusste, wovon sie sprach.

Deboras Laune war im Keller. Der Morgen war bisher eine einzige Katastrophe gewesen, wenn man mal von der Begegnung mit dem Heiligen Josef aus Padanien absah, den sie sowieso nicht anrufen würde, teils aus Faulheit, teils aus Schüchternheit, und weil sie, um es mit den Worten ihrer Mutter auszudrücken, die eine von Leopardi geprägte Weltsicht hatte, »ja doch nichts verpasste«.

Jetzt war es beinahe Mittag, und seit heute früh hatte sie außer einem schwarzen Kaffee nichts zu sich genommen. Debora beschloss, ihre Freundin Jessica anzurufen, die seit Neuestem als Verkäuferin im Dessousladen *Intimissimi* in der Via Nazionale arbeitete, um ihr vorzuschlagen, gemeinsam etwas zu essen. Nur eine Kleinigkeit natürlich, ein paar Scheiben Bresaola mit Rucola. Oder besser Bresaola und sonst nichts, weil ihr Schlankheitspapst seinen Jüngern predigte, dass sie nur Proteine essen sollten.

Debora und Jessica hatten gemeinsam die Schule besucht – von der Grundschule bis zum Gymnasium. Nach dem Abitur wollte Debora zur Polizei, und Jessica wollte Modedesignerin werden. Jetzt fuhr die eine Taxi, während die andere für tausend Euro im Monat in einer Wäscheboutique Slips und BHs verkaufte.

Als Jessica durchs Schaufenster Deboras Taxi entdeckte, winkte sie ihr, sie solle warten. Hinter den Schaufensterpuppen, die Babydolls und Höschen präsentierten, sah Debora ihre Freundin heftig mit ihrer Vorgesetzten diskutieren, einer korpulenten Frau um die fünfzig.

Einen Augenblick lang beglückwünschte sich Debora zu ihrer Arbeit, bei der sie niemanden um Erlaubnis fragen musste, wenn sie sich mal ein Brötchen holen wollte.

Schließlich kam Jessica mit triumphierendem Gesicht aus dem Laden. Sie hakte sich bei Debora unter und lief rasch los, um so schnell wie möglich ihrer Gefängniswärterin zu entkommen.

»Stell dir vor, die Buzzicona wollte mir nur eine halbe Stunde Pause geben. Soll ich mein Essen etwa runterschlingen? Die hat was zu hören bekommen! ›Also wenn in den heutigen Zeiten in der Stunde mal drei Kunden kommen, kann man sich das schon im Kalender anstreichen‹, hab ich zu ihr gesagt. Was meinst du, gehen wir zu McDonald's?«

Debora stimmte zu, nahm sich jedoch vor, getreu ihrem heiligen Eid im Kampf gegen die Kohlenhydrate nur einen Hamburger ohne Brötchen zu bestellen. Tatsächlich stopften sich die beiden Freundinnen mit Cheeseburgern und Pommes mit Ketchup voll.

»Ach egal, fang ich eben Montag mit der Diät an.«

Das fand Jessica prima, und sie stießen mit zwei Maxibechern Cola darauf an.

»Was machen wir morgen? Du hast keine Schicht, oder?«, fragte Jessica mit leuchtenden Augen.

Debora schüttelte den Kopf. »Nein, ich bin frei wie ein Vogel.«

»Dann lass uns ans Meer fahren!«

Jessica konnte es gar nicht erwarten, sich in einem Bikini aus der neuen Kollektion zu präsentieren, den sie sich mit dreißig Prozent Personalrabatt gekauft hatte. Debora war weniger darauf aus, sich in Badekleidung zu werfen. Sich aus den vielen Hüllen zu schälen, mit denen sie im Winter ihre Rundungen kaschierte, war ihr unangenehm, sie hätte das gern auf die Zeit nach ihrer Diät verschoben. Sie würde sich in den langen Cardigan wickeln müssen, der Hüften und Po bedeckte, ihre vermeintlichen Problemzonen, die sie mindestens genauso verachtete wie all die Männer, die sie gerade deswegen wohlwollend taxierten. Sie war noch nicht bereit, sich halb nackt vor aller Augen zu zeigen. Ach ja, und ihre Beine hatte sie auch nicht enthaart … Sie versuchte einen schwachen Protest.

»Also ich denke, es ist noch zu kalt für den Bikini …«

»Ach komm! Ich habe schon die Wettervorhersage gecheckt, morgen scheint den ganzen Tag die Sonne. Kein Wölkchen am Himmel.« Jessica klang nun fast wie die Wetterfee im Fernsehen. »Heiter und sonnig an der gesamten Küste des Lazio und am Wochenende steigende Temperaturen …«

Bei den Worten ihrer Freundin hatte Debora gleich den Duft von Salzwasser, Kiefernnadeln und Sonnenöl in der Nase. Sie konnte förmlich die laue Meeresbrise auf ihrer Haut spüren, die all die Monate in der Winterkleidung wie in Folie eingeschweißt gewesen war, meinte fast zu fühlen, wie die Füße ins kühle Wasser eintauchten, das von der ersten Frühlingssonne erwärmt wurde …

Jessica hatte sich inzwischen ihr Handy geschnappt und setzte ihren Plan um, ohne sich darum zu kümmern, dass ihre Freundin noch zögerte.

»Ich habe Cristian auf WhatsApp geschrieben. Er sagt, dass sie heute das Strandbad aufgemacht haben! Ich kann ja wohl hellsehen, oder?«

Angesichts von Jessicas Begeisterung und voller Vorfreude auf den freien Sonntag beschloss Debora, ihre Bedenken wegen der paar Kilos zu viel, ihrer blassen Winterhaut und den störenden Härchen an den Beinen einfach über Bord zu werfen. Sie begleitete Jessica zum Laden zurück, wo deren Chefin sie bereits angriffslustig erwartete, weil sie fünf Minuten zu spät kam, und versprach ihr, dass sie sich am nächsten Tag Punkt elf Uhr im Sirena treffen würden, dem Strandbad mit angeschlossenem Restaurant, das die Familie ihres Freundes Cristian betrieb.

4

Es war Anfang April und die Tage wurden allmählich länger. Die meisten Strandbäder waren noch geschlossen, und am Strand hielten sich nur vereinzelte Mutige auf, die den Beginn der schönen Jahreszeit mit einem Ausflug ans Meer feiern wollten. Debora liebte diese Zeit. Es war eine gute Entscheidung gewesen, Jessicas Betteln nachzugeben, obwohl sie noch nicht sicher war, ob sie tatsächlich einen Bikini anziehen und die Speckröllchen, die zu allem Unglück durch ihre milchweiße Haut noch betont wurden, in aller Öffentlichkeit präsentieren sollte …

Als sie mit der üblichen Viertelstunde Verspätung eintraf, entdeckte sie sofort Cristian am Strand und winkte ihm, er antwortete mit einem gellenden Pfiff. Cristian hatte von der Mittelstufe bis zum ersten Jahr der Oberstufe die gleiche Klasse besucht wie sie. Dann war er sitzen geblieben, woraufhin sein Vater, der Betreiber des Strandbades, beschlossen hatte, dass es nun genug sei mit der Bildung, und ihm einen Job im Familienbetrieb gegeben hatte. Cristians Mutter arbeitete in der Küche, die Schwester bediente an den Tischen, und er stellte die Liegen und Sonnenschirme auf und räumte sie am Abend wieder weg.

Debora ging zu ihm. Jessica hatte es sich schon auf einer Liege bequem gemacht und sonnte sich. Sie trug einen türkisfarbenen Bikini, bestehend aus einem Push-up-Oberteil, das ihren kleinen Busen um zwei Nummern vergrößerte, und einem Tanga, der hinten etwa so breit war wie Zahnseide.

Cristian saß ihr zu Füßen und sah sie bewundernd an. Jessicas schlanke Figur weckte, trotz oder gerade wegen ihrer winterlichen Blässe, seit jeher sein leider unerwidertes Begehren. Er probierte es bei ihr, seit sie vierzehn war, eine Treue, die eigentlich Belohnung verdient hätte. Aber Jessica erhörte ihn nicht, weil sie Cristian für dumm und beschränkt hielt und er keine breiten, muskulösen Schultern vorweisen konnte. Von diesen drei Makeln war der letzte am unverzeihlichsten. Deswegen konnte Debora leider keine Lanze für ihn brechen, denn über die ersten beiden Fehler konnte man streiten, doch der dritte war eine Tatsache, die auch der beste Anwalt nicht hätte wegdiskutieren können.

»Hey, Prinzessin!«, begrüßte sie der junge Mann ohne Schultern, sobald Debora zu ihnen kam. »Wie geht's?«

»Alles okay. Wie ist das Wasser?«

»Na ja, bestimmt eiskalt«, sagte Jessica. »Ich friere jetzt schon. Immerhin soll es wärmer werden.«

Doch gerade in dem Moment kam eine kühle Brise auf, die die Meeresoberfläche kräuselte. Jessica erschauerte, und Cristian nutzte die Gelegenheit, sie in ein großes weiches Handtuch zu hüllen.

Debora schlüpfte sofort aus ihren Supergas. Es fühlte sich einfach fantastisch an, mit nackten Füßen im Sand zu laufen. Manchmal kam sie auch im Winter an den Strand und zog Schuhe und Strümpfe aus, nur um zu spüren, wie sie in dem weichen Sandteppich versanken.

»Also, ich geh mal das Wasser checken. Ihr zwei stellt euch ja an wie alte Omas …«

Sie rollte sich die Jeans bis zu den Knien hoch und lief auf das Wasser zu. Der Strand war so gut wie menschenleer. Die Familien würden erst später zum sonntäglichen Picknick kommen. Auf diesem handtuchbreiten Strandabschnitt tummelten sich momentan: ein paar Damen im Jogginganzug, die am Wasser entlangtrabten in der Hoffnung, auf diese Weise etwas für ihre Bikinifigur zu tun; ein Pärchen, das, reglos ineinander verschlungen, dalag wie ein Marmordenkmal und heftig knutschte – zu alt, um verlobt, zu intim, um verheiratet zu sein; ein Rentner mit einer ausgebreiteten Zeitung auf den Knien, der vor sich hin döste. Debora sah sich alle eingehend an, und über jeden stellte sie tausend Überlegungen an, dachte sich Geschichten, Lebensläufe, Wohnsitze, Berufe, Liebesgeschichten aus …

Das Meer war leicht bewegt und trüb. Die Wellen trugen grüne Algen ans Ufer, auf der Oberfläche trieb ein bräunlicher Schaum. Plötzlich wühlte eine stärkere Windbö das Wasser auf. Debora sprang zurück, wurde aber dennoch kräftig nass gespritzt. Der ältere Herr war aufgewacht und jagte seiner davonfliegenden Zeitung hinterher. Die auseinandergerissenen Seiten trieben über den Sand, während der arme Mann keuchend, aber erfolglos versuchte, sie einzufangen. Ihm hing beim Laufen fast die Zunge heraus, und Debora dachte, dass er so enden könnte wie ihr Vater. Nur deswegen kam sie ihm trotz ihres klatschnassen T-Shirts zu Hilfe. Die Seiten wirbelten davon, doch Debora erreichte sie schließlich und begrub sie unter sich, bekam fast alle zu fassen. Doch was sie nun in den Händen hielt, war weniger eine Zeitung als ein unförmiges Papierknäuel. Sie versuchte, es wieder in etwas zu verwandeln, das den Namen Zeitung verdiente, ehe sie sie ihrem Besitzer übergeben würde. Dieser winkte ihr aus der Entfernung zu, um ihr schon mal zu danken, während er im Rentnertempo auf sie zutrottete. Debora fischte die erste Seite aus dem Papierknäuel, strich sie glatt und versuchte, auch die anderen zusammenzulegen, ohne sich lange mit der richtigen Reihenfolge aufzuhalten. Der Lokalteil war so zerknüllt, dass die Seiten eigentlich nur noch zum Einwickeln von Lupinen taugten. Doch als sie ihn neu falten und wieder in Form bringen wollte, erregte etwas ihre Aufmerksamkeit.

Eine Schlagzeile. Oder vielmehr das Foto, das den Artikel begleitete. Einen Moment lang stand sie wie versteinert da und hielt das Zeitungsblatt vor sich in die Luft.

Noch bevor sie sich aus ihrer Starre lösen konnte, drang die Stimme des Rentners zu ihr durch. »*Signurì*, das wäre doch nicht nötig gewesen!«

Er war nur noch wenige Meter entfernt und schien sich sogar über dieses unerwartete Ereignis zu freuen, das etwas Aufregung in seinen Tag brachte.

Debora wandte ihm rasch den Rücken zu, und während sie so tat, als würde sie noch immer die Zeitung zusammenlegen, riss sie die oberste Lokalseite heraus. Da ihr nichts Besseres einfiel, schob sie die Seite zusammengefaltet unter ihr T-Shirt, genauer gesagt, klemmte sie sich unter den Bikiniträger.

Inzwischen war der Mann herangekommen. Debora legte den Rest der Zeitung zusammen und reichte sie ihm.

»Danke, vielen Dank«, keuchte er völlig außer Atem. »Ich hatte gerade erst angefangen zu lesen.«

Er war nicht von hier. Seinem Akzent nach musste er aus der Ciociara, der Pontinischen Ebene oder den Castelli Romani kommen. Echte Römer machten da sowieso keinen Unterschied. Sie hatten nur ein einziges Wort für solche Leute: *burino* – Bauerntrampel. Der Unterschied zwischen den zahlreichen Dialekten der Region Lazio war für sie derselbe wie für einen Bewohner der westlichen Welt der zwischen einem Chinesen und einem Koreaner. Nämlich gar keiner.

Debora verabschiedete sich hastig und eilte davon, während der Rentner ihr noch immer atemlos hinterherrief: »Sie können aber schnell rennen, Signurì!«

Debora hatte es eilig, allein zu sein, um den Zeitungsartikel, den sie nun fest in der Hand hielt, in Ruhe zu lesen.

Sie faltete das Blatt rasch auseinander, gerade so weit, dass sie die Schlagzeile lesen konnte, und betrachtete ungläubig das Gesicht der blonden Frau, das ihr von dem Foto entgegenlächelte.

Debora hatte gehofft, sie habe sich getäuscht oder ihre Fantasie habe ihr einen Streich gespielt. Aber als sie das Bild genauer betrachtete, stand fest: Obwohl die Frau auf dem Foto lange, vom Wind zerzauste Haare hatte, war das eindeutig *ihr* Blick. Debora sah sie genau vor sich, hörte ihre ängstliche Stimme, spürte die knochige Hand, die ihre Schulter umklammerte. Die Erinnerung an die blonde Dame wurde so lebendig, als säße sie immer noch in ihrem Taxi. Sie schluckte schwer.

Debora las noch einmal die Überschrift des Artikels, ehe sie begriff, dass es keinen Zweifel gab.

DAME DER GESELLSCHAFT ERWÜRGT IN WOHNUNG IM SAN-LORENZO-VIERTEL AUFGEFUNDEN

Das war sie, die Signora, die von ihr in die Via degli Ausoni zurückgebracht werden wollte und dann nicht mehr wiedergekommen war. Nun wusste Debora, warum …

Sie durfte jetzt nicht in Panik geraten, sie musste den Artikel in Ruhe und mit klarem Verstand lesen, an einem Ort, wo das möglich war. Also riss sie sich zusammen, faltete das Zeitungsblatt zweimal und steckte es in die Tasche ihrer Jeans. Dann atmete sie einmal tief ein und wieder aus und ging zu ihrem »Basislager« zurück, als ob nichts geschehen wäre.

Jessica war inzwischen, in das Frotteehandtuch eingekuschelt, auf der Liege eingedöst. Verschlafen öffnete sie ein Auge. Debora schlüpfte in ihre Schuhe.

»Na, wie ist das Wasser?«

»Kalt und dreckig. Was ist mit Cristian?«

»Der muss seinem Vater im Restaurant helfen. Er fragt, ob wir zum Essen bleiben wollen.«

»Nein, ich fahr gleich nach Hause.«

Jessica hob den Kopf und sah sie traurig an wie ein Hund, der es sich in seinem Körbchen gemütlich gemacht hat und nun hört, dass sein Herrchen ohne ihn aus dem Haus will.

»Wie, du fährst schon? Was soll der Mist, du kannst mich doch jetzt nicht einfach hier sitzen lassen! Du hast mir versprochen, dass wir den Tag gemeinsam am Meer verbringen. Wenn ich das gewusst hätte, wäre ich mit meinem Bruder und seinen Freunden ins Stadion gegangen …«

»Ja, ich weiß, aber mir geht's nicht so gut. Mein T-Shirt ist klitschnass … ich hab Bauchschmerzen, vielleicht bekomme ich meine Tage.«

Jessica sah betrübt zu, wie ihre Freundin die Sachen packte. Dieser Tag, der so schön begonnen hatte, nahm eine unerfreuliche Wende.

»Toll, du lässt mich einfach mit Cristian allein, bestimmt klebt der gleich wieder wie eine Klette an mir …«, jammerte sie. »Aber später telefonieren wir noch mal, ja? Und wenn du dich besser fühlst, gehen wir dann ins Kino?«

»Okay. Schau schon mal nach, was im Multiplex läuft. Ich ruf dich nachher an«, sagte Debora, um ihre Freundin nicht zu verärgern.

Debora wusste, dass sie log, aber sie konnte nicht anders. In ihrem Kopf lief bereits ein Film ab, und den würde sie so schnell nicht loswerden.

5

Als sie nach Hause kam, saßen ihre Mutter und ihr Bruder vor dem eingeschalteten Fernseher beim Essen. Nudeln mit Hackfleischsoße, den Geruch hatte sie bereits im Treppenhaus bemerkt. Wie in allen Mietskasernen roch es am Sonntag in Deboras Wohnblock von allen Seiten. Der Duft von gegrillten Paprikaschoten, Braten, angedünsteten Zwiebeln, Nudelsoßen und frittiertem Gebäck vermischte sich und verteilte sich im ganzen Haus vom Eingangsbereich bis hoch zum fünften Stock.

Sobald ihre Mutter sie sah, versuchte sie, sie aufzuhalten.

»Bist du schon zurück vom Meer? Soll ich dir einen Teller Nudeln bringen?«

»Nein danke, Mama. Ich habe im Sirena schon ein Stück Pizza gegessen«, log Debora.

Auch jetzt schob sie wieder das nasse T-Shirt vor, sagte, dass sie sich sofort umziehen müsse, weil sie schon eine Erkältung aufkommen spüre. Damit gab ihre Mutter, die das Thema Gesundheit sehr ernst nahm, sich zufrieden.

Sobald sie sich im Bad eingeschlossen hatte, schlüpfte Debora aus dem T-Shirt, vor allem, um ihren Ausreden Taten folgen zu lassen. Dann zog sie den Zeitungsausschnitt hervor, setzte sich auf den Toilettendeckel und begann aufmerksam zu lesen.

Der Journalist schrieb, dass die Frau um fünf Uhr

nachmittags vom Wohnungseigentümer aufgefunden worden war, einem einundfünfzigjährigen Fotografen und Freund des Opfers, der in Filmkreisen recht bekannt war. Der Mann war gerade aus Mailand zurückgekehrt, wo er sich wegen einer Reportage zwei Tage aufgehalten hatte, und hatte die Frau halb entkleidet auf seinem Bett vorgefunden. Er hatte zunächst versucht, Erste Hilfe zu leisten, doch nachdem er festgestellt hatte, dass seine Freundin tot war, hatte er die Polizei gerufen. Die »Signora« hieß Monica Costa, sie war die Frau eines bekannten Chirurgen und hatte eine einundzwanzigjährige Tochter. Niemand wusste genau, wie sie an die Schlüssel zur Wohnung des Fotografen gekommen war. Der Mann wurde derzeit noch zur weiteren Klärung des Vorfalls vernommen, obwohl sein Alibi anscheinend bestätigt worden war.

Mehr stand nicht in dem Artikel. Debora kehrte in Gedanken zu ihrer »Kundin« zurück, die sie jetzt allerdings nicht mehr nur als solche sehen konnte. Sie dachte an die elegante Signora, die erst vor einem Tag in ihrem Taxi gesessen und sich mit englischem Parfüm eingesprüht hatte. Sie erinnerte sich, wie sorgfältig sie sich gekämmt und Lippenstift aufgelegt hatte, wie sie versucht hatte, ihr Aussehen zu perfektionieren, nichts sollte nachlässig wirken, jedes einzelne Haar sitzen, die Haut makellos, kein Fleck auf dem Kleid zu sehen sein …

Sie stellte sich diesen halb nackten Körper auf dem Bett vor, die Strümpfe heruntergezogen, das bläulich angelaufene Gesicht im gewaltsamen Tod erstarrt, die

Würgemale am Hals. Und ihr ging durch den Kopf, dass diese Frau vielleicht, wenn sie selbst hartnäckiger gewesen wäre, wenn sie alle Klingeln gedrückt, wenn sie nicht ihre Zeit mit der Oma und ihrem Enkel, dem flirtenden Zimmermann oder beim Herumstreiten mit der Angestellten der Taxikooperative vergeudet hätte, wenn sie stattdessen alle Treppenaufgänge abgesucht und an alle Türen geklopft hätte, um ihre »Kundin« wiederzufinden, die sie doch gebeten hatte, ihr zu helfen, auf sie zu warten, sie zu beschützen und nicht dort allein zu lassen mit jemandem, der ihr Angst machte, aber zu dem sie trotzdem zurückgekehrt war … also, wenn sie nicht weggefahren wäre, vielleicht wäre dann diese Frau, Monica Costa, eine Dame der Gesellschaft aus dem Parioli-Viertel, noch am Leben.

Debora blieb eine ganze Weile auf dem Toilettendeckel sitzen, bis ihre Mutter besorgt an die Tür klopfte.

»Debora, was ist los? Geht es dir nicht gut? Ist dir die Kälte auf den Magen geschlagen?«

»Nein, nein, Mama, alles in Ordnung. Ich habe mir nur die Haare gewaschen, die waren voller Sand.«

Sie wickelte sich ein Handtuch wie einen Turban um den Kopf, das nasse T-Shirt ließ sie zur Bestätigung ihrer Geschichte auf dem Boden liegen.

Ihre Mutter stand ausgehfertig vor ihr und erklärte: »Ich gehe zur Nachbarin im zweiten Stock, um ihr ihre Spritze zu geben. Falls du doch noch Hunger bekommst – ich habe dir ein paar Nudeln im Topf gelassen. Die sind noch warm. Und föhn dir die Haare, sonst erkältest du dich noch …«

Debora schlüpfte in ihr Zimmer und schloss schnell die Tür hinter sich. Sie warf sich aufs Bett und starrte die Decke an. So blieb sie liegen, bis es Zeit fürs Abendessen war.

6

Debora konnte nicht schlafen. Sie knipste mindestens dreißig Mal ihre Nachttischlampe in Form eines Leuchtturms an und wieder aus. Sobald sie versuchte, die Augen zu schließen, sah sie Monica Costa wieder vor sich. Nicht die Frau, die sie vor nicht einmal zwei Tagen kennengelernt hatte, lebendig und munter, sondern die Frau, die ihr von dem Foto in der Zeitung entgegengesehen hatte, mit den vom Wind zerzausten Haaren und dem anzüglichen Lächeln. Was wollte sie eigentlich von ihr? Im Grunde hatte sie sie doch nur zu ihrem gewünschten Ziel gefahren. Was hatte sie mit dieser Frau zu schaffen, die ihr vollkommen fremd war? Wenn ihr nicht rein zufällig diese Zeitung in die Hände gefallen wäre, hätte sie nie erfahren, was ihr zugestoßen war und welches Ende sie genommen hatte.

Debora sah auf den Wecker: vier Uhr morgens. Schluss jetzt mit den Grübeleien, sie musste schlafen. Sie schaltete das Licht aus, wälzte sich ein paarmal hin und her und schloss die Augen. Aber schon war sie wieder da. Warum? Warum konnte sie sie nicht vergessen, wie all die anderen traurigen Nachrichten aus aller Welt von verhungernden Kindern in Afrika oder vergewaltigten Frauen in Kriegsgebieten? Weil sie diese Frau, die gerade höchstwahrscheinlich auf einem Tisch im Leichenschauhaus lag, kennengelernt, mit ihr gesprochen hatte, weil diese Frau völlig aufgelöst in ihrem Taxi gesessen hatte. Debora hatte sie geradewegs bei ihrem Mörder abgeliefert und nicht nach ihr gesucht, als sie nicht mehr zurückkam. Debora wusste genau, was sie tun musste, in ihrem Inneren hatte sie es gewusst, seit sie am Strand die Schlagzeile gelesen hatte. Im Geiste fuhr sie noch einmal die Straßen von San Lorenzo bis zur Piazza del Verano ab, bis zu dem blau-weiß gestreiften Neonschild mit der Aufschrift Polizei. Erst leuchtete es ganz deutlich vor ihr auf, dann verschwamm es allmählich, bis es schließlich ganz im Nebel verschwand. Dann war alles dunkel.

7

Am nächsten Tag trat Debora Camilli um zehn Uhr morgens durch das große Eingangstor des Polizeireviers von San Lorenzo an der Piazza del Verano. Der Beamte an der Pforte hantierte versunken mit seinem Smartphone herum, allerdings vermutete Debora, dass er wohl eher eine Partie *Ruzzle* spielte, als dass er mit wichtigen dienstlichen Angelegenheiten beschäftigt war. Widerwillig sah der Polizist von seinem Handy auf und wandte sich ihr zu. Debora hatte für ihren Besuch eine großartige cremefarbene Vintage-Sonnenbrille gewählt, ein Dior-Modell, original made in Taiwan.

»Ich möchte eine Zeugenaussage im Mordfall Costa machen.«

Der Beamte, der ungefähr in ihrem Alter sein musste und ein Kollege von ihr hätte sein können, hätten die Wechselfälle des Lebens sie nicht für die kommenden Jahre an das Steuer eines Taxis gefesselt, sah sie vollkommen desinteressiert an. Etwas ungeduldig ergänzte Debora: »Die Frau, die man in der Via degli Ausoni tot aufgefunden hat.«

Nicht einmal diese Information konnte den Polizisten aus seiner Lethargie reißen. Er ließ sie in einem kleinen Raum im Eingangsbereich Platz nehmen und sagte, sie solle warten, bis ein Kollege sie aufrufen würde.

Der Raum wirkte wie das Wartezimmer eines Arztes der staatlichen Gesundheitsbehörde, hätte nicht an der vergilbten Wand ein Polizeikalender gehangen, auf dem deutlich das Wappen mit dem schwertschwingenden Löwen und dem Leitspruch *Sub Lege Libertas* prangte. Während Debora ihn betrachtete, musste sie daran denken, wie sie als kleines Mädchen in einem ähnlichen Raum für eine ihr endlos erscheinende Zeit neben ihrer Mutter gesessen hatte. Sie hatten auf dem Markt eingekauft, als plötzlich neben ihnen ein Kerl auf einem Moped aufgetaucht war, mit quietschenden Bremsen gestoppt und ihrer Mutter die Handtasche entrissen hatte. Diese hatte nicht loslassen wollen und war hingefallen, wobei sie sich die Strümpfe zerrissen und ein Knie aufgeschürft hatte. Im Grunde hatte Debora sich gar nicht einmal so sehr erschreckt. Woran sie sich jedoch ganz deutlich erinnerte, war ihre Wut. Wut darüber, dass der Kerl sie überfallen hatte, aber auch darüber, wie ungerecht es war, dass ihre Mutter gestürzt war und alle ihre Unterhose hatten sehen können, wo doch eigentlich der Dieb hätte stürzen und sich das Genick brechen sollen. Damals, während sie in einem Raum wie diesem hier an der Seite ihrer Mutter darauf gewartet hatte, dass sie Anzeige erstatten konnten, und die Mutter weinte, weil in der Handtasche Geld, Papiere und auch das sündhaft teure Handy gewesen waren, das ihr der Vater geschenkt hatte und das von ihren Kolleginnen noch keine besaß, genau da hatte Debora zum ersten Mal den Wunsch verspürt, eines Tages Polizistin zu werden. Und die amerikanischen Fernsehserien hatten sie darin bestärkt…

Inzwischen wartete Debora schon fast eine Stunde und wurde allmählich ungeduldig, als sich endlich die Tür öffnete und ein junger Beamter sie aufforderte, ihm zu folgen. Sie kamen durch einen Hof, wo sich eine kleine Gruppe Polizisten in Zivil unterhielt und rauchte. Die Männer waren so in eine Diskussion über Fußball vertieft, dass sie die Brünette mit Sonnenbrille, die ihr Kollege an ihnen vorbeiführte, zunächst gar nicht bemerkten. Erst als die zwei ganz nah an der Gruppe vorbeikamen, drehte sich einer von ihnen um, worauf sich auf einmal der ganze Trupp – wie die Spielerfiguren auf einer Stange beim Tischfußball – nach der Frau und ihrem Begleiter umdrehte. Einer stieß einen anerkennenden Pfiff aus.

»Alles fit, Calocero? Immer schön sauber bleiben,

ja…«, sagte ein hochgewachsener Typ mit rasiertem Schädel und Lederjacke.

Agente Calocero warf seinen Kollegen einen bösen Blick zu, und ohne auf die provozierende Bemerkung einzugehen, beschleunigte er seinen Schritt. Erst als sie den Hof hinter sich gelassen und ein anderes Gebäude betreten hatten, murrte er kurz: »Die haben echt nix zu tun.«

Das hatte er so leise gesagt, dass Debora nicht klar war, ob er mit ihr oder mit sich selbst sprach. Deshalb erwiderte sie lieber nichts und folgte ihm weiter schweigend.

Nachdem sie einen langen Flur entlanggelaufen waren, blieb der Polizist vor einer Tür stehen, auf der COMMISSARIO CAPO EDOARDO RAGGIO stand. Im Zimmer saß ein Mann um die vierzig mit kastanienbraunen, leicht angegrauten Haaren an einem Schreibtisch. Er trug keine Uniform, nicht mal eine Krawatte, die Ärmel hatte er hochgekrempelt, und der Kragen seines hellen Hemdes stand offen. Darunter schaute hervor, was Großmütter gern als »Unterleibchen« bezeichneten, inzwischen jedoch als das sexieste männliche Kleidungsstück galt, vor allem, wenn es von Filmstars, Fußballspielern oder männlichen Models mit göttlichen Körpern getragen wurde. Was allerdings auf Commissario Raggio nicht zutraf. Sein Anblick erinnerte Debora weniger an die knackigen Cops aus amerikanischen Serien, als an ihren unscheinbaren Mathelehrer am Gymnasium.

Raggio deutete stumm auf den Stuhl vor sich. Debora nahm Platz.

Agente Calocero war in Erwartung weiterer Anweisungen stehen geblieben, doch der Commissario schien ihn völlig vergessen zu haben.

»Brauchen Sie mich noch, Dottore?«, fragte er schließlich schüchtern.

»Nein, nein, geh nur, Calocero ...«, sagte Raggio, ohne ihn anzusehen, dazu wedelte er mit der Hand, als wollte er Staub vom Tisch wischen.

»Sie sind also hier, um eine Zeugenaussage zum Fall Costa zu machen, richtig?« Er sprach langsam, als hätte er es nicht eilig, und mit einem leichten süditalienischen Einschlag.

Debora nahm die Sonnenbrille ab, und zwar mit einer theatralischen Geste, die sie sich bei den weiblichen Stars in Hollywoodfilmen abgeguckt hatte. »Genau.«

Falls er vorher noch daran gezweifelt hatte, so hatte der Commissario nun die Gewissheit, ein als *femme fatale* verkleidetes weibliches Wesen vor sich zu haben.

Hoffentlich ist das nicht wieder eine von diesen notorischen Lügnerinnen, mit denen wir hier bloß unsere Zeit verschwenden, dachte er bei sich. Er seufzte einmal tief und holte aus einer Schublade des Schreibtischs ein Notizbuch hervor.

»Also ... Sie heißen ...?«

»Debora Camilli.«

»Alter?«

»Fünfundzwanzig ... im Juli.«

»Sie Glückliche ...«, sagte Raggio leise, mehr zu sich selbst als zu der jungen Frau. »Also los, dann erzählen Sie mal, was Sie gesehen oder gehört haben.«

»Ich habe die arme Frau in die Via degli Ausoni gefahren.«

Den Stift in der Hand, erstarrte der Commissario. Er hatte jemanden erwartet, der in dem Fall nur eine Statistenrolle spielte. Mit einer derart wichtigen Zeugin hatte er nicht gerechnet. Er fragte nun ganz langsam, wobei er jedes Wort einzeln betonte, als spräche er mit einer Ausländerin:

»Dann kannten Sie Monica Costa?«

»Nein, ich fahre Taxi. Das ist mein Job.«

Raggio senkte die Lider. Debora konnte gerade noch erkennen, dass seine Augen deutlich schöner waren als die ihres Mathelehrers. Groß, hellblau, fast grau.

Der Commissario setzte sich etwas bequemer auf seinen Stuhl.

»Gut, dann erzählen Sie mir mal alles von Anfang an.«

»Darf ich hier rauchen?«

»Eigentlich nicht, aber …« Raggio stand auf und öffnete das Fenster.

Debora kramte in ihrer sackartigen Handtasche, doch der Commissario kam ihr zuvor und hielt ihr plötzlich ein Päckchen Zigaretten hin, das er von irgendwoher gezaubert hatte.

»Na gut, wenn wir schon mal dabei sind, genehmige ich mir auch eine.«

Zum ersten Mal, seit Debora den Raum betreten hatte, lächelte er. Ein kindliches Lächeln, ein Überbleibsel des Jungen, der er einmal gewesen war, der letzte Rest von Unbekümmertheit in einem stark vom Leben gezeichneten Gesicht. Er beugte sich über den Schreibtisch und gab ihr Feuer.

Bis zu diesem Moment war Debora ruhig geblieben, aber als sie sich nun vorneigte, um die Zigarette anzuzünden, bemerkte sie, dass ihre Hand zitterte. Das hatte sie schon als kleines Mädchen gehabt. Wenn sie aufgeregt war, begannen ihre Hände zu zittern, und je mehr sie es zu verbergen suchte, desto stärker zitterten sie. Zum Glück hielt es nur einen Augenblick an. Der erste Zug Nikotin entspannte sie. Debora konzentrierte sich auf ihren Bericht und die Rekonstruktion jenes Morgens.

Sie erzählte, ohne sich zu verhaspeln oder konfus zu werden, alles der Reihe nach: von ihrer ersten Begegnung mit Signora Costa in der Via degli Ausoni über die Fahrt von Parioli nach San Lorenzo und das Telefonat, nach dem die Dame es sich anders überlegt hatte, von dem Gespräch, das sie mitangehört hatte, dem langen Warten auf die Kundin, die nicht mehr zurückgekehrt war, das alles mit genauen Uhrzeitangaben und vielen Details versehen. Alles in allem eine Aussage, wie sie sich jeder Ermittler erträumte.

Als sie ihren Bericht beendet hatte, wandte der Commissario sich ihr sichtlich zufrieden zu.

»Ausgezeichnet, Signorina. Sie waren uns eine große Hilfe. Schreiben Sie mir hier noch auf, wie ich Sie telefonisch erreichen kann, falls wir Sie, was sehr wahrscheinlich ist, im Laufe der Ermittlungen noch einmal benötigen sollten.«

Dann stand er auf und schloss das Fenster. Er nahm

den Aschenbecher und leerte ihn sorgfältig in den Papierkorb. Anschließend wischte er etwas Asche fort, die auf den Schreibtisch gefallen war, was schon beinahe etwas Zwanghaftes hatte.

Mit Stift und Zettel in der Hand, beobachtete Debora ihn dabei. Pingelig. Überkorrekt. Ein Sauberkeitsfetischist, urteilte sie. Dann legte sie den Zettel auf dem Schreibtisch ab und notierte darauf ihre Handynummer.

Raggio war inzwischen wieder an seinen Platz zurückgekehrt. Er streckte die Hand nach dem Blatt aus, als sie hochschaute und plötzlich fragte: »Wann hat dieser Fotograf sie gefunden?«

»Hm … am späten Nachmittag. Warum?«

Debora antwortete nicht. Sie gab ihm den Zettel zurück. Dann sagte sie leise, als würde sie einen Gedanken zu Ende führen: »Das bedeutet, dass sie noch nicht lange tot gewesen sein kann …«

Das Gehirn des Polizisten hatte bereits begonnen, die erhaltenen Informationen zu verarbeiten, zu ordnen und abzulegen. Seine vorherige Befangenheit war von ihm abgefallen. Vor ihm hätte der Staatspräsident höchstpersönlich sitzen können, er hätte nicht gezögert, auch ihn zu befragen, wenn es geholfen hätte, Licht in das Dunkel um den Tod von Monica Costa zu bringen.

Debora sah wieder zu Commissario Raggio.

»Was hat denn der Gerichtsmediziner gesagt? Hat er schon eine Vermutung hinsichtlich des Zeitpunkts ihres Todes?«

Der Commissario war verwirrt. »Noch nicht. Es ist

noch zu früh … Nach der Autopsie werden wir mehr wissen.«

Er klappte das Notizbuch zu. Die Unterhaltung wurde allmählich unangenehm. Diese junge Frau beunruhigte ihn mit all ihren Fragen. Normalerweise stellte er die Fragen und nicht umgekehrt.

Doch Debora hatte nicht die Absicht, ihn in Ruhe zu lassen. Die freundliche Art von Commissario Raggio hatte sie annehmen lassen, dass er leicht um den Finger zu wickeln war, und sie war der Meinung, das wäre eine Art Freibrief für ihre Neugier, die nach vertraulichen Informationen hungerte, eine Idee natürlich, die ihr, wenn sie nur einmal einen Augenblick lang nachgedacht hätte, statt sich von ihrer Impulsivität leiten zu lassen, selbst unangemessen erschienen wäre. Doch wann immer in ihrem Inneren ein Kampf zwischen Impuls und Besonnenheit tobte, gewann Ersterer stets zehn zu null. Daher schob sie nun auch noch die entscheidende Frage hinterher: »Haben Sie bereits jemanden in Verdacht?«

»Also wirklich …« Der vermeintlich leicht um den Finger zu wickelnde Commissario wurde langsam ärgerlich. Dieses durchtriebene junge Ding war ja ganz hübsch und ihre Zeugenaussage konnte für die Ermittlungen durchaus von Bedeutung sein, aber jetzt ging sie wirklich zu weit.

Commissario Raggio lächelte nun nicht mehr freundlich, und etwas weniger höflich sagte er:

»Das sind interne Informationen. Die können wir doch nicht jedem erzählen.«

»Glauben Sie etwa, ich gebe alles, was Sie mir sagen,

sofort an die Presse weiter, sobald ich aus der Tür raus bin?«

»Das wäre immerhin möglich. Während der Ermittlungen müssen wir die Vertraulichkeit wahren.«

Für wen hielt der sie? Dachte er, er hätte es mit einer Idiotin zu tun, die es auf die Aufmerksamkeit der Öffentlichkeit abgesehen hatte und unbedingt in die Zeitung wollte? Hatte er denn noch nicht gemerkt, dass er eine verhinderte Kollegin vor sich hatte? Dann war doch er der Idiot! Und die arme Monica wäre längst verwest, ehe der Typ da ihren Mörder fand …

Debora sah ihm frech ins Gesicht: »Ohne mich würden Sie doch jetzt noch im Dunkeln tappen. So haben Sie wenigstens eine Spur.«

Diese junge Frau mit ihrer unverschämten Art raubte ihm wirklich den letzten Nerv. Am liebsten würde er sie jetzt am Arm packen und rausschmeißen. Vielleicht hätte er das auch getan, wenn sie ein Mann gewesen wäre. Sie konnte von Glück sagen, dass sie eine Frau war.

Debora zündete sich eine weitere Zigarette an, diesmal, ohne um Erlaubnis zu fragen. Ihre Hände zitterten wieder, aber jetzt war ihr das vollkommen egal.

»Bevor ich es Ihnen erzählt habe, hatten Sie doch keinen blassen Schimmer, was diese arme Frau den ganzen Vormittag über getan hat!«

Sie hatte vom Vater nicht nur den Beruf geerbt, sondern auch den aufbrausenden Charakter. Die Tatsache, dass der Commissario mit Informationen hinter dem Berg hielt, die schlaflose Nacht und ihre Gereiztheit wegen der langen Wartezeit genügten, um sie auf die Palme zu bringen.

»Hören Sie, Signorina…«, Raggio hielt ihr den Aschenbecher hin, um zu verhindern, dass sie die Kippe auf den Boden warf, »…Sie haben uns sehr geholfen, aber jetzt lassen Sie uns am besten unsere Arbeit tun.« Er zeigte zur Tür. »Bitte.«

Dann nahm er den Hörer der Sprechanlage und gab Calocero Bescheid, dass die Zeugin gehen konnte.

Debora drückte den Zigarettenstummel im Aschenbecher aus, schnappte sich ihre Sachen und ging beleidigt zur Tür. Sie wusste natürlich, dass sie übertrieben hatte, zumal der Commissario im Gegensatz zu ihr nicht ein Mal laut geworden war. Am liebsten hätte sie es ungeschehen gemacht, aber sie kam nun mal nicht gegen ihr Temperament an. Sie wandte sich noch ein letztes Mal zum Commissario um und schleuderte ihm mit einem unverschämten Grinsen entgegen: »Es war ein Mann. Eine Frau hätte sie nie und nimmer erwürgen können. Die Signora war dünn, aber durchtrainiert. Das werden Ihnen auch Ihre Freunde von der Gerichtsmedizin bestätigen.«

Als sie den Raum verließ, stieß sie mit Agente Calocero zusammen, der genau im gleichen Moment das Zimmer betreten wollte. Sie entschwand, ohne sich zu entschuldigen.

8

Den Rest des Tages kutschierte Debora Fahrgäste durch Rom.

Abgesehen von einem japanischen Pärchen auf Hochzeitsreise, das sich zum Park der Villa Borghese fahren ließ und sie dann bat, tausend Fotos von ihnen beiden in allen möglichen und unmöglichen Posen zu machen, hatte sie an diesem Tag keine außergewöhnlichen Begegnungen, die sie von ihrer fixen Idee ablenken konnten.

Sie hatte das Mittagessen ausfallen lassen, um die beiden Tage, an denen sie wenig gearbeitet hatte, wettzumachen und mit einem Beinahe-Fastentag optimal in ihre Diät zu starten.

Aber das bewirkte nur, dass sie am Abend, als sie nach Hause kam, vor Hunger einen ganzen Ochsen hätte verschlingen können; was sie theoretisch sogar gedurft hätte, schließlich war Rindfleisch pures Protein und damit nach den Vorschriften ihres Diät-Gurus erlaubt.

Leider hatte ihre Mutter, die montags Nachtschicht hatte, für sie und ihren Bruder keinen Ochsen zum Abendessen gebraten, sondern einen Auberginenauflauf mit Tomaten und Käse, gekochte Blattzichorie mit Öl, Knoblauch und Chili und einen wunderbaren Sauerkirschkuchen für das Frühstück am nächsten Morgen hingestellt.

Angesichts dieser ganzen Köstlichkeiten überlegte Debora, dass sie genau genommen den ganzen Tag noch nichts gegessen hatte und daher die paar Kohlenhydrate mit dem bisschen Gemüse ihre Kalorienstatistik nicht groß beeinflussen würden.

Sie begann mit der Zichorie als Magenfüller; dann machte sie sich über den Auberginenauflauf her, von dem Giampi bereits die Hälfte verputzt hatte. Debora wärmte ihn nicht einmal auf – innerhalb von fünf Minuten hatte sie im Stehen vor dem Herd das Werk ihres Bruders vollendet.

Den Kuchen nahm sie mit in ihr Zimmer.

Sie schaltete den Computer ein und tat, was sie schon seit dem Morgen hatte tun wollen.

Debora öffnete eine Suchmaschine und gab den Namen MONICA COSTA ein.

Sofort erschienen mehrere Links. Einer hieß »Monica Costa Fotos«. Debora klickte ihn an. Ein Bild wurde geladen, auf dem die Frau, sie musste darauf um die dreißig oder ein bisschen jünger sein, posierte und ihre langen Haare kokett zurückwarf. Auf einem anderen, eins in amerikanischer Einstellung, hatte sie kurze Haare und trug Jeans und Tanktop. Eine richtige Schönheit, dachte Debora. Die Fotos waren etwa zwanzig Jahre alt und stammten aus einem Modelbook. Augenscheinlich war Monica Fotomodell oder Schauspielerin gewesen, bevor sie Signora Costa-verheiratete-Dingsbums wurde, äh, wie hieß eigentlich ihr Mann? Der Zeitungsartikel gab darüber keine Auskunft. Vermutlich hatte Commissario Raggio den Namen nicht an die Presse geben wollen. Doch wie lange würde das gut gehen? Arme Monica, Schönheit aus Parioli, maximal eine Woche, und dein Privatleben wird allen zum Fraß vorgeworfen.

Um ihre Laune zu heben, brach sich Debora ein Stück des Kuchens ab. Er war noch leicht warm. Schmeckte köstlich. Ihre Mutter hätte Köchin werden sollen, nicht Krankenschwester. Ein weniger anstrengender und bestimmt deutlich angenehmerer Job. Garantiert hätte sie eine eigene Kochshow im Fernsehen bekommen oder wäre als Kandidatin bei *Masterchef* gelandet, wo sie den Preis für die beste Hobbyköchin abgeräumt hätte.

Debora nahm sich ein zweites Stück Kuchen, mit der freien Hand klickte sie auf einen Link zu einem Artikel, in dem Monica Costa erwähnt wurde. Diesmal ging es nicht um ihre Modelkarriere als junge Frau, sondern um die Zeit nach ihrer Heirat. Der Artikel stammte aus dem römischen Lokalteil des *Messaggero* und berichtete über ein gesellschaftliches Ereignis, eine Ausstellungseröffnung in einer Kunstgalerie. Der Artikel war vom siebenundzwanzigsten November vor zwei Jahren. Monica Costa und ihr Mann, der Chirurg Eugenio Ercoli, waren unter den Mäzenen der Galerie aufgeführt.

Debora kehrte zur Suchmaschine zurück, diesmal gab sie den Namen EUGENIO ERCOLI ein.

Der einzige Treffer war die Seite einer bekannten römischen Klinik, in der Eugenio Ercoli einer der Chefärzte war. Genauer gesagt, Chefarzt der Kardiologie. Debora musste an ihren Vater denken, der mit achtundfünfzig einem Herzinfarkt erlegen war. Vielleicht hätte dieser Eugenio ihn retten können, wenn sein Vater sich von ihm hätte untersuchen lassen … so wie sie selbst vielleicht Eugenios Frau hätte retten können, wenn sie bei allen Leuten im Haus geklingelt und sie von dort weggebracht hätte…

Doch dieses Gedankenwirrwarr, in das sie sich verstrickte, führte zu nichts. Es war nur ein ganz banales, rein zufälliges Zusammenfallen von Ereignissen und Fakten. Debora schaltete den Computer aus und brachte den restlichen Kuchen in die Küche zurück. Dort traf sie ihren Bruder, der auf dem Weg ins Wohnzimmer war. Er legte gerade eine Lernpause ein und wollte sich zur Ablenkung eine Folge *Dr. House* anschauen. Giampiero lernte den ganzen Tag, er führte ein Leben wie ein Mönch in Klausur, und das entband ihn in den Augen ihrer Mutter von fast allen anderen Pflichten. Wenn sie gekonnt hätte, hätte sie ihn gefüttert, hätte ihm das Essen sogar vorgekaut oder wäre für ihn aufs Klo gegangen, nur damit er sich nicht anstrengen musste und von seiner Mission abgelenkt wurde.

Er war vom Tag der Einschulung bis zum Aufnahmetest für Medizin an der Uni stets der Klassenbeste gewesen. Diesen letzten Test hatte er so gut bestanden, dass seine Mutter damit in allen Abteilungen des Krankenhauses in Ostia hausieren gegangen war. Als Folge seiner Fähigkeiten war Giampiero in diesem Rollenspiel, das in allen Familien der Welt von Island bis Burundi durchexerziert wird und das darin besteht, dass man dem eigenen Nachwuchs schon direkt nach der Geburt ein Etikett verpasst, zur »Intelligenzbestie« gekürt worden, während Debora »die Nette« war. Was im Falle eines Streites auch schon mal mit »Weichei« und »Dumpfbacke« übersetzt werden konnte.

»Warum hast du heute Morgen nicht auf mich gewartet? Ich musste den Zug nehmen, der mal wieder auf offener Strecke stehen geblieben ist. Ich bin zu spät zur Vorlesung gekommen.«

»Ich hatte es eilig. Ich war mit einem Kollegen verabredet, wir mussten gemeinsam den Wagen überprüfen.«

Warum hatte sie eigentlich immer eine passende Antwort parat? So spontan, ohne nachzudenken? Auch das war eine Begabung.

»Hast du mir etwa den ganzen Auflauf weggefressen?«

Das war Giampis Rache. Debora schwieg schuldbewusst.

»Zum Glück machst du ja Diät«, legte ihr Bruder nach, während er weiter auf den Fernseher starrte.

Dort hatte Dr. House gerade einen Todkranken vom Sterbebett gerettet.

Giampi kicherte höhnisch. »Ja genau, wie aus dem Leben gegriffen ...«

»Tja, vielleicht sind die in Amerika ja weiter in der Medizin ...«

»Na hör mal, wir haben in Italien eines der besten Gesundheitssysteme der Welt!«

Giampiero war wie die letzten Kommunisten: Er blieb seinem Ideal so treu, dass er selbst angesichts einer Niederlage noch das Offensichtliche leugnete. Debora erinnerte sich, dass sie eine Dreiviertelstunde auf den Krankenwagen hatten warten müssen, als es ihrem Vater so schlecht gegangen war, definitiv zu lange für das beste Gesundheitssystem der Welt. Trotzdem sagte sie jetzt nichts, zum einem, weil sie ihn nicht desillusionieren wollte, zum anderen, um diese Wunde nicht wieder aufzureißen. Sie setzte sich neben ihren Bruder auf das Sofa. Er war erwachsener geworden. Auf seinen Armen und Beinen spross dichter Haarwuchs, seine Wangen hingegen waren immer noch beinahe bartlos. Zum ersten Mal sah Debora in ihm den Mann, der er in einigen Jahren sein würde, während sie ihn bislang nur als kleinen Bruder betrachtet hatte, den man ärgern, manchmal herausfordern, oft auch unterdrücken durfte.

»Worauf willst du dich eigentlich nach dem Abschluss spezialisieren?«

Giampiero studierte seit einem Jahr Medizin, und Debora hatte ihm diese Frage noch nie gestellt.

Ihr Bruder wandte den Kopf und sah ihr direkt ins Gesicht. »Kardiologie«, sagte er.

9

Am folgenden Tag wachte Debora seltsamerweise von allein auf, ohne dass ihre Mutter erst hundertmal nach ihr rufen musste. Diesmal war sie es, die den Bruder zur Eile antrieb und schnell aus dem Haus wollte. Kaum hatte sie ihn an der Via del Policlinico abgesetzt, hielt sie am nächsten Zeitungskiosk an und kaufte den *Messaggero*. Auf der Suche nach Neuigkeiten über den Fall Costa blätterte sie schnell die Seiten durch. Schließlich fand sie unter den überregionalen Verbrechensmeldungen einen kurzen Artikel. Ein Mord an einer Frau erregte in Italien kein großes Aufsehen mehr, so etwas geschah hier jeden Tag. Und so stand dort nur, dass der Fotograf auf freien Fuß gesetzt worden war und man den Ehemann einige Stunden im Kommissariat befragt hatte. Also wandte sich Debora dem Lokalteil zu, wo sie sich mehr Informationen erhoffte. Tatsächlich befriedigten die Verbrechensmeldungen aus der Stadt ihre Neugier: Dort gab es einen ganzseitigen Artikel mit einem Foto von Monica, die ihre kleine Tochter im Arm hielt, daneben ihr Ehemann, attraktiv, sonnengebräunt, mit Brille. Die Überschrift klang vielversprechend: MONICA KANNTE IHREN MÖRDER.

Debora verschlang den Artikel förmlich. Sie überflog die ersten Zeilen, übersprang Wörter, bis sie nach der Hälfte des Artikels fand, wonach sie gesucht hatte. Der Journalist berichtete, dass ein Zeuge, dessen Geschlecht und Name offenblieben, ein Telefongespräch der Signora mit jemandem, wahrscheinlich einem Mann, mitangehört hatte, der sie in der Via degli Ausoni erwartete. Die Ermittler schlossen aus, dass es sich um den Fotografen handelte, da der sich zur Tatzeit in Mailand aufhielt. Auch der Ehemann hatte ein wasserdichtes Alibi: Er war den ganzen Vormittag in der Klinik gewesen. Nach ersten Vermutungen war der Tod durch Erwürgen eingetreten. Die Frau hatte sich offenbar gewehrt, denn unter den Fingernägeln der Toten hatte man Hautpartikel und Haarreste gefunden, aufgrund derer man die DNA des Mörders würde feststellen können.

Debora dankte stumm Commissario Raggio, dem

wohl einzigen Polizisten weit und breit, der die Privatsphäre respektierte, weil er nicht an die Presse gegeben hatte, dass dieser Zeuge eine junge Taxifahrerin war. Da ja auch die Via degli Ausoni genannt worden war, hätte die Taxikooperative schnell eins und eins zusammengezählt und wäre im Nu auf sie gekommen. In kürzester Zeit hätte sich die Nachricht in ganz Rom verbreitet, denn wenn jemand gern Klatsch weiterträgt, dann die Taxifahrer.

Auf der unteren Hälfte der Seite war ein Interview mit der Schwester des Opfers abgedruckt, die sich erinnerte, wie großzügig und gut Monica zu allen gewesen sei und dass sie jeder gemocht hätte. *Sie war so schön und verführerisch, schon von klein auf, dass jeder sich auf der Stelle in sie verliebte …*

Deboras Blick fiel noch einmal auf das Foto. Auch auf diesem Familienporträt, das Monica Costa, mit Haarreif und knielangem Schottenrock, in der Rolle der Mutter zeigte, war sie wunderschön. Ehrlich gesagt sah sie nicht wie eine Mutter aus, sondern eher wie ein Schulmädchen. Debora ertappte sich bei dem Gedanken, dass Monica vielleicht noch leben würde, wenn sie nur ein kleines bisschen hässlicher gewesen wäre.

Sie riss die Seite mit dem Artikel über den Fall Costa heraus und steckte ihn in die Handtasche. Sie würde ihn aufheben wie den Artikel vom Sonntag. Seit sie auf den Job bei der Polizei hatte verzichten müssen, obwohl sie die Aufnahmeprüfung bestanden hatte, hatte sie nicht mehr an all die verpassten Möglichkeiten gedacht. Jetzt war eben Taxifahren ihr Beruf, und wenn sie ehrlich war, gefiel er ihr sogar. Außerdem, wenn sie mit fünfundzwanzig schon anfangen würde, Dinge zu bereuen, würde sie sich nur selbst eingestehen, dass sie eine Loserin war. Dennoch musste sie nun die ganze Zeit daran denken, wie gern sie im Fall Monica Costa ermittelt hätte, wie gern sie herausgefunden hätte, wer dieser Scheißkerl war, der ihr den Schwanenhals umgedreht hatte wie einem Huhn, um ihm dann ins Gesicht zu sehen und ihn zu fragen: Warum hast du das getan? Auch wenn die meisten Mörder sich selbst nicht erklären konnten, aus welchen Gründen sie eigentlich gemordet hatten. Daran erinnerte sich Debora, weil Dottor Giannelli, ein alter Staatsanwalt im Ruhestand, der sie im Vorbereitungskurs für den Vice Ispettore unterrichtet hatte, ihr das lang und breit auseinandergesetzt hatte. Vielleicht weil ihnen, wenn sie wieder zur Vernunft gekommen waren und der Moment voller Hass, Eifersucht, Neid, Gier, Wahnsinn oder Verzweiflung vorüber war, ihre Motive wahrscheinlich selbst so dumm, so sinnlos und unbedeutend vorkamen, dass sie die ganze Aufregung und die Jahre im Gefängnis, die sie erwarteten, damit nicht rechtfertigen konnten.

Wie immer unterbrach sie die Stimme aus dem Funkgerät in ihren Gedankenspielen.

»Ein Wagen zum Flughafen, Hotel Excelsior, Via Veneto. Drei Personen mit Gepäck.«

»Hier Siena 23. Ich übernehme den Auftrag, bin in vier Minuten in der Via Veneto.«

»Ach, wieder wach? Wurde auch Zeit!«

10

Die Kunden waren drei Russen, Vater, Mutter und heranwachsende Tochter. Außer vier Koffern, die beinahe aus allen Nähten platzten, bestand das Gepäck aus Tüten jeder einzelnen Designerboutique in Rom. Prada-Schuhe, Fendi-Taschen, Armani-Jacken waren dort hineingestopft wie irgendwelche Billigklamotten vom Flohmarkt an der Porta Portese. Wie Jessica immer sagte: »Ohne die Russen und die Japaner hätten die großen Marken alle längst dichtmachen können.«

Als Debora die Russen in Fiumicino absetzte, brauchten diese zwei Gepäckwagen, um die Berge italienischer Mode abzutransportieren, die dann mit stillschweigender Billigung ihrer so feingeistigen Designer auf protzigen Partys getragen werden würde, wo es alles gab, nur keinen guten Geschmack oder Stil. Debora verabschiedete sich dennoch herzlich von den Russen, da sie ihr ein Trinkgeld gegeben hatten, das den Fahrpreis weit überstieg.

Sie reihte sich mit ihrem Taxi in die Schlange ein und wartete geduldig, bis sie drankam, wobei sie sich von den dummen Sprüchen der älteren und den Anmachversuchen der jüngeren Kollegen nicht aus der Ruhe bringen ließ.

Hatte sie für die Fahrt zum Flughafen das große Los gezogen, traf sie es auf dem Rückweg in die Stadt nicht ganz so gut. Die nächsten Fahrgäste waren eine Mutter mit einem kleinen Jungen samt Koffer, Rucksack und

Buggy. Debora lud das gesamte Gepäck in den Kofferraum, während die Mutter damit beschäftigt war, den Jungen festzuschnallen, der einen hysterischen Anfall hatte.

Die ganze Fahrt über brüllte und schrie der Junge wie am Spieß, ohne auch nur einmal Luft zu holen. Ein echter kleiner Heulpavarotti.

»Das Flugzeug ist in Palermo mit zwei Stunden Verspätung gestartet. Um ihn abzulenken, habe ich ihm ein paar *cannoli* gekauft, die isst er so gern. Aber der Flug war schrecklich, es gab Turbulenzen, und ich habe ihn nicht auf dem Schoß halten dürfen. Deshalb hat er nicht geschlafen …«

Um sich verständlich zu machen, musste die Mutter gegen ihren Sohn anschreien, sodass im Auto ein Geräuschpegel herrschte, der jeden Samstagabend im Techno-Club toppte.

Debora erinnerte sich, dass sie noch ein Päckchen zuckerfreie Bonbons im Handschuhfach hatte, die sie dort aufbewahrte für den Fall, dass sie der Heißhunger auf Süßes überfiel. An der nächsten Ampel nutzte sie die Gelegenheit und bot dem wie besessen brüllenden Jungen eines an.

»Möchtest du ein Bonbon? Die sind lecker …«, heuchelte sie.

In Wirklichkeit schmeckte nichts daran nach Bonbon, denn es war ohne Zucker, Honig, Glucose, Saccharose und all die anderen süßen Zutaten hergestellt, die zu einem Bonbon gehörten.

Der Junge, der mittlerweile knallrot angelaufen war,

beruhigte sich einen Augenblick, holte endlich einmal Luft, und mit der typischen Vertrauensseligkeit dieses unschuldigen Alters nahm er das Zuckerersatzbonbon, das ihm diese hübsche, lächelnde Frau hinhielt, und steckte es in den Mund.

Für einen herrlichen Moment herrschte im Taxi eine feierliche, beinah magische Stille. Der Kleine kaute ganz ernst und konzentriert auf diesem gummiartigen Nichts herum und fragte sich wahrscheinlich, wonach es eigentlich schmeckte.

Doch schon machte ungestümes Hupen den Zauber dieses Augenblicks zunichte. Während sich das Wunder vollzogen hatte, war die Ampel auf Grün gesprungen. Voller Stolz auf ihren großartigen Einfall, fuhr Debora zufrieden im vierten Gang los. Aber ihr blieb keine Zeit, sich im Geiste auf die Schulter zu klopfen, denn schon drang vom Rücksitz ein Unheil verkündendes Geräusch zu ihr nach vorne, das wie ein Würgen klang. Sie sah in den Rückspiegel. Es *war* ein Würgen. In einem mächtigen Strahl gab der kleine Junge seinen gesamten Mageninhalt von sich, während seine Mutter in ihrer Panik ihm nicht etwa die Stirn hielt, sondern krampfhaft versuchte, den Spritzern auszuweichen. Und es war nicht nur das schreckliche Bonbon, dieser Tropfen, der das Fass zum Überlaufen gebracht hatte. Der arme Kleine, der nicht ohne Grund geschrien hatte, erbrach auch die Cannoli und, dem kräftigen Schwall nach zu urteilen, alles, was er in seinen knapp drei Lebensjahren jemals gegessen hatte.

»Was machen wir, sollen wir anhalten?«, fragte Debora, der inzwischen alles egal war.

»Nein, nein, wir sind ja fast da.«

Zum Glück wohnten diese beiden Geißeln Gottes im EUR-Viertel, also gab Debora sich alle Mühe, um die wenigen Kilometer, die sie noch vom Ziel trennten, durchzustehen. Im Taxi hatte sich längst ein furchtbarer Gestank ausgebreitet, und sie musste sich ein paarmal stark zusammenreißen, um nicht dem Beispiel des Jungen zu folgen.

»Was kann das denn nur gewesen sein …?«, jammerte die Mutter in einem fort.

Na, was denkst du wohl? Wenn du einen Dreijährigen mit Cannoli vollstopfst, passiert das schneller, als du gucken kannst … Debora war wütend auf die Mutter, aber der Junge tat ihr leid. Zum einen, weil er so erschöpft war, dass er nicht einmal mehr die Kraft zum Weinen hatte, zum anderen, weil er für den Rest seines Lebens diese Mutter ertragen musste.

»Dieses Bonbon, das Sie ihm gegeben haben. Vielleicht war es nicht für Kinder geeignet …«

Ja bestimmt! Zum Glück zeigte das Navi, dass sie das Ziel erreicht hatten.

»Wir sind da. Halten Sie dort an … Ich rufe die Filipina herunter, damit sie mir hilft.«

Debora brachte das Taxi vor einem modernen Wohnhaus mit umlaufenden Balkonen und großen Fensterfronten zum Stehen.

Der über und über mit Erbrochenem besudelte Kleine wurde unsanft in den Buggy gesetzt, dann versuchte die Mutter, sich mit einem Kleenex zu säubern.

»Was macht das?«

»Fünfundvierzig Euro. Das ist der Tarif vom Flughafen in die Stadt.«

»Hier. Obwohl es ja bis zum EUR eigentlich nicht sehr weit ist…«, sagte die Frau schmallippig, während sie einen Fünfzig-Euro-Schein aus dem Portemonnaie holte.

Debora lag schon auf der Zunge, dass ihre beschissenen fünfundvierzig Euro komplett für die Autowäsche draufgehen würden, aber sie hielt sich zurück, weil sie die Gefühle des kleinen Mannes nicht verletzten wollte, der sowieso schon genug gestraft war. Sie gab der Frau die fünf Euro Restgeld zurück und stieg wieder in ihr Taxi. Gerade noch rechtzeitig, um im Rückspiegel beobachten zu können, wie der Junge die Ärmchen nach der philippinischen Kinderfrau ausstreckte, die zu Hilfe geeilt war. Eine junge Frau um die zwanzig, die ihn trotz seines desolaten Zustands abküsste. Debora wünschte dem Jungen, er möge schnell erwachsen werden oder aber – Möglichkeit Nummer zwei –, sich die Filipina schnappen und so weit wie möglich davonlaufen.

11

Die Autowaschanlage und Tankstelle ihres Freundes Antonio lag an der Via del Mare. Bevor sie ihn zu ihrem Lieblingstankwart erwählt hatte, hatte Debora viele andere ausprobiert, nur um zu dem Schluss zu kommen, dass Antonio einfach der schnellste und billigste war. Außerdem war der Inder, der den Innenraum der Wagen reinigte, ein Vorbild an Gründlichkeit. Er gab einem das Auto so sauber und duftend zurück, dass Debora die ersten vierundzwanzig Stunden nicht wagte, darin zu rauchen.

Diesmal würden seine Fähigkeiten jedoch auf eine harte Probe gestellt werden. Aber wahres Können offenbart sich gerade in den schwierigsten Aufgaben.

Als Debora bei Antonio ankam, wartete bereits ein Wagen vor ihr, ein anderer wurde gerade einshampooniert.

»Bashir! Ist es okay, wenn ich dir das Taxi hierlasse?«

Der Inder bearbeitete mit einer Bürste die Fußmatten eines Wagens, wahrscheinlich des Citroëns, der in dem Moment vor sich hin schäumte.

»Du lassen Schlüssel. Ich kümmere.«

»In Ordnung, Chef. Wann ist er fertig?«

»Machen sauber auch innen?«

»Vor allem innen. Ein kleiner Junge hat die Rückbank vollgekotzt.«

»Dann vierzig Minuten.«

Wenn es um Zeit ging, war Bashir mehr Schweizer als Inder.

Debora sah auf ihr Handy, rechnete nach Bashirs Zeitangaben aus, wann sie wieder da sein müsste, ließ die Schlüssel auf dem Armaturenbrett liegen und ging in die Bar nebenan.

Es war ein schöner Tag und ziemlich warm, deshalb setzte sie sich an eines der Tischchen draußen und tippte auf ihrem Smartphone herum. Die Kellnerin, eine Blondine aus Rumänien, kam zu ihr und fragte, ob sie ihr etwas bringen könne. Ein Aufsteller am Eingang kündigte eine Happy Hour mit sensationellen Preisen an. Debora sah auf die Uhr. Es war noch etwas zu früh für einen Aperitif. Außerdem, was, wenn sie angehalten wurde? Einen Kollegen hatten sie ins Röhrchen pusten lassen, mit einschlägigem Ergebnis, und der hatte nur ein Bier getrunken.

»Bringen Sie mir bitte einen Cappuccino. Was haben Sie an Herzhaftem zu essen?«

»Sandwiches, Toast, Gemüsepuffer, Minipizzas …«

»Okay, ich gehe rein und suche mir was aus.«

Doch erst beantwortete sie eine SMS von Jessica, die wissen wollte, wo sie abgeblieben war, und eine ihrer Mutter, die sie daran erinnerte, Kaffee und Eier zu kaufen. Dann ging sie hinein und sah nach, was die Bar zu bieten hatte. Im Vergleich zu der Auswahl, die ihr die Rumänin genannt hatte, war der Anblick ziemlich enttäuschend: zwei vertrocknete Sandwiches, ein Toast, dessen gekochter Schinken bereits eine bräunliche Farbe angenommen hatte. Gemüsepuffer Fehlanzeige. Mit Süßem stand es kaum besser. Schließlich wählte sie ein Stück Kuchen, von dem sie zwar nicht allzu viel erwarten durfte, aber mit etwas Glück wenigstens keine Lebensmittelvergiftung.

Die rumänische Kellnerin stand jetzt hinter dem Tresen, wo ein Mann, der gut und gern ihr Vater sein konnte, den Cappuccino zubereitete.

Debora fiel ein, dass die Bar bis vor Kurzem von einem alten Ehepaar betrieben worden war. Als der Mann ihr den Cappuccino brachte, musste sie ihn einfach fragen.

»Sind die früheren Besitzer nicht mehr da?«

»Die sind in den Ruhestand gegangen«, antwortete er im breitesten Römisch. »Es wurde ihnen zu viel. Der Sohn hat seine eigene Arbeit, er hatte keine Lust, eine Bar zu führen. Zu anstrengend. Und so haben wir sie übernommen.«

Der Mann wies auf die junge Rumänin, womit er seine Verbindung zu ihr klarstellte. Sie war also keine Kellnerin und er nicht ihr Vater. So weit, so gut. Aber sie wirkten glücklich.

Leider war auch der Cappuccino ungenießbar. Minderwertiger Kaffee mit H-Milch. Debora wagte gar nicht erst, sich das Happy-Hour-Buffet vorzustellen. Irgendwann würde bestimmt mal einer draufgehen. Bei aller Liebe, wenn das neue Besitzerpaar beim gastronomischen Angebot nicht ordentlich nachbesserte, würden sich die beiden nicht lange halten.

12

Als sie nach ziemlich genau vierzig Minuten zur Autowaschanlage zurückkam, parkte ihr Taxi bereits am Bürgersteig und blitzte und blinkte mehr als die Küchenherde in der Putzmittelwerbung.

Bashir übergab ihr die Wagenschlüssel.

»Mann, war das dreckig!«

»Ich weiß. Aber du bist einfach der Beste. Hier, der Rest ist für dich.«

Auch das hatte Debora von ihrem Vater übernommen: Selbst wenn man nichts zu beißen hatte, durfte man sich nie lumpen lassen.

Sie war auf dem Weg zu ihrem Taxi, als Bashir sie noch einmal zurückrief.

»Debbera! Hier – hat wahrscheinlich Kunde bei dir verloren.« Er hielt ein Smartphone in der Hand. »Ich hab gefunden auf Boden, unter Matte hinten.«

Debora nahm das Handy. »Das muss von der Mutter des kleinen Jungen sein. So eine Idiotin … Danke, Bashir. Das bring ich ihr zurück …«

Sie steckte das Handy ein und stieg in ihr Taxi. Zugegeben, einen Moment lang war sie versucht, die SIM-Karte wegzuwerfen und das Telefon zu behalten, zum einen, weil es teuer und aus der neuesten Generation war, aber vor allem, weil seine mutmaßliche Besitzerin ein echtes Ekelpaket war. Doch wie immer gewann ihre Ehrlichkeit die Oberhand. Es war schließlich kein Zufall, dass sie davon geträumt hatte, eine Laufbahn im Polizeidienst einzuschlagen und nicht etwa eine Verbrecherkarriere bei der Banda della Magliana.

Debora hatte sich noch nicht weit vom EUR-Viertel entfernt, und so stand sie trotz des Verkehrs eine Viertelstunde später wieder vor dem Haus der Tussi, die ihren dreijährigen Sohn so freigiebig mit Cannoli vollgestopft hatte.

Sie klingelte. Es meldete sich die Filipina.

»Wer ist?«

»Ist die Signora zu Hause?«

»Ja. Wer will sprechen?«

»Ich bin die Taxifahrerin, die sie vom Flughafen hergebracht hat. Die Signora hat ihr Handy in meinem Wagen vergessen.«

»Moment bitte.«

Fünf Minuten vergingen. Debora wollte schon ein zweites Mal klingeln, als die Signora sich an der Rufanlage meldete.

»Wer ist da bitte?«

Die Filipina hatte nichts begriffen. Oder, was wahrscheinlicher war, die Signora.

»Ich bin die Taxifahrerin«, erklärte Debora ungeduldig. »Sie haben Ihr Handy bei mir im Auto vergessen.«

»Was erzählen Sie da! Ich habe gerade mit meinem Mann telefoniert. Das muss jemand anderer vergessen haben!«

Ohne Gruß oder Dank legte sie auf.

Einmal Miststück, immer Miststück …, dachte Debora, während sie das Smartphone hin und her wendete. Sie versuchte, es einzuschalten, aber es war mit einer PIN gesichert. Debora ging im Kopf alle Fahrgäste durch, die in den letzten beiden Tagen in ihrem Taxi gesessen hatten. Vor ihrem geistigen Auge sah sie die Russen, die Japaner, ein älteres Ehepaar, einen Deutschen und … da kam ihr die Erleuchtung. Debora sah sie wieder vor sich, wie sie mit zitternden Händen in ihrer Handtasche kramte, nervös alles auspackte und genauso hektisch alles wieder hineinwarf. Alles, bis auf das Smartphone.

Debora wurde heiß, in ihr machten sich gleichzeitig Erregung und Angst breit. Der Mord war jetzt drei Tage her, und das Smartphone hatte die ganze Zeit in ihrem

Wagen gelegen. War es möglich, dass niemand daran gedacht hatte? Wie konnte es sein, dass dieser Trottel von Commissario sie nicht angerufen hatte, wenn sie in der Handtasche dieser armen Frau kein Mobiltelefon gefunden hatten?

Sie musste es zur Polizei bringen. Doch vorher musste sie sich überzeugen, dass es auch wirklich Monica Costas Handy war. Mit zitternden Fingern öffnete sie den Akkudeckel und tauschte die SIM-Karte gegen ihre eigene aus. Sie schaltete das Handy ein, und das Display leuchtete auf. Sofort sah sie unter den Kontakten nach, in der Hoffnung, dass einige Namen direkt im Telefon gespeichert waren. Und so war es. Hastig ging sie die Kontakte durch und bekam die Bestätigung, nach der sie gesucht hatte. Unter dem Buchstaben E war auch ein Eugenio zu finden, und zwar ein Eugenio Villa Rosalba. Das Smartphone gehörte tatsächlich Monica Costa.

Da sie schon einmal dabei war, sah sie auch gleich in den Nachrichteneingang, aber diese Rubrik war leer. Das Gleiche galt für Fotos und Videos. Schade ...

Offensichtlich waren die alle auf der Karte gespeichert, was wohl auch für die Sprachnachrichten galt. Aber das Verzeichnis »Letzte Anrufe« zeigte einige Ergebnisse an. Zehn nicht angenommene Anrufe, zwanzig ausgegangene, zwanzig erhaltene Anrufe. Sie ging sofort zu den erhaltenen Anrufen. Der letzte war der vom Samstagmorgen um neun Uhr fünfundvierzig, getätigt von einer Nummer, der kein Name zugeordnet war. Was die übrigen betraf, so erschien am häufigsten Eugenios Name mit vier Anrufen, dann kam eine gewisse

Valentina mit drei, eine Flaminia sowie eine Oxana mit zwei Anrufen. Dann je ein Anruf von einem Paolo und von einem Riccardo, wobei Debora sich erinnerte, dass der Fotograf so hieß, und eben von dieser einen Nummer, die nicht unter den Kontakten zu finden war und von der in knapp drei Tagen siebenmal angerufen worden war.

Debora wandte sich den getätigten Anrufen zu. Dort änderte sich die Rangordnung der Namen: den ersten Platz belegte Valentina mit fünf Anrufen, dann folgten Oxana mit vier, Paolo und Riccardo jeweils mit drei, eine gewisse Giovanna mit zwei und als letzter Eugenio mit nur einem Anruf in drei Tagen. Die Nummer, die Monica siebenmal angerufen hatte, hatte sie selbst nur zweimal zurückgerufen, außerdem tauchte sie dreimal unter den nicht angenommenen Anrufen auf. Wer auch immer es war, hatte Monica mehr gesucht als sie ihn und war ziemlich hartnäckig gewesen. Debora spürte einen unwiderstehlichen Drang, diese Nummer zu wählen, konnte sich jedoch glücklicherweise gerade noch bremsen. Das war Aufgabe der Polizei, sie hatte sich schon zu weit vorgewagt. Jetzt würde sie die SIM-Karte an ihren Platz zurücklegen und direkt zur Polizei gehen, um das Handy dem »guten« Commissario Raggio zu übergeben.

Allerdings war ein so kostbares Beweisstück, dachte Debora und lächelte in sich hinein, während sie ihre Trophäe fest umklammerte, eine hohe Belohnung wert.

13

Zum Glück musste Debora diesmal im Kommissariat von San Lorenzo nicht lange warten. Commissario Raggio empfing sie nach nur zehn Minuten. Während dieser kurzen Wartezeit machte sie sich nützlich, indem sie Agente Calocero half herauszufinden, was eine Gruppe amerikanischer Touristen von ihm wollte, die einem Betrug zum Opfer gefallen waren. Die Ärmsten versuchten nun gerade, das Vorgefallene in ihrer Sprache zu erklären, die inzwischen neunzig Prozent der italienischen Bevölkerung unter fünfzig durchaus geläufig war, nur nicht diesem jungen Polizisten …

Als sie schließlich Raggios Büro betrat, begrüßte der Commissario sie mit einem Lächeln.

»Bitte, treten Sie ein. Ich bin froh, dass Sie gekommen sind. Ich wollte Sie schon anrufen …«

Angesichts dieser übertriebenen Freundlichkeit fühlte Debora sich befangen. Es wirkte irgendwie künstlich. Warum war er auf einmal so herzlich, wo doch ihr letztes Treffen nicht gerade freundschaftlich verlaufen war? Hatte ihn etwa schon jemand informiert? Unmöglich. Niemand außer Bashir wusste, dass das Handy wieder aufgetaucht war.

Der Commissario holte sein Päckchen Camel heraus und bot ihr eine Zigarette an. Zuvorkommend schob er ihr den Aschenbecher hin und ging zum Fenster, um es zu öffnen. Das kannte Debora schon, aber diesmal schien der Commissario besonders höflich sein zu wollen und nicht von seinem Bedürfnis nach Ordnung getrieben zu sein.

»Möchten Sie einen Espresso? Oder etwas anderes? Tee, Cappuccino …? Den Kaffee aus unserem Automaten kann man nicht trinken. Ich lasse ihn mir immer aus der Bar bringen.«

Der Mann benahm sich ja, als wären sie alte Freunde, dachte Debora und wurde noch misstrauischer.

»Nein danke. Ein Glas Wasser vielleicht.«

»Das haben wir im Haus.«

Raggio holte zwei Plastikbecher und eine Flasche Mineralwasser aus einem Schränkchen und schenkte seinem »Gast« ein.

Als er näher kam, um ihr Feuer zu geben, erschnupperte Debora einen angenehmen Duft, eine Mischung aus Rasierwasser und Palmolive-Seife. Durch die Flamme des Feuerzeugs hindurch sah sie unwillkürlich auf seine Hände. Männerhände hatten sie von jeher fasziniert, sie fielen ihr immer als Erstes auf. Die des Commissarios waren für einen Mann von eher kleiner bis mittlerer Statur relativ groß. Und sie bemerkte die ausgeprägten Adern auf den Oberseiten.

Raggio bot ihr einen Stuhl an und setzte sich ohne ein weiteres Wort hinter seinen Schreibtisch.

»Also, was führt Sie zu uns?«

»Sagen Sie mir erst, warum Sie mich anrufen wollten.«

Oje, die Signorina will wieder wissen, wer hier den Längsten hat, dachte Raggio für sich. Diese Redensart benutzte er normalerweise im Geiste, wenn er es mit seinen Vorgesetzten zu tun hatte, und laut, wenn er mit seinen Kollegen sprach. Diesmal hatte sie sich ihm der jungen Taxifahrerin gegenüber, die ihm herausfordernd und auch ein wenig misstrauisch in die Augen sah, unwillkürlich aufgedrängt. Nun gut, sie sollte ihren Willen bekommen.

»Ich habe noch einmal darüber nachgedacht, was Sie mir über die Taxifahrt und den Anruf erzählt haben. Und da Sie die Letzte gewesen sind, die Signora Costa lebend gesehen hat, wollte ich Sie zu einigen Details befragen, die Sie vielleicht nicht erwähnt haben, weil sie Ihnen unwichtig erschienen, die aber für die Ermittlungen ganz entscheidend sein könnten.«

Debora musste insgeheim lächeln. Sie wusste ja, dass sich das, was der Commissario eigentlich suchte, in ihrer Tasche befand, und kostete schon im Voraus den Moment aus, in dem sie ihm das Handy unter die Nase halten würde.

»Erinnern Sie sich genau, dass die Signora das Telefon nach dem bewussten Anruf wieder in die Handtasche gesteckt hat?«

Debora beschloss, die Sache noch etwas hinauszuzögern, bevor sie zum entscheidenden Schlag ausholte. Sie wollte Raggio noch ein Weilchen schmoren lassen.

»Ja, da bin ich mir sicher. Sie hat das Gespräch beendet und das Handy eingesteckt.«

»Und dann hat sie es nicht mehr herausgeholt?«

»Nein, ich glaube nicht.«

Der Commissario rieb sein Ohrläppchen. Das machte er oft, und zwar immer dann, wenn er stumm vor sich hin grübelte. Das war Debora schon beim letzten Mal aufgefallen. Dieser Tick gefiel ihr. Dahinter verbarg sich ein Gedanke, ein Erstaunen, ein Zweifel, Nervosität … Unwillkürlich drängte es sie, ihm zu helfen, doch der Impuls reichte nicht aus, um zur Tat zu schreiten.

»Na ja, wenn ich jetzt so darüber nachdenke, hat sie, glaube ich, als wir am Zielort waren und sie nach ihrem Geld suchte, das sie mir dann gar nicht gegeben hat, das Handy wieder aus der Tasche genommen … sie hat alles rausgeholt, weil sie ihr Portemonnaie nicht gefunden hat, vielleicht auch das Handy. Aber so genau weiß ich das nicht …«

Debora verstummte plötzlich. Aus ihrer Handtasche ertönte der unverkennbare Vibrationsalarm eines Mobiltelefons.

Herrje, Monicas Handy! Wie konnte das sein? Unsinn, schalt sie sich sofort, natürlich war das ihr eigenes Smartphone.

»Entschuldigen Sie.«

»Gehen Sie ruhig ran.«

»Mama? Ja, was ist? … Nein, ich bin noch bei der Arbeit … Ich weiß, aber es ist viel Verkehr …«

Edoardo Raggio unterdrückte ein Grinsen.

»Hör mal, Mama, ich muss jetzt auflegen … Nein, den Kaffee habe ich noch nicht gekauft, die Eier auch nicht … Ja gut, ciao«, sagte sie und beendete das Gespräch.

Debora war das Ganze etwas peinlich. Um wieder etwas Würde zu erlangen, nahm sie erst einmal einen tiefen Zug aus der Zigarette und stieß den Rauch aus.

Raggio, der ihre Verlegenheit bemerkte, half ihr, indem er das Gespräch wieder von dem Punkt an aufnahm, an dem sie unterbrochen worden waren. Automatisch ging er jetzt zum Du über.

»Also, du erinnerst dich nicht, ob Monica Costa, als sie nach ihrem Portemonnaie suchte, mit all den anderen Sachen auch ihr Handy rausgeholt hat?«

»Nein«, sagte Debora und schüttelte bekräftigend den Kopf.

»Na gut …« Raggio seufzte resigniert. »Dann sag mir jetzt, warum *du* hier bist.«

»Um Ihnen etwas zu schenken.«

Raggio sah sie verblüfft an. Einen Moment lang fühlte er sich geschmeichelt. Dann gehörte er also doch noch nicht zum alten Eisen, wenn ein hübsches Mädchen von fünfundzwanzig Jahren so beeindruckt von ihm war, dass sie ihm etwas schenken wollte. Doch die Illusion hielt nur kurz an.

Debora griff in ihre Tasche, holte Monica Costas Handy heraus und legte es auf den Schreibtisch.

»Ich habe es vor einer Stunde in meinem Taxi gefunden, es lag hinten im Wagen, unter der Fußmatte. Wer weiß, wie lange es noch dort gelegen hätte, wenn ich den Wagen nicht in die Waschanlage gebracht hätte.«

Raggio verschlug es die Sprache. Als er sich von der Überraschung erholt hatte, fragte er: »Und woher weißt du, dass es ihr gehört und nicht einem anderen deiner Kunden?«

»Ich habe meine SIM-Karte in das Handy eingelegt und unter den Kontakten nachgesehen. Da habe ich den

Namen des Ehemanns und den seiner Klinik gefunden. Villa Rosalba, oder?«

Der Commissario war so weit, dass er dieser *figlia n'introcchia*, wie man in seiner Heimat sagte, also dieser vorlauten Göre, die sich für so wahnsinnig schlau hielt, am liebsten an die Gurgel gegangen wäre und ihr das gleiche Ende wie Monica Costa bereitet hätte. Sie hatte ihn von hinten bis vorne verarscht und wie einen Volltrottel dastehen lassen. Doch er war viel zu glücklich darüber, dass er diesen so wertvollen Gegenstand endlich in Händen hielt, nach dem er seit Auffinden der Leiche sein gesamtes Team auf die Suche geschickt hatte. Diese Göre hatte ihn damit in seinen Ermittlungen ein großes Stück weitergebracht, und er würde bestimmt innerhalb kürzester Zeit auf die Spur des Mörders kommen.

Raggio kratzte seine ganze Selbstbeherrschung zusammen, nahm das Handy auf und betrachtete es mit der kühlen Distanz eines englischen Detectives.

»Das wird uns sehr nützlich sein, danke.« Er schwieg einen Moment. »Auch wenn du es vielleicht besser gleich zur Polizei gebracht hättest, ohne es einzuschalten.«

»Wie hätte ich denn dann wissen sollen, ob es dieser armen Frau gehört oder irgendeinem anderen Kunden?«

Endlich musste Raggio lachen. Eigentlich fand er die junge Frau ganz sympathisch.

»Sag mal, willst du etwa bei der Polizei anheuern?«

Jetzt gab es für Debora kein Halten mehr, und sie erzählte dem Commissario alles ohne Punkt und Komma, als würde sie eine Beichte ablegen. Sie wusste selbst nicht, warum sie es tat, aber sie spürte, dass sie es tun musste. Vielleicht, weil er bei der Frage gelacht hatte, während ihr beinahe die Tränen gekommen waren. Oder weil sie fühlte, dass sie ihm vertrauen konnte.

»Ich habe mich tatsächlich schon mal beworben. Ich hatte bereits die Aufnahmeprüfung für den Vice Ispettore bestanden, sogar den Ausbildungsgang absolviert und mit der Höchstpunktzahl abgeschlossen, ich war die Kursbeste.« Sie zögerte einen Moment, weil sie merkte, wie ihre Stimme brach, und sie fürchtete, gleich losheulen zu müssen… Doch sie nahm sich sofort zusammen, schluckte den Kloß in ihrem Hals hinunter und fuhr atemlos fort: »Dann ist mein Vater gestorben, zu Hause brauchten wir noch jemanden, der Geld verdient, also habe ich seine Taxilizenz übernommen. Und deshalb fahre ich Taxi.«

Raggio starrte sie an wie ein Auto. Die Bemerkung war ihm unbedacht herausgerutscht, er hatte witzig sein wollen, sie dagegen hatte ihm sofort eine wichtige und schmerzhafte Episode aus ihrem Leben erzählt, die sich wie eine spontane, zutiefst persönliche und aufrichtige Beichte angehört hatte.

Er schwieg, weil er nicht wusste, was er sagen sollte. Wieder rieb er sich eine Weile, die Debora wie eine Ewigkeit vorkam, das Ohrläppchen. Dann lächelte er verlegen.

»Schade. Du wärst eine prima Polizistin geworden.«

Unter der rauen Schale des Commissarios steckte tatsächlich ein weicher Kern. Debora ergriff ihre Chance.

»Hören Sie…« Nein, wenn sie ihn weiter siezte, würde es nicht funktionieren. Sie gab sich einen Ruck

»Hör mal, wenn ich dir verspreche, dass ich schweigen werde wie ein Grab, meine Lippen versiegelt sind und ich niemandem etwas verrate, nicht einmal meiner Mutter und meiner besten Freundin, darf ich dann bei den Ermittlungen dabei sein?«

Dieses Mädchen verblüffte ihn immer mehr.

»Hör mal, das hier ist kein Film. Hier ist alles echt.« Mit dem Zeigefinger beschrieb Raggio einen Bogen, der sein Büro, das Kommissariat und alle Ordnungskräfte Italiens einschließen sollte.

»Ich weiß, ich will mich ja auch gar nicht einmischen … Ich möchte nur diesen Fall aus der Nähe verfolgen. Ich habe Monica Costa kennengelernt und dorthin gebracht, wo sie ermordet wurde …«

»Keine Sorge, wir werden unser Möglichstes tun.«

Raggio war aufgestanden. Er wollte das Gespräch beenden, das ihm nun ermittlungstechnisch völlig entglitten war.

Debora begriff, dass ihr nur noch wenige Minuten blieben, um das Unmögliche zu versuchen.

»Ich bitte Sie. Ich bitte dich. Ich will doch nur auf dem Laufenden gehalten werden. Also, wenn du etwas herausfindest, jemanden verdächtigst. Ich will es nicht aus der Zeitung erfahren …«

Nun standen ihr wirklich Tränen in den Augen, und ihre Stimme klang brüchig. Diesmal bemühte sie sich nicht, es zu verbergen.

Raggio war sichtlich in Schwierigkeiten. Wieder rieb er sich das Ohrläppchen. Debora deutete das als gutes Zeichen.

»Also schön, wir machen es so: Wir bleiben in Kontakt. Ich rufe dich an, wenn es konkrete Neuigkeiten gibt, und wenn du willst, unterhalten wir uns dann mal.«

Er gab ihr sogar seine Handynummer. Schließlich war sie die Zeugin eines Verbrechens, da war es ganz normal, dass er für sie erreichbar sein musste.

Schließlich, schon in der Tür, überraschte Debora ihn noch ein letztes Mal: »Wann … ist eigentlich das Begräbnis?«

Raggio überlegte, ob er ihr diese Information geben durfte. Doch wahrscheinlich würde die Todesanzeige ohnehin am nächsten Tag in den Zeitungen stehen.

»Übermorgen Vormittag.«

»Wo?«

»In Sacro Cuore di Maria an der Piazza Euclide.«

»Dann treffen wir uns dort.«

Debora verschwand, ohne ihm Zeit für eine Antwort zu lassen.

14

Am folgenden Tag holte Debora Jessica zur Mittagspause im Laden ab. Sie hatte ihr eine unterwürfige SMS geschrieben und sie um Verzeihung gebeten, weil sie am letzten Sonntag einfach so verschwunden war. Seit sie die Nachricht über den Mord gelesen hatte, hatte sie sich nicht mehr bei ihrer Freundin gemeldet, obwohl sie einige Male versucht gewesen war, sie anzurufen und ihr alles brühwarm zu erzählen. Doch genau aus diesem Grund hatte sich Debora nicht mit ihr treffen wollen, aus Angst, sie würde den Mund nicht halten können. Schon als kleine Mädchen hatten sie und Jessica einander alles erzählt: in wen sie verknallt waren, wie es so lief mit dem jeweiligen Freund, hatten einander Eifersüchteleien, Neid, Ängste und Sorgen anvertraut, also alle kleinen und großen Geheimnisse, auch die, wegen deren man sich schämt und die man eigentlich für sich behält. Doch diesmal hatte sie etwas versprochen, es ging um Mord und um die Arbeit ihres Freundes, des Commissario, deshalb musste sie die Zähne zusammenbeißen und durfte sich nicht verplappern. *Wie schafften das eigentlich die Polizisten, die undercover arbeiteten? So musste sie auch vorgehen.*

»Jetzt sag schon, was hast du denn eigentlich die ganze Zeit getrieben, in der du abgetaucht warst? Du hast mir ja nicht mal auf Facebook geantwortet.«

Jessica schlürfte einen Erdbeersmoothie, während sich Debora einen weniger kalorienreichen aus Apfel und Karotte bestellt hatte.

»Nichts Besonderes, ich hab halt viel gearbeitet. Wenn ich zu Hause war, bin ich immer gleich ab ins Bett.«

»So langsam hab ich schon angefangen, mir Sorgen zu machen … Hab echt gedacht, dir geht es nicht gut.«

Debora hoffte inständig, dass Jessica jetzt nicht noch weiter nachfragte, und tat so, als brauche sie ihre ganze Konzentration für ihren Smoothie, den sie bis auf den letzten Tropfen, einschließlich des orangefarbenen Schaums, einsaugte, bis nur noch Luft durch den Strohhalm kam, sodass sie klang wie eine Saugpumpe. Schnell nutzte sie die kleine Pause, um das Thema zu wechseln. »Hab ich dir eigentlich schon erzählt, dass ich mit der Diät aufgehört habe?«

Debora wusste, dass Jessica für dieses Thema immer zu haben war.

»Aber ich habe trotzdem abgenommen. Schau mal…« Sie zog das T-Shirt etwas hoch und steckte zwei Finger in den Bund ihrer Jeans. »Erinnerst du dich, wie eng die saßen?«

»Wow!«

Jessica betrachtete bewundernd den Bauch ihrer Freundin.

»Supergeil, oder?«

In der Bar sah schon jemand verstohlen zu ihnen herüber, doch das störte Debora nicht im Geringsten. Ihr Bauch war flach, da gab es keine Speckröllchen und keinen Schwabbel mehr, und das war immer ihr zweitgrößter Wunschtraum gewesen, gleich nach dem, in die Polizei einzutreten. Und wenn sie schon so hart daran arbeitete, diesen Traum Wirklichkeit werden zu lassen, warum sollte sie die Früchte ihrer Anstrengung nicht ein bisschen genießen?

»Du hast jetzt wahrscheinlich eine Sechsunddreißig«, stellte Jessica fest und klang dabei wie ein General, der einem Kriegshelden eine Tapferkeitsmedaille anheftet.

Deboras Handy auf dem Tisch meldete sich mit einem kaum hörbaren Brummen.

»Du hast eine SMS.«

»Das sind bestimmt die Nervensägen von der Kooperative …« Debora zog gereizt das T-Shirt wieder herunter. »Warum habe ich bloß das Handy nicht ausgestellt?«

Jessica spielte mit den bunten Armreifen, die ihr schmales Handgelenk schmückten. Sie schob sie hoch und runter wie Kugeln auf einem Rechenbrett.

»Sonntag bin ich den ganzen Tag im Strandbad geblieben. Ich habe sogar etwas mitgeholfen, es kam mir irgendwie komisch vor – alle arbeiten, und ich lieg dort einfach in der Sonne rum und krieg auch noch umsonst zu essen und zu trinken.«

Debora hatte inzwischen nach dem Handy gegriffen.

»Weißt du, was ich mir überlegt habe? Also im Sommer, wenn der Laden zumacht, fahre ich nicht in Urlaub … wohin auch, ich bin eh pleite … Ich dachte, ich arbeite bei Cristian. Da bin ich doch auch am Meer, oder? Was meinst du?«

Debora antwortete nicht. Sie starrte auf das Display ihres Samsung.

»He, hörst du mir eigentlich zu?«

»Wie? Ja, natürlich«, versicherte Debora. Und sah wieder auf ihr Handy.

»Wer hat dir denn gesimst, dass du auf einmal gar nichts mehr mitbekommst?«

Jessica streckte die Hand aus, dabei klirrten die vielen Armreifen um das Gelenk, aber Debora steckte ihr Handy schnell in die Tasche.

»Ach, nichts Wichtiges, das waren die von der Kooperative, hab ich dir doch gesagt«, log sie ein wenig schlechter als sonst.

Jessica fuhr die Antennen aus.

»Hast du etwa was am Laufen?«

»Na klar! Denkst du etwa, wenn ich mit jemandem was anfangen würde, würde ich es dir nicht erzählen?«

»Selbst, wenn er verheiratet ist?«

»Vor allem, wenn er verheiratet ist!«

Die beiden Freundinnen prusteten laut los und stießen mit zwei nicht sehr diätkonformen Gläsern Bier auf ihre ewige verschworene Freundschaft an. Den Rest des Mittagessens redeten sie über Diäten, Bikinis und über Jessicas Plan, im Strandbad Sirena zu arbeiten.

Doch insgeheim konnte Debora nur an die SMS denken, die sie gerade erhalten hatte. Sie stammte von Commissario Raggio:

Wenn du zum Begräbnis willst, gehen wir gemeinsam. Warte um neun Uhr dreißig mit dem Taxi vor dem Kommissariat. Bis morgen.

15

Am folgenden Morgen um neun Uhr fünfundzwanzig, also fünf Minuten vor der ausgemachten Zeit und zwanzig Minuten, bevor Debora normalerweise dort aufgekreuzt wäre, hielt Taxi Siena 23 vor dem Kommissariat von San Lorenzo.

Es war Schirokkowetter – der Himmel war bedeckt und die Luft heiß und drückend. Debora hatte alle Seitenfenster heruntergelassen, um für ein wenig Durchzug zu sorgen. Es ging aber auch wirklich kein Lüftchen. Selbst die Zypressen auf dem Friedhof Campo Verano standen kerzengerade, ohne die leiseste Bewegung nach links oder rechts. Sie wirkten fast künstlich, wie auf einem grauen Hintergrund in Öl gemalt.

Debora wartete nicht gern, und nun wurde sie ungeduldig und fing an zu schwitzen. Um etwas durchatmen zu können, schaltete sie die Klimaanlage an. Sie sah ihn nicht kommen, bemerkte nur, wie die Beifahrertür sich öffnete und er auf einmal neben ihr saß.

»Soll ich mich lieber nach hinten setzen?«, fragte Raggio amüsiert.

»Das ist nicht nötig«, erwiderte Debora ganz ernst und fuhr los.

Raggio trug einen grauen Anzug aus Cool Wool, der ihn noch schlanker wirken ließ, ein schlecht gebügeltes hellblaues Hemd und eine dunkelblaue Krawatte. Offenbar hielt er das für ein dem Anlass angemessenes Outfit. Sie dachte, dass er darin wie ein Busfahrer der städtischen Verkehrsbetriebe aussah.

»Weißt du, warum ich mit dir zur Beerdigung will?«

Debora antwortete nicht, sondern konzentrierte sich auf den Verkehr.

Der Commissario fuhr in seinem Monolog fort. »Damit ich nicht auffalle. Uns Polizisten erkennt man aus Kilometern Entfernung. Aber auf der Piazza Euclide wimmelt es von Taxis, und heute, mit dem Begräbnis …«

Für Debora klang das, als wollte er sich rechtfertigen. Und zwar eher vor sich selbst als vor ihr.

»Ercoli ist eine wichtige Persönlichkeit. Da wird es einen schönen Massenauftrieb geben. Ich würde vorschlagen, wir postieren uns vor der Kirche und beobachten, wer rein- und rausgeht …« Raggio fröstelte. »Hier drinnen friert man ja wie ein Schneider. Ist dir etwa zu warm?«

»Es *ist* zu warm«, erwiderte sie. Dennoch tat sie ihm den Gefallen und stellte die Klimaanlage aus. Dann fragte sie ihn in dienstlichem Ton: »Hast du den Ehemann bereits befragt?«

Raggio war auf ein hartes Verhör gefasst gewesen. Diesmal war er vorbereitet. Wenn er Debora schon in der Sache hinzuzog, musste er zeigen, dass er ihr vertraute.

»Ja, er hat ein bombenfestes Alibi. Zur fraglichen Zeit hat er operiert. Das bestätigen der Assistenzarzt, der Anästhesist und die halbe Belegschaft der Klinik.«

»Das stand schon in der Zeitung.« Debora nutzte eine Rotphase an der Ampel und wandte sich zu ihm. »Ich wollte eigentlich wissen, wie er so war.«

»Was meinst du damit? Wie er aussieht?«

»Nein! Ob er am Boden zerstört war, aber versucht hat, sich zusammenzureißen. Oder ob er vollkommen verzweifelt war, es aber in Wirklichkeit nur gespielt hat.«

Raggio lachte leise. »Du siehst zu viele Krimis – Commissario Montalbano, Derrick und so Zeug. Wenn jemandem wie Ercoli die Frau unter solch heiklen Umständen ermordet wird, sorgt er sich als Erstes, dass es ein schlechtes Licht auf ihn werfen könnte … Sein drängendstes Problem ist jetzt eher, möglichst sauber aus dem Skandal herauszukommen.«

Natürlich, der *Skandal*.

Daran hatte Debora bis zu diesem Moment noch gar nicht gedacht. Skandal, dieses Wort hörte sich für sie so altmodisch an. Ein Wort aus der Vergangenheit, wie es ihre Großmutter benutzt hatte, wenn sie von ihrer Kindheit auf dem Dorf erzählte und von einer ihrer Cousinen sprach, die ein uneheliches Kind bekommen hatte. Monica Costa und ihr Tod hatten den Skandal in diese gutbürgerliche, vornehme und hoch angesehene Familie getragen. Und dieser Skandal würde sich ausbreiten wie ein Ölfleck, würde bis in ihr Haus vordringen, bis in die Klinik, an der der Professore arbeitete, bis in die Uni, an der die Tochter studierte, überallhin, wo die Familie Ercoli jemals gewesen war … Wieder musste Debora an die Eleganz und Raffinesse der blonden Signora denken, an das pudrige Parfüm, dessen Duft ihr Taxi erfüllt hatte … Dieser schmutzige und peinliche Tod und die Dreckspur, die er nach sich zog, war für jemanden aus solchen Kreisen wie ein Schlag ins Gesicht.

Die tiefe Stimme des Commissarios drängte sich in ihre Gedanken. »Also, wenn du wissen willst, ob der Ehemann verzweifelt war: nein, war er nicht. Er hat während der ganzen Befragung die Fassung bewahrt, nicht die geringste Emotion gezeigt.«

Raggios Stimme war eine leise Enttäuschung anzuhören.

Das Taxi war gerade in die Via Guidobaldo del Monte eingebogen. Die Straße wurde durch all die Autos blockiert, denen der Weg zur Piazza versperrt war. Vor der Kirche, am Fuß der Treppe, sah man den Wagen des Bestattungsunternehmens nebst Fahrer und einigen Angestellten. Ein paar Nachzügler hasteten noch die Stufen zur Kirche hinauf, aber die meisten Gäste hatten sich schon drinnen versammelt. Der Gottesdienst musste bereits begonnen haben.

Eine Yamaha hielt in der Nähe des Taxis an. Der Fahrer sprang ab, nahm den Helm ab und verstaute ihn im Gepäckfach. Obwohl er spät dran war, überprüfte er sein Aussehen im Seitenspiegel und brachte seine Frisur in Form. Als er mit seinem Look zufrieden war, lief er die Treppe hinauf und nahm dabei immer zwei Stufen auf einmal.

»Wer ist das?«

»Paolo, ihr Friseur.«

Das also war Paolo, ein angenommener und drei ausgegangene Anrufe.

»Ich habe ihn schon befragt. Er kannte die Tote ziemlich gut. Sie telefonierten fast jeden Tag miteinander. Schöne Frauen haben meist einen warmen Bruder als Freund.« Da er sonst nur mit Kollegen redete, war ihm die Bezeichnung herausgerutscht. »Einen Homosexuellen«, korrigierte er sich.

Debora war es nicht einmal aufgefallen. Political Correctness war nicht ihre Sache. Sie überlegte gerade, wie oft so eine Dame wohl zum Friseur ging, wahrscheinlich genauso oft, wie sie selbst sich die Zähne putzte.

»Jedenfalls war er zur Tatzeit in seinem Salon. Er hat ebenfalls einen Haufen Zeugen.«

»Wo ist sein Salon?«

»In der Via Frattina.«

Einen Moment lang hatte Raggio vergessen, dass da kein Kollege neben ihm saß. Doch nun dachte er, dass er zu viel redete, und verstummte.

»Und warum haben sie die ganze Zeit hin und her telefoniert?«

»Ich hab dir doch gesagt, sie waren befreundet.«

Einige Minuten lang sagte keiner der beiden ein Wort. Dann wandte Debora sich zu Raggio um und sah ihn durchdringend an.

»Sie hat ihn auch am Tag vor ihrem Tod angerufen. Warum?«

Raggio versuchte vergeblich, ihrem Blick auszuweichen.

»Ach, Weiberkram… sie wollte einen Termin zum Färben, aber er hatte keinen mehr frei. Sie hat darauf bestanden, und da er ihr nie etwas abschlagen konnte, durfte sie trotzdem kommen.«

Raggio sah aus dem Fenster, als wäre das alles gewesen.

»Und weiter?«

»Nichts weiter.«

»Wenn sie so dicke Freunde waren, hat sie ihm doch sicher einiges anvertraut, oder? Was wäre er sonst für ein Freund gewesen.«

Da gab es nichts, dieses Mädchen hatte das Zeug zur Polizistin. Sie ließ nie locker, man konnte sie nicht für dumm verkaufen.

»Fehlanzeige«, antwortete Raggio knapp. »Er hat

nur gesagt, dass sie nervös war. Als sie beide seinen Salon verlassen haben, war es fast neun Uhr abends. Und das kommt hin, denn der Ehemann hat ausgesagt, dass Monica Costa an diesem Abend um halb zehn nach Hause kam. Das war's. Das ist die ganze Aussage…«

»…des warmen Bruders«, schloss Debora.

»Also diesen Ausdruck habe ich bei euch in Rom gelernt, bei uns sagt man ›vom anderen Ufer‹.«

»Das klingt natürlich viel eleganter…«

An dieser Stelle wurden ihre sprachlichen Überlegungen unterbrochen, weil jetzt endlich Bewegung in die Sache kam und ein paar Leute die Kirche verließen. Dann öffnete sich das Portal ganz, und der Sarg wurde in Ermangelung muskelbepackter männlicher Verwandter von den üblichen vier bezahlten Sargträgern mit der obligatorischen Sonnenbrille getragen. Dahinter folgte der Trauerzug aus Verwandten, Freunden und Wohltätern.

Unter den Letzten, die die Kirche verließen, war ein eindrucksvoller Mann um die sechzig mit grau meliertem Haar, um den sich alle Gäste scharten. Debora erkannte sofort Eugenio Ercoli von dem Foto, obwohl er inzwischen ein paar Jahre älter war.

»Der mit dem dunkelblauen Anzug neben dem blonden Mädchen ist der Witwer?«

»Ja. Und das ist die Tochter, Valentina.«

Valentina. Drei angenommene und fünf ausgegangene Anrufe. Zwischen Mutter und Tochter war das ziemlich normal, ein wenig übertrieben vielleicht, aber keineswegs auffällig. Wenn ihre Mutter nicht arbeiten müsste, würde sie sie dann nicht auch zehnmal am Tag anrufen?

Kaum hatten sie die Kirche verlassen, trennte sich das Mädchen von seinem Vater. Sofort gesellte sich eine Frau zu ihr, die der Toten ähnlich sah, aber längst nicht so schön war. Gewissermaßen sah sie aus wie ihre schlechte Kopie.

»Wer ist die Rothaarige da neben der Tochter?«

»Flaminia Costa, Monica Costas Schwester.«

Debora erinnerte sich an das Interview, das sie einige Tage nach dem Mord im *Messaggero* gelesen hatte.

»Sie ist ein wenig jünger als Monica. Lebt getrennt. Ihr gehört eine Kunstgalerie in der Via dei Serpenti.«

Die Tante redete auf ihre Nichte ein. Debora fiel auf, wie Valentina angezogen war: Unter all diesen Menschen war sie die Einzige in Trauerkleidung. Sie trug eine dunkle Sonnenbrille und ein schwarzes Kostüm, von dem Jessica abfällig gesagt hätte: »Das würde nicht mal meine Oma tragen …«

Valentina war sehr dünn, beinahe durchscheinend, bemerkte Debora, die beim Thema »überflüssige Kilos« äußerst sensibel war. An Valentina Ercoli war kein Gramm zu viel: Sie hatte gerade noch so viel Fettanteil, dass es zum Überleben reichte. Wären da nicht diese unglücklichen Umstände gewesen, hätte Debora diese zarte, ja ätherische junge Frau, diese leidende Elfe, diese tragische Heldin, so chic und elegant, beinahe beneidet. Aber als ihr einfiel, dass hier alle versammelt waren, um Valentinas Mutter das letzte Geleit zu geben, schämte sich Taxi Siena 23 wegen ihres oberflächlichen Gedankens und sah die junge Frau sofort wieder mit dem distanzierten Blick des Ermittlers. Valentina Ercoli stand stocksteif da, die Handtasche umgehängt. Von ihrem Gesicht war nur der Mund zu sehen, der Rest des kleinen Gesichts war von der Sonnenbrille verdeckt. Und dieser Mund war schmerzlich verzerrt, die Lippen aufeinandergepresst.

Debora überlegte, wie sie sich wohl fühlen würde, wenn ihre Mutter plötzlich starb. Noch dazu unter solch furchtbaren Umständen. Spontan empfand sie Mitleid mit dieser reichen jungen Frau, die Untergewicht hatte und zu erwachsen gekleidet war, mit ihren blonden Haaren, in denen helle Strähnchen aufblitzten, und die – bestimmt das Werk Paolos – denen der Toten genau glichen ... Sie musste an das Bild denken, das Valentina als Baby im Arm ihrer Mutter zeigte. Wer vermochte sich schon vorzustellen, dass dieses wunderbare Wesen, das einen anlächelte, einem die Brust gab, einen in den Schlaf wiegte, das für einen die ganze Welt bedeutete, so enden würde? Erwürgt und halb nackt auf einem ungemachten Bett liegen gelassen, als wäre sie ein abgelegtes Kleidungsstück, das auf den Müll gehörte.

Während Debora ihren Gedanken nachhing, hatte Raggio eine kleine Digitalkamera hervorgeholt und machte ununterbrochen Fotos.

»Was tust du da?«

»Eine kleine Erinnerung an das Begräbnis. Wenn der Mörder sein Opfer kannte, kommt er in neun von zehn Fällen zur Beerdigung. Er kann gar nicht anders.«

Debora erinnerte sich, dass auch Dottor Giannelli, ihr

ehemaliger Lehrer in der Ausbildung, so etwas gesagt hatte. Der ehemalige Staatsanwalt hatte sie damals ins Herz geschlossen, und sie hatte es geliebt, nach Ende des Unterrichts noch dazubleiben, um mit ihm zu plaudern und sich seine Geschichten anzuhören … Plötzlich bekam sie Lust, ihn zu treffen, mit ihm zu reden und ihm vom Fall Costa und ihrer zufälligen Verwicklung darin zu erzählen. Was er wohl dazu sagen würde? Als sie ihn damals darüber informiert hatte, dass sie doch nicht zur Polizei gehen würde, hatte er das bedauert und ihr geraten, es sich noch einmal zu überlegen … Doch dann war sie von einem Tag auf den anderen verschwunden und hatte ihn nie wieder aufgesucht. Schnell ließ sie den Gedanken fallen und konzentrierte sich wieder auf das, was der Commissario tat.

Raggio war fertig mit den Fotos und hatte die Kamera eingesteckt.

»Was nun, fährst du mich nach Hause? Natürlich zahle ich dir die Fahrt.«

»Ach was, betrachte mein Taxi einfach als Dienstfahrzeug.«

Debora sagte das so bestimmt, dass Raggio nicht wagte, auf seinem Angebot zu bestehen.

Während der Fahrt schwiegen sie eine Weile. Er beschränkte sich darauf, ihr den Weg zu beschreiben, und sie folgte seinen Anweisungen, als wäre er ein ganz normaler Fahrgast. Doch dann fragte er:

»Woher kommst du eigentlich?«

»Aus Ostia.«

»Wie schön. Dann wohnst du also am Meer.«

»Hm-ja«, erwiderte Debora einsilbig.

»Ich bin auch in einem Ort am Meer geboren, Agropoli. Kennst du das?«

Debora schüttelte stumm den Kopf. Wenn sie über die Ermittlungen sprachen, war sie in ihrem Element, und sie plauderte wie ein Wasserfall, aber wenn das Gespräch auf private Dinge kam, setzte ihr Gehirn aus.

»Liegt am Golf von Salerno.«

Daraufhin machte sich wieder Schweigen breit, und Debora kramte in ihrem Kopf verzweifelt nach irgendeiner Frage, damit er sie nicht langsam für eine ägyptische Mumie hielt.

»Bist du schon lange in Rom?«

Ihre Stimme klang etwas steif, aber wenigstens hatte sie etwas herausgebracht.

»Seit acht Jahren. Meine Familie lebt in der Toskana. In der Nähe von Siena.«

Jetzt waren sie ganz oben auf der Panoramastraße.

»Wo fahre ich jetzt lang?«

»Hör mal, hier in der Nähe ist ein Café-Restaurant, das Zodiaco. Von dort kann man ganz Rom sehen. Ich lade dich ein. Dafür, dass du mich gefahren hast.«

»Wenn du mich einladen willst, gerne, aber nicht für die Fahrt. Ich habe doch selbst darum gebeten, dass ich die Ermittlungen mitverfolgen darf. Und das gehört zur Arbeit.«

Ihre Antwort klang leicht aggressiv, doch Raggio deutete das als ein Ja und lächelte.

Kaum waren sie in die Allee eingebogen, die zum Zodiaco führte, meldete sich das Funkgerät.

»Siena 23? Siena 23? Wo steckst du?«

Debora war schon versucht, das Gespräch abzuwürgen, aber dann hätte sie später Erklärungen abgeben müssen. Also meldete sie sich gereizt.

»In Balduina, aber ich bin noch nicht im Dienst.«

»Und worauf wartest du?«

»Ich habe gesagt, ich übernehme die zweite Schicht. Ab zwölf Uhr.«

»Und wie spät ist es jetzt deiner Meinung nach?«

Warum? Warum musste diese dumme Kuh sich ausgerechnet in diesem Augenblick melden und alles verderben? Es lief doch gerade so gut, sie fingen langsam an, sich einander zu öffnen, gaben eine Information nach der anderen preis. Und sie entspannte sich allmählich, als wäre Raggio ein alter Freund, den sie ewig nicht mehr gesehen hatte, oder ein Ex-Freund, den man zufällig mal wieder traf. Sie hätte am liebsten das Funkgerät aus dem Sockel gerissen und aus dem Fenster geworfen. Stattdessen sagte sie nur: »Okay. In einer Viertelstunde beginne ich meine Schicht.«

»Ja gut, aber wirklich in einer Viertelstunde, nicht in einer von *deinen* Viertelstunden …«, beharrte die krächzende Stimme, die für Debora heute noch unangenehmer klang als sonst.

»Okay, verstanden und Ende«, beendete Debora ärgerlich das Gespräch.

»Ja, ciao. Ich habe eh gerade 007 in der Leitung. Aber wenn du wieder abtauchst, rufe ich noch mal an.«

Debora beendete die Verbindung. Es gab nichts mehr zu sagen.

Du sollst verflucht sein, dachte sie im Stillen. *Diese blöde Kuh hätte es auch geschafft, Dante das erste Treffen mit seiner angebeteten Beatrice zu versauen …*

Zum Glück hielt Raggio sich zurück. Er sagte nur: »Also, Siena 23, dann gibt es wohl keinen Kaffee mit Aussicht?«

»Nö.« Der peinliche Anschiss aus der Kooperative hatte ihr jede Lust genommen zu reden.

»Warum Siena 23?«

»Weil ich meine erste Klassenfahrt dorthin gemacht habe. Der erste Rausch, der erste Kuss, so 'n Unsinn halt…«

»Und 23?«

»Na rate mal. Was bist du eigentlich für ein Bulle?«

»So alt warst du, als du…«, er wollte schon sagen »als du das Taxi geerbt hast«, aber das schien ihm nicht sehr nett, deshalb fügte er hinzu: »…als du mit dem Taxifahren angefangen hast.«

»Das war einfach«, sagte sie und zuckte mit den Schultern.

Sie hielt das Taxi vor einem Wohnhaus aus den Sechzigerjahren an, dessen Haustür aus Milchglas bestand. Debora fasste sich ein Herz und stellte die Frage, die ihr schon im Kopf herumging, seit er sie gebeten hatte, ihn nach Hause zu fahren.

»Und du wohnst allein hier?«

Er nickte. »Meine Frau wollte nicht mit nach Rom kommen. Ihre ganze Familie lebt in Siena. Anfangs hat mich das gestört, aber inzwischen… habe mich daran gewöhnt.«

Das klang nicht, als wollte er damit andeuten, dass er dadurch die Freiheit hatte, alles zu tun und zu lassen, was er wollte. Es hörte sich eher bitter an, als spräche er von einer schönen Vergangenheit, an die man voller Wehmut zurückdenkt, weil man weiß, dass sie für immer vorbei ist.

»Na dann, frohes Schaffen, Debora. Und danke.«

»Dir auch, Commissario.«

»Edoardo.«

»Edoardo«, wiederholte sie. Ein schöner Name. Klang nach Süden. Aber schön.

»Hör mal, Edoardo … sagst du mir Bescheid, wenn dir auf den Bildern vom Begräbnis etwas auffällt?«

»Na klar!«, erwiderte er bestimmt. Fast eine Spur zu eifrig, um glaubhaft zu wirken.

Nachdem er ausgestiegen war, winkten sie einander zum Abschied zu. Debora sah Raggio nach, wie er hinter der Milchglastür verschwand. Kurz darauf meldete sich wieder die aufdringliche Stimme aus dem Funkgerät.

16

Das »Beauty-Center«, wie sich neuerdings jeder Friseursalon nannte, befand sich im ersten Stock eines eleganten Altbaus in der Via Frattina. Um pünktlich dort sein zu können, sobald der Laden aufmachte, hatte Debora ihre Morgenschicht gegen die am Nachmittag getauscht.

Die Frau am Empfangstresen – kupferrote, raspelkurze Haare und eine unnatürlich blasse Gesichtsfarbe, die nicht etwa einer Krankheit geschuldet, sondern das Ergebnis präziser ästhetischer Überlegungen war –, begrüßte sie mit professionellem Lächeln.

»Guten Morgen. Haben Sie einen Termin?«

»Ja, um zehn. Ein Neuschnitt. Camilli.«

Die Frau führte sie in ein mit Spiegeln ausgekleidetes Nebenzimmer und ließ sie auf einem schwarzen Ledersofa Platz nehmen.

»Paolo kommt sofort.«

Nach diesen Worten ging sie wieder an ihren Platz zurück, was Debora einen taxierenden Blick auf ihre Kehrseite erlaubte. Die Empfangsdame trug eine hautenge schwarze Hose aus elastischem Funktionsstoff und ein Paar glänzende Ankle Boots. Debora schätzte ihr Gewicht auf fünfzig Kilo bei einer Größe von einem Meter fünfundsiebzig. Sie hatte inzwischen einen Blick dafür entwickelt, Waage und Zollstock hatte sie genauso verinnerlicht wie ihr GPS-Navi.

Von ihrem Platz aus konnte sie den Salon einsehen, der zu der frühen Stunde noch nicht voll besetzt war. Äußerst einschläfernde New-Age-Musik lieferte das Hintergrundgeräusch zu dem Geplauder der Kundinnen und dem Rauschen der Föhne.

Plötzlich, wie aus dem Nichts, stand Paolo vor ihr. »Ciao«, sagte er und streckte ihr die Hand hin. »Ich bin Paolo. Wir duzen uns hier alle, dann spricht es sich gleich leichter.«

Paolo war jung, irgendwas zwischen einem Teenager

und einem Mann. Er trug eine Brille mit einem dicken schwarzen Kunststoffgestell, ein petrolfarbenes Hemd mit offenem Kragen und sehr tief sitzende, eng anliegende Hüftjeans. Um den Hals ein Kettchen mit bunten Steinen und der unvermeidliche Ohrring auf der linken Seite.

Debora ergriff seine Hand und schüttelte sie, dann sah sie ihn an wie ein zum Tode Verurteilter seinen Henker, ehe er den Kopf auf den Richtblock legt.

»Ich möchte einen neuen Haarschnitt. Aber … nicht zu kurz.«

Sie trug die Haare seit ihrem dreizehnten Lebensjahr lang, seit sie sich das Recht erkämpft hatte, selbst über ihre Frisur zu bestimmen anstelle ihrer Mutter, die ihr in der Kindheit den allseits beliebten Pagenschnitt verordnet hatte. Die gesamte Gymnasialzeit über hatte sie einen täglichen Kampf gegen ihre Löwenmähne ausgefochten und sie gestriegelt, geglättet und geplättet. Später, als sie achtzehn wurde, hatte sie beschlossen, dass diese kräftigen, wilden Haare eigentlich schön waren und ihr Charakter und Persönlichkeit verliehen. Doch nun war sie bereit, sie im Namen der Ermittlungen zu opfern. Allerdings nur schweren Herzens.

Paolo bemerkte ihr Zögern und beruhigte sie.

»Alles wird gut …«

Er hatte Regel Nummer eins eines guten Friseurs verinnerlicht: Erst dem Kunden recht geben und dann einfach machen, was einem vorschwebt.

»… wir bringen nur etwas Form hinein, dann wirkt es nicht mehr so schwer, wir öffnen das Gesicht …«

Er übergab sie an einen hübschen farbigen Assistenten mit Rastalocken, der sie zum Waschbecken führte. Mit seinen magischen Händen schäumte, spülte, kämmte er und massierte ihr schließlich noch die Kopfhaut. Ein ungewohntes Vergnügen.

Bedeutete reich geboren zu werden etwa *das*? Dass man sich mindestens einmal pro Woche einen solchen Service erlauben konnte? Monica hatte sich von dem jungen Rasta bestimmt tausendmal massieren lassen, hier in diesem Sessel, mit eingeschäumtem Kopf und im Hintergrund das Geschnatter der anderen Kundinnen. Okay Monica, dein Leben war kurz, aber du hast es dir gut gehen lassen. Es hätte besser enden können, aber man kann kaum behaupten, dass du nicht deinen Spaß gehabt hättest.

Zum krönenden Abschluss schlang ihr der Mann mit den sensiblen Händen ein angewärmtes Handtuch wie einen Turban um den Kopf und führte sie dann zu einem Sessel vor der Spiegelwand. Darin beobachtete sie, wie Paolo zu dem jungen Rasta ging und ihm etwas ins Ohr flüsterte, woraufhin der andere ein verschwörerisches Lachen unterdrückte ... Waren die beiden ein Paar? Vielleicht nicht, noch nicht. Zwischen den beiden war diese leichte Euphorie zu spüren, dieses Berühren und Sichzurückziehen, dieses Einander-Entdecken und Voneinander-Träumen, das einer Beziehung vorausgeht. Kurz beneidete Debora den Friseur und seinen Assistenten. Wie lange war sie schon nicht mehr verliebt gewesen? Ihre letzte Beziehung lag inzwischen ein Jahr zurück. Carlos, ein Kolumbianer, den sie im Informatikkurs kennengelernt hatte. Das Ganze hatte bloß zwei Monate gehalten und war außerdem im Streit auseinandergegangen. Und seitdem tote Hose. Sie war emotional in einen Tiefschlaf gefallen, und bis jetzt war kein Märchenprinz erschienen, um sie wach zu küssen.

Paolo hatte nun so feierlich hinter ihr Aufstellung bezogen wie ein Koch, der sich anschickt, ein Gericht für die Königin von England zuzubereiten.

»Also …«, er versenkte seine langen, schlanken Finger in ihrer Lockenmähne. »Fantastisch! Mit diesen Haaren können wir alles zaubern …«

Er griff zu einer Schere, eine mit gezackten Klingen zum Ausdünnen, und machte sich ans Werk.

Gut fünf Minuten lang sagte keiner von beiden ein Wort. Das einzige Geräusch kam von den Haaren, die sanft wie Schneeflocken in einem Moskauer Winter zu Boden fielen. Dann beschloss Debora, mit ihrer dramatischen Darbietung zu beginnen und dafür weit auszuholen.

»Eigentlich wollte ich ja schon am Donnerstag einen Termin, aber am Empfang hat man mir gesagt, dass du den ganzen Tag unterwegs wärst.«

»Ich war auf einer Beerdigung. Eigentlich hätte ich am Nachmittag wieder arbeiten sollen, aber ich konnte nicht. Mir ging es einfach nicht gut.«

Paolo sah betrübt drein und seufzte.

Debora legte eine Kunstpause ein, dann hakte sie nach.

»Jemand aus der Familie?«

»Nein, eine Freundin. Eine schreckliche Geschichte.«

Er sprach jetzt leiser. »Du hast bestimmt davon gehört, die Signora, die in San Lorenzo tot aufgefunden wurde, die Ehefrau des Chirurgen Ercoli …«

Debora hatte geahnt, dass er innerhalb kurzer Zeit ins Plaudern geraten würde, aber sie hätte nicht gedacht, dass sie ein so leichtes Spiel haben würde.

»Ach ja, darüber habe ich was gelesen …«

Paolo nickte theatralisch in einer Mischung aus Trauer und Schicksalsergebenheit.

»Genau die!«

Ihr kleiner Anstupser hatte genügt, und schon legte er los. Aber es ging ihm nicht nur um Klatsch und Tratsch, man merkte ihm an, dass er ihre Steilvorlage nur deshalb so dankbar angenommen hatte, weil er sich den Kummer von der Seele reden musste.

»Sie gehörte zu meinen Kundinnen, aber vor allem war sie eine Freundin. Stell dir vor, am Tag vorher ist sie noch bei mir gewesen. Vor zwei Monaten hatte sie sich ja unbedingt die Haare schwarz färben wollen. Und das bei diesen Augen und dem Teint … Völlig absurd! Was hätte ich denn tun sollen? Sie meinte, dass sie ihren Typ verändern wollte, dass sie ihr ganzes Leben lang blond gewesen sei und dass sie so jünger wirken würde, weniger damenhaft.«

Er schnitt und redete, schnitt und redete, mit sicherer Hand, ohne überhaupt hinzusehen.

»Und dann ruft sie mich letzte Woche an und sagt, dass sie wieder die alte Haarfarbe haben möchte. Ich war vollkommen ausgebucht, es war schließlich Freitagnachmittag … Aber sie ließ nicht locker, als wäre es eine

Frage von Leben oder Tod. Also habe ich sie kommen lassen.«

Er hielt kurz inne, hörte auf zu schneiden und starrte Deboras Kopf an, als sähe er da mitten in der Lockenmähne die lebendige Monica vor sich.

»Bis um neun Uhr abends hat das Ganze gedauert. Am Ende waren nur noch wir zwei im Laden. Wenn ich geahnt hätte, was passiert, hätte ich sie gar nicht fortgelassen und lieber hier im Salon eingeschlossen, das arme Ding.« Und dann schossen ihm die Tränen in die Augen, echte Tränen, das war kein Theater.

Oh du rattenscharfe Monica, der hier, der dich nie angerührt hatte, mochte dich bestimmt weit mehr als all die Kerle, die dich gefickt und dir dabei ewige Liebe geschworen haben, dachte Debora.

»Entschuldigung«, sagte Paolo, zog die Nase hoch und wischte sich mit der Grandezza einer Stummfilmdiva mit dem Handrücken übers Gesicht.

»Aber… weiß man denn noch nicht, wer es getan hat?«

»Ein verdammter Drecksack! Entschuldigung, aber das musste mal gesagt werden.«

Schmerz und Wut hatten ihn seine Contenance vergessen lassen. Er wurde leiser, näherte sich ihrem Ohr.

»Am Tag vor der Beerdigung war ihre Schwester hier, aber ich habe nicht gewagt, sie zu fragen.«

Kurz sah Debora wieder die rothaarige Frau auf der Kirchentreppe vor sich. Wie hatte sie nur in aller Seelenruhe zum Friseur gehen können, wo ihre Schwester gerade brutal ermordet worden war?

Paolo kannte inzwischen kein Halten mehr. Er schnitt nun weiter, aber mit der Zunge war er fast schneller als mit der Schere.

»Monica und ihr Mann hatten nicht mehr viel Kontakt. Er war die ganze Zeit in der Klinik, er lehrte da ja auch. Meiner Meinung nach wilderte er reichlich unter den Schwestern und Studentinnen. Daher hatte Mony ganz zu Recht angefangen, sich ebenfalls etwas zu gönnen …«

Debora nahm sich eine Klatschzeitschrift vom Regal und blätterte darin. Dann fragte sie beiläufig, als würde sie eine gerade gelesene Nachricht kommentieren: »Also hatte auch sie ihre Affären?«

»Aber sicher. Worauf hätte sie denn warten sollen? Dass sie überall Falten bekommt? Sie sprach fast nie darüber, denn sie war sehr diskret, aber bis vor Kurzem hatte sie eine Affäre. Ich habe den Mann nie gesehen, das habe ich auch bei der Befragung der Polizei gesagt, aber gewusst haben sie es alle. Die Schwester, die Tochter … Meiner Meinung nach auch der Ehemann.«

Debora sah den Commissario wieder vor sich, wie er ihr im Auto vor der Haustür die Hand gegeben hatte. So ein verdammter Lügner! Hatte so getan, als würde er ihr vertrauen, hatte wie ein Freund mit ihr geredet, und sie, naiv wie sie war, hatte ihm geglaubt. Dabei hatte er Monicas Affäre einfach für sich behalten. Debora wollte mehr erfahren, noch mehr herausfinden, so viel Informationen wie möglich sammeln. Sie blätterte noch etwas in der Zeitschrift, um keinen Verdacht zu erregen, und tat so, als würde sie sich brennend für den geheimen Sohn eines Fußballers interessieren. Dann kehrte sie scheinbar ganz beiläufig zu dem Thema zurück, das ihr so am Herzen lag.

»Und die Tochter … wie alt ist die denn? Noch klein?«

»Ach woher! Die geht schon zur Uni und hat einen festen Freund … Wie alt sie ist, weiß ich nicht so genau, wahrscheinlich um die zwanzig. Sie lässt sich übrigens auch hier die Haare schneiden. So wie alle ihre Freundinnen von der LUISS …«

Der trauernde Freund war nun dem weltgewandten Hairstylisten gewichen.

»Etwas langweilig, wenn du mich fragst … Alle mit demselben Look, so schrecklich damenhaft. Nie versucht mal eine, sich mit einem neuen Schnitt oder einer anderen Haarfarbe von den anderen abzuheben.«

»Auch die Tochter von …«, Debora tat so, als könne sie sich nicht mehr an den Namen erinnern, »von deiner Freundin?«

»Valentina wollte blond sein wie ihre Mutter. Und wehe, wenn ich mal einen anderen Farbton ausprobieren wollte.«

»Und was passierte, als die Mutter sich auf einmal dunkel gefärbt hat?«

»Ein Drama! Schlimmer hätte es auch nicht sein können, wenn sie sich die Haare komplett abrasiert oder sie pink gefärbt hätte! Valentina hat eine ganze Woche nicht mehr mit Monica geredet.« Er seufzte. »Bei Kindern weiß man ja nie, was einen erwartet. Ich selbst habe ja keine …«

Ach, echt?

»…aber manchmal beneide ich diese armen Eltern wirklich nicht.«

Er lockerte ihre Haare mit den Fingern auf, damit auch die letzten abgeschnittenen Strähnen herausfielen.

»*Et voilà*! Und jetzt noch ein göttliches Produkt, um die Locken zu definieren…«

Er verteilte eine Art Gel auf seinen Händen und fuhr ihr damit durch die Haare, wodurch sich ihre Locken kräftig kringelten. Dann begann er, die Haare mit dem Diffusoraufsatz zu trocknen, und ordnete sie dabei so sorgfältig an, als wäre ihr Kopf ein Blumenarrangement. Debora musste an die Friseurin in Ostia denken, bei der ihre Mutter sich die Haare schneiden ließ und zu der sie auch immer mitgemusst hatte, als sie noch klein war, eine einfache Frau, die bei jeder Kundin den gleichen Schnitt und die gleiche Föhnwelle machte. Die Frauen betraten ihren Laden mit der Haarpracht, mit der Mutter Natur sie bedacht hatte, heraus kamen sie dann alle mit derselben Frisur. Als Debora älter und unabhängiger wurde, beschloss sie, dass sie das gleiche Ergebnis auch bei den Chinesen bekam, bei denen man für Waschen, Schneiden, Föhnen zehn Euro zahlte. Auch bei ihnen herrschte das Prinzip des Einheitslooks, aber zumindest war es billig.

»Na? Schau dir mal dieses Wunder an!«

Paolo hatte sein Kunstwerk beendet, einen Spiegel zur Hand genommen und sich damit hinter sie gestellt, damit sie sich aus allen Perspektiven bewundern konnte, von vorne, von der Seite, von hinten.

Debora betrachtete sich zufrieden. So toll hatten ihre

Haare noch nie gesessen, sie sah aus, als wäre sie einem Hochglanzmagazin entstiegen.

Sie dankte Paolo mehrmals und ganz aufrichtig, so wie man einem Arzt dankte, nachdem man eine schwierige und riskante Operation heil überstanden hatte. Und es gelang ihr auch, nicht mit der Wimper zu zucken, als die Dame mit dem kalkweißen Gesicht und den bleichen Lippen wie Morticia Addams ihr die Rechnung präsentierte. Sie bezahlte eine Summe, die zehn Stadtfahrten plus acht Fahrten in die Vororte entsprach, aber sie dachte, dass es das wert war, sowohl im Hinblick auf die Ermittlungen als auch in ästhetischer Hinsicht.

17

Am nächsten Tag um siebzehn Uhr vierzig fuhr Taxi Siena 23 die Straße zum Observatorium auf dem Monte Mario hinauf, auf dessen oberstem Punkt sich das Café-Restaurant Zodiaco befand. Edoardo Raggio hatte sich dort um Punkt halb sechs mit ihr verabredet. Sie war etwas zu spät dran. Ganz bewusst. Debora hasste es zu warten. Der letzte Fahrgast hatte sich zwar auch bis nach Garbatella bringen lassen, dem ehemaligen Arbeiter- und jetzigen Szeneviertel der Stadt, doch dann hatte sie absichtlich getrödelt.

Dabei wäre das gar nicht nötig gewesen. Edoardo Raggio, aber das konnte Debora nicht wissen, war von fast schon manischer Pünktlichkeit. Trotz seiner süditalienischen Wurzeln kam er zu einer Verabredung meist zu früh, aber nie zu spät. Zuspätkommen regte ihn auf und versetzte ihn in Panik, ganz egal, worum es bei dem Termin ging: Arbeit, Zahnarzt oder Essen mit Freunden, sein persönliches Ethos gebot ihm, mindestens eine Viertelstunde früher aufzubrechen als nötig. Weil er fünfzehn Minuten zu früh und sie ebenso viele zu spät kam, wartete der Commissario daher fast eine halbe Stunde.

Im Zodiaco verkehrte das wohlhabendere Bürgertum aus dem nördlichen Rom, diese Mischpoke, die die Wohnviertel Balduina, Camilluccia, Vigna Clara und Collina Fleming bevölkerte. Obwohl das Stammpublikum hier nicht allzu sympathisch war, hatte das Zodiaco zwei unschlagbare Vorzüge: zunächst eine atemberaubende Aussicht über die Stadt, an klaren Tagen konnte man fast bis zu den Castelli Romani sehen. Wie in einer maßstabsgetreuen Nachbildung erkannte man, wo der Tiber die Stadt durchschnitt, man konnte den großen grünen Fleck der Parkanlagen der Villa Borghese erkennen, die Kuppel des Petersdoms, die Türme von Trinità dei Monti und all die anderen tausend Kirchen und Türme der Ewigen Stadt. Die Bar war schick, zumindest sollte sie so wirken, war aber von einer wuchernden, archaischen Natur umgeben. Man kam sich vor wie auf dem Land. Und das war der zweite Vorzug. Auf der Hinfahrt hatte Debora sogar ein paar Hühner entdeckt, die am Straßenrand scharrten.

Jetzt, am frühen Abend, war die Aussichtsterrasse sehr gut besetzt. Debora scannte schon von Weitem die

Tischchen, um auch sicherzugehen, dass Raggio bereits dort saß und auf sie wartete.

Als sie ihn zunächst nicht entdeckte, wurde sie leicht nervös. Vielleicht hatte er ja nicht länger warten wollen und war wieder gegangen. Oder wegen eines unvorhergesehenen Zwischenfalls gar nicht erst gekommen. Oder, und das war wirklich die schlimmste ihrer Befürchtungen, er hatte ihr Treffen schlicht und ergreifend vergessen. Debora war kurz versucht, einfach wieder umzukehren, ins Taxi zu springen und so weit wie möglich wegzufahren von diesem Ort, den sie schon jetzt hasste. Aber dann entdeckte sie ihn doch.

Raggio saß an einem der kleinen Tische und nippte an einem dunklen Getränk. Er schien entspannt, betrachtete die Aussicht und wirkte überhaupt nicht so, als würde er auf etwas oder jemanden warten.

Ehe Debora zu ihm ging, studierte sie ihn eingängig. Der Commissario trug eine leichte Übergangsjacke und eine beige Leinenhose. Er sah jünger aus als am Tag der Beerdigung und viel, viel attraktiver als bei ihrer ersten Begegnung.

Sie schlich sich an ihn heran. Aber als sie nur noch wenige Zentimeter entfernt war, spürte er ihre Anwesenheit und drehte sich um.

»Ich dachte schon, du kommst nicht mehr …«

»Entschuldige, aber meinen letzten Kunden habe ich am anderen Ende von Rom abgesetzt«, erklärte sie und setzte sich ihm gegenüber.

»Ach, wir haben uns die Haare schneiden lassen … Steht dir sehr gut.«

»Danke.« Instinktiv fuhr sie sich durch die Haare – und zerstörte Paolos Meisterwerk –, damit sie etwas natürlicher fielen.

Ein Mann, der eine neue Frisur bemerkt, ist eine Seltenheit. Debora erinnerte sich an einen Streit zwischen ihrem Vater und ihrer Mutter, weil er, als sie mit frischer Dauerwelle vom Friseur kam und fragte: »Na, ist dir gar nichts aufgefallen?«, geantwortet hatte: »Die Pizza mit den Artischocken war superlecker.«

Nach ihrem begrenzten Erfahrungsschatz war ein Mann, der eine neue Frisur bemerkte, entweder schwul oder ein Polizist. Wenn Raggio nicht noch große Überraschungen bereithielt, gehörte er zur zweiten Kategorie.

»Möchtest du etwas?«, fragte er sie.

»Was trinkst du?«

»Chinotto.«

Gab es diese altmodische Brause tatsächlich noch? Warum nicht gleich einen Tee mit Butterkeksen? »Ich würde einen Spritz nehmen.«

Raggio ließ das unkommentiert. Er rief einen Kellner und bestellte ihren Aperitif. »Willst du auch etwas essen?«

Debora hatte das Mittagessen ausgelassen, und wenn es nach ihrem Magen gegangen wäre, hätte sie den Tisch, die Stühle und auch den Kellner gleich mit verschlingen können. Trotzdem sagte sie: »Nein, danke.«

Sie aß niemals, wenn sie zum ersten Mal mit einem Mann ausging, vor allem dann nicht, wenn dieser Mann ihr gefiel. Denn der Commissario gefiel ihr, es war sinnlos, das zu leugnen. Vielleicht fühlte sie sich deswegen so unwohl, als stünde sie unter Beobachtung. Während der Fahrt hierher hatte sie sich tausend Dinge überlegt, die sie ihn fragen wollte, witzige Bemerkungen, tiefschürfende Erkenntnisse, die sie interessanter und geheimnisvoller machten. Doch jetzt wusste sie nicht mehr, was sie sagen sollte. Um der peinlichen Stille ein Ende zu setzen, fragte sie hastig: »Gibt's was Neues?«

Raggio sah sich rasch um, um zu kontrollieren, ob man an den Nachbartischen genug mit sich selbst beschäftigt war, dann zog er einen Umschlag aus der Tasche.

»Ich hab dir die hier mitgebracht.«

Aus dem Umschlag holte er ein Dutzend Fotos hervor. Von der Beerdigung. Debora nahm sie hastig, blätterte sie durch und verschlang sie mit den Augen. Sie wirkte wie ein Kind, das ein Paket Frühstücksflocken durchwühlt auf der hoffnungsvollen Suche nach der unauffindbaren Plastikfigur.

Raggio hatte einige Personen mit einem Kreis markiert.

Debora deutete mit dem Finger auf einen Mann mit Schnurrbart und leicht angegrauten Schläfen. »Wer ist das?«

»Riccardo Meli, der Fotograf. Der die Leiche gefunden hat.«

»Und dem die Wohnung gehört?«

»Genau der. Monica Costa lieh sie sich von ihm aus, wenn er nicht da war, wahrscheinlich um sich mit jemandem zu treffen. Er behauptet, dass er sie aus Diskretion nie etwas gefragt habe.«

»Ist der etwa auch schwul?«

»Nein, er hat mir gesagt, dass er früher mal etwas mit ihr hatte, als sie noch als Model arbeitete. Und danach wären sie Freunde geblieben.«

»Ach ja richtig, sie war mal Model, stimmt's?«

»Ein paar Jahre lang, bevor sie geheiratet hat, dann hat sie es aufgegeben. Ich glaube, als ihre Tochter auf die Welt kam.«

Debora betrachtete die Tochter und die Schwester der Toten und versuchte, Ähnlichkeiten festzustellen. Sie konnte zwar verwandte Züge ausmachen, aber keine der beiden hatte Monicas faszinierende Schönheit.

Sie sah die Frau wieder vor sich, wie sie ihren Lippenstift erneuerte und dabei sorgfältig die Umrisse ihrer wunderschönen Lippen nachzog. Dann wieder dachte sie an Monica, wie sie einfach so hingeworfen auf dem Bett lag …

»War sie sehr … Hat man sie sehr verunstaltet?«

»Sie hatte einige Blutergüsse an den Armen. Der Mörder muss sie an den Handgelenken gepackt haben, um sie festzuhalten. Außerdem hatte sie ein Hämatom am Kopf, wahrscheinlich ist sie gegen die Wand geprallt. Die offensichtlichsten Verletzungen sind die Würgemale am Hals.«

»Wurde sie vergewaltigt?«

»Nein.«

Raggio schwieg, weil er nicht wusste, ob er fortfahren oder an dieser Stelle aufhören sollte. Er merkte, dass er diesem jungen Mädchen mit der Lockenmähne bereits zu viel erzählt hatte und dass er sich mit all diesen Informationen weit über die Geheimhaltungspflicht hinweggesetzt hatte, die ein guter Polizeibeamter während einer laufenden Ermittlung wahren musste. Aber gleichzeitig erkannte er, dass Deboras Fragen nicht einfach von Neugier als purem Selbstzweck bestimmt waren, sondern von dem Wunsch zu verstehen, Verbindungen herzustellen und Antworten zu finden. Diese junge Frau hatte das Zeug zu einer guten Ermittlerin, wie man es nicht von vielen seiner Kollegen, selbst denen in den höheren Etagen, behaupten konnte. Daher konnte er sich nicht zurückhalten.

»Sie wurde nicht vergewaltigt, aber sie hatte kurz vor ihrem Tod Geschlechtsverkehr. Einvernehmlichen, meine ich. Der Gerichtsmediziner hat Spuren von Samenflüssigkeit gefunden, die keine zwölf Stunden alt waren.«

»Und die bestimmt nicht vom Ehemann stammen.«

Raggio schüttelte den Kopf.

Der Kellner kam mit dem Spritz, außerdem brachte er Erdnüsse und Chips. Er stellte alles auf den Tisch und verschwand.

Debora nahm ihren Aperitif. »Willst du mal probieren?«

»Nein danke. Ich trinke nur zum Essen.«

Hatte sie etwa einen Außerirdischen vor sich? Von welchem Planeten kam der denn?, fragte sie sich. Sie und ihre Freunde hatten Spritz quasi mit der Muttermilch aufgesogen, ehe sie sich später Stärkerem zugewandt hatten. In Ostia wäre der Mann, der ihr gegenübersaß, bestimmt nicht alt geworden. Er war seltsam, hatte was von einem Bauern und einem Priester. Wirkte ein wenig altmodisch, wie Brillantine, und dass er aus der Provinz kam, stand ihm quasi auf die Stirn geschrieben. Aber er gefiel ihr, daran gab es nichts zu rütteln.

Debora zog das Schirmchen aus der Orangenscheibe und reicht es ihm. »Da, das schenk ich dir.«

»Danke.«

Er nahm es wirklich und steckte es sich ins Knopfloch wie eine Nelke.

Debora lachte und widmete sich ihrem Strohhalm, wobei sie fast das halbe Glas in einem einzigen Zug einsaugte. Dann konzentrierte sie sich wieder auf die Fotos.

»Und die da?« Sie zeigte auf eine junge Frau mit kurzen Haaren in einer Lederjacke, die Raggio mit Filzstift eingekreist hatte.

»Giovanna, Monica Costas Personal Trainerin. Mit ihr war sie am häufigsten zusammen. Eigentlich trafen sie sich jeden Tag …«

Debora fiel Paolo, der Stylist, auf, der ebenfalls markiert war, und sie erinnerte sich an das, was er ihr während des Haareschneidens erzählt hatte.

»Warum hast du mir nicht gesagt, dass Monica einen Liebhaber hatte?«

Raggio antwortete nicht sofort. Er nahm sich die Zeit, um zu überlegen, woher sie diese Information haben konnte.

Er brauchte nicht lange, um darauf zu kommen.

»Du hast den Friseur ausgehorcht … Ihm verdanken wir also deinen neuen Look.«

»Ja, ich war bei ihm. Ich wusste schon, du würdest mich außen vor lassen.«

Raggio konnte sich ein Grinsen nicht verkneifen.

Wenn sie wütend wurde, war sie wirklich urkomisch, trotz dieser mondänen Frisur wirkte sie jetzt wie ein trotziges kleines Mädchen.

»Und was hast du herausgefunden?«

»Das weißt du ganz genau! Sie hatte einen Liebhaber. Einen neuen, den Paolo nicht kannte. Warum hast du mir das nicht erzählt?«

Raggio war wieder ernst geworden. Schmallippig und in einem Ton, der keinen Widerspruch zuließ, sagte er: »Weil ich ihn zuerst aufsuchen und befragen sollte. Das hier ist eine heikle Angelegenheit, kein Spiel.«

Debora schwieg, verletzt und beschämt. In ihrer Wut nahm sie sich eine Handvoll Nüsschen und fing nervös an, sie aufzuknabbern. Dann sagte sie leise, ohne ihn anzusehen: »Du vertraust mir nicht, deswegen hast du es mir nicht erzählt.«

Diese Bemerkung stimmte Raggio milde. In fast väterlichem Ton, als würde er mit einer Tochter sprechen, der er gezwungenermaßen Hausarrest aufgebrummt hatte, erwiderte er: »Das stimmt nicht. Aber ich muss mich für alles, was ich tue, bei meinen Vorgesetzten verantworten. Ich bin kein Privatdetektiv, sondern ein Staatsbeamter.«

Debora starrte weiter stumm auf den Tisch und knabberte wütend ihre Nüsschen.

»Wenn ich dir nicht vertrauen würde, wäre ich wohl kaum hier, um dir diese Dinge zu erzählen, oder?«

Da hatte er recht. Im Grunde kannte er sie ja gar nicht. Wer war sie schon für ihn?, fragte Debora sich. Eine vollkommen Fremde. Abgesehen davon, dass sie freiwillig ihre Zeugenaussage gemacht und ihm das Handy gebracht hatte, wusste er nichts von ihr. Er hatte wirklich keinen Grund, ihr zu vertrauen. Und doch tat er es.

Schlagartig legte sich ihre Wut. Sie sah ihm in die Augen und sagte ganz ernst: »Ich schwöre, dass ich nie zu irgendjemandem ein Sterbenswörtchen sagen werde. Nicht mal unter Folter.«

Raggio lächelte und nickte. Dann beugte er sich zu ihr vor und bedeutete ihr, sie solle ebenfalls näher kommen.

»Er ist Antiquitätenhändler. Für den besagten Morgen hat er kein Alibi. Monica hat ihn vor drei Monaten verlassen, und das hat ihn sehr getroffen. Anscheinend hat er sie auch bedroht.« Dann lehnte er sich beinahe erleichtert zurück. »Vielleicht können wir diesen Fall bald abschließen.«

Jetzt beugte Debora sich ihrerseits vor und fragte Raggio leise: »Und diese unbekannte Nummer? Das war seine, oder?«

Sie war ganz aufgeregt. Und fühlte sich, als wäre sie vollkommen in die Ermittlungen eingebunden.

»Diese Nummer läuft auf einen falschen Namen.«

Debora fiel zusammen wie ein durchlöcherter Luftballon, aus dem die Luft entwich.

»So einfach ist das alles nicht, Siena 23. Wenn du wirklich Polizistin werden willst, dann brauchst du als allererstes Geduld. Es läuft eben nie so wie in den Fernsehserien, wo man den Fall in einer Stunde gelöst hat.«

Debora schwieg nachdenklich und nuckelte an ihrem Spritz. Dann sah sie sich wieder die Fotos an. Unter den

Personen, die Raggio mit einem Kreis markiert hatte, fand sich neben Ehemann, Tochter und Schwester eine brünette junge Frau um die dreißig. Sie tauchte auf drei Fotos auf. Auf einem wurde sie ein wenig von Ercoli verdeckt, auf den anderen beiden konnte man sie besser erkennen. Sie hielt sich immer hinter ihm, auf dem zweiten Bild beim Verlassen der Kirche ebenso wie auf dem dritten, wo der Witwer ins Auto stieg, um dem Leichenwagen zu folgen.

»Wer ist denn die Frau da neben Ercoli? Eine Nichte?«

Raggio musste lachen. »So kann man das auch nennen …«

»Ercolis Geliebte?«

»Antonella Airone, einunddreißig. Offiziell seine Assistentin. Ebenfalls Kardiologin. Sie hat bei ihm ihre Facharztausbildung absolviert und arbeitet jetzt mit ihm zusammen in der Klinik.«

»Ich hab immer gedacht, bloß Showgirls oder Schauspielerinnen oder meinetwegen auch Kandidatinnen in Reality-Shows, lassen sich mit alten Männern ein, um sich hochzuschlafen. Aber eine, die sich zehn Jahre lang im Studium den Arsch aufgerissen hat, hat das doch gar nicht nötig …«

Raggio zuckte mit den Achseln. In seinen zwanzig Berufsjahren hatte er genügend sogenannte anständige Bürger gesehen, die sich für weit weniger prostituiert hatten.

»Vermutlich hat sie sich dadurch viele Jahre Buckelei mit schlecht bezahlten Endlosschichten erspart …«

Debora dachte an ihren Bruder, der bis ein Uhr nachts

über den Büchern hing, und an das, was ihn ohne einen Beschützer wie Doktor Ercoli erwartete.

»Vielleicht hat sie sich aber auch einfach in ihren Professor verliebt«, sagte Raggio und schaute sie merkwürdig, ja beinahe herausfordernd an.

»Oder hältst du es für ausgeschlossen, dass sich eine junge Frau zu einem Mann hingezogen fühlt, der wesentlich älter ist als sie?«

Mit dieser persönlichen Frage hatte er sie kalt erwischt.

»Nein … im Prinzip nicht«, erwiderte sie verlegen. Sie sammelte die Fotos vom Tisch ein und legte sie in einem Stapel aufeinander, um ihre Nervosität zu überspielen. »Darf ich die behalten?«

»Natürlich, das sind Kopien für dich.«

Debora verzog ihre Lippen zu einem halbherzigen dankbaren Lächeln, während sie ihm eigentlich am liebsten um den Hals gefallen wäre. Die einzige nette Geste, zu der sie in der Lage war, war ihm anzubieten, ihn nach Hause zu fahren, aber er lehnte ab.

»Ich bin im Auto gekommen, weil ich gleich ins Büro muss. Ich gehe noch mal die Aussagen durch. Am Sonntag ist es im Kommissariat ruhiger und abends sowieso. Ich kann dann besser nachdenken.«

Wie gerne wäre sie mitgekommen … schweigend Seite an Seite Papiere durchgehen, den ein oder anderen Gedanken austauschen, literweise Kaffee in sich hineinschütten, um wach zu bleiben, Zweifel teilen, auf eine Eingebung hoffen …

»Und was machst du heute Abend?«

»Ich ... ich geh in einen Club. Aber vorher schlaf ich noch ein paar Stunden. So richtig was los ist da ja erst ab ein Uhr nachts ...«

Debora hatte das so dahingesagt, um zu beweisen, dass auch sie etwas vorhatte, und um ihn ein wenig neugierig zu machen. Aber er ging nicht darauf ein, worüber sie sich ärgerte. Erst als sie sich voneinander verabschiedeten, fragte er sie, mit wem sie in den Club wollte.

»Ach, keine Ahnung, mit einem Freund ...«

»Wenn er fährt, dann lass nicht zu, dass er was trinkt«, war sein einziger Kommentar. Polizist durch und durch.

Auf dem Rückweg, als sie mit hundertdreißig über die Via Pontina bretterte, während auf der Gegenfahrbahn viele Heimkehrer Stoßstange an Stoßstange im Stau den Preis für ein Wochenende am Meer bezahlten, überlegte sie, dass man sich durchaus in jemand Älteren verlieben konnte. Sie dachte an ihre Mutter, die sich mit fünfzig schon zum alten Eisen zählte, und an Monica und ihren Mann, die genauso alt waren und vögelten, was das Zeug hielt, bestimmt auch mit jüngeren Partnern.

Und dann dachte sie an Edoardo Raggio ...

18

Das mit dem Club war gelogen. Nun gut, nicht ganz, weil Jessica und Cristian sie tatsächlich gefragt hatten, aber sie hatte sich herausgeredet, sie hätte ihrer Mutter versprochen, mit ihr ins Kino zu gehen. Auch das war nur halb gelogen, weil sie tatsächlich ihre Mutter am Vortag, um sie ein wenig aus dem Haus zu locken, gefragt hatte, ob sie sich nicht zusammen einen Film ansehen wollten, aber diese hatte abgelehnt, weil sonntagabends ihre Lieblingsserie lief, und da könne sie nun wirklich nicht weggehen. Zwei halbe Lügen ergeben keine ganze, und daher hatte Debora ein reines Gewissen. Sie aß mit ihrer Mutter zu Abend und sah sich mit ihr die erste Folge der Serie an, in der der ermittelnde Detektiv, ein Pfarrer, innerhalb von fünfzig Minuten einen Fall löste, den der arme Raggio nicht einmal in zehn Jahren abgeschlossen hätte. Dann gab sie ihrer Mutter einen Gutenachtkuss und ging in ihr Zimmer.

Nachdem sie die Tür hinter sich zugezogen hatte, zündete sie sich eine Zigarette an, öffnete das Fenster, legte sich in voller Montur aufs Bett, stopfte sich das Kissen in den Rücken, holte die Fotos aus der Tasche und ging sie aufmerksam durch.

Als Erstes fielen ihr die Haare von Flaminia Costa, Monicas Schwester, auf: ein klassischer Carré-Schnitt, kupferrot, mit ausgedünntem Pony. Bestimmt noch so eine Kreation von Paolo dem Stylisten. Verglichen mit den Fotos aus den Zeitungen, die Debora mit den Interviews und den Artikeln zum Mord ausgeschnitten und gesammelt hatte, hatte sich Flaminia Costa in den letzten Tagen äußerlich deutlich verbessert, sodass sie sie auf der Beerdigung beinahe nicht erkannt hätte. So wie Antonella Airone sich auf allen Fotos dicht hinter Professor Ercoli hielt, wich die Tante Valentina nicht von der Seite, die von einer Schar gleichaltriger Mädchen umgeben war, wahrscheinlich Schulfreundinnen und Kommilitoninnen, die alle den gleichen Haarschnitt trugen und sich so ähnlich kleideten, dass man sie nicht voneinander unterscheiden konnte, ganz so, wie Paolo der Stylist geätzt hatte. Mitten unter ihnen ein junger Mann, ebenfalls blond, der allein durch seine Größe ins Auge fiel. Was Debora jedoch merkwürdig vorkam, war der Abstand zwischen dem Pärchen Ercoli-Antonella und der Gruppe Flaminia-Valentina-Freundinnen, oder besser gesagt, das eigentlich Seltsame daran war die Distanz zwischen Vater und Tochter, die sich, seit sie die Kirche verlassen hatten, weder berührt noch angesehen hatten und sogar in zwei unterschiedlichen Autos weggefahren waren.

Debora sah sich Ercoli auf den beiden Fotos, auf denen Raggio ihn ganz nah herangezoomt hatte, genauer an. Trotz des angespannten, besorgten Gesichtsausdrucks sah er, genau wie Monicas Schwester, verflucht gut aus. Von keinem der beiden konnte man behaupten, dass sie vor Kummer am Boden zerstört wären.

Während Debora das alles überlegte, klopfte es an ihrer Tür, und ehe sie antworten konnte, schwang sie auch schon auf, und ihr Bruder kam herein.

Debora stopfte die Bilder schnell unter das Kissen.

»Warum rauchst du in der Wohnung? Du weißt doch, dass eine Nacht in einem verrauchten Raum genauso schädlich ist, wie wenn man vierzig Zigaretten raucht.«

»Und du weißt doch, dass man eigentlich warten muss, bis jemand ›Herein‹ ruft, ehe man einen Raum betritt.«

»Welche Schicht hast du morgen? Kannst du mich an der Fakultät absetzen?«

»Okay. Weck mich um halb acht. Mit Kaffee, bitte.«

»Geht klar. Nacht.«

Giampi wollte schon kehrtmachen, da hielt er noch einmal inne und musterte seine Schwester, als sehe er sie erst jetzt so richtig.

»Was …«, er kniff die Augen zusammen, um ihre Lockenfrisur besser sehen zu können. Dann verzog er verächtlich das Gesicht. »Was hast du denn mit deinen Haaren angestellt?«

»Ich hab sie mir schneiden lassen. Warum?«

»Du siehst aus wie ein Escortgirl.«

Giampi hatte doch stets für jeden ein freundliches Wort! Bei seiner Schwester lief er immer zu Höchstform auf.

Debora schluckte. Auch ihre Mutter hatte die radikale Veränderung in ihrem Look kritisiert, und einen Moment lang kamen auch ihr Zweifel an Paolos Fähigkeiten. Doch dann erinnerte sie sich an Raggios anerkennende Bemerkung und wie er sie am Nachmittag angesehen hatte.

»Eigentlich haben alle gesagt, dass mir das ausgezeichnet steht.«

»Wer alle? Deine Kollegen? Die verstehen bestimmt was davon …«

Okay, Giampi wollte Krieg. Den konnte er haben! Debora entschloss sich zum Gegenangriff und zielte dabei auf seinen wunden Punkt.

»Von Frauen verstehen die bestimmt mehr als du, weil du mit zwanzig noch nie eine Freundin hattest.«

Ihr Bruder lief puterrot an und presste die Kiefer zusammen. »Was weißt du denn schon? Meinst du etwa, ich binde dir alles auf die Nase?«

Für Giampi war das Wort »Frauen« ein ähnliches rotes Tuch wie für Cyrano de Bergerac das Wort »Nase«. Ein Tabuthema, an das man besser nicht rührte.

Debora aber stocherte mit der ganzen Bosheit einer älteren Schwester noch weiter in der blutenden Wunde.

»Ich weiß es einfach. Das sieht man doch.« Sie gab sich lebenserfahren. »Du bist doch garantiert noch Jungfrau, Frauen haben dafür einen Riecher.« Sie gab Kussgeräusche von sich, als wollte sie ein Kätzchen locken, um ihn ihren ganzen Spott spüren zu lassen. »Ach wie süß, der Kleine …«

»Du erzählst einen solchen Scheiß.« Giampi war jetzt stinksauer. »Einen Riecher … Weißt du, zum Glück sind nicht alle Frauen so wie du. Ich geh schlafen. Gute Nacht!«

Vielleicht hatte sie es diesmal übertrieben.

»Warte, Giampi, jetzt werd doch nicht gleich wütend … Komm schon, Frieden …«

Sie warf ihr Kissen nach ihm, wie früher, wenn einer von ihnen signalisierte, dass er aufgab.

Der Bruder wehrte es instinktiv mit dem Ellenbogen ab und kickte es mit aller Kraft zurück. Debora schnellte hoch und fing es im Flug auf.

»Du siehst doch wirklich super aus. Warte nur ab, wenn du endlich mal ein bisschen lockerer wirst, werden sich die Weiber nur so um dich reißen …«

Bei der kleinen Kissenschlacht hatten sich die Fotos von der Beerdigung übers Bett verteilt. Schnell schob Debora sie mit dem Fuß unter das Laken, damit ihr Bruder sie nicht bemerkte. Dabei fiel ihr Blick auf die Aufnahme vom Witwer und der Assistentin an seiner Seite.

»Giampi!«

Ihr Bruder war fast schon zur Tür hinaus. Verärgert drehte er sich um, er war immer noch gekränkt.

»Was willst du denn noch?«

»Kennst du einen gewissen Professor Eugenio Ercoli? Er ist Kardiologe.«

»Natürlich kenne ich den. Er unterrichtet auch an der Uni. Aber nicht bei uns, nur bei denen in der Facharztausbildung. Warum?«

»Seine Frau wurde ermordet. Es stand in der Zeitung.«

»Hat er sie umgebracht?«, fragte Giampi unbekümmert, als hätte er gefragt: »In welchen Team spielt er?«

»Sieht nicht so aus.«

»Na dann, gute Nacht.« Er schloss die Tür.

Wenn ihr Bruder den Arztberuf genauso distanziert und gleichgültig anging wie alles andere, würde er irgendwann einmal entweder einen Nobelpreis gewinnen oder ein zweiter Jack the Ripper werden.

19

Die Klinik Villa Rosalba lag an der Via Cassia, gleich nachdem man vom Corso Francia in die Straße einbog. Debora parkte ihr Taxi und lief durch den kleinen Park, der die Klinik umgab, auf den Haupteingang zu. Sie hätte mit dem Auto hineinfahren und es auf dem gebührenpflichtigen Parkplatz abstellen können, aber sie dachte daran, dass sie diese Nachforschungen schon so viel gekostet hatten, und beschloss, diesmal das Geld zu sparen. Wenn sie Glück hatte, würde sie gleich auf Professor Ercoli stoßen, sonst würde sie eben warten müssen.

Die Eingangshalle wirkte wie die eines großen Hotels – glänzender Marmorboden, kleine Sofas, Grünpflanzen und sogar eine Cafébar. Der ganze Raum war so konzipiert, dass die Kranken sich darin nicht wie Patienten, sondern wie Gäste fühlen sollten. Es schien vollkommen unmöglich, dass an einem Ort wie diesem jemand Schmerzen empfinden oder gar sterben konnte. Geld war also auch in dem Fall sehr nützlich, man konnte sich einreden, man ginge in Urlaub, anstatt sich unters Messer zu legen.

Auch die netten jungen Damen hinter dem großen Empfangstresen wirkten nicht wie die Mitarbeiterinnen eines Krankenhauses, sondern wie Hostessen, die Gäste zu einem Kongress empfingen. Debora ging zum Tresen und fragte eine von ihnen nach Dottore Ercoli.

»Der Professor ist noch nicht eingetroffen. Haben Sie einen Termin?«

»Eigentlich nicht. Er hat meinen Vater operiert, und ich wollte nur kurz mit ihm reden.«

»Schauen Sie, er wird gleich hier sein, da er heute Vormittag operiert. Vielleicht möchten Sie schon einmal mit seiner Assistentin, Dottoressa Airone sprechen?«

Damit hatte Debora nicht gerechnet, aber die Chance, Doctor Grey ein wenig in die Mangel zu nehmen, gefiel ihr.

»Sie ist dort drüben in der Cafébar …«, sagte das Mädchen und zeigte auf eine junge, in einen weißen Arztkittel gekleidete Frau, die mit einem Kollegen einen Espresso trank.

Bevor sie zu ihr ging, betrachtete Debora sie aus der Ferne. Ihr Gesicht gehörte nicht zu denen, die sich einem besonders einprägten. Es war weder schön noch hässlich, große Kulleraugen, eine angedeutete Adlernase, die ihr etwas Strenges, vielleicht sogar Mürrisches verlieh. Ihre Figur machte dafür vieles wett, sie war groß und schlank. Und selbst unter dem züchtig verhüllenden Arztkittel erahnte man beneidenswert sinnliche Kurven. Debora, die Metermaß und Waage verinnerlicht hatte, erkannte Kleidergröße, Größe und Gewicht der Ärztin sofort, die sie ganz objektiv als perfekt einstufte.

Antonella plauderte gerade fröhlich-flirtend mit einem Arzt, der etwa in ihrem Alter und ebenfalls groß, aber dünn war. Derart ins Gespräch vertieft, bemerkte sie die junge Frau mit der Lockenmähne nicht, die sich ihr inzwischen bis auf knapp einen Meter genähert hatte.

»Dottoressa Airone?«

Antonella, die gerade ihren Kaffee austrank, wandte

sich um und musterte die Unbekannte. Sie versuchte sich zu erinnern, ob sie ihr schon einmal begegnet war, ging kurz Gesichter von ehemaligen Patienten, Studenten und angehenden Fachärzten durch, aber das der jungen Frau sagte ihr nichts. Wären sie in einem staatlichen Krankenhaus gewesen, hätte sie ganz direkt gefragt, was sie von ihr wollte, aber hier in der Privatklinik ging das nicht. Die Ärztin wusste genau, dass allein die Tagespauschale dem Preis für ein Zimmer im Hilton entsprach, ganz zu schweigen von den Visiten der Fachärzte und den einzelnen Untersuchungen, und auch ihr Honorar lag viel höher als in der öffentlichen Gesundheitsversorgung. Also opferte sie bereitwillig die Plauderei mit dem Kollegen und ihre Kaffeepause.

»Ich erzähle dir den Rest später … Bitte, Signorina.«

Sie entfernte sich einige Meter vom Bartresen, gerade so weit, dass die Privatsphäre der Unbekannten gewahrt wurde.

»Bitte …«

»Also eigentlich bin ich hier, um mit Professor Ercoli zu sprechen. Aber man hat mir gesagt, dass er noch nicht da ist und dann gleich einen Eingriff hat …«

»Ja, das stimmt. Sobald er kommt, müssen wir sofort in den OP.«

Debora nahm bei der Frau eine leichte Gereiztheit wahr. Deshalb griff sie zu der Waffe, die niemals versagte: Schmeichelei.

»Aber man hat mir gesagt, dass Sie seine engste Mitarbeiterin sind und ich genauso gut mit Ihnen sprechen könnte.«

»Ja, das stimmt in gewisser Weise.« Die Eisprinzessin taute langsam auf. »Wir betreuen viele Patienten gemeinsam. Erzählen Sie mir doch, was Sie auf dem Herzen haben.«

»Also, es ist mir ein bisschen peinlich …« Debora begann mit ihrer bühnenreifen Vorstellung. Sie knetete ihre Hände, als wäre sie verlegen. »Wissen Sie, mein Bruder studiert Medizin an der Sapienza-Universität. Und er ist richtig gut. Noch ist er im ersten Jahr, aber er hat schon eine Menge Prüfungen abgelegt …«

Antonella nickte mechanisch, sie wusste nicht, worauf diese junge Frau hinauswollte. Sie waren nur sechs Jahre auseinander, aber neben ihr wirkte Debora wie ein junges Mädchen.

»Nach dem Examen will er sich in Kardiologie spezialisieren. Aber wie Sie sicher wissen, ist es nicht gerade leicht, in die Fachbereiche zu kommen … Und wenn Professor Ercoli, der ja in Rom wirklich der Beste seines Fachs ist, ihm dabei ein wenig unter die Arme greifen könnte …«

Der Gedanke, ihren Bruder als Ausrede zu benutzen, um sich dem lustigen Witwer zu nähern, war Debora um ein Uhr nachts gekommen, als sie nicht hatte schlafen können, weil sie immerzu an diese Fotos und die seltsame Aura denken musste, die die Angehörigen der armen Monica umgab. Sie hatte es für einen genialen Einfall gehalten, aber jetzt, da sie Ercolis Geliebter gegenüberstand, die sie in etwa so freudig beäugte, als hätte sie eine Fliege in ihrer Suppe entdeckt, kam ihr das Ganze doch ziemlich abwegig vor.

»Es tut mir leid, Signorina, aber vielleicht sollte Ihr Bruder erst mal weiterstudieren und dann den regulären akademischen Weg gehen.«

Na klar, genau wie du das getan hast, du blöde Ziege, dachte Debora.

»Danach könnte man vielleicht einen Termin beim Professor arrangieren.«

Plötzlich hatte Debora eine Erleuchtung. So naiv wie möglich und scheinbar beiläufig sagte sie: »Wissen Sie, warum ich überhaupt hergekommen bin? Ich habe vor Kurzem die Frau des Professors beim Friseur kennengelernt, Signora Monica.«

Dottoressa Airone kniff die Lippen zusammen und versuchte, ihre Verärgerung zu verbergen. Debora tat so, als würde sie es nicht bemerken, und fuhr unbeirrt fort: »Sie war so nett. Sie hat immer über ihre Familie gesprochen, ihre Tochter und ihren Ehemann … Und als ich ihr gesagt habe, dass mein Bruder Medizin studiert, meinte sie, sie würde sich darum kümmern, dass er mal mit dem Professor sprechen kann …«

Die Dottoressa unterbrach Debora. Sie war bei ihrer Erklärung dunkelrot angelaufen und schien jeden Moment zu explodieren. »Hören Sie, Signora Monica ist nicht mehr. Ich weiß ja nicht, was sie Ihnen erzählt hat, aber sie und der Professor sahen sich kaum noch.«

Sofort wurde ihr bewusst, dass sie zu viel gesagt hatte und etwas zu heftig geworden war. Sie schluckte kurz, atmete tief durch und zwang sich, wieder einen ruhigeren Ton anzuschlagen.

»Was ich damit sagen will: Professor Ercoli hat eine

strenge Berufsauffassung, die es ihm nicht erlaubt, sich über die Regeln hinwegzusetzen. Er hat schließlich einen Ruf zu verlieren. Da kann er nicht einfach jemanden begünstigen, selbst wenn Monica …«, sie korrigierte sich sofort, »Signora Costa ihn darum gebeten hätte.«

Nun war auch Debora überzeugt, dass Raggio mit seiner Einschätzung richtiggelegen hatte, offenbar war die junge Dottoressa wirklich in ihren ehemaligen Professor verliebt. Wie sonst ließ sich ein solcher Groll gegen die verstorbene Ehefrau erklären, wenn nicht aus dem banalsten Grund der Welt, der nie an Aktualität verlor, jenem Gefühl, das weder nationale noch gesellschaftliche Grenzen kannte: nämlich Eifersucht?

In diesem Moment, als hätte die Dottoressa ihn herbeigerufen, betrat der Professor die Klinik. Unter einer offenen Sportjacke trug Ercoli ein Poloshirt von Ralph Lauren und sah eher aus, als sei er auf dem Weg zum Tennisplatz, als dass er gleich einer armen Seele das Leben retten oder sie zu ihrem Schöpfer schicken wollte.

Kaum hatte er die Halle betreten, eilten einige junge Frauen in weißen Kitteln, vermutlich ehemalige Studentinnen, allesamt blutjung und äußerst attraktiv, auf ihn zu. Er blieb stehen und unterhielt sich leise mit ihnen. Antonella ließ ihn nicht aus den Augen, sie wirkte angespannt wie eine Violinsaite.

»Da ist der Professor. Aber das ist jetzt nicht der richtige Zeitpunkt …«

Es war offensichtlich, dass Dottoressa Airone die junge Frau loswerden wollte. War sie ihr zunächst nur wie die übliche Nervensäge vorgekommen, verabscheute sie sie jetzt geradezu, seit sie den Namen ihrer ermordeten Rivalin genannt hatte.

»... wenn Sie mir Ihre Telefonnummer dalassen, versuche ich, mit ihm zu reden, vielleicht kann er etwas für Ihren Bruder tun.«

Aber Debora war hier, um den Witwer kennenzulernen, und selbst ein gezielter Tritt hätte sie nicht von ihrem Platz vertreiben können.

Inzwischen hatte Ercoli seine Assistentin bemerkt, und damit auch Debora. Da er ein Faible für Frauen, vor allem für junge Frauen hatte – und Debora war beides –, kam er mit einem strahlenden Lächeln auf sie zu.

»Guten Tag! Ist alles in Ordnung, Dottoressa Airone?«, fragte er seine Assistentin, sah dabei aber Debora an.

Die junge Ärztin war inzwischen ein einziges Nervenbündel. »Professore, ich würde mit Ihnen gern das Krankenblatt des Patienten und die Ergebnisse der Untersuchungen durchgehen, die wir heute Morgen durchgeführt haben ...«

Sie versuchte, ihn fortzuziehen, doch Debora, die begriffen hatte, wie aufgeschlossen der Professor ihr und wahrscheinlich gegenüber jeder anderen Frau unter fünfunddreißig war, nutzte ihre Chance.

»Professore, könnte ich kurz mit Ihnen reden?«

»Natürlich.« Das Lächeln des Professors wurde noch breiter. »Dottoressa, warten Sie in meinem Büro auf mich, ich komme gleich nach. Und bringen Sie alle Ergebnisse mit, auch die von den früheren Untersuchungen. Ich möchte mir ein umfassendes Bild verschaffen.«

So schnell wollte Antonella dem Feind jedoch nicht

das Feld überlassen. Bevor sie sich geschlagen gab, versuchte sie noch eine letzte schwache Gegenwehr.

»Wir sind schon spät dran. Und die früheren Ergebnisse haben Sie doch schon gesehen …«

Ercoli warf ihr einen vernichtenden Blick zu. »Ich möchte sie eben noch einmal sehen. Und nun gehen Sie, ich sagte doch, ich komme gleich nach.« Dann wandte er sich an Debora: »Bitte, Signorina …« Er legte ihr väterlich die Hand auf die Schulter, wie um sie aufzufordern, ihm ihre Probleme anzuvertrauen.

»Keine Sorge, ich brauche nicht lange …«, sagte Debora und warf einen triumphierenden Blick zu Antonella Airone hinüber, Fleisch gewordenes Mahnmal einer abservierten Geliebten.

Dann wiederholte sie ihre Geschichte, die sich ja bereits bewährt hatte, und fügte noch ein paar Details hinzu, zum Beispiel dass der Bruder Kardiologe werden wollte und sie ihn um eine Empfehlung bat. Wie sie schon geahnt hatte, reagierte der ach so integre und strenge Professor ganz anders, als die ihn vergötternde Geliebte behauptet hatte. Mit einem freundlichen Lächeln erklärte er, wie schade es sei, dass nicht die hübsche Schwester Medizin studiere, und sie solle ihn nachmittags zur Besuchszeit in der Klinik anrufen, um einen Termin auszumachen, er würde sehen, wie er ihrem kleinen Bruder helfen könne. Debora belohnte ihn mit einem Lächeln, ein paar Komplimenten und einigen koketten Bemerkungen. Doch bevor sie ihn ziehen ließ, legte sie ihren Köder aus, weswegen sie einen Vormittag Arbeit drangegeben hatte und in die Klinik Villa Rosalba gekommen war.

»Wissen Sie, Professore, es war Ihre Frau, die mir von Ihnen erzählt hat. Wir haben uns beim Friseur kennengelernt. Apropos, mein herzlichstes Beileid.«

Eugenio Ercoli erstarrte förmlich. Von einem Moment zum anderen wurde sein freundliches, lächelndes Gesicht starr wie eine Gipsmaske. Er funkelte sie böse an. »Sie sind von der Polizei, stimmt's?«

Debora war wie vom Donner gerührt. Da seine Geliebte ihre Geschichte so anstandslos geschluckt hatte, hatte sie gedacht, sie könne das Thema Monica auch bei ihm ganz ungeniert anschneiden. Um ihre Komödie aufrechtzuerhalten, probierte sie es mit Naivität.

»Polizei? Wie meinen Sie das, Professore? Verzeihen Sie, dass ich von Ihrer Frau angefangen habe … ich kann mir vorstellen, wie schmerzlich es für Sie sein muss …«

»Hören Sie schon auf! Meine Frau hätte nie mit jemandem wie Ihnen über mich geredet, außerdem …«

Debora wusste nicht, ob sie ihre Rolle weiterspielen, die Beleidigte geben oder ihm sagen sollte, er könne sie mal. Da sie sich nicht entscheiden konnte, blieb sie stumm, auch weil der Professor sie gar nicht mehr zu Wort kommen ließ.

»Und jetzt lassen Sie mich arbeiten. Was ich zu sagen hatte, habe ich bereits bei der Befragung erzählt.«

Er wandte sich zum Gehen, doch dann drehte er sich noch einmal um und sagte: »Richten Sie dem Commissario aus, wenn er noch etwas wissen will, soll er mich gefälligst selbst anrufen und mir nicht irgendein unerfahrenes junges Ding auf den Hals hetzen, das hier so eine Komödie aufführt …«

Debora blieb wie versteinert stehen. Was für eine Demütigung! Sie hatte sich völlig umsonst zum Affen gemacht, sie hatte nichts aus Ercoli herausgeholt und sich zudem jede Möglichkeit verbaut, noch mal an ihn und seine kleine Freundin heranzukommen. Sie hatte sich wirklich bis auf die Knochen blamiert, das war glatt ein neuer Weltrekord.

Doch trotz dieser vernichtenden Bilanz war sie gegen jede Logik irgendwie stolz auf sich. Und mit einem Lächeln auf dem Gesicht ging sie zu ihrem Taxi zurück.

Zum ersten Mal hatte sie jemand, und zwar jemand, der nicht gerade auf den Kopf gefallen war, für eine echte Polizistin gehalten.

20

Um drei Uhr nachmittags bekam sie einen Anruf von Commissario Raggio. Was ihr ein Blick auf das Display verriet, nachdem sie einen Fahrgast vor der Villa Mirafiori abgesetzt hatte, einem Gebäude, in dem die geisteswissenschaftliche Fakultät untergebracht war. Sie hatte das Klingeln nicht gehört, weil sie so in das Gespräch mit einem alten Professor vertieft gewesen war, der gerade aus Dublin angekommen war und für den sie ihr ganzes Schulenglisch aufgefahren hatte. Der Mann war sehr *friendly*, liebte Italien, und so wie er Debora angelächelt hatte, auch die Italienerinnen. Er war wegen eines James-Joyce-Kongresses in Rom – Debora gestand, dass sie noch nie etwas von ihm gelesen hatte –, vor allem aber auch, um gut zu speisen und den milden römischen Frühling zu genießen. Debora empfahl ihm das Strandbad Sirena in Ostia, wenn er mal frischen Fisch am Strand essen wollte, und gab ihm ihre Telefonnummer, für den Fall, dass er während seines Aufenthalts in Rom wieder ein Taxi bräuchte.

Als sie Raggios Namen auf dem Display las, parkte sie das Taxi in der zweiten Reihe. Sie wollte in Ruhe reden können, falls das Gespräch länger dauern würde, weil der Commissario Neuigkeiten für sie hatte oder einfach mit ihr quatschen wollte …

»Warum gehst du nicht ans Telefon?«, fuhr er sie gleich an.

Raggios Stimme klang ungewohnt hart und schneidend, dass es Debora eiskalt den Rücken runterlief. So hatte er noch nie geklungen. Mit einem Mal kam sie sich ganz klein vor. Er ließ ihr keine Zeit, etwas zu sagen, sondern ging sofort auf sie los.

»Wie kannst du es wagen, zu Ercoli in die Klinik zu gehen und dich dort als Polizistin auszugeben?«

Debora spürte förmlich, wie ihr das Dach ihres Taxis auf den Kopf fiel. Anscheinend war ihretwegen die Hölle losgebrochen, jedenfalls tobte Raggio vor Wut. So gut es ging, versuchte sie sich zu rechtfertigen.

»Entschuldige, aber ich habe mich für gar nichts ausgegeben. Ercoli hat mir das einfach unterstellt, ich schwör's.«

»Und hör mit diesem blöden ›ich schwör's‹ auf! Ist dir eigentlich klar, was du getan hast?« Raggio brüllte jetzt. »Du bist ja völlig wahnsinnig! Du spazierst einfach so zum Ehemann eines Mordopfers, in einem Fall, in dem *ich*, und nicht nur ich, sondern außerdem noch die ganze Staatsanwaltschaft ermittelt, und stellst ihm mir nichts, dir nichts Fragen, ohne dass dir irgendjemand die Erlaubnis dazu erteilt hätte!«

»Ich wollte ihm halt ins Gesicht sehen, ihm und seiner Geliebten, und schauen, wie sie reagieren, wenn ich Monicas Namen nenne. Aber gut, dann sag ich dir's jetzt eben so: Die haben verdammt heftig reagiert! Alle beide!«

Jetzt brüllte auch sie. Sie konnte nicht anders, wenn man sie angriff, zu Recht oder Unrecht, fuhr sie die Krallen aus und spuckte Gift und Galle.

»Misch dich nicht in meine Angelegenheiten! Ich habe beide schon befragt, und jetzt hast du sie höchstens misstrauisch gemacht. Außerdem steh ich deinetwegen da wie der letzte Idiot!«

»Warum denn, hast du ihm etwa erzählt, dass du mich kennst?« Einen Augenblick lang hoffte Debora, er hätte es wirklich getan.

»Spinnst du? Ich habe ihm natürlich gesagt, dass er sich irrt. Aber mir war natürlich sofort klar, dass du es gewesen sein musstest… Ein unerfahrenes junges Mädchen mit Locken… wer sollte das sonst gewesen sein?«

»Was willst du denn dann von mir? Wenn du ihm gesagt hast, du kennst mich nicht, wird er denken, ich sei irgendeine Verrückte, eine Spinnerin…«

»Er ist doch nicht blöd. Er hat mir natürlich nicht geglaubt. Hör zu, Debora, es war falsch, dass ich dir erlaubt habe, an den Ermittlungen zu diesem Fall teilzunehmen, keine Ahnung, welcher Teufel mich da geritten hat. Anscheinend bin ich zu oft allein …« Der letzte Satz war wohl eher an sich selbst gerichtet. »Auf jeden Fall ist jetzt Schluss damit. Du machst deinen Job und ich meinen. Ich rufe dich an, wenn ich noch mal eine Aussage von dir brauche. Ciao.«

Debora blieb regungslos sitzen, das Telefon noch in der Hand. »COMMISSARIO RAGGIO Gespräch beendet«, las sie. Ihr kamen die Tränen. Genauso hatte sie sich als kleines Mädchen gefühlt, wenn ihre Eltern ihr versprachen, sie würden ins Kino gehen, und dann doch nichts daraus wurde. Sie wusste gar nicht, warum sie weinte. War es aus Wut oder aus Enttäuschung? Weil es ihr leidtat oder wegen der Demütigung? Vielleicht aus allen vier Gründen. Ihr war natürlich bewusst, dass sie einen Fehler begangen hatte, dass sie die riesige Chance, die er ihr gegeben hatte, versemmelt hatte, und war wütend auf sich selbst, aber auch auf ihn, weil er sie wie ein dummes kleines Mädchen behandelt hatte.

Da tönte auf einmal wieder die krächzende Stimme aus dem Funkgerät, die ihr sagte, dass in ihrer Nähe ein Taxi gebraucht würde, aber Debora kappte abrupt ihre Verbindung zur Welt und ließ erst am folgenden Tag wieder von sich hören.

21

Debora arbeitete drei Tage durch, übernahm Doppelschichten und machte dazu noch Überstunden. Sie wollte nicht an Monica, nicht an den Fall, nicht an Raggio denken. Sogar Zeitungen und die Nachrichten der Regionalsender hatte sie gemieden, aus Angst, sie könnte feststellen, dass die Ermittlungen ohne sie weitergegangen waren und man vielleicht sogar den Mörder gefunden hatte.

Doch am Abend des dritten Tages riss ihr Bruder die alte Wunde wieder auf.

Sie war gerade in ihrem Zimmer und las einen Krimi, das Einzige, was sie abzulenken vermochte, wenn sie schlechte Laune hatte, als Giampi hereinplatzte.

»Hast du schon das Neuste über den Mord an der Frau von Professor Ercoli gehört?«

Debora fühlte sich, als hätte er ihr gerade seine Faust in den Magen gerammt, doch sie ließ sich nichts anmerken. Betont gleichgültig schüttelte sie den Kopf.

»Anscheinend haben sie jetzt die Schwägerin im Visier.«

»Die Schwägerin? Welche Schwägerin?«

»Na die von Ercoli. Die Schwester der Toten. Hab ich's mir doch gedacht, dass es einer aus der Familie war. Wusstest du etwa nicht, dass achtzig Prozent aller Verbrechen innerhalb der eigenen vier Wände passieren?«

Debora interessierte sich nicht für Statistiken. Sie dachte an die elegante Signora mit dem Bob, eine billige

Kopie der schönen Schwester, die auf der Beerdigung so eindringlich auf ihre Nichte eingeredet hatte. Sie konnte es nicht glauben.

»Wo hast du das denn gehört?«

»Das ging an der Uni rum.«

Debora hatte gleich den passenden Stummfilm vor Augen: die Frau mit dem Bob beim Verhör mit Commissario Raggio. Sie fragte sich, ob er der Typ Polizist war, der gern zu härteren Methoden griff, oder ob er eher auf psychologische Zermürbung setzte. Was für eine Polizistin wäre sie wohl, wenn man ihr Gelegenheit geben würde, jemanden in die Mangel zu nehmen? Dann stellte sie sich vor, wie diese vornehme Dame mit ihrer Schwester kämpfte, sie an den Haaren zog, ihr die Perlenkette abriss und sie schließlich erwürgte.

Sie schüttelte den Kopf.

»Die Schwester kann es nicht gewesen sein. Um jemanden zu erwürgen, braucht man viel Kraft. Es war ein Mann.«

»Was für ein Unsinn!«

Giampi krempelte die Ärmel hoch, als müsse er zur praktischen Demonstration eines wissenschaftlichen Experiments schreiten.

»Soll ich es dir zeigen?« Er legte Debora die Hände um den Hals. »Wenn man an der richtigen Stelle zudrückt, direkt unter dem Kehldeckel…«, er drückte leicht mit den Daumen zu, »kann das jedes Kind.«

Debora wand sich und riss seine Hände weg. »Was zum Teufel machst du da?« Sie hustete. »Du hättest mich beinahe erwürgt, du Idiot!«

»Du übertreibst … Ich wollte dir nur zeigen, wie einfach es ist.«

»Verschwinde. Ich will lesen«, sagte Debora brüsk und versenkte sich wieder in ihren Krimi.

»Warum interessiert dich eigentlich dieser Professor Ercoli so?«

Mit dieser Frage hatte Debora nicht gerechnet. Deshalb entschlüpfte ihr gegen ihren Willen die halbe Wahrheit.

»Ach, nur so, reine Neugier … Vor einer Weile habe ich seine Frau gefahren … Ich merke mir jedes Gesicht, deshalb habe ich sie gleich wiedererkannt …«

»Wen hast du gefahren, etwa die Tote?«, fragte Giampi, der sich auf einmal für das Thema erwärmte.

Debora nickte. »Die Ärmste … das ist wirklich eine schreckliche Geschichte, oder?«

Im Gegensatz zu seiner Schwester schien Giampi keineswegs betrübt. Für ihn war es vielmehr der sprichwörtliche *glückliche* Zufall, der nun seine morbide Fantasie beflügelte.

»Und? Weißt du irgendwelche Einzelheiten über ihren Tod?«

Debora reagierte genervt, erinnerten sie die bohrenden Fragen ihres Bruders doch daran, dass man sie von den Ermittlungen ausgeschlossen hatte. Und dass sie sich das selbst eingebrockt hatte.

»Woher soll ich das denn wissen? Was interessiert es mich denn, was da genau vorgefallen ist? Ich mag gar nicht so genau darüber nachdenken, da krieg ich eine Gänsehaut …

»Ach was, das ist doch cool. Ich kann es kaum erwarten, ins Leichenschauhaus zu kommen. Damit wir endlich richtige Leichen zum Lernen haben, nicht bloß diese Modelle.«

Giampis Hang zur Nekrophilie bestätigte Deboras Vermutung, dass sich in ihm eine ordentliche Portion Jack the Ripper verbarg.

»Du bist doch krank. Findest du das denn nicht eklig, all das Blut und die verwesenden Leichen?«

»Du bist einfach nur dumm. Du hast ja keine Ahnung, wie viel man herausfinden kann, wenn man eine Leiche seziert.«

Vielleicht hatte er recht, aber das sagte sie ihm nicht, den Triumph gönnte sie ihm nicht. Giampi könnte seine Begeisterung für das Makabre doch positiv nutzen.

»Warum spezialisierst du dich nicht in Gerichtsmedizin? Ich glaube ja, du könntest mit den Toten besser klarkommen als mit den Lebenden.«

»Ganz bestimmt sogar. Die rühren sich nicht und halten die Klappe. Sie kritisieren dich nicht und nehmen es dir auch nicht übel, wenn du einen Fehler machst. Gute Nacht.«

Mit diesen lapidaren Worten ging er hinaus und überließ Debora ihren Zweifeln.

Giampis überfallartiger Besuch und die Information, dass man Ercolis Schwägerin verhaftet hatte, waren wie Benzin in das Feuer ihrer Seele gewesen. Debora biss sich auf die Lippe, damit sie nicht sofort zum Handy griff und Edoardo Raggio anrief. Natürlich platzte sie fast vor Neugier, aber sie hatte auch ihren Stolz. Warum hatte er sich jetzt Flaminia Costa vorgenommen? Was hatte er herausgefunden, das er nun nie mehr mit ihr teilen würde? Nein, nach allem, was er zu ihr gesagt und wie er sie behandelt hatte, konnte sie ihn nicht anrufen. Denn selbst wenn sie ihren Stolz überwinden und sich bei ihm melden würde, würde er sie sicher knallhart abblitzen lassen, und den Gedanken ertrug sie nicht.

Nein, sie konnte ihn nicht anrufen. Aber sie konnte etwas anderes tun.

22

Am nächsten Morgen rief Debora Jessica an und schlug ihr vor, in ihrer Mittagspause etwas essen zu gehen. Und zwar in der Oyster Bar im Monti-Viertel. Die hatte ihr ein bekannter Schauspieler empfohlen, den Debora vor zwei Tagen zum Bahnhof gefahren hatte und für den Jessica, wie sie wusste, leidenschaftlich schwärmte.

Ihre Freundin nahm die Einladung mit Begeisterung auf. »Vielleicht treffen wir ihn sogar dort!«

»Kann sein«, heuchelte Debora.

Sie wusste genau, dass sie Jessica damit falsche Hoffnungen machte. Der Schauspieler war nach Turin zu einem Filmdreh unterwegs gewesen, und da er wie ein Esel bepackt gewesen war, würde er wohl kaum vor Ablauf eines Monats wieder nach Hause kommen.

»Die Buzzicona wird mir dafür den Arsch aufreißen, aber das ist mir egal. Ach Quatsch, weißt du was, ich werde ihr sagen, dass ich mir ein paar Stunden freinehme und die am Samstag nacharbeite. Man kann ja nie wissen, vielleicht ist er wirklich da, und wir kommen ins Plaudern… Wollen wir ihn fragen, ob er uns Probeaufnahmen verschafft?«

Debora plagten gewaltige Schuldgefühle, trotzdem unternahm sie nichts, um ihrer Freundin die Illusionen zu rauben. Sie wusste, dass es nur diese eine Möglichkeit gab, Jessica ohne ihr Wissen in ihre Pläne einzuspannen, nämlich indem sie ihre Fantasien noch anheizte. Deshalb verpasste sie ihrem schlechten Gewissen einen Maulkorb und versicherte ihrer Freundin, dass ganz sicher Probeaufnahmen herausspringen würden, wenn sie den Schauspieler träfen.

Diese so gerühmte Oyster Bar lag in der Via Serpenti und war, ehrlich gesagt, nichts Besonderes. Ein paar lange Tische mit hohen Barhockern, wo die Leute mit dem Gesicht zur Wand saßen. Wenn denn Leute da gewesen wären, als Debora und Jessica den Laden betraten, gab es außer ihnen keine Gäste. Am Tresen hielten sich zwei junge Männer auf, die wirkten, als wären sie rein zufällig da, und fachsimpelten über ihr heiß geliebtes Online-Fußballmanagerspiel. Sie trugen lange schwarze Kellnerschürzen, die der Besitzer der Bar wahrscheinlich für typischen New-York-Style hielt. Die Jungs sahen recht schnuckelig aus, aber selbst ein Blinder mit Krückstock hätte erkannt, dass sie keine professionellen Kellner waren. Die spärliche Kundschaft war ihnen vollkommen egal, als ginge sie diese nichts an, und so hatten sie die beiden jungen Frauen, die sich inzwischen an einen Tisch gesetzt hatten, noch nicht einmal bemerkt, weil sie zu sehr damit beschäftigt waren, welchen Spieler sie kaufen sollten oder auch nicht, und wenn ja, zu welchem Preis.

»Vielleicht ist hier Selbstbedienung…«, flüsterte Jessica.

»Besser wär's. Wenn wir warten, bis die da mal was schnallen, sitzen wir heute Abend noch hier.«

Debora ging entschlossen auf den Tresen zu und wandte sich gereizt an die beiden jungen Typen, die immer noch in ihre angeregten Verhandlungen vertieft waren.

»Verzeihung, aber wir würden gern bestellen.«

Deboras energische Stimme drang zu den beiden durch und riss sie aus ihrem Gespräch wie Dornröschen aus ihrem hundertjährigen Schlaf. Der Kleinere der beiden hörte auf zu reden und beäugte den Gast.

Nicht übel… schien sein Blick zu sagen. Und er setzte sein freundlichstes Lächeln auf. »Aber klar! Zu Ihren Diensten! Dafür sind wir ja hier…«

Darauf wäre ich gar nicht gekommen, dachte Debora, die immer gereizter wurde.

»Was dürfen wir euch Schönes bringen?«

Das Speisenangebot war ziemlich verlockend, und Debora war vor Aufregung inzwischen so hungrig geworden, dass sie wirklich alles wie ein Staubsauger ungekaut in sich hineingeschlungen hätte.

»Ich nehme einen Caesar Salad und einen Teller gemischte Crostini. Und außerdem noch ein Stück Cheesecake. Dazu ein Glas Weißwein.«

Seit Raggio sie von den Ermittlungen ausgeschlossen hatte, hatte Debora jeglichen Diätvorsatz aufgegeben, da sie nicht Enttäuschung auf Enttäuschung häufen konnte. Jessica nahm nur einen Becher Joghurt mit Pinienkernen, Haselnüssen und Mandeln, etwas hipper als Deboras Bestellung, für den Fall, dass ihr Idol auftauchen und sie mit dem Bissen im Mund erwischen würde. Die Ärmste sah sich ständig um, in der Hoffnung, er würde jeden Moment zur Tür reinkommen.

Debora vertilgte ihre Crostini, den Salat und den Cheesecake innerhalb von fünf Minuten, während die beiden angeblichen Kellner verzweifelt versuchten, bei ihr und Jessica zu landen, aber jeder Versuch, ein Gespräch in Gang zu bringen, scheiterte kläglich.

Jessica wäre ja durchaus zu einer näheren Kontaktaufnahme bereit gewesen, da sie immer mehr bezweifelte, dass der Mann ihrer Träume in diesem mittelmäßigen Lokal auftauchen würde, doch Debora erstickte jeden Anbaggerversuch der beiden jungen Kellner mit ihren einsilbigen Antworten bereits im Keim. Sie war aus einem ganz bestimmten Grund hier, und der war sicher nicht, Männer aufzugabeln.

»Iss endlich deinen Joghurt. Ich möchte noch woanders hin, ist ganz in der Nähe …«

»Etwa in den Pinko-Store, der letzte Woche aufgemacht hat?«

»Ach was. Komm schon, es ist eine Überraschung!«

Debora stürzte ihren Weißwein hinunter und ging zahlen.

»Ihr geht schon?«, fragte der kleinere Kellner enttäuscht. Er war der Unattraktivere von beiden, zum Ausgleich dafür aber auch der, der nicht lockerließ.

»Ja, wir haben noch was vor«, antwortete Debora barsch.

»Kommt doch mal zur Happy Hour, dann können wir uns mal richtig unterhalten. Ich heiße Tony, und das ist Jo. Und ihr seid …?«

»Zwei, die es eilig haben«, sagte Debora knapp und nahm das Wechselgeld entgegen.

Dann drehte sie sich auf dem Absatz um und kehrte an den Tisch zurück. Sie zerrte die arme Jessica, die ihren Joghurt noch nicht aufgegessen hatte, am Arm nach draußen und ließ diesen Vorstadt-Casanova tödlich gekränkt zurück.

Rasch lief Debora die Via dei Serpenti voraus, während Jessica ihr hinterhertrottete und versuchte, mit ihr Schritt zu halten.

»Nicht so schnell, wo willst du denn überhaupt hin?« Jessicas Stiefeletten blieben mit den Absätzen im Kopfsteinpflaster stecken, und sie humpelte leicht. »Hat der Typ dich etwa blöd angemacht?«

»Männer, die jede anbaggern, kann ich nicht leiden.«

»Jede stimmt doch gar nicht! Und der mit den Locken sah eigentlich ganz süß aus … Hast du seine Schultern gesehen? Das nenn ich ein Kreuz!«

Debora antwortete nicht, sondern lief nur noch schneller. Sie bog in die Via Leonina ein und blieb nach wenigen Metern vor der Tür eines Geschäfts stehen.

»Wir sind da.«

Jessica begutachtete das Schaufenster, um zu sehen, was es dort zu kaufen gab. Doch es war leer.

»Was ist das? Ein Showroom? Wo sind dann die Musterteile?«

»Nein, das ist eine Kunstgalerie.«

Ohne eine weitere Erklärung ging Debora hinein.

Eigentlich war es zwischen ihnen schon immer so gelaufen. Sie hatte eine Idee, und ihre Freundin folgte ihr blind. Doch diesmal schien Jessicas Vertrauensvorschuss zu bröckeln.

»Und was sollen wir hier?«

»Nichts Besonderes. Was tut man wohl in einer Ausstellung? Man sieht sich die Bilder an.«

Sie gingen durch den langen Flur. An den Wänden hingen die Bilder, fast alle abstrakt, von zeitgenössischen Künstlern, die ihnen wie den meisten Menschen unbekannt waren.

»Seit wann interessierst du dich für Kunst? Noch dazu für solche …«, sagte Jessica und starrte auf ein Gemälde, einen Meter mal einen Meter groß, auf dem nichts weiter zu sehen war als eine graue Fläche mit einem dunkleren Quadrat in der Mitte.

»Psst …«, mahnte Debora sie.

In dem etwas größeren Raum, in den der Flur mündete, hatte sie eine junge Frau mit langen roten Haaren entdeckt, die an einem Schreibtisch saß und am Computer arbeitete. Auf dem Tisch waren Kunstbücher und Kataloge ausgelegt.

»Du hattest in Kunstgeschichte nicht mal vier Punkte«, quengelte Jessica weiter, die nicht begriff, warum ihre

Freundin sie an diesen öden und vollkommen glamourfreien Ort geführt hatte. »Und als die Pullianti mit uns in die Galleria d'Arte Moderna gegangen ist, hast du dich rausgeschlichen und dir eine Tüte reingezogen.«

»Das hat doch nichts zu sagen, in der Schule ist alles ätzend.«

Debora ging zu der Rothaarigen, die dem hellen Teint und den Sommersprossen nach zu urteilen tatsächlich von Natur aus diese Haarfarbe hatte.

»Verzeihung, ist das die Galerie von Signora Costa?«

Die Rothaarige schaute auf.

»Ja, aber die Signora ist nicht da. Das hier sind die Kataloge…«, sagte sie und zeigte auf den Tisch. »In denen finden Sie alle ausgestellten Werke und auch die, die momentan ausgeliehen sind. Wenden Sie sich gern an mich, wenn Sie etwas interessiert.« Sie widmete sich wieder dem Computer.

Die ist eine harte Nuss, ahnte Debora, *das wird nicht so leicht wie bei Paolo, dem Meister mit den Scherenhänden.*

»Wann… ist die Signora denn hier anzutreffen?«

Die Rothaarige musterte Debora streng. »Sind Sie etwa von der Presse?«, zischte sie.

Darauf war Debora nicht vorbereitet gewesen. *Was mache ich jetzt*, fragte sie sich. *Wenn ich Nein sage, ist das Gespräch an dieser Stelle beendet, wenn ich Ja sage, vermutlich auch, aber vielleicht will die Frau ja reden, vielleicht auch nur, um mal selbst im Rampenlicht zu stehen. Na gut, was soll schon passieren, schlimmstenfalls sagt sie mir, dass ich mich verpissen soll…*

»Ja.«

Jessica starrte sie verblüfft an, wagte allerdings nicht, zu widersprechen oder eine Erklärung zu verlangen.

»Was wollen Sie wissen? Es steht doch alles in der Zeitung. Die Polizei hat die Signora verhört, immer wieder. Wenn Sie wissen wollen, was sie gesagt hat, sind Sie bei mir an der falschen Adresse. So etwas erzählt mir Signora Costa nicht. Und ich darf keine Erklärung abgeben. Entschuldigen Sie, aber ich habe zu tun.«

Die Rothaarige sah wieder auf den Bildschirm und wirkte, als wäre die Angelegenheit für sie damit erledigt.

»Schade …«, meinte Debora leise, während sie einen Katalog durchblätterte, der wie gerufen vor ihr auf dem Tisch lag, um Zeit zu gewinnen. Sie hatte nicht vor, sich so schnell geschlagen zu geben, doch die offen feindselige Haltung der Rothaarigen stellte sie vor einige Probleme. Die Hochglanzseiten, die unter ihren Fingern dahinglitten, zeigten Industrielandschaften. Das brachte sie auf eine Idee.

»Schade … weil ich nämlich gar keine Kriminalreporterin bin. Mich interessiert nicht die Tat an sich, sondern wie sie ›im sozialen Umfeld nachhallt‹.«

Diesen Satz hatte sie gerade in einer Bildunterschrift zu einem Foto einer aufgegebenen Fabrik gelesen, und Debora hoffte, damit etwas Interesse bei Miss Hochnäsig zu wecken.

Was ihr auch gelang, denn die Frau sah auf und runzelte ihre sommersprossige Stirn: »Wie bitte?«

»Also, ich wollte sagen … wie das Verbrechen … von den anderen gesehen wird … also vom sozialen Umfeld eben …« Debora wusste nicht mehr, was sie noch sagen konnte, um glaubhaft zu wirken. Deshalb redete sie einfach drauflos: »Aus diesem Grund interessiert mich Ihr Standpunkt. Wie Sie die ganze Angelegenheit sehen … Wissen Sie, ich schreibe über gesellschaftliche Themen.«

Das hatte sie als Begriff in einer Zeitung gelesen und gedacht, dass sich damit ein so weites Feld abdecken ließ, dass es einerseits vage, aber gleichzeitig verbindlich klang.

Zumindest funktionierte es, denn die Rothaarige wurde freundlicher.

»Sie wollen wissen, wie ich das Ganze sehe?« Die Frau war verblüfft, schien aber schon viel aufgeschlossener zu sein.

»Ja, die Sichtweise einer …« Wie zum Teufel konnte man sie nennen? Sekretärin? Verkäuferin? »… einer Assistentin der Galeristin.«

»Also eigentlich habe ich ja einen Abschluss in zeitgenössischer Kunstgeschichte«, erklärte die Rothaarige leicht pikiert. »Und einen Aufbaustudiengang in BWL und Verwaltung von Kulturgütern absolviert …«

»Tatsächlich? Und … arbeiten Sie schon lange hier?«

»Seit fast fünf Jahren. Aber jetzt reicht es mir. Ich habe mich beim Ministerium für Kultur und Kunst um eine Stelle als Kuratorin in einigen Museen beworben, aber das ist nicht so einfach …«

»Das kann ich verstehen, für mich war es auch nicht leicht, einen Job bei einer Zeitung zu bekommen.«

»Für welche Zeitung schreibst du?«

Dieses *Du* war Debora Beweis genug, dass sie auf dem richtigen Weg war.

»Für den *Messaggero.*«

Das war die einzige Zeitung, die bei ihnen zu Hause rumgelegen hatte, und seit dem Tod ihres Vaters gab es nicht einmal diese mehr.

»Also, wenn ich irgendwie behilflich sein kann…«

Die Rothaarige errötete, was bei ihrem blassen Teint besonders auffiel. »Könntest du mir einen Gefallen tun? Am Dreißigsten haben wir hier eine Einzelausstellung von Fumagalli. Ich kuratiere sie, da Flaminia ja *beschäftigt* ist…«, sie lachte Debora verschwörerisch zu. »Könntest du einen von deinen Kollegen bitten, zur Vernissage zu kommen? Die Baldi wäre natürlich toll… Aber auch ihre Vertretung ist in Ordnung, Hauptsache, sie schreibt einen Artikel und nennt mich als Kuratorin. Du weißt schon, für den Lebenslauf…«

»Okay, ich probiere es bei der Baldi. Wenn ich ihr sage, dass ich sie begleite, kommt sie bestimmt.«

Die Rothaarige sah Debora mit tiefer Bewunderung an. »Seid ihr befreundet?«

»Ja, ziemlich eng sogar.«

Jessica fielen beinahe die Augen aus dem Kopf, doch sie amüsierte sich köstlich. Dass sie ihrem Idol nicht begegnet war, hatte sie darüber längst vergessen, ebenso wie ihre Chefin, die im Laden auf sie wartete.

Inzwischen war die Rothaarige auch schon nicht mehr so von oben herab und verstand sich bestens mit Debora. Die preschte jetzt vor und fragte: »Hör mal… ach entschuldige, wie heißt du eigentlich?«

»Virginia.«

»Virginia. Ein schöner Name. Und er passt zu dir. Mit diesen roten Haaren siehst du selbst wie ein Kunstwerk aus.«

Wenn Siena 23 jemandem Honig um den Bart schmierte, war sie nicht zu toppen.

Die Rothaarige lächelte geschmeichelt.

»Die Professoren an der Universität haben auch immer gesagt, dass ich mit diesen Haaren und dem hellen Teint wie eine präraffaelitische Madonna aussehen würde.«

»Ganz genau«, meinte Debora und wandte sich zur Bestätigung auch an Jessica. »Stimmt doch, oder?«

Die nickte stumm, obwohl sie keine Ahnung hatte, wer oder was diese Präraffaeliten überhaupt waren.

»Hör mal, Virginia, kanntest du eigentlich Flaminias Schwester?«

»Natürlich kannte ich sie. Machen wir es doch so: Ich erzähle dir ein bisschen Klatsch über die Costa-Schwestern, aber dann sage ich dir auch, was du schreiben darfst und was nicht. Okay?«

Debora dachte, dass die junge Frau bestimmt viel von zeitgenössischer Kunst verstand, aber nichts von Journalisten, wenn sie eine so naive Bedingung stellte, doch sie stimmte zu, es kostete sie ja nichts.

»Flaminia wird befragt, weil sie und ihre Schwester etwas mit demselben Mann hatten.«

»Dem Antiquitätenhändler?«

Virginia nickte stumm.

Jessica hatte sich auf einen Hocker gesetzt und folgte gespannt der Unterhaltung der beiden, indem sie von einer zur anderen sah wie ein Schiedsrichter beim Tennis.

»Nach ihrer Scheidung hatte Flaminia diesen Gerardo kennengelernt und eine Affäre mit ihm begonnen. Doch als er Monica begegnet ist …«, die Rothaarige gab durch eine Geste zu verstehen, dass die beiden Schwestern sich nun nicht mehr grün waren. »Es geschah hier, und ich war dabei.«

Das war er also, ihr Moment im Rampenlicht. Dem Wunsch, kurzfristig im Fokus der öffentlichen Aufmerksamkeit zu stehen, konnte sich einfach niemand entziehen, nicht einmal eine junge intellektuelle Kunstwissenschaftlerin …

»Hat Flaminia ihr das übel genommen?«

»Ich denke schon … Flaminia, aber das darfst du nicht schreiben, war sowieso eine gemeine Zicke. Sie war immer neidisch auf ihre Schwester und redete schlecht über sie. Sie sagte, sie hätte nichts im Kopf, und nannte sie ›Barbie‹. Sie meinte, dass Monica nichts anderes könne, als schön sein und jeden Mann anlocken.«

»Und … stimmte das?«

»Nein. Sicher, sie war schön, und das wusste sie auch. Aber sie war immer zu allen freundlich und großzügig. Im ersten Jahr meiner Anstellung, als sie noch oft hierherkam, hat sie mir zu Weihnachten wunderschöne Ohrringe geschenkt. Flaminia dagegen ist so was von geizig … Das darfst du aber nicht schreiben, ja?«

Debora empfand plötzlich Solidarität mit der Frau vor ihr, die sie als arrogante Tussi eingeschätzt hatte. Nun stellte sich heraus, dass sie nur eine unterbezahlte und ausgebeutete Kunstwissenschaftlerin war, die panische Angst davor hatte, ihre Klagen könnten ihrer Arbeitgeberin zu Ohren kommen, was sie den Job kosten würde. Debora versicherte ihr äußerste Diskretion und fuhr mit ihrer Befragung fort.

»Und… diese Sache zwischen Gerardo und Monica lief noch länger?«

»Das weiß ich nicht genau, aber ich glaube schon. Seit jener ersten Begegnung haben sie sich auf jeden Fall nicht mehr in der Galerie getroffen. Monica war nur noch einmal hier zur Vernissage eines holländischen Künstlers, aber das war mit ihrem Ehemann. Diesem schleimigen Typen…«

»Hat er es bei dir auch probiert?«

»Euch von der Klatschpresse entgeht wirklich nichts…«, sagte die Rothaarige lachend.

»Aber du weißt nicht, ob Gerardo und Monica noch zusammen waren, als…« Debora zögerte einen Moment. Sie hatte vor Jessica schon zu viel gesagt. »In letzter Zeit?«

»Das glaube ich nicht. Irgendwann, es wird ein paar Monate her sein, habe ich gehört, wie Flaminia bissig wie immer am Telefon gesagt hat: ›Sie hat dich ausgepresst wie eine Zitrone, dann hatte sie genug von dir und hat dich weggeworfen. So macht sie es immer.‹ Ich nehme an, sie sprach mit Gerardo. Aber das darfst du auf keinen Fall schreiben, dass das klar ist.«

Debora schüttelte überzeugend den Kopf.

»Ganz bestimmt nicht. Ist das alles? Hat sie sonst nichts gesagt?«

»Doch. ›Sie wird etwas Besseres gefunden haben.‹ Das hat Flaminia dem armen Mann einfach so an den Kopf geworfen. Sagt man so etwas zu jemandem, der gerade verlassen wurde? Ich habe dir ja gesagt, sie ist eine gemeine Schlange …«

Die junge Frau holte eine elegant wirkende Schachtel mit Lakritzbonbons heraus und bot Debora, die sie für eine Journalistin hielt, eines an.

»Möchtest du?«

»Nein danke. Sag mal … was meinst du, hat Flaminia das nur einfach so dahingesagt oder wusste sie, dass Monica tatsächlich mit jemand anderem zusammen war?«

»Ich glaube, sie wusste es. Die weiß immer alles. Deshalb wird sie jetzt ja gerade in die Mangel genommen. Aber die wird denen gar nichts erzählen, die ist knallhart, an der werden sie sich die Zähne ausbeißen. Die würde nicht mal die Gestapo zum Reden bringen, wenn sie nicht will.«

»Und warum sollte sie nicht wollen?«

»Na ja, ich weiß nicht …«

Inzwischen war ein Paar mittleren Alters hereingekommen, sie groß und elegant, er ein wenig kleiner, grau meliert und eine ebenfalls vornehme Erscheinung. Die beiden waren vor dem grauen Bild stehen geblieben, das Jessica vorhin so runtergemacht hatte, bewunderten es und unterhielten sich wie Kenner über seinen Wert.

Debora begriff, dass das Gespräch nichts Neues mehr bringen würde, zumindest nichts, was für sie interessant sein konnte. »Also dann, vielen Dank, Virginia.«

»Virginia Alessandrini. Und wenn die Baldi kommt, sag ihr, sie soll nach mir fragen. Das gilt natürlich auch für den Kollegen oder die Kollegin von der Zeitung.«

»Am Dreißigsten hast du gesagt, richtig?«

»Ja, ich schicke dir aber auf jeden Fall eine Einladung. Gibst du mir bitte deine E-Mail-Adresse?«

»Sicher. Schreib mit … Siena23@ilmessaggero.it.«

Die Rothaarige notierte es sich.

»Perfekt. Dann erwarte ich euch.«

»Vielen Dank. Auf Wiedersehen.«

»Auf Wiedersehen«, echote Jessica, die bis zu dem Moment kein einziges Wort gesagt hatte, weil man sie vorher nicht gebrieft hatte, wie sie sich verhalten sollte.

Die beiden jungen Frauen verließen die Galerie. Debora dachte missmutig über die Ungerechtigkeit des Schicksals nach, das sie hinter dem Steuer eines Taxis versauern ließ, während sie wie vermutlich nur wenige auf dieser Welt den Instinkt eines Polizisten im Blut hatte …

23

Sobald sie draußen waren, musste Jessica sich erst mal aus der Starre der letzten halben Stunde lösen, in der ihr nur der Part der stummen Statistin geblieben war.

»Scheiße, wer sind denn die?«

»Wer, die?«

Debora wusste, dass der Moment der Wahrheit gekommen war, allerdings hatte sie sich noch keine Version zurechtgelegt, die sie Jessica vorsetzen konnte. Sie hatte sich zwar eine Lüge ausgedacht, aber inzwischen war sie der Meinung, dass nicht mal ein so schlichtes Gemüt wie Jessica die schlucken würde.

»Die zwei natürlich, über die du und Rotköpfchen geredet habt. Die zwei Schwestern, die Schöne und das Biest!« Jessica verlor allmählich die Geduld. »Komm schon, raus mit der Sprache! Wer sind die zwei? Woher kennst du die? Und vor allem, wieso verdammt noch mal interessierst du dich für deren Kram?«

»Also, Monica habe ich beim Friseur kennengelernt. Ich habe sie danach heimgefahren, und sie hat ihr Handy bei mir im Taxi vergessen...«

Debora redete einfach so ins Blaue hinein, lavierte sich mit Lügen und Halbwahrheiten durch, sie hatte immer noch nicht die geringste Ahnung, wie sie aus dieser Nummer wieder herauskommen sollte. Sie machte einen Versuch, das Thema abzuschließen.

»Das ist echt eine lange Geschichte, Jessy, ist außerdem total unwichtig... Ich hab mir nur einen Spaß erlaubt, ich fand's einfach lustig.« Sie sah auf die Uhr. »Heilige Scheiße, du bist echt spät dran. Wenn du dich jetzt nicht beeilst, setzt die Buzzicona dich diesmal todsicher vor die Tür...«

Aber ihre Chefin war Jessica in diesem Moment völlig egal. Sie wollte mehr wissen.

»Das war überhaupt nicht lustig, Debora. Ich habe dich noch nie so ernst gesehen. Warum willst du mir nicht sagen, wer die beiden sind?«

Debora schwieg. Einen Moment lang war sie angesichts der besorgten Augen ihrer Freundin, die sie flehentlich ansahen, stark versucht, ihr alles zu erzählen. Und das nicht nur, weil Jessica allmählich sauer wurde. Debora sehnte sich danach, alles loszuwerden. Einmal diesen ganzen Wust an Gefühlen auszukotzen, den sie seit dem Tag, an dem sie gelesen hatte, dass man Monica Costas Leiche gefunden hatte, mit sich herumschleppte und der ihr, wenn sie ihn nicht bald loswürde, ein Loch in den Magen und vor allem ins Herz brennen würde. Es wäre jetzt eine Riesenerleichterung für sie, sich Jessica anzuvertrauen, sich einmal ordentlich auszuheulen, um dann vielleicht sogar darüber lachen zu können. Eine Art Befreiungsschlag. Doch das ging nicht. Sie hatte es diesem elenden Mistkerl Raggio versprochen, und selbst wenn er es eigentlich nicht verdient hatte, durfte sie sein Vertrauen nicht enttäuschen.

Jessica packte sie bei den Schultern und sah ihr, besorgt über ihr langes Schweigen, direkt in die Augen.

»Rotköpfchen hat gesagt, dass die Schwester von der Polizei vernommen wurde. Debby, steckst du etwa in irgendeinem Scheiß drin, von dem du mir nichts erzählen willst?«

»Bleib locker, Jessica, ich habe nichts damit zu tun. Na ja, irgendwie schon ein bisschen, aber dann auch wieder nicht… Sagen wir mal so, ich hätte gern damit zu tun…«

Jessica sah sie durchdringend an und wusste nicht, ob sie sich eher ärgern oder Sorgen machen sollte. Zweifel und Unsicherheit waren ihr zweiter Vorname. Aber wenn sie etwas unbedingt wollte, konnte sie so quälend werden wie die chinesische Wasserfolter.

»Mit was wolltest du gern zu tun haben? Komm schon, red endlich mal Klartext. Hör zu, ich geh so lange nicht ins Geschäft zurück, bis du mit der Sprache rausrückst. Ist mir scheißegal, ob ich gefeuert werde!«

Die Sache lief allmählich aus dem Ruder. Dieser Sturkopf brachte es fertig und ließ sich wirklich vor die Tür setzen.

Spontan umarmte Debora ihre Freundin ganz fest. Das war die einzige Möglichkeit, sie musste sie bei ihren Gefühlen packen.

»Hör zu, Jessica, ich würd's dir ja sagen, ganz ehrlich, ich wollte es dir schon vor einer ganzen Weile erzählen, du hast ja keine Ahnung, wie schwer mir das fällt…«

Jessica versuchte, sich loszumachen und ihrer Freundin ins Gesicht zu sehen, aber die verhinderte Polizistin hielt sie fest umklammert und ließ ihr kaum eine Chance.

»…aber ich kann nicht. In der Sache steckt noch jemand mit drin, und dem habe ich versprochen, nichts zu sagen. Dieser Jemand riskiert eine Menge, und er vertraut mir.«

»Also doch ein Mann. Bist du verknallt?«

Etwas im Blick ihrer Freundin sagte Jessica, dass sie der Sache näher kam, daher bohrte sie weiter nach. »Ist er etwa vorbestraft? Einer von diesen Typen aus dem Cormorano?«

Das Cormorano war ein Lokal in Ostia, in dem sich

Dealer, Kokser, Zuhälter und Kleinkriminelle verschiedenster Nationalitäten herumtrieben.

»Sag mal, spinnst du?« Debora ließ ihre Freundin verärgert los. »Ich wollte mal in den Polizeidienst eintreten, und da glaubst du, ich hab was mit jemandem von diesem Pack aus dem Cormorano am Laufen? Wenn's nach mir ginge, würd ich da sofort 'ne Bombe reinschmeißen …«

Vielleicht war es ja ganz gut, dass Debora doch nicht im Polizeidienst gelandet war, denn sie hatte recht drastische Vorstellungen davon, wie Recht und Ordnung durchzusetzen waren.

»Dann ist es also ein Bulle?«

»Liebstes Schätzchen …« So hatten sie sich immer als kleine Mädchen genannt, hatten in der neunten Klasse allerdings damit aufgehört, um nicht von der Clique der Zicken aufgezogen zu werden. »Ich darf dir nichts sagen. Bitte frag nicht weiter. Aber sobald diese Geschichte vorbei ist, erzähl ich dir alles, von A bis Z. Versprochen.«

Und dann drückte sie ihr noch einen laut schmatzenden Kuss auf die Lippen.

Ein Prolet brauste auf einem vermutlich geklauten Roller heran, hielt neben den sich umarmenden Freundinnen und ließ den Motor aufheulen.

»Hey, ihr Lesben, soll ich es euch mal richtig besorgen?«

Debora zeigte ihm den Mittelfinger, aber er war schon auf und davon.

Sie begleitete Jessica zur Boutique. Den ganzen Weg

über schmollte ihre Freundin weiter. Doch als die Buzzicona wegen der Verspätung über sie herfallen wollte und Debora heldenhaft die ganze Schuld auf sich nahm und eine schwindelerregende Geschichte aus dem Hut zog von einem dreisten Motorradfahrer, der sie angefahren hatte, und sich dann in Lobeshymnen erging über ihre Freundin, die sie netterweise zur Notaufnahme begleitet hatte, konnte Jessica nicht anders, als hinter dem Rücken ihrer Gefängniswärterin zu grinsen und Grimassen zu schneiden.

Sie winkten sich ein letztes Mal durchs Schaufenster zu, und Debora lief erleichtert davon. Jessica hatte ihr verziehen und würde sie hoffentlich die nächste Zeit nicht mit neugierigen Fragen löchern.

24

In der Nacht träumte Debora wieder einmal von ihrem Vater. Heute traf sie ihn in einem Haus, das sie schon mehrfach in ihren Träumen bewohnt hatte. Es ähnelte dem ihrer Großmutter, doch es war wesentlich größer, mit einer Art Innengarten und mit Überresten römischer Säulen. Es kam schon seit ein paar Jahren immer wieder in ihren Träumen vor, war der Schauplatz eines Großteils ihres nächtlichen Lebens. Sie führte beinahe eine Art Doppelleben, das wie eine Fortsetzungsserie tagsüber unterbrochen wurde, um wieder einzusetzen, sobald sie erneut in diese Traumwelt eintauchte. Zum festen Personal dieser Bleibe in jener anderen Welt zählte seit seinem Tod Cesare Camilli, der weitaus öfter auftauchte als andere, die nur gelegentliche Nebendarsteller waren. Der Gaststar hieß diesmal Commissario Raggio. Debora stieß in der Küche auf ihn, wo er mit dem ehemaligen Taxifahrer Karten spielte. Als dritter Mann saß Professor Ercoli mit am Tisch, wieder verjüngt und bester Laune. Ein vierter Stuhl war noch frei. Ihr Vater forderte sie auf, Platz zu nehmen und mitzuspielen.

»Uns fehlt noch der vierte Mann.«

Debora sah Raggio an und hoffte, dass auch er sie an den Tisch bat, doch der Commissario starrte geistesabwesend auf die Karten in seiner Hand, ohne sie eines Blickes zu würdigen. Debora setzte sich, und Ercoli teilte fünf Karten an sie aus.

»Los, du bist dran«, forderte ihr Vater sie auf.

In diesem Moment wurde ihr klar, dass sie das Spiel überhaupt nicht kannte … und sie wachte auf.

Den ganzen folgenden Tag über quälte sie ein Gefühl der Unzulänglichkeit, die Angst, eine Aufgabe lösen zu müssen, der sie nicht gewachsen war, und der drängende Wunsch, sich deswegen mit irgendjemandem auszutauschen. Am liebsten hätte sie jetzt ihren Vater bei sich gehabt, aber leider war das unmöglich. Was also tun? Sollte sie alles für sich behalten? Gab es wirklich niemanden, dem sie ihr Geheimnis anvertrauen konnte?

25

»Hallo, ist da Dottor Giannelli?«

»…«

»Hier ist Debora Camilli. Erinnern Sie sich an mich? Ich habe vor drei Jahren einen Kurs bei Ihnen belegt…«

»…«

»Ich müsste mal mit Ihnen sprechen… Es ist dringend.«

»…«

»Morgen achtzehn Uhr im Park an der Piazza Cavour. Ja, wunderbar.«

Dottor Giannelli war ein echter Herr, groß gewachsen und hager, mit immer noch vollem, wenn auch komplett weißem Haar. Sein Alter war schwer zu bestimmen, er konnte ebenso gut Anfang siebzig wie auch schon über achtzig sein. Giannelli hatte dreißig Jahre am Berufungsgericht gearbeitet. Als er die Pensionsgrenze erreichte, hatte er beschlossen, dass Untätigkeit nichts für ihn war, und hatte sich aufs Unterrichten verlegt in der Absicht, eine neue Generation von gut auf ihren Beruf vorbereiteten und hoch motivierten Polizeibeamten auszubilden.

Der Hund, den er an der Leine führte, ein alter sandfarbener Labrador, trottete gemächlich neben ihm her, schnupperte scheinbar gleichgültig an den Beeten und schien nur darauf konzentriert, für sich die richtige Ecke zu finden. Hund und Herrchen sahen sich ähnlich, wie immer, wenn Tier und Mensch eine lange Zeitspanne ihres Lebens miteinander verbracht haben.

»Na, hast du es dir anders überlegt?«

Der alte Richter ließ sich von seinem Hund durch die Grünanlage führen, neben sich dieses Mädchen mit den widerspenstigen Locken, das nervös an einer Zigarette zog. Wenn man die beiden so sah, hätte man sie für Großvater und Enkelin auf einem gemeinsamen Spaziergang halten können. Als vor drei Jahren Deboras Vater gestorben war und sie von einem Tag auf den anderen nicht mehr zum Unterricht erschien, hatte Giannelli sie angerufen, um ihr sein Beileid auszudrücken, aber auch, um sie zu überzeugen, dass sie ihre Ausbildung fortsetzen sollte. Sie hatten immer Sympathie füreinander empfunden und sich nach den Vorlesungen oft noch unterhalten. Debora hörte ihm gern zu, wenn er von seinen alten Fällen erzählte, in denen er im Laufe seiner langen beruflichen Laufbahn ermittelt hatte, der alte Staatsanwalt wiederum hatte in diesem aus dem Bauch heraus handelnden, ungestümen Mädchen eine echte Leidenschaft für und Vertrauen in das Gesetz gewittert. Daher hatte es ihn ziemlich enttäuscht, als sie nicht von ihrem Entschluss abzubringen gewesen war.

»Ich wusste doch, dass du es irgendwann bereust. Ich hatte es dir ja gesagt …«

»Nein, darum geht es nicht. Ich habe es nicht bereut. Oder, na ja, eigentlich schon, aber das spielt jetzt keine Rolle. Jedenfalls bin ich da zufällig in diesen Fall reingeraten …«

»Man gerät niemals *zufällig* in einen Fall …«

»Doch, diesmal schon. Ich sehe ständig diese ermordete Frau vor mir. Als ob sie mir sagen wollte: ›Du hast mich dorthin gefahren, jetzt musst du auch den finden, der mich umgebracht hat.‹«

Giannelli lachte herzlich. »Camilli, du bist doch nur eine Zeugin. Wenn alle Zeugen anfangen würden, in den Fällen Nachforschungen anzustellen, in die sie zufällig verwickelt werden, hätten wir Ermittler ziemliche Probleme … Was meinst du, was dann los wäre?«

»Aber ich bin nicht nur irgendeine Zeugin. Ich stecke bis zum Hals mit drin!« Instinktiv zerrte Debora am Kragen ihres Sweatshirts, als ob sie keine Luft mehr bekäme. »Ich kann von morgens bis abends an nichts anderes mehr denken. Und ich spüre, dass ich da viel erreichen könnte. Ja wirklich. Wenn ich nur die Möglichkeit hätte, Leute zu befragen oder vor Ort zu ermitteln …«

Plötzlich zog der Labrador, der bis zu diesem Moment eher lethargisch gewirkt hatte, an der Leine seines Herrchens. Irgendetwas im Gebüsch schien ihn magisch anzuziehen.

»Kira, was ist los? Wo willst du denn hin?«

Die Hündin hatte etwas gewittert, sie zerrte hartnäckig an der Leine und versuchte, ihr Herrchen in die Richtung zu ziehen, aus der der Geruch kam. Der Richter folgte ihr geduldig.

»Siehst du, Debora, du bist wie Kira. Sie wirkt erst mal abgelenkt und desinteressiert, aber dann muss sie nur die richtige Fährte wittern, und schon kehrt ihr Jagdinstinkt zurück. So ist es auch mit dir. Du hast Witterung aufgenommen, und jetzt lässt du nicht mehr locker, auch wenn du keine Uniform trägst. Was du über die beiden Schwestern herausgefunden hast, ist ja nicht gerade wenig. Zusammen mit anderen Informationen könnte es äußerst hilfreich sein, um sich einen besseren Überblick über die Lage zu verschaffen.«

»Ja schon, aber wie soll ich das anstellen? Ich habe es mir schon mit dem Commissario verdorben, der den Fall betreut… Wenn der mich noch mal sieht, springt er mir ins Gesicht.«

»Keine Sorge. Ein guter Polizist muss warten können. Der Commissario kann gar nicht anders, als dich wiederzusehen. Du bist eine unbequeme, aber wichtige Zeugin…«

»Und inzwischen?«

»Inzwischen überlegst du, denkst nach, studierst und beobachtest… und holst Informationen ein, aber ohne jemandem zu sehr auf den Schlips zu treten.«

Die Hündin war inzwischen wieder aus dem Gebüsch hervorgekommen, im Maul eine Eidechse, die zu langsam gewesen war. Schwanzwedelnd lief sie zu ihrem Herrchen, um ihm ihre Jagdbeute zu zeigen.

»Feiner Hund, du hast sie dir geschnappt!«, sagte Debora, während sie dem Tier über den Kopf streichelte. »Zuerst hast du gewirkt, als wärst du praktisch schon scheintot, aber dann…«

Der alte Staatsanwalt beugte sich zu seiner Hündin hinunter und deutete auf einen Punkt vor sich auf dem Boden. Kira machte Platz und legte den durchgesabberten Körper der Eidechse an der Stelle ab, die ihr Herrchen angeben hatte. Als Zeichen der Ehrerbietung und des Gehorsams.

»Fein, Kira.«

Dann sah Dottor Giannelli Debora mit einem ironischen Lächeln an.

»Denk daran, was dir hier ein ›praktisch Scheintoter‹ sagt, wie es bei euch jungen Leuten heißt. Wenn einer als Polizist geboren wird, dann bleibt er es für immer. Auch wenn er in Pension geht. Oder Taxi fährt…«

26

Am nächsten Tag unternahm Taxi Siena 23 alles, um den Fall Costa aus dem Kopf zu bekommen; Debora verwickelte jeden Kunden, auch den verschlossensten, in eine Unterhaltung. Aber sobald sie dann wieder allein war, begann diese fixe Idee sofort wieder in ihrem Hirn zu rumoren, und die harschen Worte, die der Commissario ihr beim letzten Telefonat an den Kopf geworfen hatte, hallten in ihr wider.

Debora gestand sich nicht ein, was sie wirklich für Raggio empfand, jedenfalls nicht so ganz. Dass sie in den letzten Tagen so schlecht drauf gewesen war und das Herzklopfen, das sie allein beim Anblick der Leuchtschrift KOMMISSARIAT bekam, hatte sie nur auf das leidenschaftliche Feuer der Ermittlerin zurückgeführt, das in ihr loderte, und auf ihre Fixierung auf den Fall Costa. Dass sie von den laufenden Untersuchungen ausgeschlossen war, hatte bei ihr zu echten Entzugserscheinungen geführt.

Aber das war es nicht allein …

»Was machst du denn da? Führst du Selbstgespräche?«

»Wie oft habe ich dir schon gesagt, dass du anklopfen sollst?«

»Dann stell halt diese Musik leiser …«

Adeles herzzerreißende Stimme dröhnte aus dem PC und beklagte eine verflossene Liebe.

»Oder nimm wenigstens mal einen anderen Song, du hörst den jetzt schon zum zehnten Mal hintereinander …«

Giampi stand im Schlafanzug und mit verwuschelten Haaren im Türrahmen, seine Silhouette zeichnete sich deutlich vor dem dunklen Flur ab.

»Das ist doch meine Sache! Geht dich gar nichts an! Ab ins Bett mit dir, los, verzieh dich!«

»Das geht mich sehr wohl was an, es ist zwei Uhr nachts, und ich muss in fünf Stunden wieder aufstehen. Und du übrigens auch …«

»Gut, ich mach ja schon aus, aber hau ab! Und mein Zimmer ist für dich off limits, kapiert?«

Katzengleich war Debora aus dem Bett gesprungen und hatte es wegen des Schnelligkeitsvorteils gegenüber ihrem noch halb schlafenden Bruder geschafft, ihn aus dem Zimmer zu schieben und ihm die Tür vor der Nase zuzuschlagen.

Dann hatte sie in Ermangelung eines Schlüssels, mit dem sie ihre Privatsphäre hätte schützen können, den

Schreibtisch vor die Tür gezerrt, damit niemand mehr hereinkam.

Warum, verdammt noch mal, lassen die mich nicht einfach alle in Ruhe?, fragte Debora sich mit Tränen in den Augen. Es war die dritte schlaflose Nacht in Folge. Wenn sie so weitermachte und schon mit Geistern redete, würde sie noch in der Psychiatrie landen, und vor allem würde sie dann ihren Führerschein los.

Der Überraschungsbesuch ihres Bruders hatte sie mitten in einem perfekten Dialog unterbrochen, in dem sie Autorin, Regisseurin und Darstellerin in einem war und der so intim und leidenschaftlich gewesen war, dass er fast real wirkte …

»Ciao. Ich habe auf dich gewartet …«

»Bist du nicht wütend auf mich?«

»Nein – wie könnte ich? Du hast mir gefehlt …«

»Du mir auch. Ich wollte dir sagen, dass ich etwas herausgefunden habe. Soll ich es dir sagen?«

»Später.«

Edoardo hatte sie geküsst. Und genau in dem Moment musste ihr nerviger Bruder hereinkommen und alles kaputt machen. So ging es nicht weiter, hatte sie sich gesagt. Das Einzige, was ihr nun helfen würde, war, zum Commissario zu gehen und ihm alles von ihrer Unterhaltung mit der Galerieangestellten zu berichten, selbst wenn er sie vielleicht aufs Übelste beschimpfen und zum Teufel jagen würde.

Debora war die absolute Weltmeisterin im Selbstbetrug, und so redete sie sich trotz ihrer Tagträume, Adeles Liebesliedern und ihres Herzklopfens bei jedem Telefonklingeln ein, dass sie all das keineswegs tat, um Edoardo Raggio wiederzusehen, sondern nur, um die Untersuchungen voranzutreiben.

Der Commissario wusste bestimmt schon, dass Monica ihrer Schwester den Mann ausgespannt hatte, schließlich war er nicht auf den Kopf gefallen und schon seit zwanzig Jahren Bulle, und wenn er Flaminia Costa befragte, würde die mit Sicherheit etwas über die Affäre mit Gerardo ausspucken. Aber Raggio ging mit Frauen viel zu sanft um. Einen Mann hätte er längst ordentlich durch den Wolf gedreht, aber bei einer Frau würde er niemals übers Ziel hinausschießen. In dem Fall war es also sogar möglich, dass er gar nichts Genaueres über dieses Dreiecksverhältnis wusste. Und wenn sie ihm die Infos nun lieferte, könnte sie damit vielleicht sein Vertrauen zurückgewinnen.

Dottor Giannelli hatte ihr geraten zu warten, aber das schaffte sie einfach nicht.

Sie beendete ihre Schicht, und ohne zweimal darüber nachzudenken, fuhr sie Richtung San Lorenzo.

27

Vor dem Eingang des Kommissariats stand Agente Calocero und aß ein Eis. Es war nicht ganz klar, ob er dort Wache hielt oder einfach nur mal frische Luft schnappte.

Debora nickte ihm hastig zu und lief dann zur Tür.

»Signorina, wo wollen Sie denn hin?«, rief er ihr hinterher.

Hatte er sie wirklich nicht erkannt? Ohne sie würde er sich doch immer noch in Zeichensprache mit diesen Amerikanern herumschlagen …

»Commissario Raggio ist nicht da. Sie wollten doch zu ihm?«

Na also. Um Calocero das anzügliche Grinsen auszutreiben, setzte Debora eine ernste Miene auf.

»Ja, ich muss mit ihm sprechen. Es ist wichtig.«

»Tut mir leid, aber er ist dienstlich unterwegs.«

Der junge Beamte sah der attraktiven Frau, die seine Schwester hätte sein können, oder besser noch, seine Freundin, die Enttäuschung an, und so zeigte er sich doch einmal entgegenkommend.

»Ist es dringend? Soll ich ihn anrufen?«

»Nein, nein, so wichtig ist es auch wieder nicht. Dann komme ich vielleicht morgen mal vorbei.«

Die Vorstellung, ihn mitten in einer polizeilichen Ermittlung zu stören, hatte ihr allen Wind aus den Segeln genommen. Debora wollte schon gehen, da fiel ihr siedend heiß ein, dass am nächsten Tag der fünfundzwanzigste April und somit Nationalfeiertag war, und noch dazu Freitag. Musste sie unter diesen Umständen vielleicht sogar noch ganze drei Tage warten?

»Haben Sie übermorgen Brückentag?«, fragte sie besorgt.

Calocero lachte lauthals auf.

»Nein, nein, von wegen Brückentag, für uns gibt es so was nicht. Vielleicht fährt Commissario Raggio am

Sonntag mal kurz zu seiner Familie, aber selbst das ist unwahrscheinlich. Er ist immer noch an diesem Costa-Mord dran. Deswegen wollten Sie doch zu ihm, oder?«

Debora nickte. Calocero war ihr gegenüber ziemlich offen, und das machte sie zuversichtlich.

Na dann, Vertrauen gegen Vertrauen, und so wagte sie einen Vorstoß. »Aber ... Sie wissen, wo er hin ist?«

Schlagartig war Calocero wieder zugeknöpft wie ein Geheimagent. »Natürlich weiß ich das, aber das darf ich Ihnen nicht sagen.«

Okay, sie hatte es versucht. Schon war es ihr peinlich, dass sie sich so weit aus dem Fenster gelehnt hatte. Wenn Polizisten solche Klatschtanten waren wie Taxifahrer, würde innerhalb von vierundzwanzig Stunden das ganze Kommissariat wissen, dass sie Edoardo Raggio nachlief.

Netterweise kam Calocero ihr entgegen. »Allerdings ist der Streifenwagen, der ihn hingefahren hat, schon wieder zurück. Das bedeutet, er ist entweder noch dort, oder er hat Feierabend gemacht und sich nach Hause bringen lassen. Warten Sie kurz, ich frage mal nach.«

Er ging hinein und kehrte eine Viertelstunde später wieder zurück. »Nein, er hat sich einfach dort absetzen lassen.«

»Und wo bitte ist dort?«, rutschte es Debora heraus. Inzwischen war sie krank vor Neugier und scherte sich herzlich wenig darum, ob man sie für schamlos hielt.

Zum Glück war Agente Calocero aus Kalabrien und wusste als anständiger Süditaliener, dass man sich für einen Gefallen erkenntlich zu zeigen hatte.

»Hm, also gut, ich sage Ihnen, wohin er gegangen ist, aber dafür verraten Sie nicht, dass Sie es von mir haben. Wenn Sie ihn treffen, tun Sie einfach so, als wären Sie zufällig vorbeigekommen.«

Der Beamte senkte die Stimme und flüsterte ihr ins Ohr: »Wohin soll er schon gegangen sein? In die Via degli Ausoni natürlich, wo man diese arme Frau umgebracht hat. Er wohnt ja praktisch schon da.«

»Vielen Dank.« Debora strahlte. Beinahe hätte sie ihn umarmt, hielt sich aber gerade noch zurück. »Und keine Bange. Ich hab dich nicht gesehen.«

»Aber du weißt schon, dass Raggio verheiratet ist und einen Sohn hat? Ich bin noch zu haben!«, rief Calocero ihr lachend hinterher.

Die Botschaft war klar und deutlich, aber sie tat, als hätte sie nichts gehört.

28

Debora hatte ihr Taxi ausnahmsweise vorschriftsmäßig geparkt, weil sie gehofft hatte, sie würde Raggio im Kommissariat antreffen und dort länger mit ihm reden. Aus diesem Grund beschloss sie, den Wagen stehen zu lassen und zur Via degli Ausoni zu laufen. Mit klopfendem Herzen hetzte sie über die Via Tiburtina, und zehn Minuten später stand sie vor dem Eingang, an dem sie zwei Wochen zuvor Monica Costa abgesetzt hatte. Seit dem bewussten Tag war sie nicht mehr hier gewesen, war nicht einmal aus Neugier oder Zufall vorbeigekommen. Was durchaus möglich gewesen wäre, weil die Via del Policlinico, in der sie jeden Tag ihren Bruder absetzte, nur einen Katzensprung entfernt war, aber ihr hatte einfach der Mut gefehlt. Es sprach nicht gerade für sie als Anwärterin auf den Polizeidienst, dass sie Hemmungen hatte, den Tatort zu betreten. Tatsache war, dass sie sich, auch wenn es irrational war, an Monica Costas Tod schuldig fühlte. Vielleicht wollte sie deswegen herausfinden, wer sie ermordet hatte, oder zumindest mehr über die Sache in Erfahrung bringen.

Bevor sie hineinging, betrachtete sie das Wohnhaus gedankenverloren von außen. Ein Gebäude im umbertinischen Stil vom Anfang des neunzehnten Jahrhunderts, eines wie zahllose andere in den Vierteln rund um das historische Zentrum. Doch Debora nahm hinter dieser Fassade noch etwas anderes wahr: jene unheimliche, düstere Atmosphäre, die jedem Schauplatz eines Verbrechens anhaftet. Einen dunklen Schatten. Ein ungutes Gefühl der Zurückweisung, so eine Art »Komm ja nicht näher«, das von diesen Mauern, von diesem Eingang, von den geschlossenen, ja sogar von den angelehnten und offen stehenden Fensterläden ausging… Trotz des Verkehrslärms und des Trubels, der auf der Straße herrschte, konnte Debora die Aura des Todes spüren, die diese Mauern erfüllte. Sie hatte alle Erzählungen von Edgar Allan Poe gelesen und liebte Schauerromane, doch als sie jetzt vor dem Haus stand, musste sie nicht an all die Meister des Genres denken, sondern an eine andere stinknormale Straße in Rom, die Via Poma. Dort war noch vor ihrer Geburt ein schreckliches Verbrechen geschehen, auf das man auch heute noch zu sprechen kam, wenn man durch diese eigentlich eher unauffällige Straße des Prati-Viertels kam. Selbst ihr Vater hatte ihr jedes Mal, wenn er mit seinem alten Taxi hindurchgefahren war, die Geschichte von der bedauernswerten Sekretärin erzählt, die dort an einem heißen Augusttag des Jahres 1990 ermordet worden war und deren Mörder man nie gefunden hatte…

Und was, wenn auch der Mörder von Monica Costa nie gefunden wird? Wenn auch ihr Tod ein ungelöstes Rätsel bleibt?

Nein, damit würde sie sich nicht abfinden. Sie würde alles tun, um diesen Hurensohn oder, was nicht auszuschließen war, diese Hurentochter aufzustöbern, der oder die sie erwürgt hatte, und wenn sie ihr ganzes Leben nach ihm oder ihr suchen müsste, ganz wie in dem Krimi, der ihr so gefallen hatte und der auch verfilmt worden war, in dem ein Kommissar sein ganzes Leben nach dem Mörder eines Mädchens sucht, weil er es den Eltern versprochen hat.

Davon ermutigt gab Debora sich einen Ruck und betrat das Gebäude, in dem die Tat geschehen war. Sie durchquerte den Eingangsbereich bis zum Hof, von dem vier Treppenaufgänge abgingen. Anders als am Tag des Mordes wusste sie heute genau, welchen der Aufgänge sie wählen musste: Im Hof spielten mit lautem Geschrei ein paar Kinder unterschiedlichen Alters, und ab und zu trennte sich eines – entweder war es besonders mutig oder auch bloß besonders naiv – von der Gruppe und rannte Treppe C hinauf, nur um wenig später völlig aufgedreht und im Sauseschritt wieder herunterzukommen.

»Die Tür steht halb auf!«, brüllte ein untersetzter farbiger kleiner Junge, sobald er von seiner Mission zurückkam.

Sein Freund, der mit ihm hinaufgelaufen war, ein Filipino der zweiten oder dritten Generation, meldete sofort Zweifel an. »Du lügst, da ist alles versiegelt. Hat mein Vater gesagt. Du laberst doch nur Scheiße, du bist ja noch nicht mal bis ganz nach oben in den dritten Stock!«

»Was weißt du denn schon? Du bist doch schon vorher stehen geblieben, weil du dir in die Hose gemacht hast …«

Die Jungen begannen zu streiten und warfen sich Schimpfworte an den Kopf, mit denen sie in der Flucholympiade die Goldmedaille gewonnen hätten. Unter anderen Umständen hätte Debora dieses Wortduell bis zum Schluss verfolgt, doch jetzt hatte sie Wichtigeres zu tun. Schnell wandte sie sich Aufgang C zu, als ein Junge, der wahrscheinlich Schmiere gestanden hatte, sie mit einem heißen Tipp versorgte.

»Da kann man nicht rauf, da ist jetzt die Polizei drin.«

Debora drehte sich um und zischte ihm in bester Clint-Eastwood-Manier drohend zu: »Die Polizei bin *ich*.«

29

Debora hatte es nicht zu hoffen gewagt, aber sie musste ihre Meinung revidieren: Der kleine Schreihals hatte die Wahrheit gesagt, obwohl der Filipino seine Worte angezweifelt hatte. Im dritten Stock angekommen, stellte sie fest, dass die Tür, auf der die Polizeisiegel klebten, nur angelehnt war. Debora stieß sie nur so weit auf, dass sie gerade hindurchschlüpfen konnte, und versuchte, dabei kein Geräusch zu machen. Dahinter lag alles im Halbdunkel, und sie fand sich in einem kleinen fensterlosen Eingangsbereich wieder, von dem ein ebenso spärlich beleuchteter Flur abging. An seinem Ende sah sie vier Türen, von denen drei offen standen. Aus der hintersten kam das wenige Licht, das den Flur erhellte.

Trotz der Stille, die in der Wohnung herrschte, konnte Debora spüren, dass sie nicht allein war. Leise wie eine Katze lief sie weiter. Der Straßenlärm und die Schreie der spielenden Kinder im Hof übertönten ihre fast unhörbaren Schritte.

Die Tür rechts führte in eine kleine, ziemlich spartanisch eingerichtete Küche. Auf dem Gasherd stand ein Espressokocher für zwei Tassen, den niemand mehr abgewaschen hatte, wahrscheinlich das letzte, was in der Wohnung benutzt worden war. Tageslicht, soweit man überhaupt davon sprechen konnte, bekam die Küche durch eine Milchglasscheibe zum Lichtschacht hin. Debora wandte sich der Tür gegenüber zu und stellte fest, dass sie in ein winziges Wohnzimmer führte.

Sie blieb auf der Schwelle stehen und kniff die Augen zusammen, um das Wenige zu erkennen, was man dank eines Lichtstreifens, der durch die geschlossenen Fensterläden hereinfiel, sehen konnte. Das Interessanteste im Raum waren die von oben bis unten mit den unterschiedlichsten Fotos zugepflasterten Wände. Debora konnte ein Porträt der Schauspielerin Sabrina Ferilli ausmachen, eine Schar posierender Beduinen in der Wüste, eine Prozession in irgendeiner Kleinstadt im Süden, ein dunkelhäutiges Model, das sich auf einem Leopardenfell rekelte, und Papst Franziskus, der eine Mutter mit ihrem Baby auf dem Arm segnete. Die Fotos waren schön, das war trotz des Dämmerlichts und der fragwürdigen Zusammenstellung klar zu erkennen. Abgesehen von den Fotowänden, die quasi die komplette Inneneinrichtung darstellten, machte die Wohnung einen vernachlässigten Eindruck, typisch für einen Mann, der allein lebte und sie nur sporadisch benutzte.

Wieso hatte eine reiche, elegante Frau wie Monica Costa diese leicht heruntergekommene Bude als Liebesnest gewählt? Vielleicht waren es gerade diese Wände mit dem abblätternden Putz, der Mief, zu dem sich der aus dem Lichtschacht aufsteigende, penetrante Geruch nach Frittiertem gesellte, dazu das Kindergeschrei aus dem Hof und die Nullachtfünfzehn-Einrichtung, die sie erregten, sie aus ihrem gewohnten Leben rissen und in ein anderes katapultierten, das vielleicht nicht so luxuriös, aber dafür umso aufregender war…

Nur ein Schritt, und Debora stand vor der hintersten Tür. In diesem Raum waren die Fensterläden anscheinend geöffnet. Sie spähte durch den Türspalt. Von dort konnte sie ein immer noch zerwühltes Doppelbett sehen, genau so, wie sie es sich der Beschreibung nach vorgestellt hatte. Debora musste an einen Spruch ihrer Großmutter denken: »Ein Bett stellt man nie mit den Füßen zur Tür, das bringt Unglück.« Aber niemand aus ihrer Familie hatte je auf sie gehört, und bei ihr zu Hause standen die Betten so, wie es sich gerade zufällig ergeben hatte. Doch nun, bei diesem düsteren Anblick, der in ihr das Bild von Monicas Leiche heraufbeschwor, die man auf der Bahre eben sicherlich mit den Füßen voran weggeschafft hatte wie einen alten Tisch oder ein durchgesessenes Sofa, überlief sie ein Schauer.

Blödsinn. Die Schönste im ganzen Land ist gestorben, weil jemand durchgedreht ist, nicht, weil sie mit den Füßen zur Tür geschlafen hat.

Debora lehnte sich etwas vor, um mehr vom Raum zu erspähen und vielleicht jemanden dort zu entdecken, aber sie konnte nur einen kleinen Schreibtisch mit Computer und einem Flechtstuhl ausmachen. Also fasste sie sich ein Herz und trat ein. Das letzte Licht der Sonne, die hell zum Fenster hereinschien, traf sie mitten ins Gesicht und blendete sie.

»Guten Abend«, sagte plötzlich jemand hinter ihr.

Debora fuhr herum, und da sah sie ihn in einem niedrigen Sessel vor dem Bett sitzen. Er blickte sie mit einem leisen Lächeln auf dem Gesicht an, ganz ruhig, als ob sie verabredet gewesen wären. Da sie einen frostigen Empfang erwartet hatte, oder sogar, dass man sie in hohem Bogen rauswarf, weil sie sich Zugang zu einem Tatort verschafft hatte, den nur die mit den Ermittlungen betrauten Beamten betreten durften, verschlug ihr die Überraschung über dieses Lächeln zunächst die Sprache.

»Wer hat dir gesagt, dass ich hier bin? Etwa diese Plaudertasche Calocero?«

Debora hatte keine Lust, ihm weiszumachen, sie wäre zufällig vorbeigekommen, wollte Calocero jedoch nicht verraten.

»Nein, ich konnte es mir denken.«

»*Vabbuò*, tun wir mal so, als würde ich dir glauben. War ja auch nicht schwer zu erraten…« Edoardo verstummte und starrte wieder auf das Bett.

Debora folgte seinem Blick und versuchte herauszufinden, was er dort so aufmerksam studierte. Auf dem Laken war mit rotem Klebeband die Position markiert, in der die Leiche aufgefunden worden war.

»Sie lag auf dieser Seite des Bettes auf dem Rücken, mit ausgebreiteten Armen. Ein Kissen auf dem Boden, so wie du es hier siehst, das andere am Fußende des Bettes.«

Raggio sprach leise, wie aus Respekt vor der Toten, als wäre die Leiche immer noch im Raum.

Als ihm auffiel, dass Debora noch stand, während er saß, sprang er auf.

»Entschuldige, bitte, setz dich doch… Du darfst nur nichts anfassen.« Besorgt erkundigte er sich: »Du hast doch noch nichts angefasst, oder?«

»Nein, nein«, versicherte sie ihm. »Ich bin vielleicht nicht die Hellste, aber so dumm bin ich nun auch wieder nicht.«

Sie sahen einander an und lachten

»Du weißt, dass außer der Polizei eigentlich niemand einen Tatort betreten darf?«

Debora nickte stumm. Allein damit, dass sie sich in dieser Wohnung aufhielt, brach sie sämtliche Regeln des Strafgesetzbuches, das war ihr durchaus bewusst. An seiner Stelle hätte sie sich schon längst vor die Tür gesetzt.

»Warum bist du eigentlich so auf diese Geschichte fixiert? In deinem Alter solltest du doch ganz andere Dinge im Kopf haben …«, sagte Raggio und lächelte sie sanft an.

Und vielleicht war es genau dieses Lächeln, das ihr eine Reaktion entlockte, die sie bis eben nicht für möglich gehalten hätte. Denn sie konnte das alles einfach nicht mehr für sich behalten. Sie musste es ihm sagen, dem Mann, der sie gerade so angelächelt hatte. Sie musste ihm begreiflich machen, dass sie es ernst meinte, dass das Ganze für sie nicht nur ein Zeitvertreib war. Debora holte einmal so tief Luft, als wollte sie tauchen, hielt kurz den Atem an, und dann sprudelte es aus ihr hervor: »Weil ich Monica hergefahren habe! Ich habe sie ihrem Mörder ausgeliefert! Sie war völlig verängstigt, aber ich habe dem keine Beachtung geschenkt, ich habe einfach so getan, als ob nichts wäre!« Deboras Stimme brach, sie bekam fast keine Luft mehr, während sie die Worte verzweifelt hervorstieß. »Und als sie nicht mehr zurückkam, habe ich nicht nach ihr gesucht, habe nicht an allen Türen geklingelt, habe mich nicht bemüht! Begreifst du jetzt, warum ich ihren Mörder finden muss?

Weil ich nicht länger wegsehen kann! Weil ich ihr das schuldig bin!«

Nach diesem Ausbruch stand Debora einfach nur schweigend da und biss sich auf die Lippen, um nicht loszuheulen. Sie war erschöpft. Endlich hatte sie es geschafft, sich diese quälende Last von der Seele zu reden.

»Beruhige dich. Es ist nicht deine Schuld. Sie wollte doch, dass du sie zurückfährst, sie wollte hierher zurück. Zu wem auch immer. Und wir werden diesen Jemand finden, Debora, keine Sorge«, redete Raggio sanft auf sie ein. »Und, geht's wieder?«

Sie nickte.

»Also, gib mir noch fünf Minuten, und dann verschwinden wir.«

»In Ordnung«, erwiderte sie ungewöhnlich folgsam. Doch dann konnte sie es dennoch nicht lassen: »Haben denn deine Freunde von der Spurensicherung keine Fingerabdrücke genommen?«

Sie hatte sich beruhigt und war wieder die Debora, die er kennengelernt hatte. Worüber sich Raggio im Grunde seines Herzens freute.

»Natürlich haben sie das, aber im Zuge der Ermittlungen können neue Untersuchungen nötig werden. Muss ich dir denn wirklich alles beibringen? Und jetzt setz dich hin und sei brav.«

Debora machte es sich in dem kleinen Sessel vor dem Bett bequem und sah sich im Zimmer um, als wollte sie alles, von oben bis unten, Zentimeter für Zentimeter, mit den Augen scannen.

Der Commissario nahm sich den Flechtstuhl, der vor

dem Schreibtisch stand, schob ihn neben Deboras Sessel und setzte sich ebenfalls.

Auf dem Boden bemerkte Debora die kleinen Streifen doppelseitiges Klebeband, mit denen die Spurensicherung die Position der Möbel markiert hatte. Sie schaute hoch und deutete auf den Schreibtisch.

»Der Computer, habt ihr euch da Zugang verschafft?«

»Natürlich. Aber darauf ist nur die Arbeit des Fotografen. Nichts, was mit Monica Costa zu tun hätte.«

Raggio antwortete schicksalsergeben, wie ein Schüler, der wusste, dass er sich den Fragen des Lehrers nicht entziehen konnte.

»Was glaubst du, könnte der Mörder auch eine Frau sein?«

»Die Frage hast du dir doch schon selbst beantwortet… als du mir meinen Beruf beibringen wolltest.«

»Nein, jetzt im Ernst. Sag mir, ob es möglich ist.«

»Wenn du dabei an die Schwester denkst: Nein, ich glaube nicht, dass sie es war.«

Raggio hatte sie sofort *durchschaut*. Er war Bulle, ein überdurchschnittlich intelligenter dazu, und mit einem beachtlichen Instinkt gesegnet. Wie hatte sie je annehmen können, sie könne ihn überraschen? Er hatte sie ja nicht einmal gefragt, warum sie in die Via degli Ausoni gekommen war. Wahrscheinlich wusste er es bereits.

»Ein Motiv hatte Flaminia Costa schon…«

»Ach, und welches? Raus mit der Sprache…«

»Eifersucht. Monica hatte mit ihrem Typen gevögelt. Wäre das kein gutes Motiv, sie abzumurksen?«

Raggio verzog keine Miene, obwohl er sich kaum

beherrschen konnte. Diese Worte wie aus einem billigen Siebzigerjahre-Krimi im Mund dieser jungen Frau wirkten unglaublich komisch auf ihn. Doch er ließ sich nichts anmerken. Er zog ein Päckchen Zigaretten aus der Tasche und bot ihr eine an.

»Aber pass mit der Asche auf. Tu sie da rein.«

Raggio riss den Deckel des Päckchens ab, und sie benutzten ihn beide als Aschenbecher.

Er behielt den Rauch einen Moment genüsslich im Mund, ehe er, geduldig wie ein Lehrer, der einem begriffsstutzigen Kind etwas erklärt, sagte: »Wenn sie ihre Schwester aus Eifersucht getötet hätte, dann hätte sie es sofort getan, gleich nachdem die ihr den Mann weggeschnappt hat, und nicht erst, als sie mit ihm Schluss gemacht hat.«

Er zog ruhig an seiner Zigarette, während Debora sich so fühlte wie in dem Moment, als sie das Kommissariat zum ersten Mal betreten hatte. Er entglitt ihr immer wieder. Sobald sie ihm etwas näher kam, zog er sich zurück und wurde ihr wieder fremd.

Vielleicht lag es ja daran, dass er den Job schon so lange machte und dass ein Polizist immer eine schützende Distanz zwischen sich und den anderen wahren musste, dachte sie, während sie auf seine Hand starrte, die penibel die Asche in den Karton abstreifte. Vielleicht wich er ihr auch bewusst aus, weil er nicht zulassen wollte, dass sie in seinem Innersten las wie in einem offenen Buch.

»Denkst du, dass Flaminia Costa jemanden deckt? Vielleicht ihren Ex, den Antiquitätenhändler?«

Als Raggio darauf nichts erwiderte, spann Debora den Faden der Geschichte weiter, die sie sich zurechtgelegt hatte. Nicht so sehr, weil sie wirklich daran glaubte, sondern weil sie hoffte, ihn so aus der Deckung zu locken und zum Reden zu bringen. Und weil sie dieses Schweigen langsam nervös machte.

»Monica hatte die Affäre beendet, aber er konnte sich nicht damit abfinden. Er hat sie so lange gedrängt, bis sie schließlich eingewilligt hat, ihn noch einmal zu treffen. Und sie haben miteinander geschlafen.«

Der Commissario hörte ihr amüsiert zu. »Und was dann?«

»Dann hat sie ihm gesagt, dass es aus ist, woraufhin er völlig ausgerastet ist und sie erwürgt hat.« Sie sah ihn als, als wollte sie sagen: »Ist doch ganz einfach, oder?«

»Perfekt«, sagte Raggio. »Eine Rekonstruktion des Tathergangs wie aus dem Lehrbuch.« Er legte eine Hand ans Kinn und gab den *Denker* von Rodin. »Allerdings gibt es da etwas, was nicht zu deiner Version passt.«

»Und das wäre?« Debora beugte sich vor. Sie rutschte auf der Sesselkante nach vorn und hing an seinen Lippen.

Er senkte die Stimme und beugte sich zu ihr.

»Die Analyse der an Monica Costas Leiche gefundenen Spermaspuren hat ergeben, dass sie nicht von Gerardo Chianciani stammen. Der DNA-Test wurde dreimal wiederholt. Sie können nicht von ihm sein. Innerhalb der nächsten vierundzwanzig Stunden ist er wieder auf freiem Fuß.«

Debora war wie betäubt. Sie brachte keinen Ton

heraus. Da waren sie beide, allein in diesem Zimmer, und er teilte ihr eine wichtige, ja sogar vertrauliche Information mit. Ihre Version des Tathergangs hatte sich damit zwar gerade erledigt, aber das interessierte sie im Moment nicht im Geringsten …

Sie schwiegen noch eine Weile, von diesem Zwielicht umgeben, das die Situation noch unwirklicher scheinen ließ.

Gefährlich nahe saßen sie sich gegenüber, Kopf an Kopf, Nase an Nase, Mund an Mund.

Raggio strich ihr mit einer Hand die Haare aus dem Gesicht und sah sie aus dieser Nähe bewundernd an, so, wie er es sich seit ihrer ersten Begegnung gewünscht hatte.

Die wenigen Zentimeter, die Deboras Lippen von Edoardos trennten, verringerten sich zusehends, beide standen kurz davor, sich fortreißen zu lassen, unbekümmert die Segel zu setzen und auf große Fahrt zu gehen, alles zu vergessen, was sie danach an Land erwarten würde, als ihr Telefon, wie immer in den ungünstigsten Momenten des Lebens, unbarmherzig schrillte.

Debora ließ es einfach klingeln und gab vor, das Klingeln, das einen Toten auferweckt hätte, nicht zu hören. Aber für Raggio war dieser Ton, vielleicht aufgrund seines Alters und dem Umstand geschuldet, dass er ein verheirateter Mann war, eine gellende Mahnung des Schicksals, und daher murmelte er leise und mit dem größten Bedauern: »Geh ran!«

Und sie fügte sich dieses Mal und antwortete.

»*Hello! Debora? How are you?*«

»Beschissen«, hätte sie am liebsten gesagt. »Entschuldigung, mit wem spreche ich?«, sagte sie stattdessen.

»*It's me, Mr. Baldwin. Do you remember me?*«

Oje, der Professor! NEEEIIN! Sie war jetzt wirklich nicht zu einer *conversation* aufgelegt, aber der Mann am anderen Ende der Leitung ließ sich nicht bremsen.

Raggio war inzwischen aufgestanden und fing an, durchs Zimmer zu laufen, so, als wollte er ein letztes Mal den Tatort in Augenschein nehmen, aber es war nur ein verzweifelter Versuch, gewisse Körperteile wieder zu beruhigen.

»Ich wollte bloß wissen, ob Sie *next Sunday* frei sind, um mich und eine Freundin zum Fischessen nach Ostia zu fahren.«

Unvermittelt schaltete der Commissario das Licht an. Debora zuckte zusammen. Der magische Polaroid-Moment war vorbei …

Bleib locker, ermahnte sie sich. Aber es hörte sich falsch an. Diese zwei Worte, die für gewöhnlich nie ihre Wirkung verfehlten, wie ein Achselzucken, mit dem sie Enttäuschungen wegsteckte, wollten dieses Mal einfach nicht funktionieren.

Die Stimme des Professors, die ihre Aufmerksamkeit einforderte, nahm sie nunmehr wie ein Hintergrundrauschen wahr, während sie den Commissario dabei beobachtete, wie er seine Fassung wiedergewann, den Stuhl an seinen Platz zurückstellte, die Läden schloss.

»Also, *dear*, kannst du für uns reservieren?«

»Aber sicher, Mr. Baldwin. Bis Sonntag«, sagte sie tonlos und beendete das Gespräch.

»Dann geht es also am Sonntag in internationaler Gesellschaft ans Meer…« Raggio klang freundlich-unverbindlich, nach Smalltalk mit Fremden, nach Fahrstuhl, Wartezimmer, Geschäftsessen… Er hatte die Distanz zwischen ihnen wiederhergestellt. Debora hätte Schweigen vorgezogen – oder einen Blick, der ihr zeigte, dass es ihm leidtat. Stattdessen benahm er sich so, als ob nichts vorgefallen wäre.

Doch bevor er das Licht ausschaltete, warf er einen letzten Blick aufs Bett.

»In meiner Heimat heißt es, dass es Unglück bringt, wenn man mit den Füßen zur Tür schläft… Völliger Unsinn. Die Menschen sind das Problem, nicht die Betten…«

Hatte sie es doch gewusst! Sie beide dachten gleich! Und vielleicht fühlten sie auch gleich, selbst wenn Commissario Raggio sein Herz sehr gut unter Verschluss hielt.

Ihr fiel wieder ein, was ihr Spitzel Calocero zugezwitschert hatte. »Fährst du eigentlich am Sonntag nach Siena… zu deiner Familie?«

Sofort bereute sie ihre Frage. Sie sah, wie seine Miene sich verfinsterte, als hätte sich plötzlich eine fette Regenwolke über einen bis eben noch heiteren Himmel geschoben. Offensichtlich sprach er nicht gern über seine Familie. Sie verstand allerdings nicht, ob ihn das Thema traurig stimmte oder ob es ihm peinlich war. Er antwortete nur knapp: »Ja, wahrscheinlich. Ich war schon zwei Wochen nicht mehr da«, dann fügte er hinzu: »Das hängt aber von den Ermittlungen ab…«

Und damit war das Gespräch beendet.

Draußen fiel Debora auf, dass es auf dem Stockwerk noch zwei weitere Türen gab.

»Hast du auch die Nachbarn befragt?«

»Natürlich.«

»Und?«

»Und …«, machte er sie nach, »an dem Morgen war niemand zu Hause.«

Sie gingen die Treppe hinunter.

»Nebenan wohnt eine geschiedene Frau mit ihrer fünfzehnjährigen Tochter. Eine Lehrerin. Die ebenso wie ihre Tochter in der Schule war. Die beiden sind erst gegen zwei Uhr nach Hause gekommen, da war Monica Costa schon mindestens zwei Stunden tot. Und gegenüber wohnt ein junges Paar mit kleinen Zwillingen.«

»Nicht mal die waren daheim?«

»Nein, die waren übers Wochenende zu ihrer Mutter nach Umbrien gefahren. Freitagabend sind sie weg und erst Sonntagnachmittag wieder zurückgekommen. Die hat fast der Schlag getroffen, als sie, vollbepackt mit zwei Kinderwagen, Koffern und den quengelnden Kleinen, nach Hause kamen und auf einmal überall Polizei war. Als sie von dem Mord erfahren haben, ist die Frau in Tränen ausgebrochen. Sie war ja schon von dem Wochenende bei ihrer Familie völlig geschafft …«

»Kannten sie Monica denn? Sind sie ihr jemals begegnet?«

»Der Mann schon, ein paarmal. Sie war ihm aufgefallen.«

»Na klar …«

»Die Frau kannte sie nicht. Aber wenn du mich fragt, ist sie so was von erschöpft, dass sie sich auch nicht an sie erinnern würde, wenn sie ihr begegnet wäre.«

»Also gut, dann scheidet sie aus. Aber was ist mit ihrem Mann? Ist ihm noch etwas anderes aufgefallen, außer dass sie scharf aussah? Vielleicht jemand, der sie begleitet hat?«

»Nein, nach seiner Aussage war sie immer allein. Abgesehen von dem Fotografen hat er nie irgendjemanden die Wohnung betreten sehen.«

Auf ihrem Weg nach unten kam ihnen ein buckliger Alter mit runzeligem Gesicht entgegen, der mühsam eine Einkaufstasche nach oben schleppte. Raggio grüßte ihn. Der Mann sah ihn verwirrt an und gab keine Antwort. Zu seinem Glück öffnete sich gerade vor ihm der Aufzug, in den er sich rasch flüchtete.

»Das ist der Mieter aus der Wohnung darunter. Er war zu Hause, aber er hat nichts gehört. Er ist stocktaub. Bei ihm läuft den ganzen Tag der Fernseher auf voller Lautstärke. Selbst wenn Monica Costa geschrien hätte, hätte der nichts bemerkt.«

Sie überquerten den inzwischen verlassenen Hof. Es war Zeit fürs Abendessen, und die Mütter von San Lorenzo hatten zum Rückzug geblasen und ihre kleinen Krieger gezwungen, das Schlachtfeld zu räumen.

»Dieser elende Mörder hat aber auch Schwein gehabt… Dass ihm in so einem Wohnhaus am helllichten Tag niemand über den Weg läuft…«

»Die Einzige, die etwas bemerkt hat, war die Frau aus dem Stockwerk obendrüber. Eine etwa siebzigjährige

Witwe. Sie hat gesagt, gegen neun, halb zehn hätte sie gehört, dass sich in der Wohnung unter ihr jemand gestritten hat. Das hätte sie durch den Lichtschacht gehört, weil ihr Küchenfenster offen stand. Eine Stimme war die einer Frau, bei der anderen ist sie nicht sicher. Auf jeden Fall soll sie äußerst aufgeregt geklungen haben.«

Inzwischen hatten sie die Straße erreicht. Debora war kurz versucht, ihn zu bitten, noch einmal mit ihr in den vierten Stock hochzufahren und bei der alten Frau zu klingeln, aber sie hielt sich zurück. Sie hatten sich gerade erst wieder versöhnt, da wollte sie es nicht übertreiben.

»Und? Was hat sie sonst noch gehört?«

»Nichts weiter. Sie hatte gerade einen Schreiner da, der in ihrem Schlafzimmer etwas reparierte, dem hat sie einen Kaffee gebracht und ist dann dortgeblieben. Den Rest des Streits hat sie verpasst. Sie hatte ein Problem mit dem Kleiderschrank, die Schubladen ließen sich nicht mehr öffnen. Für sie eine halbe Katastrophe, über die sie mich bis ins kleinste Detail informiert hat. Über so was wird ein Mord schnell zur Nebensache.«

Der Commissario sah sich nach dem Taxi Siena 23 um. »Wo ist denn dein Auto?«

»Ich habe es vor dem Kommissariat stehen lassen. Bin zu Fuß hier.«

»Dann können wir noch ein Stück zusammen laufen, ich muss auch dorthin. Eine Verabredung mit dem Chef. Komm, lass uns gehen. Ein kleiner Spaziergang tut uns bestimmt gut ...«

Sie gingen die Via Tiburtina entlang, die erloschenen Ladenschilder der Geschäfte waren den hell erleuchteten

Schildern der angesagten Pubs und Kneipen, gutbürgerlichen Trattorien, Chinarestaurants und Rund-um-die-Uhr-Shops, von Indern geführten Tante-Emma-Läden, gewichen. Sie liefen schweigend nebeneinanderher, Ellenbogen an Ellenbogen, hatten sich auf den Rhythmus des anderen eingestimmt. Unter dem Leuchtschild des Kommissariats trennten sie sich wortlos, mit einem einfachen Händedruck. Ein aufmerksamer Beobachter hätte jedoch erkannt, dass er etwas länger gedauert hatte als üblich.

30

Als Debora nach Hause kam, merkte sie sofort, dass ihre Mutter das Kriegsbeil ausgegraben hatte. Was sie daran erkannte, dass der Fernseher nicht lief und weder auf dem Tisch noch auf dem Herd ein fertiges Essen bereitstand. Ungewöhnlich für das Haus Camilli und eine herbe Enttäuschung dazu.

Trotz der spürbar dicken Luft gab Debora vor, nichts zu bemerken.

»Hallo, Ma.«

Keine Antwort. Ihre Mutter saß mit verschränkten Armen am Tisch und starrte auf die gestreifte Decke.

Als wäre alles ganz normal, öffnete Debora den Kühlschrank und holte einen halben Mozzarella und einen Rest gekochten Schinken heraus.

»Giampi?«

»Der ist über den Feiertag weggefahren. Nach Orbetello, da wohnt ein Freund von der Uni.«

Endlich ein Lebenszeichen von ihrer Mutter, das war doch schon mal etwas. Debora nahm sich ein bereits etwas gummiartiges Rosinenbrötchen von der Anrichte und fing an, es zu belegen.

»Ach, deshalb hast du nichts gekocht, dein kleiner Prinz ist nicht da …«

Debora hatte es mit einem Lachen dahingesagt, aus Spaß, um ihre Mutter zu foppen, wie Edoardo Raggio es ausgedrückt hätte. Nicht etwa, weil sie eifersüchtig war, obwohl sie als Kind sehr unter dieser Ungleichbehandlung gelitten hatte, oder weil sie ihrer Mutter einen Vorwurf machen wollte, obwohl diese es immer leugnete, sondern einfach um die Stimmung etwas aufzulockern.

Doch zu ihrer Überraschung reagierte ihre Mutter äußerst heftig.

»Jetzt reicht es! Ich hab die Schnauze gestrichen voll!«, platzte sie heraus und schlug mit der Faust auf den Tisch.

Deboras Hand mit dem Brötchen blieb in der Luft stehen. Marina sagte nie, dass sie die Schnauze voll hatte, sondern höchstens »Ich bin es leid« oder auch schon mal »Ich hab die Faxen dicke«. Wenn sie »Schnauze« sagte, musste sie wirklich sauer sein.

Ihre Mutter sah Debora mit wutblitzenden Augen an. Sie wirkte wie die böse Königin aus dem Märchen, wenn diese sich in einen Drachen verwandelte und aus Rachen und Ohren Feuer sprühte.

»Was ist denn jetzt los? Welche Laus ist dir über die Leber gelaufen? Hast du sie noch alle?«

»Ob ich sie noch alle habe? Dann findest du das alles also ganz normal? Morgens gehst du ohne ein Wort aus dem Haus, frühstückst nicht mal. Und kommst erst spätabends wieder. Rufst nicht ein Mal zwischendurch an und fragst, wie es uns geht oder ob wir etwas brauchen, ob wir überhaupt noch leben … Aber nein, dir ist das ja alles vollkommen egal! Und dann fragst du mich noch, was los ist?«

Seit dem Tod ihres Vaters hatte Debora bei ihrer Mutter keinen solchen Wutausbruch mehr erlebt. Ihr Vater Cesare hatte sich im Laufe seiner Ehe einiges anhören müssen, und manchmal waren sogar die Teller geflogen. Doch seit er von ihnen gegangen war, wie seine Frau es stets mit vorwurfsvollem Unterton nannte – als hätte er es absichtlich getan –, hatte sie sich nie mehr so aufgeregt wie heute. Warum dann gerade jetzt?

»Aber ich bin hier ja bloß die Dienstmagd! Die Signorina kommt und geht, wie es ihr beliebt, und hält es nicht einmal für nötig, Bescheid zu sagen, wenn es später wird. Aber jetzt könnt ihr mich alle mal, sucht euch eine andere Dumme!«

Ihre Mutter zeterte noch weiter vor sich hin, ohne auch nur ein Mal Luft zu holen.

Debora hätte ihr am liebsten geantwortet, dass sie fünfundzwanzig war und nach Hause kommen konnte, wann sie wollte, dass sie ja auch arbeitete und Geld nach Hause brachte, dass man sie einfach ihr eigenes Leben führen lassen sollte, aber sie hielt sich zurück. Sie zählte bis zehn, biss in ihr Brötchen, kaute hingebungsvoll und schluckte schließlich alles hinunter. Dann erst sagte sie etwas.

»Wenn du willst, dass ich dir helfe, tue ich das. Wo ist das Problem? Morgens schreibst du mir eine Einkaufsliste, und abends bringe ich dir alles mit. Und wenn du müde bist und keine Lust hast zu kochen, ist das auch nicht weiter schlimm. Sag einfach Bescheid, und ich hole Pizza.«

»Darum geht es doch gar nicht… Es ist ja nur… ich sehe dich gar nicht mehr.«

Ihre Mutter klang nun, als täte ihr das weh. Auf einmal wirkte sie nicht mehr wütend. Eher vollkommen erschöpft und schlapp, wie ein Ballon, aus dem die Luft raus war. Deboras Entgegenkommen hatte ihr den Wind aus den Segeln genommen.

Plötzlich brach sie in Tränen aus.

Entgeistert sah Debora sie an. Mit Wutanfällen konnte sie umgehen, aber nicht mit derart melodramatischen Ausbrüchen. »Ach Ma, du bist ja völlig durch den Wind. Erst regst du dich auf, und dann weinst du…«

»Das sind die Wechseljahre…«

»Warum nimmst du nicht irgendwas dagegen? Du bist Krankenschwester, du kommst doch an alles ran. Leichter geht es nicht…«

Ihrer Mutter strömten noch immer die Tränen aus den Augen wie aus einer undichten Leitung.

Und Debora hatte keine Ahnung, wie sie diesen Tränenfluss stoppen sollte. Es war, als hätten sich die Enttäuschungen der letzten Jahre, die schwere Arbeit, der

Tod ihres Mannes, der mit jedem Tag mehr verblühende Körper zu einem riesigen Berg angehäuft, der in diesem Augenblick explodierte.

Debora befürchtete, wenn sie ihre Mutter auch nur eine Sekunde länger ansehen würde, gäbe es auch für sie kein Halten mehr, dann müsste auch sie losheulen. Deshalb stand sie auf und suchte im Kühlschrank nach etwas Süßem, das sie wieder aufbauen würde.

»Da sind zwei Tafeln Schokolade, die hat mir der Sohn einer Dame aus der Schweiz mitgebracht, die seit einem Monat bei uns im Krankenhaus liegt. So ein lieber Mensch«, sagte ihre Mutter, während sie weiter vor sich hin schluchzte. »Du kannst dir gar nicht vorstellen, wie rührend der sich um seine Mutter kümmert. Und attraktiv ist er noch dazu ... Du solltest mal sehen, wie Irina ihn anschmachtet. Aber ich glaube, daraus wird nichts ...«

Jetzt lachte sie. Die Tränen glitzerten noch auf ihren Wangen, aber sie lachte. Die Hormone mussten mit ihren Gefühlen wirklich Achterbahn fahren.

Inzwischen hatte Debora ihren Suchtstoff im Butterfach gefunden, und allein der Anblick baute sie wieder auf.

»Die mit Vollmilch lass aber deinem Bruder, er mag keine dunkle Schokolade.«

Na klar ..., dachte Debora, aber diesmal nahm sie es schweigend hin: Ihre Mutter weinte nicht mehr, besser, sie vermied jetzt jede weitere Auseinandersetzung.

Doch die Ruhe war trügerisch, früher oder später würde der Vulkan vollends ausbrechen. Das gerade war nur eine Kostprobe gewesen, ein Vorspeisenhäppchen sozusagen, das deftige Hauptgericht stand ihr noch bevor.

»Debora, mein Augenstern, komm her. Wir müssen reden.«

Marina nahm ihre Tochter an die Hand und zog sie auf den Stuhl ihr gegenüber.

Debora machte sich los und biss in die Schokolade. Als sie zerschmolz und sich in ihrem Mund dieser himmlische bittere und zugleich süße Geschmack ausbreitete, hörte sie einen Moment lang nicht einmal mehr die weinerliche Stimme ihrer Mutter.

»Du hast mir doch sonst immer alles gesagt. Warum erzählst du mir nichts mehr? Was ist los mit dir? Hast du einen Freund?«

Nicht zu fassen! Fing sie jetzt auch noch damit an? Hatten ihre Mutter und Jessica sich abgesprochen? Wieso musste es unbedingt an einem Mann liegen, wenn es ihr mal nicht so toll ging?

Ihre Mutter betrachtete sie listig, so, als würde sie sich nichts vormachen lassen.

»Vielleicht ist es ja einer… über den du nicht reden kannst.«

Debora wurde zusehends gereizter. »Was meinst du damit, ›über den ich nicht reden kann‹? Ma, lässt du mich mal in Ruhe essen?«

»Was soll ich schon damit meinen? Einen, der verheiratet ist!«

»Nein, Mama, nein. Falls es dich beruhigt: Ich habe keinen Freund.«

Debora stand auf und machte sich auf die Suche nach etwas anderem, was sie noch in sich hineinstopfen konnte, weniger, weil sie Hunger hatte, als aus Frust.

»Hast du eigentlich mitbekommen, dass sie Pepe, du weißt schon, der, bei dem man so erfrischende *grattachecca* bekommt, den Kiosk angezündet haben?«

Was sollte das denn jetzt wieder? Abwarten.

»Und dem Besitzer vom Oasi haben sie alle vier Reifen zerstochen.«

Debora hatte eine Tube Mayonnaise gefunden, die absolute Leidenschaft ihrer Kindheit, und nuckelte jetzt daran wie an einem Babyfläschchen, hörte ihrer Mutter jedoch aufmerksam zu. Warum erzählte sie ihr diese Dinge? In Ostia waren solche Drohungen an der Tagesordnung, denn von den Strandbädern und den kleinen Kiosken, die am Meer Erfrischungsgetränke verkauften, wurden Schutzgelder erpresst. Und diejenigen, die nicht zahlten, wurden zuerst bedroht und dann bestraft. Cristian hatte ihr erzählt, dass man es auch bei seinem Vater versucht hatte, aber er war standhaft geblieben und hatte sich geweigert zu zahlen. Er hatte sogar gemeint, dass auch die Verkehrspolizisten und die örtliche Polizei Bestechungsgelder nähmen, aber Debora hatte ihm das nie geglaubt. Tatsache war, dass von Zeit zu Zeit jemand wegen Schutzgelderpressung eingebuchtet wurde, aber es dauerte nie lange, und der ganze Spuk ging von vorn los.

»Debora, sieh mich an. Hast du dich da etwa eingemischt? Ich kenne dich, du hast deinen alten Traum ja nie so ganz aufgegeben …«

Darauf also wollte ihre Mutter hinaus! Debora legte die Mayonnaisetube weg.

»Du spinnst doch! Weißt du, wie egal mir das Schutzgeld der Getränkeverkäufer ist?«

»Und warum hat man mir dann in der Kooperative gesagt, dass du dich neuerdings komisch benimmst, ständig die Schichten wechselst, oft gar nicht auf Anrufe reagierst und deine Kollegen dich oft vor dem Kommissariat von San Lorenzo sehen?«

Was geht die das denn an?

Debora überlegte fieberhaft, was sie jetzt am besten anführen konnte, eine Liebesgeschichte oder ihre Leidenschaft für den Polizeiberuf. Sie wählte die erste Möglichkeit: Wenn sie schon die halbe Wahrheit erzählen musste, dann setzte sie besser auf die Liebe und verschwieg die Ermittlungen.

»Ich habe jemanden kennengelernt, einen jungen Polizeibeamten.«

»Na also. Ich habe doch gesagt, da ist was im Busch …«

Ihre Mutter wirkte erleichtert. Ein Bulle als zukünftiger Schwiegersohn war weitaus besser zu verkraften als eine Tochter, die auf den Spuren von Schutzgelderpressern Kopf und Kragen riskierte.

»Ja, aber es ist noch nichts Ernstes. Wenn daraus was wird, sage ich dir Bescheid. Aber jetzt reicht's mit den Fragen, okay?«

»Na schön.«

Deutlich beruhigter stand Marina auf und setzte einen Topf mit Wasser auf, um sich Kamillentee zu kochen. Während sie am Herd hantierte, machte sie noch eine letzte Bemerkung, leise und mehr für sich selbst bestimmt als für Debora:

»Na ja, Polizist oder Taxifahrer, das große Los hast du damit nicht gezogen …«

Debora tat, als hätte sie nichts gehört, und verzog sich mit einer Dose Bier und der Mayonnaisetube in ihr Zimmer.

31

Während Debora sich am Abend mit ihrer Mutter fetzte, hatte Commissario Raggio sich mit dem Polizeidirektor herumschlagen müssen. Dirigente Di Girolamo war sein Vorgesetzter, seit Raggio sich vor acht Jahren von Siena nach Rom hatte versetzen lassen. Eigentlich war er ganz in Ordnung, verfuhr jedoch nach dem für ihn in Stein gemeißelten Grundsatz: Im Guten erreicht man gar nichts. Heute warf er Raggio wieder einmal vor, er sei zu weich im Umgang mit seinen Untergebenen und setze sie nicht genügend unter Druck.

»Du bist eben aus Neapel, da kann man nichts machen. Da kann man ja schon froh sein, dass du überhaupt arbeitest. Dass du auch noch andere dazu bringst, ist wohl zu viel verlangt.«

Am liebsten hätte Raggio ihm gesagt, dass sich seine Leute weit über ihren Dienstplan hinaus ins Zeug legten, sie unterbesetzt waren und in Rom alle drei Minuten ein Verbrechen geschah. Doch der Dirigente wollte davon nichts hören, sondern erzählte von seiner Zeit als stellvertretender Polizeidirektor in Reggio Calabria, wo es jeden Tag eine Schießerei gegeben habe, und schloss, dass man hier in Rom einfach zu verwöhnt sei und nur herumtrödele.

An diesem Abend hatte Di Girolamo eine vollständige Zusammenfassung über den Stand der Ermittlungen im Fall Costa verlangt, und als er begriff, dass man immer noch völlig im Dunkeln tappte, hätte er Raggio beinahe bei lebendigem Leib die Haut abgezogen.

»Was soll ich denn jetzt dem Polizeipräsidenten sagen? Irgendjemand hat schon etwas an die Presse durchsickern lassen, morgen werden alle Zeitungen schreiben, dass die DNA-Spuren, die man an der Leiche gefunden hat, nicht vom Liebhaber stammen.«

Auch nach zwanzig Berufsjahren konnte Raggio es immer noch nicht fassen, dass vertrauliche Informationen innerhalb weniger Stunden, beinahe in Echtzeit in die Zeitungen kamen. Er hatte nicht sagen können, ob sich das Leck bei der Staatsanwaltschaft, dem Polizeipräsidium oder den Anwälten befand. Doch angepisst war er immer.

»Also hatte die Signora noch einen anderen Liebhaber. Habe ich recht, Raggio?«

»Mehrere, Dottore.«

»Und ihr wolltet gerade den Falschen einsperren!«

»Er hatte kein Alibi, außerdem hat er sie kürzlich noch bedroht. Und Dottor Altissimi meinte, dass der Verdächtige sich während des Verhörs mehrfach in Widersprüche verwickelt hat.«

»Ja, ich weiß, dieser dämliche Staatsanwalt hat auch gesagt, dass die Tatsache, dass er sie nicht ein paar Stunden vorher gevögelt hat, keineswegs bedeuten muss, dass er sie nicht umgebracht hat. Aber ich halte das alles für Unsinn, dieser Antiquitätenhändler hat mit dem Mord nichts zu tun.«

»Sehe ich auch so«, stimmte Raggio ihm zu. Und das war tatsächlich seine Überzeugung.

»Na ausgezeichnet, dann sagen Sie ihm das, schließlich sind Sie beide befreundet. Und wenn es keine Beweise gibt, um den Mann weiter festzuhalten, lassen Sie ihn frei, bevor sich noch die Politik einmischt. Ihnen ist doch klar, dass man uns den Fall abnimmt, wenn Sie ihn nicht bald lösen, oder? Ich werde ständig aus dem Polizeipräsidium angerufen. Der Ehemann der Toten ist stadtbekannt, und die wollen den Fall unbedingt vor uns lösen, damit sie sich das ans Revers heften können. Sie wissen doch, wie so was läuft, Raggio, oder muss ich Ihnen das erst erklären?«

Raggio dachte einen Moment, dass die in San Vitale den Fall seinetwegen gern haben konnten, wenn sie so wild darauf waren. Doch dann hörte er wieder, was er vor wenigen Stunden in diesem düsteren Zimmer, in dem eine Frau ermordet worden war, versprochen hatte: »Wir werden diesen Jemand finden, Debora, keine Sorge.«

»Dottore, der Fall Costa gehört uns. Wir sind dran. Seien Sie versichert, wir gehen jeder Spur nach. Wir müssen noch einige Personen aus dem Umfeld des Opfers befragen. Monica Costa war äußerst diskret, doch auch die vorsichtigsten Menschen haben manchmal das Bedürfnis, sich jemandem anzuvertrauen …«

»Ganz genau. Dann befragen Sie mal alle Freundinnen des Opfers. Frauen tratschen ja bekanntlich gern. Besonders über bestimmte Themen. Eine Frau, die einen neuen Geliebten hat, lässt es sich doch nicht entgehen, bei ihren Freundinnen mit ihm anzugeben …«

Auf dem Heimweg musste Raggio an diese letzten Worte seines Vorgesetzten denken. Vielleicht war Monica Costas letzte Liebe niemand, mit dem man bei seinen Freundinnen angeben konnte. Marina, Deboras Mutter, wäre schon längst darauf gekommen: *Monica Costa war mit jemandem zusammen gewesen, über den man nicht reden konnte …*

32

Das Wetter an diesem Tag war etwas wechselhaft. Der Morgen hatte vielversprechend angefangen, die Sonne schien, der Himmel war blau und die Luft klar, frühlingshaft mild. Doch gegen Mittag waren plötzlich dicke schwarze Wolken aufgezogen und hatten den ganzen Himmel bedeckt. Es sah ganz nach Regen aus, das sagte auch der Wetterbericht, aber der alte Professor und seine Freundin hatten trotzdem hierherkommen wollen.

»Das Meer ist bei Gewitter sehr eindrucksvoll. Sehr byronesk«, hatte Mr. Baldwin gesagt, als Debora ihn auf den bleigrauen Himmel aufmerksam gemacht hatte.

Na ja, wenn du meinst …

Debora musterte die beiden im Rückspiegel.

Die Eroberung des ergrauten Professors war eine deutsche Kollegin, kaum jünger als er. Eine blonde Walküre, die diesen Troll aus Irland um mindestens zehn Zentimeter überragte.

Auf dem Rücksitz des Wagens turtelten die beiden, dass es eine wahre Wonne war. Sollten sie sich zum ersten Mal hier in Rom begegnet sein, dann waren sie recht schnell vertraut miteinander geworden. Debora versuchte zu verstehen, was sie sagten, aber die beiden sprachen Deutsch, deshalb musste sie sich damit begnügen, ihre Körpersprache zu deuten, die in diesem Fall ziemlich aussagekräftig war. Er hielt eine Hand der Frau, die er ab und zu an die Lippen führte und abküsste. Der alte Professor erinnerte Debora an jemanden, einen Schauspieler vielleicht, aber sie kam nicht darauf, an wen. Die Walküre lachte jedes Mal herzhaft, sobald ihr Begleiter den Mund öffnete. Entweder war er sehr witzig, oder sie war schon zur Mittagszeit betrunken. Vielleicht auch beides.

Als sie am Strandbad Sirena vorfuhren, fielen schon die ersten dicken Tropfen. Doch die beiden stiegen aus dem Taxi, als ob nichts wäre, und sagten, dass sie vor dem Mittagessen unbedingt einen Spaziergang machen wollten. Und begaben sich trotz des Platzregens zum Strand.

In ihren Ländern regnete es ja auch elf Monate im Jahr, überlegte Debora. Die waren daran gewöhnt.

Römer dagegen igelten sich ein, sobald es auch nur

leicht tröpfelte. Sie blieben in ihren Wohnungen, und sollten sie doch das Haus verlassen müssen, nahmen sie selbst für zwei Meter das Auto. Hielt das schlechte Wetter mal länger als eine Woche an, wurden Schulen und Behörden geschlossen und der Ausnahmezustand erklärt.

Debora sprintete bis zum Vordach des Strandbads Sirena, kam aber trotzdem klatschnass an. Sie schüttelte sich wie ein Hund, dann trat sie immer noch tropfend ein.

Das Restaurant war leer, abgesehen von Sabrina, Cristians Zwillingsschwester, die gerade mit dem Eindecken der Tische fertig wurde.

Sabrina war eine richtige kleine Tonne, mehr breit als hoch. Praktisch ein Schlumpf. Bei der Zeugung der beiden waren die Eltern wohl ein wenig unaufmerksam gewesen: Der Bruder hatte keine Schultern und sie keine Taille. Alles an ihr war rund, angefangen beim Gesicht mit den rosigen Apfelbäckchen, die jeden Moment zu platzen schienen. Ihre Freunde in Ostia hatten ihr den nicht sehr netten Spitznamen *Osterei* verpasst. Allerdings war sie wesentlich aufgeweckter als ihr Bruder, deshalb hatte der Vater ihr vor einigen Jahren die Leitung des Service übergeben.

»Hallo De'! Ihr seid ja tatsächlich gekommen. Bei dem Regen hatte ich schon befürchtet, ihr würdet mich versetzen …«

»Von wegen. Du glaubst doch nicht, dass sich diese Touristen von den paar Tropfen aufhalten lassen! Die machen gerade einen Spaziergang am Strand.«

»Na dann werden die gleich schön nass sein …«

»Und Cristian?«

»Der ist draußen und sammelt die Liegen ein. Heute Vormittag waren ein paar Leute da, aber als es zu regnen anfing, sind alle ganz schnell verschwunden.«

Deboras nasse Bluse klebte am Rücken, und ihr wurde langsam kalt.

»Hör mal, ich gehe kurz in die Toilette und föhne mich trocken. Wenn die beiden inzwischen kommen, kümmere dich bitte um sie.«

»Soll ich einen Tisch für drei herrichten?«

»Nein, nein, nur für zwei. Ich esse nichts. Ich bin auf Diät.«

Debora hatte am vergangenen Tag beschlossen, wieder damit anzufangen, auch wenn sie zum Frühstück ofenwarme, mit Creme gefüllte Hörnchen vorgefunden hatte, die ihre Mutter auf dem Heimweg vom Nachtdienst für sie besorgt hatte, um zu beweisen, dass sie Giampi nicht bevorzugte. Denen hatte Debora natürlich nicht widerstehen können, aber bei der Pasta im Strandbad Sirena lag der Fall anders.

Die Toilette befand sich auf der Rückseite des Lokals, man musste kurz nach draußen, um dorthin zu kommen. Es handelte sich um ein enges Kabuff mit Stockflecken an den Wänden, in dem es ständig nach Kanalisation roch. Zwischen dem WC und dem Waschbecken hing ein kleiner elektrischer Händetrockner an der Wand. Debora drückte auf den roten Knopf, und aus der Düse strömte angenehm warme Luft.

Während sie sich den Rücken trocken föhnte, fiel ihr

Blick automatisch auf den Spiegel über dem Waschbecken. Die *Medusa* sah ihr entgegen, die von Caravaggios Gemälde, das den Umschlag ihres Kunstgeschichtsbuchs geziert hatte. Ihre Lockenmähne hatte sich durch die Feuchtigkeit noch mehr aufgebläht, sie sah aus wie ein Flokati. Ihr Kopf hatte jede menschliche Proportion verloren, und Paolos Schnitt war beim Teufel, sodass der Meister selbst, wäre er ihr jetzt begegnet, ihn nicht wiedererkannt hätte.

Trotz alldem lächelte Debora dieser Medusa zu, die sie aus dem Spiegel anblickte. Dass sie nicht besonders attraktiv war, bereitete ihr keine Kopfschmerzen, im Gegenteil, sie empfand es eher als angenehm, sie fühlte sich wohl, so wie sie war. An diesem Tag würde sie außer Cristians Familie und den beiden Touristen ohnehin keinem Menschen mehr begegnen. Niemandem, für den es sich lohnte, gut auszusehen … Sie dachte an die SMS vom Vorabend, wegen der sie vor Freude und Aufregung nicht hatte schlafen können:

Monica Costa hatte einen geheimen Liebhaber.
Der Mann einer Freundin? Ein Kollege ihres
Mannes? Der Papst? – Wir sollten drüber
nachdenken. E.

Bei diesem *Wir sollten drüber nachdenken* war sie dahingeschmolzen, eine erste Person Plural, die sie beide in einem gemeinsamen Projekt verband. Zum ersten Mal behandelte Raggio sie wie eine Kollegin, er hatte begriffen, dass sie durchaus in der Lage war, zu ermitteln und sich Fragen zu stellen, so wie er es tat, um in diesem verworrenen Knäuel das Ende des Fadens zu finden.

Sie hatte ihm nicht gleich geantwortet, das wollte sie lieber in Ruhe tun. Denn sie fürchtete, dass sie sich im Überschwang der Gefühle zu weit aus dem Fenster lehnen und am Ende vielleicht als Idiotin dastehen würde. Besser, sie überlegte es sich genau und schrieb etwas Intelligentes, Witziges, das ihn überraschen würde. Im Moment zählte für sie nur eins, nämlich ihm bei den Ermittlungen wirklich nützlich zu sein. Ganz insgeheim wünschte sie sich, sie könnte ihm und sich selbst beweisen, dass sie, auch wenn sie sich den Umständen des Lebens hatte beugen müssen, eine ausgezeichnete Polizistin geworden wäre. Und es war ja gar nicht ausgeschlossen, dass sie es eines Tages noch sein würde …

Ihr Gedankenfluss wurde jäh unterbrochen, weil jemand lautstark gegen die Tür hämmerte.

»Debora! Bist du da drin? Ich bin's, Cristian. Hey, bist du ins Klo gefallen?«

Jessica hatte recht, dumm bleibt dumm, und das nicht, weil er das Gymnasium abgebrochen hatte.

Debora knöpfte sich die Bluse zu und öffnete die Tür. »Warum schreist du denn so? Ich habe mich trocken geföhnt. Ich bin in den Regen gekommen und klatschnass geworden.«

»Jetzt hat's aufgehört. Ich hab den ganzen Regen abbekommen, als ich die Liegen weggepackt hab, und jetzt ist er vorbei.«

»Besser für euch, oder? Sonst werdet ihr euren Fisch

nicht los. Wer sollte bei dem Sauwetter auch hier rauskommen?«

Sie traten nach draußen. In wenigen Augenblicken hatte sich der dunkle Himmel in strahlendstes Blau verwandelt, ein paar einzelne Nachzüglerwölkchen waren noch zu sehen, bevor auch sie mit dem Rest der Herde verschwanden.

»Sind meine Kunden schon wieder zurück, oder knutschen die noch am Strand?«

»Wer, die beiden Alten?«

»Die beiden Alten haben bestimmt mehr Sex als du und ich.«

»Als ich bestimmt …«, meinte Cristian bitter.

»Und ja, die essen jetzt. Er sieht aus wie dieser Schauspieler aus *Hook* … Ist er das?«

Das war es, der Ire sah aus wie Dustin Hoffman!

»Na sicher, Dustin Hoffman kommt ganz bestimmt ins Sirena … Das ist ein Universitätsprofessor, und sie auch. Die Ärmsten müssen klatschnass sein.«

»Ach was. Die haben sich doch total eingepackt.«

Debora sah Cristian fragend an.

»Die hatten so Plastikcapes, die in diesen Säckchen.«

Und sie hatte, blöd wie sie war, geglaubt, die beiden alten Leute hätten sich beim Strandspaziergang ganz romantisch den Regen durch die Haare rinnen lassen.

Als sie in den Speisesaal kamen, saßen dort Mr. Baldwin und seine Walküre vor einer fast geleerten Flasche Rotwein und knabberten Bruschetta.

»Debora, *bella ragazza*!«, rief ihr der Professor zu, als er sie bemerkte. »*Come here, sit with us!*«

Er war schon halb hinüber. Und sie hatten gerade mal die Vorspeise.

»*Oh yes, sit here!*«, wiederholte die Deutsche mit hochroten Wangen.

»*Thank you, but I don't eat.* Ich habe gut gefrühstückt. *Big breakfast*«, antwortete Debora und deutete mit ihren Händen einen Bauch an, der beinahe platzte.

Die beiden lachten aus vollem Hals, gossen sich den Rest Wein ein und bestellten bei Cristian, der sie amüsiert beobachtete, eine weitere Flasche.

»Ich mache einen Spaziergang. *Walking …*«, sagte Debora zu dem Pärchen und deutete mit Zeige- und Mittelfinger ein laufendes Männchen an.

Die beiden Professoren fanden Deboras Zeichensprache anscheinend unglaublich witzig, denn sie brachen erneut in Gelächter aus.

»*Yes, yes, goodbye*«, sagte der Ire und winkte ihr fröhlich zum Abschied, und seine Begleiterin ebenfalls.

Während Debora das Lokal verließ, überlegte sie, was wohl die Studenten der beiden sagen würden, wenn sie ihre Dozenten in diesem Zustand sehen könnten. Ganz klar, der Ire und seine Walküre wussten das Leben zu genießen.

Sie lief den immer noch regennassen Strand entlang. Ihre Füße versanken im unberührten Sand und hinterließen dort tiefe Abdrücke. Apropos Abdrücke … Danach hatte sie Edoardo nicht gefragt. Hatte der Mörder wirklich keine Fußspuren in der Wohnung hinterlassen? Debora nahm sich vor, ihn bei ihrer nächsten Begegnung danach zu fragen. Jetzt musste sie allerdings erst mal ihre Hausaufgaben machen. Sie lief an der verlassenen Wasserlinie entlang und dachte nach …

Konnte es wirklich sein, dass in dieser verdammten Familie, in der, wie Paolo der Friseur behauptete, außerehelicher Sex völlig normal war, niemand wusste oder wenigstens ahnte, wer Monicas neuer Lover war?

Was war mit dem Personal? Solche Leute wie die Costas mussten davon doch reichlich haben. Debora erinnerte sich an die Contessa, die von ihrem philippinischen Diener ermordet worden war. Diesen Fall hatte man erst zwanzig Jahre später gelöst. Ja, vielleicht machten sie diesmal den gleichen Fehler, indem sie nach dem Liebhaber suchten und den Butler außer Acht ließen.

Nachdem sie einige Strandbäder passiert hatte, drehte sie sich um. In der Ferne war das Schild des Sirena zu sehen. Am Himmel waren die Wolkenschäfchen zurückgekehrt und hatten sich vor die Sonne gesetzt. Was sie genau vorhatten, konnte man nicht sagen. Wann immer sich zwischen ihnen ein paar Strahlen hindurchzwängten, waren diese so kräftig, dass sie einen beinah verbrannten, doch wenn die Wolken sich vor der wärmenden Sonne zu einem dunklen Haufen zusammenballten, wurde die Luft schnell kalt und feucht. So war der Frühling in Rom eben. Debora sah sich um: Auf dem Strand lagen einige Boote noch im Winterschlaf, mit dem Kiel nach oben.

Sie suchte sich eines mit himmelblauem Anstrich aus, *Marcellina* hieß es laut Aufschrift, und setzte sich darauf. Dann zündete sie sich nachdenklich eine Zigarette an und sah auf das Meer hinaus, jenes Meer, das sie von klein auf kannte, als wäre es ein Familienmitglied, ein Verwandter, mit dem man aufgewachsen ist und von dem man deshalb kaum noch Notiz nimmt, den man mehr aus Gewohnheit mag und nicht, weil man ihn sich ausgesucht hat. Am Horizont bemerkte sie einige Boote, die sich trotz des dunklen Himmels aufs Meer hinausgewagt hatten. Debora sog den Geruch nach nassen Algen, Fisch und Motoröl tief in sich ein. Sie holte ihr Smartphone heraus, ging in die Kontakte und scrollte bis zum C, fand den Commissario und wählte seine Nummer – heiliger Sonntag im Kreis der Familie hin oder her.

33

Edoardo Raggio lümmelte in angenehm träger Verdauungsstarre nach dem sonntäglichen Mittagessen auf dem Sofa und sah sich gemeinsam mit seinem Sohn Giulio das Sonntagsspiel im Fernsehen an. Das Herz des Commissarios schlug eigentlich für die Salernitana, aber da sein Verein in der Zweiten Liga spielte, wo er einen der letzten Plätze belegte, war er, nicht zuletzt auch seinem Sohn zuliebe, Anhänger des AS Rom geworden, wenn auch nicht mit der gleichen Begeisterung.

Cecilia, seine Frau, räumte den Tisch ab. Zwischen ihnen stand es nicht zum Besten. Aber nicht die Distanz, die Tatsache, dass er in einer anderen Stadt lebte, hatte sie voneinander entfernt. Anfangs war das sogar noch eine willkommene Abwechslung vom Ehealltag gewesen. In den ersten beiden Jahren, als er ständig vor Ort sein musste, hatte sie ihn an den Wochenenden besucht, zusammen mit Giulio oder auch allein, während ihre Mutter auf den Kleinen aufgepasst hatte. Das war eine wunderbare Zeit gewesen. Sie zogen abends zu zweit durch Rom, gingen schön essen oder ins Kino oder holten sich etwas beim Chinesen und liehen sich einen Film für zu Hause aus. Sie liebten sich bei offener Schlafzimmertür, auch schon mal am helllichten Tag, und liefen nackt durch die Wohnung.

Doch eines schönen oder schlimmen Tages, wie man's nahm, hatte Edoardo sich verliebt. Er hatte sie bei den Ermittlungen im Fall eines Serienvergewaltigers kennengelernt. Sie war die ermittelnde Staatsanwältin gewesen. Ein paar Jahre älter als er, lange kastanienbraune Haare, grüne Augen, die schon ein Netz aus kleinen Fältchen umgab, und ein strahlendes Lächeln. Drei Monate lang hatten sie Seite an Seite gearbeitet. In dieser Zeit war die gegenseitige Anziehung so sehr gewachsen, dass sie sich nicht mehr unterdrücken ließ. Nach ihrem ersten Mal sagte er – und vielleicht auch sie – sich, dass es niemandem wehtat, wenn sie »vom Leben kosteten«: Beide waren verheiratet und hatten Kinder, also eine solide Familie im Rücken. Ihre Affäre würde so lange dauern, bis der Fall abgeschlossen war, dann würden beide sich wieder mit anderem beschäftigen und jeder würde nur noch im eigenen Ehebett schlafen, so wie vorher. Doch genau das war der Punkt: Edoardo war keiner, der seine Frau regelmäßig betrog, und hatte daher die Möglichkeit nicht eingerechnet, dass er sich ernsthaft verlieben könnte. Er sah, wie seine Kollegen trotz Ehefrau oder fester Freundin lässig von einer Affäre zur nächsten übergingen, und hatte irrigerweise angenommen, dass auch er so etwas unbeschadet anfangen und wieder beenden könnte.

Doch diese Art Mann war er nicht. Er hatte sich rückhaltlos in Caterina verliebt, war eifersüchtig geworden und hatte es nicht ertragen können, dass sie das Bett mit ihrem Ehemann teilte. Und was wahrscheinlich noch schwerer wog, er brachte es nicht mehr fertig, mit seiner Frau zu schlafen. Caterina und er hatten auf dem Höhepunkt ihrer Beziehung auch schon mal von Scheidung gesprochen, aber so vage, wie man davon träumt, auf einer exotischen Insel zu leben, obwohl man genau weiß, dass es nie dazu kommen wird. Sie dachten nicht viel an die Zukunft, lebten in den Tag hinein, glücklich über die Zeit, die sie ihren Familien und den anderen Verpflichtungen abtrotzen konnten.

Eines Tages hatte Cecilia alles herausgefunden. Er war mit seinem Sohn auf den Spielplatz vor dem Haus gegangen und hatte sein Handy ungesichert am Ladegerät gelassen. Dann war eine SMS für ihn gekommen, und seine Frau, die im Haus geblieben war, hatte diesen unverwechselbaren Ton wahrgenommen, den sie in letzter Zeit viel zu oft hörte. Cecilia war nicht dumm, sie hatte bemerkt, dass ihr Mann seit einer Weile nicht mehr er selbst war. Die ganze Zeit war die Versuchung groß gewesen, die Nachrichten zu lesen, die er ständig bekam, aber sie hatte ihr immer widerstanden. Doch diesmal gelang ihr das nicht. Sie las sie alle, von der ersten bis zur letzten, und anhand der Sendedaten begriff sie, wie lange diese Affäre schon dauerte: fast zwei Jahre. Als ihr Mann nach Hause kam, hatte sie gewartet, bis sie den Sohn ins Bett gebracht hatten, der damals acht Jahre alt gewesen war, dann ließ sie die Bombe platzen. Er versuchte gar nicht erst, es zu leugnen, schließlich war er Polizist und wusste, dass diese SMS erdrückende Beweise waren. Edoardo versprach seiner Frau, die Beziehung zu beenden, sobald er wieder in Rom war. Und das tat er auch. Caterina akzeptierte seine Entscheidung, ohne eine Szene zu machen: Sie war einundvierzig und wusste, dass das früher oder später passieren musste, hätte das Ganze allerdings zu Ende gebracht, ohne dass jemand verletzt wurde, sodass sie einander noch hätten treffen und Freunde hätten bleiben können. Doch diese Möglichkeit bestand jetzt nicht mehr. Sie gingen in einer tristen römischen Vorstadtbar auseinander und gaben sich zum Abschied die Hand, als wären sie einfach nur Bekannte. Danach sahen sie sich nie wieder.

Von außen betrachtet, lief Edoardos Ehe scheinbar normal weiter, aber zwischen ihm und Cecilia war es nicht mehr wie vorher. *Was einmal zerbrochen ist, lässt sich nicht wieder kitten*, hatte seine Mutter immer gesagt, wenn ein Mann seine Ehefrau verließ und später reuig ins eheliche Nest zurückkehrte. Edoardo hatte diese mütterliche Sichtweise immer für reichlich pessimistisch gehalten, hatte aber einsehen müssen, dass leider viel Wahres daran war.

Das Spiel lief bereits seit zehn Minuten, als sein Handy klingelte. Raggio ging automatisch ran, ohne nachzusehen, wer es war. Bestimmt war es wieder irgendein Trottel aus dem Kommissariat, der ihn unbedingt stören musste.

»Hast du das Hauspersonal befragt?«

Edoardo war auf alles gefasst gewesen, aber nicht darauf, ihre Stimme zu hören. Er setzte sich auf, als wollte er Haltung annehmen, obwohl es ja kein Videoanruf war.

»Ja. Warum?«

»Reiche Leute reden vor ihren Hausangestellten so offen, wie sie es vor ihren Hunden tun.«

»Die Ukrainerin weiß nichts. Wenn die Signora telefonierte, schloss sie sich in ihrem Zimmer ein.«

»Verdammt, dann war die Affäre wirklich top secret.«

»Hm-ja.«

»Noch was. Habt ihr Schuhabdrücke auf dem Boden gefunden?«

»Nein.«

Raggio antwortete einsilbig, seine Stimme klang ungewöhnlich flach. Deshalb kam sie gleich zum Wesentlichen.

»Also, worum ich dich bitten wollte: Wenn du zufällig die Angehörigen befragst, darf ich dann dabei sein? Ich tue so, als wäre ich deine Assistentin, mache Notizen …«

»Hm. Schwierig.«

Gegen Rom war ein Elfmeter gepfiffen worden. Giulio hüpfte auf dem Sofa auf und ab. Er zog den Vater am Ärmel.

»*Babbo*, leg auf, die machen uns jetzt fertig!«

Als Debora die Stimme des Jungen hörte, bereute sie, dass sie Raggio angerufen hatte.

»Okay, ciao. Und entschuldige …«

»Warte! Also gut, wir treffen uns morgen um zehn Uhr vor dem Fitnessstudio Step by Step in der Via Panama. In Sportkleidung, und bring ein Notizbuch mit.«

Damit beendete er das Gespräch. Gerade noch rechtzeitig, um zu sehen, wie die Gelb-Roten ein Tor kassierten und sein Sohn sich vor Verzweiflung auf die Knie fallen ließ.

Plötzlich bemerkte Edoardo, dass auch seine Frau im Zimmer war. Cecilia hatte das Tablett mit dem Kaffee vollkommen geräuschlos hereingebracht, vielleicht hatte er es aber auch einfach nur nicht mitbekommen.

»Wer war das eben am Telefon?«

Diese Frage hörte sich unschuldig, beiläufig an, fast, als wäre sie nicht wichtig. Doch er nahm das Misstrauen darin wahr. *Gescheiterte Ehen …*

»Milillo, einer meiner Leute, der aus Sizilien. Du hast ihn mal kennengelernt, oder?«

Raggio nahm sich eine dampfende Tasse. Es war das erste Mal seit der Geschichte mit Caterina, dass er sie belog. Er versuchte, das Thema zu wechseln.

»Komm schon, Giulio, steh auf, da sind doch überall Katzenhaare.«

Cecilia setzte sich neben ihren Mann, kuschelte sich geschmeidig auf dem Sofa ein, streifte die Ballerinas ab und zog die Beine an. Die nackten Füße schob sie unter seine Oberschenkel.

»Und was wollte er?«

»Er wollte wissen, wo wir uns morgen treffen.«

»Geht es immer noch um ... die Frau aus dem Parioli-Viertel?«

Vor dem Jungen vermieden sie es, über Verbrechen und Morde zu reden.

»Ja. Ich hatte geglaubt, dass ich den Fall in achtundvierzig Stunden lösen würde. Aber ...«

Er nahm die Füße seiner Frau in die Hände. Sie waren klein und eiskalt. Er streichelte sie sanft. Cecilia sah die tiefe Furche, die quer über seine Stirn verlief, und begriff, dass er sich ernsthaft Sorgen machte. Das beruhigte sie, und sie fragte nicht weiter nach.

Im gleichen Moment machte der AS Rom sein erstes Tor.

34

Das Fitnessstudio Step by Step im Herzen des Parioli-Viertels war bekannt als Fitnessstudio der VIPs.

Debora lief unruhig vor dem Eingang hin und her und suchte den Horizont so aufmerksam ab wie ein Indianer auf dem Kriegspfad. Zum ersten Mal war sie zu einer Verabredung mit Edoardo vor ihm eingetroffen. Warten war nicht gerade ihr Ding und machte sie ziemlich nervös.

Sie hatte sich von Jessica ein ziemlich hippes lila Outfit von Nike geborgt, etwas zu knallig für ihren Geschmack, aber auf jeden Fall besser als ihre eigenen alten, ausgeleierten Sportklamotten. Das eigentliche Problem war die Größe: Jessica trug eine knappe Vierunddreißig, sie dagegen eine gute Sechsunddreißig. Die Jacke ging ja noch einigermaßen, auch wenn sie am Busen ein wenig spannte, aber die Hose klebte am Hintern wie eine zweite Haut, und wenn sie sich setzte oder in die Knie ging, ächzten die Nähte bedenklich. Darüber trug sie glücklicherweise eine eher lockere Weste mit vielen Taschen, in einer davon hatte sie Stift und Notizbuch verstaut.

Sie holte ein Päckchen Zigaretten hervor. Warum war Raggio noch nicht da, er kam doch sonst immer so pünktlich? War ihm vielleicht etwas zugestoßen? Ein Unfall? Oder hatte man auf ihn geschossen? Schließlich war er Polizist...

In dem Moment hörte sie das beklemmende Geheul einer Sirene, als hätte sie selbst sie mit ihren Angstfantasien heraufbeschworen, was diese nur umso realer wirken ließ. Hundertprozentig ein Krankenwagen! Dieses durchdringende Sirenengeräusch war wie ein Hilfeschrei zwischen all den achtlos vorüberfahrenden Autos. Sofort hatte sie Edoardo Raggio vor Augen, wie er mit fahlem Gesicht und einem Loch in der Brust, aus dem das Blut nur so strömte, auf dem Pflaster lag. Sein Atem ging schwach, hörte sich eher an wie ein Keuchen, aber er lebte noch. Und da war sie, sie lief zwischen den Autos zu ihm hin, drängte sich vorbei an Passanten, Polizeibeamten, Sanitätern, beugte sich über ihn, nahm zärtlich seinen Kopf in die Hände. »Mein Liebling...«, flüsterte er mit letzter Kraft. Und sie scherte sich um nichts und niemanden und küsste ihn …

Sie war bereits beim Epilog angelangt, mit zahlreichen Trauergästen am Grab und der Begegnung mit seinem Sohn, ganz das Ebenbild des Vaters, als sie Commissario Raggio bemerkte, der hastig die Straße überquerte, um zu ihr zu kommen. Er trug einen leichten Trenchcoat, Jeans und Turnschuhe. Abgesehen davon, dass er etwas außer Atem war, schien er bei bester Gesundheit.

»Entschuldige die Verspätung, aber ich musste mich noch mit dem stellvertretenden Staatsanwalt herumschlagen. Eigentlich ist er mein Freund, aber manchmal treibt er mich zur Weißglut …« Raggio hatte die Hände in die Hüfte gestemmt und versuchte, zu Atem zu kommen. »Seiner Meinung nach hätte ich die Zeugin ins Kommissariat einbestellen müssen, anstatt sie vor Ort zu befragen. Er hasst es, durch die Weltgeschichte zu gondeln, wie jeder Turiner schwingt er ungern seinen Hintern aus dem Sessel. Er will seine Zeugen lieber frei Haus geliefert bekommen …«

»Keine Sorge. Ich bin auch gerade erst gekommen.«

Debora versuchte ihre Freude zu verbergen, ihn gesund und munter vor sich zu sehen.

Raggio musterte sie eingehend.

»Warum hast du dich denn in Lila geschmissen?«

Plötzlich kam sich Debora in dieser knalligen Aufmachung lächerlich vor.

»Ist das etwa gegen die Vorschriften?«, fragte sie verlegen.

»Nein, aber Lila bringt Unglück«, sagte Raggio grinsend. Dann wurde er wieder ernst. »Und jetzt merk dir: Ab sofort bist du stumm. Schreib alles mit, was du hörst und siehst, aber halt den Mund. Wenn dir irgendetwas auffällt, dann sagst du mir das später, wenn wir wieder draußen sind. Ist das klar?«

Ohne Debora Zeit zum Widerspruch zu lassen, stieß er die große Glastür auf und ging hinein, und seiner Watson im lila Sportdress blieb nichts anderes übrig, als ihm zu folgen.

Im Vorraum des Fitnessstudios hingen zahlreiche Fotos mit Widmung von Prominenten aus Film und Fernsehen. Darunter auch – an zentraler Stelle platziert wie eine Ikone – ein Poster, das Madonna signiert hatte. Die junge Frau hinter dem Empfangstresen, eine milchkaffeebraune Schönheit mit schwarzer Lockenpracht und langen, schlanken Armen, sah aus wie ein Model. Und ihr strahlendes Lächeln, mit dem sie die Neuankömmlinge begrüßte, verstärkte diesen Eindruck nur noch.

»Bitte sehr, wie kann ich Ihnen weiterhelfen?«

»Kann man sich das Studio mal ansehen?«

»Aber sicher. Ich sage unten Bescheid, damit Sie jemand herumführt. Ich darf hier leider nicht weg …« Sie bedachte Raggio mit einem tieftraurigen Gazellenblick aus ihren Kulleraugen.

Eingepfercht in ihr Outfit, das in der Taille zwickte, wäre Debora ihr am liebsten an die Gurgel gegangen.

Die junge Frau griff zum Hörer einer Sprechanlage und fragte nach einem gewissen Jimmy. »Kannst du mal kurz raufkommen?«, sagte sie dann.

Während sie warteten, wandte sie sich wieder dem

Commissario zu, als ob seine Begleiterin gar nicht vorhanden wäre. »An welcher Art Training sind Sie interessiert? Sie haben bereits Sport gemacht, nicht wahr?«

»Ja … ziemlich viel sogar, als ich jung war. Jetzt bin ich allerdings etwas eingerostet …«

»Aber Sie sind doch noch jung!« Die grazile Schönheit breitete ihre kilometerlangen Arme aus und lächelte ihn strahlend an, ein perlweißes Lächeln wie ein Filmstar.

Debora betrachtete sich in der Spiegelwand: Die in den lila Stoff gepressten Schenkel wirkten riesig. Noch nie in ihrem Leben war sie sich so unscheinbar und plump vorgekommen.

Da tauchte hinter ihr ein junger Mann mit langem Pferdeschwanz auf, mit einem Körper, der nur aus Muskeln und Tattoos bestand.

»Jimmy, kannst du den beiden das Studio zeigen?«

»Aber sicher doch.« Jimmy warf Debora einen anerkennenden Blick zu, der ihr etwas Selbstvertrauen zurückgab.

Der Commissario und Debora folgten dem Trainer eine enge Treppe hinab, an deren Ende sich eine unterirdische Welt von mindestens vierhundert Quadratmetern auftat. Sie durchquerten einen Barbereich mit ein paar hier und da im Raum verteilten Sitzgruppen.

»… Mittags kann man hier Obst, Salat oder Couscous essen. Es gibt auch Nudelsalate, echt lecker.«

Von der Wunder-Bar kamen sie zum Gewichteraum. Jimmy pries alles voller Stolz in den höchsten Tönen an, als ob das Fitnessstudio ihm gehören würde.

»Wir haben sämtliche Geräte der neuesten Generation: Bizeps, Gluteus maximus, Schenkel innen und außen …«

Raggio unterbrach ihn.

»Wir würden gern mit Giovanna Guerra sprechen. Können Sie sie mir zeigen?«

Jimmys gewinnendes Lächeln erstarb, als hätte jemand das Licht ausgeknipst.

»Sind Sie von der Polizei?«

Trotz all der Muskeln und Tattoos war er anscheinend nicht auf den Kopf gefallen.

Raggio nickte.

»Dann sollte ich besser bei der Leitung Bescheid sagen …«

»Nein, das ist nicht nötig, wir werden diskret sein. Niemand wird etwas mitbekommen. Lassen Sie es lieber, wäre bestimmt auch besser fürs Studio.«

Jimmy wirkte unschlüssig. Die beiden konnten als neue Kunden durchgehen, vor allem die Frau in ihrem sportlichen Outfit. Vielleicht sollte er besser kein Theater machen und sie mit Giovanna reden lassen.

»Die dort hinten auf der Hantelbank.«

Er zeigte auf eine junge Frau in Trikot und Boxershorts mit kurzen Haaren und einem Stirnband, die gerade eine Zehn-Kilo-Stange in Angriff nahm.

»Sie wärmt sich auf, weil sie um halb zwölf einen Kurs hat.«

»Ich weiß, deswegen bin ich jetzt gekommen«, erklärte Raggio. Dann erinnerte er sich, dass er nicht allein war, und korrigierte sich. »Sind *wir* jetzt gekommen.«

Debora plusterte sich auf wie ein Truthahn. Ganz Officer Serpico ließ sie eine Hand in ihre Westentasche gleiten, als wollte sie eine 9-Millimeter-Pistole zücken, und holte ihr Notizbuch hervor. Raggio bedeutete ihr jedoch, es wieder wegzustecken.

»Kein Wort, Jimmy«, der Commissario legte den Zeigefinger an den Mund. »Du gehst jetzt am besten zurück an deine Arbeit und lässt uns unsere machen.« Dann machte er sich mit Debora im Schlepptau auf zu der Frau mit der Langhantel.

Vollkommen in ihre anstrengende Übung vertieft, bemerkte Giovanna die beiden nicht, die auf sie zukamen. Auf der Bank liegend, atmete sie jedes Mal, wenn sie die Hantel hochdrückte, geräuschvoll aus.

Der Commissario wartete, bis sie ihr Set beendet hatte. Als er sah, dass sie sich entspannte, beugte er sich über sie.

»Giovanna, kann ich Sie kurz sprechen?«

Die Trainerin riss die Augen auf, um den grau melierten Mann deutlicher zu sehen, der wenige Zentimeter von ihrem Gesicht entfernt auf sie einsprach. Auf ihrer Stirn standen Schweißtropfen, ihr Haarband war feucht, das Trikot durchgeschwitzt.

Sie setzte sich auf der Bank auf, wobei sie sich nur mit der Kraft ihrer Bauchmuskeln hochzog, die sich unter dem eng anliegenden Oberteil abzeichneten. Erst da bemerkte sie, dass der Mann nicht allein war. Er wurde von einer Frau im Sportoutfit begleitet.

»Soll ich Ihnen die Geräte zeigen? Um diese Zeit ist es hier ziemlich ruhig…«

»Nein, wir sind nicht an einem Probetraining interessiert. Wir müssen Ihnen ein paar Fragen stellen. Gibt es hier einen Ort, wo man sich in Ruhe unterhalten kann?«

Giovanna senkte den Kopf und atmete tief durch. Dann sah sie wieder hoch. Auf ihrer Stirn hatte sich genau zwischen den Augen eine senkrechte Falte gebildet.

»Ist es wegen Monica?«

»Genau. Ich bin Commissario der Kriminalpolizei, Edoardo Raggio mein Name.«

»Ich zieh mir schnell was Frisches an und treffe Sie dann an der Bar.«

Debora und Edoardo gingen zur Bar, aufmerksam verfolgt von Jimmy, der sie nicht aus den Augen ließ. Raggio bedeutete ihm über die Entfernung, dass er ganz beruhigt sein könne und alles in Ordnung sei. Der Coach nickte nicht gerade überzeugt.

Der Commissario und seine »Assistentin« suchten sich die abgelegenste Sitzgruppe aus und nahmen Platz.

»Hast du gesehen, was für ein Gesicht Wonder Woman gezogen hat?«

»Genau das Gesicht, das jeder macht, der es nicht gewohnt ist, mit der Polizei zu tun zu haben.«

»Nein, das meine ich nicht. Ich meine, wie sie *wegen Monica* gesagt hat.« Debora imitierte den Flüsterton, in dem Giovanna gesprochen hatte.

»Das ist doch ganz normal, immerhin hat sie von einer Kundin gesprochen, die ermordet wurde. Sollte sie deswegen etwa Freudentänze aufführen? Du hast zu viel Fantasie.«

Debora schwieg, aber der Commissario konnte an ihrer Schmollmiene ablesen, dass er sie nicht überzeugt hatte. Wenn sie eines Tages wirklich beschließen sollte, zur Polizei zu gehen, dann würde er ihr einen ausgiebigen Vortrag über die Sinnlosigkeit von Westentaschenpsychologie bei Verhören halten müssen.

Inzwischen war Giovanna zurück. Sie hatte das Stirnband abgenommen und ihr Oberteil gewechselt. Um den Hals hatte sie sich ein Handtuch gelegt. Sie wirkte schon etwas weniger aufgewühlt.

»Wollen Sie etwas trinken? Einen Kaffee? Ich nehme ein Gatorade.«

Debora, die nicht wusste, wie man sich im Dienst verhielt, sagte: »Nein, danke.«

Raggio dagegen konnte als wohlerzogener Neapolitaner den angebotenen Kaffee nicht ausschlagen und hoffte nur im Stillen, dass er nicht zu schlecht ausfallen würde.

Giovanna setzte sich auf einen niedrigen Sessel neben dem Sofa. Breitbeinig, die Hände auf die glatten, muskulösen Schenkel gestützt.

»Ich habe nicht viel Zeit. In einer halben Stunde beginnt mein Kurs. Was möchten Sie wissen?«

Kurz und bündig, nur noch Klartext. Das war nicht mehr die Frau, die sie vorhin kalt erwischt hatten und die Emotionen hatte erkennen lassen. Jetzt war sie vorsichtig geworden.

»Sie waren die Personal Trainerin von Signora Costa. Richtig?«

»Das wissen Sie doch bereits.«

»Stimmt.«

Raggio sprach leise und langsam und legte nach jedem Satz eine Pause ein, als hätten sie noch den ganzen Tag, oder besser gesagt, das ganze Leben Zeit.

»Wir möchten wissen, wie oft Signora Costa das Fitnessstudio besuchte und ob sie allein oder in Begleitung kam.«

Debora hatte erneut Notizbuch und Stift aus der Tasche geholt, und diesmal ließ Raggio sie gewähren.

»Allein, sie kam immer allein. Eine Zeit lang hatte sie versucht, auch ihre Tochter mitzubringen, aber Sie wissen ja, wie die jungen Leute in dem Alter heute sind … kein Durchhaltevermögen. Wenn Valentina wirklich mal mitkam, hing sie fast nur am Handy, und dann ließ sie sich wieder monatelang nicht mehr blicken.«

Wie alt bist du wirklich, Giovanna, dass du junge Leute sagst wie meine Großmutter?, überlegte Debora, während sie mitkritzelte.

Bei Giovanna ging es ihr so wie bei allen durchtrainierten Menschen, sie konnte ihr Alter nicht einschätzen. Und allmählich beobachtete sie die Trainerin mehr, als dass sie ihr zuhörte. Giovanna hatte den Körper einer Zwanzigjährigen. Das Gesicht dagegen, ausgemergelt, trockene Haut, war klar Ü35. Dann fiel Deboras Blick auf ihre Hände. Sie waren spröde und faltig. Die Hände einer Vierzigjährigen. Giovanna war eine Mischung undefinierbaren Alters.

»Signora Costa dagegen hatte das Durchhaltevermögen?«

»Sie war wie ein Schweizer Uhrwerk. Sie kam regelmäßig dreimal die Woche, ließ nie eine Stunde ausfallen. Ich … war seit fünf Jahren ihre Personal Trainerin.«

Giovanna brach die Stimme. Debora triumphierte kaum wahrnehmbar, aber Raggio tat so, als bemerke er es nicht.

»Ich kannte jeden ihrer Muskeln, jede Sehne, jeden Zentimeter ihres Körpers …«

Sie unterdrückte ein Schluchzen.

Debora sah von ihrem Notizbuch auf in der Hoffnung, einen Blick vom Commissario aufzufangen, aber er blieb gleichgültig, als ob Giovannas Reaktion nichts zu sagen hätte.

Der junge Mann von der Bar brachte den Kaffee und stellte ihn auf den Tisch.

»Was macht das?«, fragte Raggio.

»Lassen Sie nur. Ich übernehme das. Schreib es bei mir auf die Rechnung, Mario.«

»Danke.«

Raggio leerte zwei ganze Tütchen Zucker in die Tasse.

Mit einem Auge war Debora beim Schreiben ihrer Notizen, mit dem anderen beobachtete sie Giovanna, und mit dem dritten, dem des Herzens, ließ sie sich keine von Raggios Bewegungen entgehen.

Der Commissario kippte den Kaffee mit Todesverachtung hinunter, um dann die Befragung fortzusetzen: »War Signora Costa auch letzte Woche hier?«

»Nein. Sie hätte eigentlich ein Training gehabt, aber dann hat sie mich angerufen und den Termin gecancelt. Ehrlich gesagt, hat sie mich im letzten Monat doch etliche Male versetzt …«

»Wann hat sie denn damit angefangen, Stunden ausfallen zu lassen?«

»Warten Sie, ich seh mal nach …«

Sie holte ihren elektronischen Terminkalender aus einem Minirucksack hervor.

»Die erste Absage war am dritten März. Dann eine am fünfzehnten März. Und noch eine am zweiundzwanzigsten … Dann waren Osterferien, und wir haben uns nicht mehr getroffen … Sie kam dann noch mal am zweiten April, für den fünften hat sie mir dann wieder abgesagt. Und letzte Woche ist sie überhaupt nicht gekommen …«

»Haben Sie bemerkt, dass sie sich in letzter Zeit verändert hatte, oder ist Ihnen etwas anderes an ihr aufgefallen? Ich weiß nicht, wirkte sie nervöser, oder erhielt sie Telefonanrufe …? Haben Sie sie mit jemandem sprechen hören?«

Das entlockte Giovanna ein schwaches Lächeln, das erste im ganzen Gespräch.

»Machen Sie Witze? Wenn wir trainierten, hatte sie ihr Handy ausgeschaltet. In dieser Stunde war sie für niemanden zu sprechen. Dann gab es niemanden außer mir.«

Oh Gott, Monica, die hast du also auch noch auf dem Gewissen? Debora hätte wetten können, dass Edoardo dasselbe dachte, obwohl er keine Miene verzog. Vielleicht hatten die beiden Frauen ja eine Affäre gehabt. Vielleicht war Monica bisexuell. Was, wenn die hysterische Stimme, die die Frau aus dem Obergeschoss über den Lichtschacht gehört hatte, die von Giovanna gewesen war? Debora stellte sich die Szene vor, wie die eine schrie und die andere, halb nackt, wollte, dass sie damit aufhörte. Und dann packte die jüngere Frau mit ihren kräftigen Armen die schöne Monica am Hals und drückte zu.

»Es gab also Ihrer Meinung nach keinen Grund, weshalb Signora Costa auf einmal mit dem regelmäßigen Training ausgesetzt hat? Was hat sie denn zu Ihnen gesagt, wenn sie die Termine absagte?«

»Dass ihr plötzlich was dazwischengekommen sei. So drückte sie es normalerweise aus. Einmal hat sie auch gesagt, dass sie den Hund zum Tierarzt bringen müsse.«

Der Commissario sah seine »Assistentin« an und bedeutete ihr, das mitzuschreiben.

Herrje, was hatte die denn jetzt Wichtiges gesagt? Verdammt, sie war unaufmerksam geworden! Sie war geradewegs in ihren eigenen Film abgetaucht und hatte die Unterhaltung nicht mehr weiterverfolgt ... Raggio hatte recht, sie hatte wirklich zu viel Fantasie. Debora versuchte blitzschnell, sich wieder auf die Antworten der Zeugin zu konzentrieren, und hoffte, nichts Wesentliches verpasst zu haben.

»... dann war es ein Zahnarztbesuch. Ich habe ihr ein paarmal vorgeschlagen, das Training nach hinten oder nach vorn zu verschieben oder auf einen anderen Tag ... Aber sie hat gesagt, dass das nicht ginge, dass sie gerade eine schlimme Zeit durchmache.«

»Aber sonst kam sie Ihnen vor wie immer?«

»Nein, eigentlich nicht. Sie war zerstreuter, ein bisschen neben der Spur. Auch wenn sie mal zum Training erschien, schien sie sich nicht richtig darauf zu konzentrieren. Als wäre sie mit den Gedanken woanders. Einmal habe ich sogar zu ihr gesagt…«, und hier musste Giovanna wieder lächeln, »›färb dich bitte wieder blond, denn seit du dunkle Haare hast, erkenne ich dich nicht wieder‹.«

»Sie war also seltsam geworden, seit sie sich die Haare umgefärbt hatte, richtig?«

Debora hatte sich nicht zurückhalten können. Die Frage war ihr so rausgerutscht, ja, sie hatte sie beinahe herausgeschrien.

Raggio funkelte sie wütend an. Mit einem Blick, der unzweideutig sagte: *Hast du noch alle Tassen im Schrank?* Debora lief dunkelrot bis violett an, farblich passend zu ihrem Trikot. Sie biss sich auf die Zunge. Am liebsten wäre sie so tief in diesem Sofa versunken, bis sie nicht mehr vom Kunstlederbezug zu unterscheiden gewesen wäre.

Giovanna hatte sich ihr zugewandt und betrachtete sie, als nähme sie sie jetzt erst wahr. Sie überlegte. Dann nickte sie.

»Ja, jetzt, wo ich darüber nachdenke, genauso war es. Seit sie die Haare dunkel gefärbt hatte, war sie wie ausgewechselt.«

Für einen Moment trat Stille ein. Debora senkte den Blick und kritzelte etwas in ihr Notizbuch. Dann murmelte Raggio ein »Na gut…«, räusperte sich und nahm das Gespräch wieder auf, als ob nichts passiert wäre.

»Hören Sie, ich stelle Ihnen jetzt eine sehr direkte Frage. Die letzte. Hat Signora Costa in den letzten zwei

Monaten mit Ihnen je über jemanden geredet? Über einen neuen Mann vielleicht, mit dem sie eine Affäre begonnen hatte?«

Giovannas Gesicht wurde hart. »Monica und ich sprachen nie über so etwas. Sonst über alles, aber darüber nie.« Sie nahm einen Schluck von ihrem Gatorade, als ob sie ein unangenehmes Thema so hinter sich lassen könne. »Wenn Sie keine weiteren Fragen haben, würde ich mich jetzt gern auf meinen Kurs vorbereiten.«

»Das ist im Moment alles. Sollte ich noch Fragen haben, ruf ich Sie einfach an oder komm noch mal vorbei.«

»In Ordnung.« Giovanna erhob sich. »*Arrivederci.*«

Sie schüttelte Raggio die Hand und deutete Debora gegenüber eine Art militärischen Gruß an, indem sie sich mit der rechten Hand an die Schläfe tippte. Debora stand auf und erwiderte ihn. Raggio wäre beinahe vor Lachen herausgeplatzt, aber er beherrschte sich.

Giovanna war schon wieder auf dem Weg zum Gewichteraum, als ihr plötzlich etwas einfiel und sie sich noch einmal umdrehte.

»Warten Sie mal, da ist doch noch etwas …«

Raggios Augen leuchteten auf, und er wirkte plötzlich so aufmerksam wie während der gesamten Unterhaltung nicht.

»Beim letzten Mal, als sie mich angerufen hat, um den Termin am Fünften zu canceln, hat sie mich gebeten, ihrer Tochter zu sagen, falls sie anrufen oder vorbeikommen würde, dass sie hier gewesen sei und trainiert hätte. Ehrlich gesagt, war mir nicht sehr wohl dabei. Es war noch nie vorgekommen, dass sie mich bat …«, Giovanna zögerte und wandte den Blick ab, als ob sie sich schämte, »… sie zu decken. Deswegen habe ich sie auch die Woche drauf gar nicht angerufen, obwohl sie nicht erschienen ist. Und als ich dann am Montag hier ankam, habe ich von ihrem Tod erfahren.

»Ist ihre Tochter an dem Tag vorbeigekommen?«

»Nein, zum Glück nicht.«

Giovanna schwieg und sah den Commissario verlegen an, mit ihrem reinen Gesicht eines nie erwachsen gewordenen Mädchens, das sich dem Sport verschrieben hat, um nichts mit Männern zu tun zu haben.

Sie tat dem Commissario leid. Er murmelte ein aufrichtiges »Danke« und ging zur Treppe, Debora folgte ihm sofort.

35

Nachdem sie über eine Stunde zum Schweigen verdonnert gewesen war, das sie nur einmal kurz mit ihrer Bemerkung über die Haare der Toten gebrochen hatte, musste Debora, kaum dass sie aus dem Fitnessstudio heraus waren, alle Überlegungen, Schlussfolgerungen und geistreichen Einfälle loswerden, die sie während der Befragung unterdrückt hatte. Einschließlich ihrer Theorie über einen lesbischen Mord.

»Erzähl keinen Quatsch, sondern gib mir lieber die Notizen … dann kann ich sie direkt an das Team weiterreichen. Sie sollen Monica Costas Bewegungsprofil für die Tage erstellen, an denen sie nicht ins Fitnessstudio ging.«

Debora zögerte. Sie hatte Angst, dass ihre Aufzeichnungen lückenhaft waren. Außerdem wollte sie sie erst aus der Hand geben, nachdem sie sich eine Kopie davon gemacht hatte.

»Die kann sowieso niemand lesen. Ich schreib sie noch mal ordentlich ab, und dann bring ich sie dir.«

»Warum das denn? Wir sind doch hier nicht in der Klassenarbeit.« Raggio streckte die Hand aus, was so viel bedeutete wie *gib schon her*.

Widerstrebend riss Debora die Seite mit ihren Notizen heraus und reichte sie ihm. Raggio faltete den Zettel sorgfältig und steckte ihn ein.

»Sag mal – warum hast du das mit den Haaren gesagt?«

»Weil mir das Paolo erzählt hat, ihr Stylist. Monica wollte vor zwei Monaten unbedingt dunkle Haare haben, um jünger auszusehen, und seitdem fing sie an abzudrehen, was Giovanna ja auch bestätigt hat.«

»Vielleicht wollte sie ja dunkelhaarig werden, *weil* sie abgedreht war.« Raggio grinste breit. »Es ist statistisch bewiesen: Wenn Frauen sich verlieben, ändern sie als Erstes ihre Frisur.«

Debora merkte, wie ihre Wangen glühten, dann hörte sie sich zu ihrem eigenen Erstaunen sagen: »Und was tun Männer, wenn sie sich verlieben?«

Raggio antwortete nicht. Er zog sein Handy aus der Tasche seines Trenchcoats und schaltete es wieder ein.

Während er auf das Display starrte und darauf wartete, dass es wieder leuchtete, sagte er: »Nichts. Sie führen sich einfach nur auf wie der letzte Idiot.«

Debora hatte eigentlich bloß witzig sein wollen, aber sie bemerkte, dass ihm das Ganze peinlich war. Sie bereute, diese dämliche Frage gestellt zu haben, und zwang sich, sich mental wieder auf den Fall Costa und auf die Rolle zu konzentrieren, in der sie sich wohler fühlte. Was ihr nicht schwerfiel. Sobald sie sich wieder auf die Befragung fokussierte, begann ihr Hirn, das sich in den Stand-by-Modus verabschiedet hatte, sofort wieder ordnungsgemäß zu funktionieren.

»Ist es nicht seltsam, dass eine Frau, die ihren Mann betrügt, keinen Gedanken an ihn verschwendet, sondern sich nur sorgt, dass ihre Tochter etwas davon erfährt?«

»Monica Costa war ihr Ehemann scheißegal.«

Raggios Handy meldete sich. Der Commissario sah aufs Display.

»Vier Anrufe von Altissimi. Er kriegt den Hintern nicht hoch, will aber immer über alles auf dem Laufenden gehalten …«

Er hatte den Satz noch nicht beendet, da schrillte das Handy schon wieder los.

»Francè, was soll die Eile? Ich bin ja gleich da und erzähl dir alles.«

Am anderen Ende der Leitung sagte der stellvertretende Staatsanwalt Francesco Altissimi etwas. Raggio wurde blass. Seine großen hellen Augen verengten sich zu Schlitzen.

»Und wohin haben sie sie gebracht?«

»…«

»Gut. Wir sehen uns dort in einer Viertelstunde.«

Edoardo beendete das Gespräch und schwieg.

Debora zerriss es fast vor Neugier, aber sie spürte, dass sie ihn jetzt besser nichts fragte. Er hatte ihr an diesem Tag bereits genug Zugeständnisse gemacht. Wenn er reden wollte, gut, wenn nicht, dann eben nicht.

Der Commissario seufzte einmal tief. Ein schwerer Seufzer. Er klang erschöpft.

»Monica Costas Tochter hat versucht, sich umzubringen. Sie hat sich mit Schlaftabletten vollgestopft. Das Hausmädchen hat sie heute Morgen gefunden. Man hat sie ins Gemelli-Krankenhaus gebracht, sie liegt im Koma.«

»Soll ich dich mit dem Taxi hinfahren?« Sie wagte kaum, diese Frage zu stellen.

Er antwortete ihr so grob, wie er es einem Kollegen gegenüber getan hätte.

»Ja. Aber du lässt mich bloß dort raus, und dann machst du ’nen Abflug.«

36

Die Poliklinik Agostino Gemelli, wie ihr offizieller Name lautete, war nicht nur ein einfaches Krankenhaus, sondern eine ganze Stadt. Ein riesiger Komplex aus grauen mietskasernenähnlichen Gebäuden mit mehreren Zufahrten, umgeben von jeder Menge Privatstraßen, Unterführungen und Verbindungspassagen, in denen man sich locker verirren konnte, was vielleicht noch das geringste Übel war, das einem widerfahren konnte, der sich hier nicht auskannte.

»Soll ich dich reinbringen?«, versuchte Debora ihr Glück.

»Nein, lass mich hier irgendwo raus. Ich ruf jetzt Altissimi an, er soll mir sagen, wo er steckt.«

Debora hätte Raggio zu gern begleitet, aber sie wagte nicht, ihn darum zu bitten. Doch als er schon ausgestiegen war, schrie sie ihm durchs Beifahrerfenster hinterher: »Rufst du mich heute Abend an?« Dann sorgte sie sich, er könne es missverstehen und sie als zu aufdringlich empfinden, und fügte daher schnell noch hinzu: »Ich möchte wissen, wie es der Tochter geht.«

»Okay, ich melde mich nach Feierabend bei dir. Und jetzt kümmere dich um deinen eigenen Job, sonst wirst du wirklich noch gefeuert.«

Debora sah ihm mit verträumtem Lächeln hinterher, während er sich in diesem unscheinbaren, vollkommen unmodernen Trenchcoat und dem leicht angegrauten, aber noch vollen Haar dem Eingang der Klinik näherte. Wie würde er wohl in zehn Jahren aussehen? Würde er zunehmen, wie ihr Vater, oder sein jugendliches Aussehen bewahren? Und als alter Mann? Würde er ausgezehrt und voller Falten sein, wie Robert Redford oder Mick Jagger, oder eher rundlich wie Alec Baldwin und Simon Le Bon? Egal, in diesem Moment hätte sie bei allem, was ihr lieb und teuer war, geschworen, dass er ihr immer gefallen würde, auch wenn er alt und gebrechlich wäre, denn eine Eigenschaft der Liebe ist es, eine Lüge in der Überzeugung vorzutragen, es wäre die reine Wahrheit. Sie hoffte, er würde sich noch einmal umdrehen, und tatsächlich schaute er sich, ehe er hineinging, am Ende der Treppe nach ihr um und sah sie da immer noch mit laufendem Motor im Taxi sitzen und ihm nachblicken.

Er winkte ihr ein letztes Mal zu und gab ihr noch einmal das Zeichen: »Jetzt fahr schon!« Dann verschwand er im Gebäude.

Widerstrebend folgte Debora der Aufforderung und stellte das Funkgerät an. Wenige Sekunden später ertönte die Stimme der Taxizentrale.

»Siena 23, bist du fahrbereit?«

»Hier Siena 23. Ich nehme jetzt den Dienst auf.«

»Wird auch Zeit... Zone?«

»Trionfale.«

»Hast du nicht mal in Ostia gewohnt?«

»Da wohne ich immer noch.«

»Es geht mich ja nichts an, aber du beginnst jetzt schon zum dritten Mal deinen Dienst im Norden Roms. Wie kommt das denn?«

»Ich habe auch ein Privatleben! Ist das etwa verboten?«

»Nein, keine Spur... Und das findet immer in Rom Nord statt? Ich muss es bloß wissen, dann kann ich das mit den Kollegen klären...«, bohrte die quengelnde Stimme unbarmherzig nach.

»Das findet da statt, wo es mir passt! Schon mal was von Privatsphäre gehört?«

»Nein, noch nie. Vielleicht kannst du mir Mister Privatsphäre ja mal vorstellen …« An dieser Stelle beendete die Stimme das Gespräch, ohne Debora die Genugtuung zu lassen, sie vorher zum Teufel zu schicken.

37

Inzwischen war es zehn Uhr abends, und der Commissario hatte sich immer noch nicht gemeldet. Debora wurde allmählich nervös. Er hätte doch wenigstens eine klitzekleine SMS schicken können, nur ob das Mädchen noch am Leben oder bereits tot war … Die Vorstellung, sie könnte erst am nächsten Tag aus der Zeitung davon erfahren, regte sie auf.

Debora schaltete den Computer ein, um zu sehen, ob sie im Internet schon etwas darüber fand. Nichts. Diesmal war es den Angehörigen und den Ermittlern gelungen, sich komplett bedeckt zu halten.

Sie ging auf eine Suchmaschine und tippte VALENTINA ERCOLI ein.

Sofort erschien ein Link zu ihrer Facebook-Seite, auf der Fotos zu sehen waren. Eines zeigte Valentina als kleines Mädchen mit einem riesigen weißen Stoffbären im Arm. Ein anderes war letzten Sommer mit Studienkollegen in Oxford aufgenommen worden, junge Menschen verschiedener Nationalitäten, weiße, schwarze, gelbe, die ganze United-Colors-of-Benetton-Palette. Auf wieder einem anderen war sie auf einem Segelboot abgebildet, zusammen mit einem blonden Mittzwanziger, der ihr Bruder hätte sein können, wäre sie nicht ein Einzelkind.

Debora holte die Fotos von der Beerdigung aus der Schublade, blätterte sie durch, bis sie die Aufnahmen von Valentina im Kreise ihrer Freundinnen vor sich hatte, und verglich den schlaksigen Kerl, der aus der Gruppe herausragte, mit den Facebook-Fotos. Es war derselbe, auch wenn er auf den Fotos am Meer braun gebrannt war und lachte, während er auf der Beerdigung aus naheliegenden Gründen blass und niedergeschlagen wirkte. Auf der Facebook-Seite hatte Valentina seit dem zwölften April nichts mehr gepostet, dem Todestag ihrer Mutter.

Debora las sich die Nachrichten durch, die Valentina öffentlich mit ihren Facebook-Freunden ausgetauscht hatte. Darin ging es vor allem um die Uni, darum, wie eine Prüfung ausgefallen war, ein paar Einladungen zum Abfeiern im Club, Kommentare zu Fernsehserien und Talentshows. Sie ging in der Chronologie immer weiter zurück. Ende März gab es Ostergrüße von der Piste aus Cortina d'Ampezzo an die in Rom Gebliebenen oder an Freundinnen, die ihren Urlaub woanders verbrachten.

Ganz liebe Grüße! Luca konnte jetzt doch nicht mitkommen, er hat Prüfung ☹ Jetzt sind wir Mädels unter uns …

Und dazu die launige Antwort der Freundinnen:

Tja, wer nicht mitkommt, den bestraft das Leben ☺

Debora las weiter, fand aber nichts Interessantes mehr. Die Mutter wurde niemals erwähnt, außer einmal, als Valentina schrieb, sie wolle zusammen mit ihr, dem Vater und Luca ins Theater. Sonst nichts, was Rückschlüsse auf die Gründe für ihre Verzweiflungstat zuließ.

Enttäuscht schloss Debora die Facebook-Seite wieder. Sie schaute auf ihr Handy, weil sie hoffte, wenigstens eine SMS darauf zu finden. Nichts. Nun war es fast elf, und von Raggio immer noch *No News*. Sie war mehrfach am Abend, als Sorge und Neugier schier unerträglich geworden waren, versucht gewesen, ihm eine SMS zu schicken. Aber da sie befürchtete, er könne sie für eine Nervensäge halten, verzichtete sie lieber darauf.

Um sich die Wartezeit zu vertreiben, öffnete Debora den Ordner, in dem sie alle Informationen über Monica gesammelt hatte, ihr persönliches Archiv. Sie versuchte sich zu erinnern, ob in dem ganzen Material ein gemeinsames Foto von Mutter und Tochter war. Sie fand keines. Das einzige war das Familienfoto aus dem *Messaggero* vom fünfzehnten April, wenige Tage nach dem Mord, das sie sorgfältig eingescannt hatte.

Sie vergrößerte das Foto gerade so viel, dass es nicht zu verpixelt war, und betrachtete es. Sie musste an eine ihrer Lieblingsserien denken, in der der Detective die Schuldigen an ihrem Gesichtsausdruck erkennen konnte, eine Methode, die Commissario Raggio bestimmt als den letzten Unsinn bezeichnet hätte, und sah sich die drei Hauptpersonen auf dem Bild genauer an.

Papa Eugenio wirkte selbstsicher und etwas väterlich, eben wie jemand, der stolz die zwei Schönheiten vorzeigt, die zu ihm gehören. Daran war nichts Außergewöhnliches, das taten alle italienischen Familienväter, unabhängig von wirtschaftlichen, sozialen oder kulturellen Verhältnissen. Debora erinnerte sich an ein Urlaubsfoto, das sie und ihren Bruder zeigte – sie waren mit den Eltern in den Bergen gewesen – und auf dem ihr Vater ebenso triumphierend in die Kamera blickte wie Professor Ercoli.

Die kleine Valentina auf dem Arm ihrer Mutter riss unschuldig die großen Augen auf, wie jedes Baby angesichts eines Kameraobjektivs.

Die Einzige, die aus dem Rahmen fiel, die trotz ihrer auffälligen Schönheit anomal, ja sogar unbeholfen wirkte, war Monica. Sie hielt Valentina auf ihren Knien, dem Fotografen zugewandt, aber die Art und Weise, in der sie das Baby hielt, wirkte steif, fast als fühlte sie sich unwohl dabei. Sie sah nicht aus wie die Mutter, sondern eher wie irgendein junges Mädchen, das jemand gebeten hatte, sich kurz um das Baby zu kümmern. Ihr Mund lächelte zwar, aber in ihren Augen stand eine hoffnungslose Traurigkeit. Das waren die Augen einer Frau, die zu lebenslänglicher Haft verurteilt ist.

Wieso hast du so getan, als wärst du glücklich, wenn es dir doch so schlecht ging, Signora Costa, unglücklich verheiratete Signora Ercoli?

Wieder dachte Debora, wie schon so oft, an die blonde Frau und an ihre kurze gemeinsame Fahrt zurück. Für Monica Costa die letzte Fahrt. Sie stellte sich vor, was passiert wäre, wenn sie an jenem Tag weniger gleichgültig reagiert und ihre Kundin stattdessen gefragt hätte, weshalb sie so aufgelöst war. Vielleicht hätte Monica dann einfach – wegen der magischen Atmosphäre, die manchmal zwischen Menschen entsteht, die einander nicht kennen, oder weil sie sich so verletzlich fühlte, oder einfach, weil sie sich nicht mehr länger verstellen konnte und wollte –, vielleicht hätte sie zu reden angefangen und endlich ihr Herz ausgeschüttet, von dem Ehemann erzählt, den sie nicht liebte, und von dem langweiligen Leben, das sie führte; vielleicht hätte sie erzählt, wie sie in Deboras Alter gewesen war, von den Träumen, die sie nie verwirklicht hatte, und vor allem, wer dort in der Via degli Ausoni auf sie wartete und warum sie unbedingt dorthin zurückwollte. Und dann hätten sie womöglich einfach beschlossen, etwas anderes zu tun, vielleicht gemeinsam eine Pizza essen zu gehen, und Debora hätte sie zu einer Trattoria im Ostiense-Viertel geführt, wo sie, als sie und ihr Bruder noch klein waren, immer alle zusammen mit ihrem Vater hingingen. Bestimmt hätte es Monica Costa dort gefallen, weil sie sich an den Orten der einfachen Leute wohlfühlte, und anschließend hätte Debora sie als glücklichen Menschen nach Hause gefahren. Und der Mörder in der Via degli Ausoni hätte – zumindest für diesen Abend – das Nachsehen gehabt.

Während Debora noch in ihrem persönlichen Film versunken war, regte sich endlich ihr Handy. Auf dem Display blinkte ungeduldig ein Kontakt auf: COMMISSARIO RAGGIO. Sie griff so schwungvoll nach dem Telefon, dass es ihr beinahe aus der Hand geflogen wäre.

»*Pronto*? Habe ich dich geweckt?«

»Keine Spur! Und? Wie geht es dem Mädchen?«

»Sie kämpft an der Schwelle zwischen Leben und Tod, wie man so sagt.«

»Sie hat das Bewusstsein nicht wiedererlangt?«

»Nein, noch nicht. Ihr Zustand ist weiterhin kritisch. Die Ärzte halten sich bedeckt.«

»Wann hat sie denn die Tabletten geschluckt, gestern Abend oder heute früh?«

»Wahrscheinlich in der Nacht. Ihr Freund sagt, dass er gegen eins nach Hause gegangen ist. Es muss kurz danach passiert sein …«

»Und wann hat die Ukrainerin sie gefunden?«

Debora hatte alle Fragen parat, schussbereit wie die Kugeln in einem Gewehrlauf. Schließlich hatte sie den ganzen Tag Zeit gehabt, darüber nachzudenken.

»Um halb zehn. Die Frau wusste, dass Valentina zu der Zeit eigentlich schon in der Uni hätte sein müssen, und hat gedacht, sie hätte den Wecker nicht gehört. Also hat sie nachgesehen …«

»War ihr Vater nicht da?«

»Nein, der geht früh aus dem Haus. Er hatte um neun eine OP in der Klinik.«

Sie musste daran denken, wie ihr Vater morgens vor seiner Schicht die Runde durch alle Zimmer gemacht hatte, um zu kontrollieren, ob auch wirklich alle aufgestanden waren, damit niemand zu spät zur Schule kam.

»Und was hast du jetzt vor?«

»Ich geh unter die Dusche, esse was und leg mich dann hin.«

»Nein, jetzt mal im Ernst. Wie willst du weiter vorgehen? Magst du mir das nicht verraten?«

»Was soll ich denn deiner Meinung nach tun, Debora?«

Die Erschöpfung machte ihn gereizt.

»Weißt du, was mal ein kluger Mann gesagt hat? *Ha da passà 'a nuttata* – sie muss die Nacht überstehen. Wenn dieses arme Mädchen morgen früh aufwacht, dann befrage ich sie. Wenn nicht, Amen. Gute Nacht, *picciri.*«

Er hatte sie *meine Kleine* genannt! »Warte, eine Sache noch! ...« Nachdem sie so lange auf diesen Anruf gewartet hatte wie die Heiligen auf den Ruf des Herrn, wollte Debora jetzt noch nicht aufhören. »Aber ... hat sie sich denn niemandem anvertraut? Dem Freund, einer Freundin, diesem Arschloch von Vater?«

Raggio war vollkommen erledigt, er hatte nicht mehr die Kraft, sich mit der Familie Ercoli und ihrem Unglück zu beschäftigen. Er wollte nur noch eins, ins Bett und in einen traumlosen Schlaf fallen.

»Der Vater ist völlig fertig. Ich übrigens auch. Morgen lass ich den Freund einbestellen, der soll mir haarklein erzählen, was Valentina gestern Abend gemacht hat. Dann werde ich mit dem Vater sprechen. Der sich momentan allerdings nicht vom Bett seiner Tochter wegbewegt. Wenn sie nicht innerhalb der nächsten vierundzwanzig Stunden aufwacht, wird er sie in seine Klinik verlegen lassen.«

»Darf ich bei der Befragung von Valentinas Freund dabei sein?«

»Nein.«

Für einen kurzen Moment trat zwischen ihnen Schweigen ein. Debora überlegte, was sie tun konnte, um ihn umzustimmen, und der Commissario, wie er dieses Gespräch beenden konnte, das er nicht mehr ertrug.

»Weißt du, Calocero und ich sind jetzt richtig dicke Freunde, ich habe ihm einige Gefallen getan«, platzte sie dann heraus, weil ihr nichts Besseres einfiel.

»Ach ja? Na und? Meinst du, nur weil du Calocero bestochen hast, kannst du tun, was du willst? Denkst du etwa, du hast das gesamte Kommissariat in der Tasche?«

»Natürlich nicht. Du müsstest mich den anderen Teammitgliedern schon vorstellen …«

Er war müde, ihm brummte der Schädel, und seine Augen brannten.

»Hör zu, Debora, das geht nicht. Als was sollte ich dich denn vorstellen? Als meinen persönlichen Chauffeur?«

»Schon gut, ist nicht so wichtig. Gute Nacht.«

Dann hörte Raggio bloß noch das Signal, dass sie das Gespräch beendet hatte. Er hätte ihr gern eine versöhnliche SMS geschickt, um Frieden zu schließen, aber selbst dafür fehlte ihm die nötige Energie. Außerdem dachte er, dass Debora zu anstrengend für ihn war, genau wie all die anderen Züge, auf die er hätte aufspringen können, um sein Leben zu ändern, und die er hatte davonfahren lassen. *Pazienza*, sagte er, wie so oft schon, zu sich, kommt Zeit, kommt Rat. Dann stellte er sich unter die Dusche und ließ sich vom heißen Wasserstrahl betäuben, bis er kurz davor war, die Besinnung zu verlieren. Der heiße Dampf vertrieb alle schweren Gedanken, und alle Menschen und Dinge traten in den Hintergrund. Auch Debora.

Sich verlieben kostete Kraft, und er hatte keine mehr. Plötzlich fühlte er sich alt. Dabei war er erst dreiundvierzig…

38

Nachdem Debora das Gespräch abrupt beendet hatte, war sie sitzen geblieben und hatte in einer Mischung aus Wut und Trauer auf ihr Handy gestarrt. Im ersten Moment wollte sie schon das Taxi nehmen, zum Gemelli-Krankenhaus fahren und sich auf die Intensivstation schleichen – immerhin war nachts nur wenig Personal da –, um die arme Valentina Ercoli wenigstens ein erstes und letztes Mal zu sehen, selbst wenn sie bewusstlos dahindämmerte und an Schläuchen hing. Inzwischen waren die Mitglieder dieser seltsamen Familie, die sich so von ihrer eigenen unterschied, für sie so etwas wie die Hauptfiguren einer Fernsehserie geworden, mit denen man mehr mitleidet als mit den eigenen Verwandten.

Nur die Angst, sie könnte dort Professore Ercoli begegnen, hatte sie zurückgehalten.

Sie stellte sich vor, wie er aus einem kleinen Plastikbecher seinen zehnten Kaffee des Tages schlürfte, das Hemd von einem arbeitsreichen Vormittag verschwitzt, die Krawatte gelöst, das Gesicht, das nun doch seine sechzig Jahre erkennen oder ihn vielleicht sogar älter wirken ließ, von Müdigkeit gezeichnet, während er an dem Bett saß und sein *Mädchen*, das dort im Koma lag, keinen Moment aus den Augen ließ und auf jedes noch so kleine Lebenszeichen lauerte, ein leichtes Flattern der Wimpern, ein kaum wahrnehmbares Zucken der Finger, irgendetwas, das ihm Hoffnung machen könnte. Für einen kurzen Augenblick tat ihr Eugenio Ercoli, dieser so mächtige, selbstsichere Halbgott in Weiß, leid.

Debora fühlte sich ohnmächtig, es gab nichts, was sie hätte tun können. Sie dachte über die Ereignisse des Tages nach, angefangen beim Besuch im Fitnessstudio, der Begegnung mit der Personal Trainerin Giovanna und dem Bild, das sie von Monicas letztem Lebensmonat gezeichnet hatte: kleine Fluchten und ein geheimes Doppelleben, das so aufreibend und gefährlich gewesen war, dass sie irgendwann die Kontrolle darüber verloren hatte. Eine Beziehung, die sie vor ihrer Tochter und nicht etwa vor ihrem Mann, hatte verheimlichen müssen, dieser Tochter, die sich nun aus unbekanntem Grund das Leben hatte nehmen wollen, eine Verzweiflungstat, die jedoch sicher in Zusammenhang mit dem gewaltsamen Tod ihrer Mutter stand. Debora sah das alles vor sich wie eine Ansammlung von einzelnen Punkten, die man miteinander verbinden musste, damit sie ein klares Bild ergaben, das alles erklärte. Doch im Augenblick entging ihr noch etwas, ein Punkt des Bildes war noch nicht zu erkennen, durch den aber all die anderen erst einen Sinn ergeben würden.

Ihre innere Unruhe zwang sie, vom Schreibtisch aufzustehen und auf und ab zu laufen. An Schlaf war nicht zu denken. Sie hatte Lust zu rauchen, doch ihr waren die Zigaretten ausgegangen. Wie sollte sie so eine Nacht nur ohne Zigaretten durchstehen? Sie sah auf dem Handy nach der Uhrzeit. Es war beinahe Mitternacht. Jetzt fand man auch keine offene Bar mehr, die Zigaretten verkaufte. Ihre einzige Rettung wären Automaten gewesen, aber sie hatte ihre Krankenversicherungskarte verloren, die sie dafür gebraucht hätte, und ihr war nicht danach, ihre Mutter oder ihren Bruder zu wecken, beides vehemente Vertreter der Antiraucherliga, um sich eine ihrer Karten zu leihen.

Debora begann in ihren Sachen zu kramen, vielleicht hatten ja ihre Zerstreutheit oder die göttliche Vorsehung dafür gesorgt, dass irgendwo noch welche vergessen vor sich hin gammelten. Sie suchte in Handtaschen, Schubladen, Rucksäcken – Fehlanzeige. Dann überprüfte sie die Taschen aller Mäntel, Blazer, Daunen-, Sport- und Regenjacken. Nichts. Schließlich entdeckte sie auf einem Kleiderbügel ihre alte lange Strickjacke aus grober Wolle, die sie nicht mehr getragen hatte, seit es milder geworden war. Sie war ihre letzte Hoffnung. Debora griff mit beiden Händen in die großen Taschen und flehte stumm um ein Wunder. Und tatsächlich spürte sie etwas zwischen den Fingern, aber es war keine Zigarette, sondern ein Stück festes Papier. Enttäuscht holte sie es hervor.

»Fabrizio Comin. Zimmermann.« Darunter standen eine Handynummer und eine E-Mail-Adresse.

Debora erinnerte sich an den gut aussehenden Typen mit Bart, dessen Panda sie zugeparkt hatte. Sie lächelte.

Fabrizio Comin, du hast auf eine schnelle Nummer gehofft, hat leider nicht geklappt. Na ja, vielleicht hast du beim nächsten Mal mehr Glück …

Sie wollte die Visitenkarte schon zerknüllen und in den Papierkorb werfen, als es ihr plötzlich wie Schuppen von den Augen fiel: Sie sah den Panda vor sich – er hatte am Morgen des Verbrechens direkt vor der Eingangstür des Hauses in der Via Ausoni gestanden! Unter Bemühung ihres ausgezeichneten fotografischen Gedächtnisses versuchte sie sich zu erinnern, wann er ihr zum ersten Mal aufgefallen war. Und war sich fast sicher: Der Wagen hatte schon da gestanden, als sie Monica dort abgeholt hatte, und war immer noch da gewesen, als sie sie wieder zurückgefahren hatte.

Was bist du aber auch bescheuert, Debora! Und du wolltest Polizistin werden … Sie nahm ihr Handy und speicherte die Nummer von Fabrizio Comin. Am liebsten hätte sie ihn gleich angerufen, aber so spät konnte sie das bei einem Fremden nicht machen, selbst wenn er jung und vermutlich zu allen Schandtaten bereit war. Doch eine SMS war auch in der Nacht noch willkommen, besonders wenn sie von einer Frau kam, die der Empfänger gern ins Bett gekriegt hätte. Debora gab ihr Bestes, um die kryptischste und verheißungsvollste SMS aller Zeiten zu schreiben. Der Fisch biss sofort an: Nach zehn Minuten kam eine Antwort mit vielen Ausrufezeichen und lächelnden Emoticons, die mit den begrenzten Möglichkeiten dieser massentauglichen, reduzierten Zeichensprache Überraschung und Freude zum Ausdruck bringen sollten. Nachdem sie ein paarmal hin- und hergeschrieben hatten, schlug er ihr für den folgenden Abend ein Treffen in einem Pub vor, den er gut kannte. In San Lorenzo, dort, wo alles begonnen hatte …

Debora vergaß die Zigaretten. An diesem Abend hatte die Vorsehung wirklich beschlossen, ihr auf die Sprünge zu helfen.

39

Commissario Raggio war in Unterhose und T-Shirt vor dem laufenden Fernseher eingeschlafen. Der immer noch lief, als er am nächsten Morgen auf dem Sofa in der gleichen Position mit der Fernbedienung in der Hand erwachte. Aber etwas hatte sich doch verändert: Sein Kopf war ausgeruht, und er konnte deutlich klarer denken als am Vortag. Zunächst einmal rief er Altissimi, den stellvertretenden Staatsanwalt, an, um etwas über den Zustand der jungen Frau zu erfahren, die versucht hatte, sich umzubringen, und zu hören, ob es, wie er hoffte, bei dem Versuch geblieben war.

»Sie ist aufgewacht. Und zwar heute Nacht. Ihr Vater saß an ihrem Bett. Vor Aufregung hätte er beinahe einen Herzinfarkt bekommen.«

»Na, dann hätte sich ja gleich für zwei der Fall erledigt.«

»Ich habe für zehn Uhr den Freund zur Befragung einbestellt. Möchtest du ihn dir danach vornehmen?«

»Klar. Er ist der Einzige, der noch gesund und munter ist.«

»Nicht so ganz. Als er vom Selbstmordversuch seiner Freundin erfahren hat, ist er glatt umgekippt.«

»Wer hat ihn informiert?«

»Flaminia Costa, die Tante des Mädchens.«

»Was für eine herzensgute Frau ... Dann schicke ich Calocero um halb elf bei dir vorbei, damit er den Freund abholt und aufs Kommissariat bringt, wenn du fertig bist.«

»Ja, aber bitte ohne Aufsehen, und kein Streifenwagen.«

»Ich habe ja nicht mal genug Streifenwagen, um Verbrecher zu verhaften, glaubst du, dass ich einen dafür verschwende, um so ein Bübchen abzuholen? Okay, Francè, wir hören uns später, dann können wir unsere Ergebnisse abgleichen.«

Während Raggio vor dem Badezimmerspiegel stand und sich rasierte, dachte er an den vergangenen Abend zurück. An das so abrupt beendete Telefongespräch. An Debora, die bestimmt den ganzen Tag darauf gewartet hatte, dass er sich meldete, und wie er sie dann abgefertigt hatte. Jetzt tat es ihm leid, und er empfand tiefes Mitgefühl für sie. Allerdings nicht nur das ... Er musste an ihr Lachen denken, das ihn jedes Mal von Neuem überraschte, an ihren Duft, die glatte, leicht gebräunte Haut, und plötzlich überkam ihn auch wildes Verlangen nach ihr. Während er sich im Spiegel betrachtete, erwischte er sich dabei, dass er von einer Zukunft an der Seite dieser Frau träumte, die noch so jung war. Wie es wohl wäre, mit ihr noch einmal ganz von vorn anzufangen? Alles noch einmal zu erleben, aber mit anderen, mit ihren Augen?

Plötzlich schienen die Erschöpfung, die Bürde des Alters, die unterschwellige Melancholie, die jeden seiner Tage begleitete, zu verblassen. Er fühlte sich so leicht. Jünger. Raggio lächelte seinem Spiegelbild zu und stellte sich vor, er würde quasi neu geboren werden, nach all diesen tristen Jahren, in denen ein Tag ohne große emotionale Erschütterungen auf den anderen gefolgt war, seit sein Herz von einer Lawine verschüttet worden war. Debora war es gelungen, den ganzen Schnee abzutragen …

Wieder musste er daran denken, wie er sie am Abend zuvor behandelt hatte, und fühlte sich ein wenig schuldig. Schuldgefühle hatte er in seinem Leben nun wirklich schon genug angehäuft. Das Gesicht noch halb eingeseift, machte er sich auf die Suche nach seinem Handy. Er grub es unter den Sofakissen aus. Versuchte, sie anzurufen. Nur die Mailbox. Wie er das hasste! Er überlegte, was er sagen sollte, aber ihm fiel nichts ein. Die Sekunden verstrichen, während er stumm blieb. Im letzten Moment stotterte er etwas, doch das unbarmherzige Signal, das das Ende der Sprechzeit bedeutete, unterbrach ihn jäh. Gereizt warf er das Handy aufs Sofa. Plötzlich kam er sich lächerlich vor. Was tat er da eigentlich? Statt all seine Gedanken auf den Fall Costa zu konzentrieren, flirtete er mit einer fünfundzwanzigjährigen Zeugin? Er machte sich wirklich zum Affen. Raggio rief im Kommissariat an und fragte nach Calocero, aber der hatte an diesem Morgen keinen Dienst. Dafür war Milillo da, der Sizilianer. Etwas strenger als notwendig gab Raggio ihm die Anweisung, er solle um halb elf bei Altissimi sein, dort den Zeugen Luca Pezzani abholen und ihn für eine Abgleichsbefragung in sein Büro bringen. Alles mit äußerster Diskretion.

»Ist er ein Verdächtiger im Fall Costa?«, fragte Milillo betont gleichgültig.

»Nein«, knurrte Raggio. »Und wenn dir sein Name bei irgendeinem dieser Scheißjournalisten rausrutscht, die vor dem Kommissariat schlafen, essen und kacken, dann schicke ich dich auf Streife nach Tor Bella Monaca, das schwör ich dir…« Etwas Schlimmeres als diese Hochburg krimineller Banden konnte man einem römischen Polizisten nicht androhen.

40

Debora war erst sehr spät eingeschlafen, so aufgeregt war sie gewesen bei der Vorstellung, dass sie sich am Abend mit demjenigen treffen würde, der sich, wie sie glaubte, als der entscheidende Zeuge im Fall Costa erweisen könnte.

Am Morgen hatte ihre Mutter sie aus dem Bett werfen müssen, nachdem Deboras Wecker eine Viertelstunde lang immer wieder vergeblich geklingelt hatte. Und ihr Bruder hatte sie mehrfach antreiben müssen, damit sie rechtzeitig aus dem Haus kamen und sie ihn noch an der Uni absetzen konnte. Alles war wie im Film. Debora hatte das Handy absichtlich ausgeschaltet gelassen, damit *dieser Mistkerl*, falls er anrufen sollte, begriff, dass er und seine beamtenmäßigen Ermittlungen ihr herzlich egal waren. Sie würde auf ihre Weise vorgehen und den Fall vor ihm lösen.

Sie hielt es nur eine Stunde durch, vom Rest der Welt abgeschnitten zu sein. Um zehn Uhr schaltete sie ihr Handy wieder ein. Die Mailbox zeigte eine Sprachnachricht an. Als Debora die Nummer erkannte, schlug ihr das Herz bis zum Hals. Und nachdem sie dann auch noch dieses lange Schweigen vernahm, auf das hastig und beinahe im Flüsterton der Anfang einer Nachricht folgte, die jäh abbrach, nachdem sie also seine warme Stimme verlegen »Also, das gestern tut mir leid, aber ich …« stammeln hörte, und nachdem sie diese Nachricht ein, zwei, drei Mal abgehört hatte, war *dieser Mistkerl* blitzschnell wieder zu *ihrem Edoardo* geworden, und Taxi Siena 23 raste in Richtung San Lorenzo.

Debora kreiste mit dem Wagen eine Weile um die Piazza del Verano, in der Hoffnung, ihn beim Betreten oder Verlassen des Kommissariats anzutreffen, oder wenigstens diesen Idioten Calocero abzufangen und ihm ein paar Informationen zu entlocken, doch an diesem Vormittag gingen dort nur Leute ein und aus, die sie nicht kannte.

Hätte sie noch eine Viertelstunde länger gewartet, hätte sie beobachten können, wie Vice Ispettore Milillo sich aus seinem Smart schälte und einen großen blonden Jüngling zum Kommissariat führte, dessen Wangen stark eingefallen waren und der übermäßig schwitzte für einen so windigen Tag, an dem der raue Tramontanawind blies, obwohl es schon Spätfrühling war. Doch Geduld zählte nicht zu Deboras Stärken. Und so fiel ihr etwas anderes ein, wie sie die endlosen Stunden überbrücken konnte, die sie noch von ihrer abendlichen Verabredung trennten.

Sie bog auf die Via Tiburtina ein, nahm die Umgehungsstraße, fuhr in einem großen Bogen um die Ewige Stadt herum und kam eine halbe Stunde später auf der Via Trionfale in Höhe des Gemelli-Krankenhauses heraus. Diesmal scheute sie keine Kosten, zog einen Parkschein und stellte den Wagen in der Tiefgarage ab. Dann schloss sie sich dem Menschenstrom an, der kontinuierlich aus dem Untergrund auf den Haupteingang des Krankenhauses zuschwappte.

Debora stieg gerade die breite Treppe hoch, als sie Professore Ercoli bemerkte, der, begleitet von seiner treuen Assistentin, die Stufen herabkam. Besser gesagt das, was von ihm übrig war. Wäre da nicht Antonella Airone gewesen, die sich bei ihm eingehakt hatte, oder ihn vielmehr stützte, hätte Debora den Chirurgen gar nicht erkannt. Seit ihrer Begegnung, die gerade einmal eine gute Woche zurücklag, schien er um zehn Jahre gealtert. Die junge Dottoressa wirkte wie seine Pflegerin. Doch aus ihrer liebevollen Fürsorge, mit der sie augenscheinlich recht energisch zu verhindern suchte, dass er auf der Treppe stolperte, sprachen auch Besitzdenken und Triumph.

Debora folgte ihnen mit dem Blick, gleichermaßen

fasziniert wie schockiert über diese Verwandlung. Sie sah wieder die gedemütigte Dottoressa Airone vor sich, wie sie mit Klauen und Zähnen um einen kleinen Platz im Leben des großen Chirurgen gekämpft hatte. Nun würde ihn ihr keiner mehr wegnehmen. Endlich gehörte er für immer ihr. Jedenfalls solange sie nicht die Nase davon voll haben würde, ihm ein Nudelsüppchen zu kochen und ihm die zittrige Hand zu halten. Obwohl – sie konnte ihn ja auch immer noch der Obhut von jemandem überlassen, der dafür bezahlt wurde.

Als sie die beiden davongehen sah, sie aufrecht und selbstsicher, ja nun beinahe größer als er, daneben der zuvor so beeindruckende Mann, der plötzlich gebeugt ging, musste sie an das Motto ihrer Mutter denken, das vielleicht auch eigener Erfahrung entsprang: »In der Liebe ist man entweder oben oder unten.« Und manchmal landete man eben schneller unten, als man gucken konnte…

Dass soeben die beiden einzigen Menschen, die sie hätten wiedererkennen können, das Krankenhaus verlassen hatten, entlockte Debora einen Seufzer der Erleichterung. Und dass Ercoli sich von Valentinas Bett losgerissen hatte, konnte nur eines bedeuten: Seiner Tochter ging es besser.

Zu dieser Stunde des Vormittags war im Polyklinikum jede Menge los. Ängstliche, besorgte, erleichterte, verwirrte und verzweifelte Menschen liefen auf der Suche nach irgendjemandem oder -etwas durch die Gänge. Gemeinsam mit einem Dutzend anderer Personen betrat Debora den Lift. Zwei noch sehr junge Frauen im Weißkittel, wahrscheinlich Ärztinnen im Praktikum, plauderten und kicherten miteinander und erinnerten so die anderen mit den traurigen Mienen daran, dass an diesem Ort nicht nur gelitten, sondern auch gelernt wurde, und dass man manchmal, so unwahrscheinlich es ihnen auch vorkommen mochte, einfach nur seinen Spaß hatte.

Die beiden jungen Ärztinnen drückten auf den Knopf für den fünften Stock. Als der Lift dort hielt und sie ausstiegen, huschte Debora schnell hinterher und folgte ihnen durch eine Brandschutztür mit der Aufschrift INTENSIVSTATION.

Im breiten Flur standen oder saßen Grüppchen von Besuchern, die sich leise unterhielten oder reglos und stumm ihre meist schlafenden Angehörigen durch eine Glasscheibe betrachteten. Abwechselnd durften sie einzeln den jeweiligen Raum betreten, um ihre Lieben aus der Nähe anzusehen, deren Hand zu berühren, etwas zu ihnen zu sagen und sich dabei einzureden, dass diese sie hörten. Debora ging an ihnen vorbei und spähte über ihre Schultern hinweg durch alle Scheiben, bis sie Valentina gefunden hatte. Sie erkannte die junge Frau an dem Blond ihrer Haare, diesem weichen, leuchtenden Blond, das sie bereits an Valentinas Mutter bewundert hatte. Sie lag allein im Zimmer, ihre Augen waren geschlossen, und über eine Nadel im Arm war sie an einen Tropf angeschlossen. Debora blieb stehen und betrachtete sie eine Weile. Ihr Instinkt hatte sie bis hierher geführt, aber nun wusste sie nicht weiter. Wie hypnotisiert starrte sie auf dieses Dornröschen im Zauberschlaf. Eine Stimme in ihrem Rücken schreckte sie auf.

»Ihr geht es besser. Sie hat die Augen aufgemacht und ihren Vater erkannt.«

Debora fuhr herum, als hätte man sie gerade mit den Fingern im Marmeladentopf erwischt. Eine der beiden jungen Ärztinnen lächelte sie an.

»Sind Sie eine Angehörige?«

»Nein. Eine Freundin.«

»Sie ist noch sehr schwach, aber das ist normal nach der Magenspülung.«

»Darf ich hinein und nur kurz ihre Hand streicheln? Ich möchte, dass sie spürt, dass wir ihr alle beistehen, dass wir sie lieben …«

»Es tut mir leid, aber bisher durfte außer ihrem Vater niemand rein … Sie ist gerade erst aufgewacht. Wenn es ihr besser geht, wird sie schon morgen auf eine andere Station verlegt. Und dann kann sie Besuch empfangen.«

Debora packte ihren aus Disneyfilmen abgeguckten Blick eines armen Waisenkindes aus und murmelte mit gebrochener Stimme: »Wir sind eng befreundet, sie ist wie eine Schwester für mich. Bitte, nur eine Minute …«

Sie hatte sofort in ihre Rolle gefunden. Heuchelte sogar mit feuchten Augen aufrichtige Rührung, das volle Programm. Sie wirkte glaubhafter, als wenn sie tatsächlich betroffen gewesen wäre. Sollte sie es nicht zur Polizistin schaffen, konnte sie immer noch Schauspielerin werden.

Die angehende Ärztin hatte ein weiches Herz, sie war noch nicht den Alltag voller Leid und schmerzgebeugter Angehöriger gewohnt, noch nicht ausgelaugt von aufreibenden Endlosdiensten, deshalb ließ sie sich von diesem Beweis »wahrer« Freundschaft erweichen.

»Na gut, aber nur zwei Minuten. Und sollte sie schlafen, wecken Sie sie bitte nicht auf. Kommen Sie mit …«

Sie betraten den stillen, sterilen Raum. Das einzige Geräusch war das Piepen des Geräts, das die Herztöne anzeigte.

»Hier, ziehen Sie sich das über.«

Die Ärztin reichte Debora einen grünen Kittel, Überschuhe und eine Haube. Wenn ihr Bruder sie so gesehen hätte, hätte er sich vor Lachen gekringelt. Debora war versucht, ein Selfie zu machen und es ihm zu schicken, hielt es dann aber doch für unpassend.

Die Ärztin sah auf das Gerät.

»Sie schläft. Ihr Atem geht regelmäßig. Ich lasse Sie fünf Minuten mit ihr allein, dann hole ich Sie wieder ab.«

Die junge Frau war wirklich nett. Falls Giampi mal seine lähmende Schüchternheit ablegen sollte, die einer intimeren Kontaktaufnahme mit dem weiblichen Geschlecht im Wege stand, würde Debora sich für ihn jemanden wie diese Ärztin wünschen.

Sie näherte sich Valentinas Bett. Das Mädchen war weißer als das Laken, ihre Lippen blass und blutleer. Wie sie so mit geschlossenen Augen und ungeschminkt dalag, wirkte sie unglaublich zart und zerbrechlich.

Debora musste unwillkürlich an Tim Burtons *Corpse Bride – Hochzeit mit einer Leiche* denken. Plötzlich seufzte das Mädchen und fuhr sich mit der Zunge über die Lippen. Anscheinend war sie durstig. Debora ging weiter zum Kopfende, um sie genauer zu betrachten. Sie war hübsch, aber nicht so schön wie ihre Mutter. Ihre

Nase war nicht so klein und schmal wie die von Monica Costa, sondern im Verhältnis zu ihrem Gesicht etwas zu groß geraten, wie bei ihrem Vater.

Plötzlich schlug Valentina die Augen auf. Riesige Kulleraugen blickten Debora an. Verwirrt starrte die aus dem Koma Erwachte auf die Unbekannte, deren Gesicht nur wenige Zentimeter über ihrem hing. Sie war noch etwas benommen, deshalb drückte ihr Blick kein Erstaunen, sondern nur Erschöpfung aus.

»Wie geht es dir?«

Valentina schluckte stumm. Ihr Mund war trocken und klebrig.

»Schlecht«, sagte sie kaum hörbar.

»Warum hast du all diese Tabletten genommen?«

Das Mädchen antwortete nicht.

Debora strich ihr sanft über die Hand. »Wolltest du sterben?«

Valentina nickte schwach. Sie antwortete gerade einer völlig Fremden, aber es kam ihr nicht merkwürdig vor. Eigentlich ging sie nur auf eine Stimme ein, die genauso gut aus ihrem eigenen Inneren hätte kommen können.

»Warum? Wegen deiner Mutter? Weil sie dir fehlt?«

Obwohl sie noch schwach war, fuhr plötzlich Kraft in Valentina, und sie schüttelte energisch den Kopf, warf ihn in einem hysterischen Wutanfall von einer Seite zur anderen. Dann füllten sich ihre Augen auf einmal mit Tränen, und sie winselte wie ein verwundetes Tier.

Die Ärztin im Praktikum kam herein, und als sie Valentina weinen und jammern hörte, eilte sie besorgt ans Bett.

»Nein, nicht doch. Ruhig, ganz ruhig …« Sie strich ihr über die Stirn, um sie zu beruhigen. »Was ist passiert?«, fragte sie Debora nervös.

»Nichts. Sie hat die Augen geöffnet und dann gleich angefangen zu weinen. Vielleicht hatte sie einen Albtraum«, log diese.

»Sie müssen jetzt gehen, wenn die Oberschwester mich erwischt, kriege ich Ärger …«, sagte die junge Frau und begleitete sie vor die Tür. »Vielleicht lösen Menschen aus dem Freundeskreis bei ihr zu heftige Gefühle aus. Später kommt unsere Psychologin zu ihr. Denn ihre Krankheit ist mehr hier oben als physisch …« Sie tippte sich an die Stirn.

Debora bedankte sich bei der Ärztin und gab ihr die Dr.-House-Ausrüstung zurück. Dann rannte sie Hals über Kopf die Treppe hinunter, fünf Stockwerke an all diesen gequälten Seelen, Ärzten, Patienten, Besuchern vorbei, ohne jemanden wahrzunehmen. Sie wollte nur noch raus an die frische Luft. Sie hatte zu viel Tod gesehen und musste ihn wieder loswerden.

Als Debora den Vorplatz erreicht hatte, konnte sie endlich alles abschütteln. Sie musste noch einmal an das erwachte Dornröschen und an dieses merkwürdige »Verhör« denken. Eigentlich hätte sie zufrieden mit sich sein können, aber sie war es nicht. Ihr kam Raggio in den Sinn, die Unruhe, die Traurigkeit, die er in sich trug. Man mochte es drehen und wenden, aber eines stand fest: Sie waren aus demselben Holz geschnitzt. Traurige, melancholische Cops, die selbst zu »lebenslänglich« verdammt waren. Auch wenn einer von ihnen noch Taxi fuhr.

41

Der junge Mann hielt die langen schmalen Hände mit den hervortretenden Adern fest im Schoß verschränkt. Auf seiner Stirn glänzten Schweißtropfen, und er fasste sich ständig an den Adamsapfel, der aus dem offenen Kragen seines kakifarbenen Markenhemdes hervorquoll, als bekäme er nicht genug Luft.

Altissimi hatte Raggio vorgewarnt: »Sei nicht so grob zu ihm. Der ist völlig durch den Wind.«

Während der Befragung bei der Staatsanwaltschaft hatte er um einen Schluck Whisky gebeten. Obwohl es erst zehn Uhr morgens war, hatte der Staatsanwalt zugestimmt in der Hoffnung, es würde den jungen Mann etwas entspannen, aber vergebens.

Nun saß Luca Pezzani Commissario Raggio in dessen Büro gegenüber, und seine Aufregung schien sich nur noch weiter zu steigern. Milillo protokollierte am Computer seine Aussage.

»Also, Sie haben gesagt, Sie hätten Valentina Ercoli vorgestern, sprich Sonntag, den siebenundzwanzigsten, gegen ein Uhr nachts vor ihrem Haus abgesetzt.«

Der junge Mann nickte.

»Wo waren Sie denn vorher, im Kino?«

»Im Kino?«

Luca sah den Commissario so entgeistert an, als hätte dieser etwas vollkommen Abwegiges gesagt. Und genau das hatte er natürlich bezweckt.

»Nein, nein… nach dem, was passiert war, wollte

Valentina eigentlich gar nicht aus dem Haus, geschweige denn ins Kino. Ich hatte ihr vorgeschlagen, irgendwo beim Ponte Milvio etwas trinken zu gehen, dort ein paar Freunde zu treffen, um sich abzulenken … Aber sie wollte partout nicht.«

»Und wo waren Sie stattdessen?«

»Wir haben einen kleinen Spaziergang am Tiber gemacht … Sie wollte niemanden sehen, das war der einzige Ort …«

Während er sprach, sah Luca den Commissario an, doch sobald er verstummte, senkte er die Augen. Groß und schlank wie er war, konnte man ihn als gut aussehend bezeichnen, selbst wenn er extrem dünn war. Seine Haare waren von hellem Kastanienbraun, das ins Blonde spielte. Mit fortschreitendem Alter würde diese fahle Farbe beinahe unmerklich in ein Grau übergehen. Sein ebenmäßiges Gesicht jedoch wies markante, männliche Züge auf. Um seine haselnussbraunen Augen lagen tiefe Schatten. Zwei dunkle Ringe, die zeigten, dass er unter Schlafmangel litt.

»Worüber haben Sie auf Ihrem Spaziergang geredet?«

Luca überlegte kurz, bevor er antwortete. »Wir haben die meiste Zeit geschwiegen. Ich habe sie gefragt, ob wir über den ersten Mai für ein paar Tage in den Nationalpark Circeo fahren wollen, aber sie wollte nicht.«

»Ihre Familie hat dort ein Ferienhaus?«

Es fühlte sich seltsam an, diesen jungen Mann, der vom Alter her sein Sohn hätte sein können, zu siezen, aber für Raggio war das eine unumstößliche Regel:

Während einer Befragung siezte man, selbst wenn der Zeuge erst fünf Jahre alt war.

»Ja. Valentina und ich waren oft dort gewesen, auch im Winter.«

Dieses Plusquamperfekt klang sonderbar in Raggios Ohren.

»Waren Sie denn schon länger nicht mehr zusammen dort?«

Der junge Mann wollte schon antworten, doch dann zögerte er kurz.

»Ja, bei ihr ist es schon eine Weile her. Das letzte Mal war vor Weihnachten.«

»Und bei Ihnen?«

»Ich bin ein paarmal zum Lernen hingefahren.«

Raggio stand auf und ging zum Fenster. Schweigend blieb er eine Weile so stehen und sah auf den tiefblauen Himmel, vor dem sich dunkel Zypressen abhoben. Mit dem Rücken zu Luca fragte er: »Sind Sie schon lange zusammen?«

»Im August werden es zwei Jahre.«

»Eine Sommerliebe …« Raggio bemerkte, dass es gegen seinen Willen abwertend geklungen hatte. Der junge Mann zuckte auch leicht verärgert zusammen, was der Commissario wahrnahm, obwohl er ihn nicht sehen konnte. »Und … wo haben Sie sich kennengelernt?«

»Auf Ponza. Aber wir kannten uns schon vorher vom Sehen. Wir haben einige gemeinsame Freunde.«

»Und dann wollte sie nach Hause …«

»Wie bitte?«

Raggio war in seinen Gedanken wieder zu jenem

Abend am Tiberufer zurückgekehrt. »Am Sonntagabend, da wollte Valentina nach einem kurzen Spaziergang nach Hause zurück, richtig?«

»Ja. Sie war müde. Seit ihre …«, er zögerte. »Seit dem Tod ihrer Mutter kann sie nicht schlafen, deshalb nimmt sie Beruhigungsmittel, doch die machen sie völlig fertig.«

»Die gleichen, die sie neulich Nacht genommen hat?«

»Das weiß ich nicht, aber ich glaube schon.«

»Was meinen Sie, wollte sie nur schlafen oder wollte sie sterben?«

Dass Raggio ihn so direkt danach fragen würde, hatte Luca Pezzani nicht erwartet. Er fasste sich wieder an den Adamsapfel, schien keine Luft zu bekommen und wirkte nicht nur im übertragenen Sinne wie ein Fisch auf dem Trockenen.

»Das weiß ich nicht. Vielleicht hat sie die Dosis etwas erhöht … natürlich war sie auch niedergeschlagen. Ich weiß es nicht, wirklich, ich weiß nicht, warum sie das getan hat.«

Er rechtfertigte sich, als würde ihm jemand die Verantwortung für diesen Selbstmordversuch aufbürden.

»Sie hat Ihnen wirklich nichts gesagt, bevor Sie sich an dem Abend getrennt haben?«

Luca schüttelte den Kopf.

»Es war alles wie sonst?«

Der junge Mann murmelte leise: »Ja.«

Raggio kam immer näher, und Luca hatte wieder zu schwitzen begonnen.

»Aber Oxana, die Hausangestellte aus der Ukraine,

war noch wach und hat gehört, wie Sie beide sich auf dem Treppenabsatz gestritten haben.«

Das stimmte zwar nicht, aber Bluffen gehörte zu seinem Handwerk.

»Aber ich bin doch nicht mal mit raufgegangen!« Luca hatte das herausgeschrien, und seine Stimme war dabei gekippt, klang plötzlich schrill und unnatürlich hoch.

»Vielleicht hat sie sich ja geirrt.« Raggio ließ sich nicht aus der Ruhe bringen. »Sie hat wohl gedacht, Sie hätten auf dem Treppenabsatz gestanden, aber Sie saßen vermutlich im Wagen. Die Küchenfenster gehen auf die Straße hinaus. Sie hat Sie streiten gehört.«

Das war nur die halbe Wahrheit, so wie die, die Debora immer erzählte. An jenem Sonntagabend hatte Oxana tief und fest geschlafen und die *Signorina* nicht einmal kommen gehört. Aber als der Commissario sie am vergangenen Tag befragte hatte, hatte sie ausgesagt, dass Valentina und ihr Freund sich ständig stritten, auch schon vor dem Tod ihrer Mutter, doch seitdem noch häufiger.

Luca räusperte sich. Er hustete ein paarmal. Ein trockenes, nervöses Husten.

»Wir haben uns nicht gestritten. Es war nur so, dass sie … also sie war auf jeden böse, als hätten alle Schuld an Monicas Tod.«

»Auch auf Sie?«

»Auf mich?« Der junge Mann wich zurück, bis sein Rücken die Lehne des Stuhls berührte. »Was habe ich denn damit zu tun?«

»Nichts.« Der Commissario setzte ein komplizenhaftes, sanftes Lächeln auf. »Aber es kommt vor, dass man seine Wut an den Menschen auslässt, die einem am nächsten stehen.«

Luca Pezzani seufzte. Sein Gesicht hellte sich auf. »Das stimmt.«

Raggio setzte sich hinter seinen Schreibtisch. Er sah den jungen Mann an und lächelte erneut. Dann sagte er leise, in vertraulichem Ton, so wie man einen Angehörigen über den Gesundheitszustand eines Kranken informiert: »Valentina geht es besser. Sie wird es sicher schaffen.«

Während des gesamten Gesprächs war nicht einmal zur Sprache gekommen, dass die Freundin des Befragten im Koma gelegen hatte, und nach dessen Wissensstand noch in Lebensgefahr schwebte.

Luca Pezzani sagte darauf nichts.

»Sind Sie schon bei ihr gewesen?«

Der junge Mann schüttelte den Kopf.

»Haben Sie Angst davor?«

Luca senkte den Kopf und schwieg. Vielleicht schämte er sich. Nun wirkte er wirklich wie ein kleiner Junge, obwohl er einen Meter neunzig groß war.

»Werden Sie zu ihr gehen?«

Luca nickte, allerdings wenig überzeugt, es wirkte eher, als wollte er den Commissario zufriedenstellen. Sein hilfloser Blick, mit dem er sich fügte, erinnerte Raggio an seinen Sohn, wenn er mit ihm schimpfte. Er machte dem Ganzen ein Ende.

»Sie können gehen, wir sind fertig.«

Luca erhob sich unbeholfen zu seiner ganzen Größe eines Teenagers, der zu schnell zu sehr gewachsen war. Er schüttelte dem Commissario linkisch die Hand, mit einer Geste, die erwachsen wirken sollte. »Auf Wiedersehen. Und danke.«

Danke wofür? Es gab nichts, wofür er sich hätte bedanken können, aber junge Leute aus guter Familie sind immer höflich und bedanken sich ständig.

Doch als Luca schon in der Tür stand, richtete Raggio noch einmal das Wort an ihn, so beiläufig, als würde er ihn nach dem Wetter fragen. »Entschuldigen Sie, Luca, wo waren Sie eigentlich am Vormittag des Samstags, dem zwölften April?«

Der junge Mann fuhr herum, als hätte ihm jemand heimtückisch von hinten ein Messer in den Rücken gerammt. Er sah den Commissario gekränkt an und antwortete empört: »An der Uni, wie jeden Vormittag.« Dann verließ er schnell den Raum, um Raggio keine Gelegenheit zu geben, ihm weitere Fragen zu stellen.

Der Commissario wartete ab, bis sich die Tür hinter Luca geschlossen hatte, dann wandte er sich an Milillo, der gerade Lucas letzte Antwort eintippte.

»Du fährst heute zur LUISS und informierst dich über den Stundenplan am Samstagvormittag. Der Junge studiert Jura. Hör dich um, ob ihn ein Professor oder Kommilitone gesehen hat.«

»Dann ist er ein Verdächtiger, Dottore?«, fragte Milillo, zufrieden, dass der Lauf der Ereignisse ihm recht gegeben hatte.

Raggio funkelte ihn böse an.

»Wir sind alle verdächtig und unschuldig, auch du und ich, solange der Schuldige nicht gefunden wird. Ist das klar?«

»Natürlich, Dottore«, pflichtete Milillo ihm wenig überzeugt bei, während er im Stillen dachte: *Was für ein Blödsinn …*

42

Nach der Befragung von Luca Pezzani hatte der Commissario das Bedürfnis, sich mit seinem Freund, dem stellvertretenden Staatsanwalt, zu treffen, um zu hören, was für einen Eindruck dieser bei seiner Befragung gewonnen hatte.

»Was soll ich dir sagen, Edoardo? Luca Pezzani war aufgeregt, und wie. Aber das ist doch normal. Der Junge ist zweiundzwanzig, und innerhalb von zwei Wochen wurde eine Frau, die er beinahe als seine Mutter betrachtete, weil die eigene ihn verlassen hat, als er dreizehn war, um in ihre Heimat Kalifornien zurückzukehren, bestialisch ermordet …«, Staatsanwalt Altissimi liebte eine plakative Ausdrucksweise wie beim Schlussplädoyer vor Gericht, »… seine Freundin hat versucht, sich umzubringen, er wird zum ersten Mal in seinem Leben zur Befragung in die Staatsanwaltschaft einbestellt und danach auch noch aufs Kommissariat … Wie sollte er da nicht aufgeregt sein? Übrigens, du warst doch nicht zu hart zu ihm, oder?«

»Nein, Francè. Ich war lammfromm und habe ihn mit Samthandschuhen angefasst. Bei wem lebt denn dieser arme Oliver Twist?«

»Bei seinem Vater, gemeinsam mit seiner sechzehnjährigen Schwester.«

»Wie sind sie finanziell gestellt?«

»Gut. Der Vater ist Anwalt für Straf- und Zivilrecht. Er hat eine erfolgreiche Kanzlei an der Via Nomentana.«

»Okay, der liebe Papi hat also Kohle … Dann scheint Luca ja doch kein armes Waisenkind zu sein.«

»Geld ist nicht alles, besonders nicht in dem Alter. Der Junge ist sensibel, das merkt man. Er ist verletzt …«

Francesco Altissimi war ein grundguter Mensch. Hinter all dem übertriebenen Pathos und der Flut an überflüssigen Floskeln verbarg sich ein weiches, mitfühlendes Herz. Das war der Grund, aus dem sich Edoardo mit ihm angefreundet hatte, aber auch dafür, dass er selbst immer die Rolle des bösen Bullen übernehmen musste.

»Francè, wir leben nicht im Turin des neunzehnten Jahrhunderts. Luca Pezzani musste nicht von klein auf für seinen Lebensunterhalt arbeiten, er ist keine Figur aus irgendeinem rührseligen Kinderbuch. Und vor allem hat er für den zwölften April kein Alibi.«

»Er hat doch gesagt, er war an der Uni … Das sollten wir erst mal überprüfen, ehe wir uns da aus dem Fenster lehnen, nicht wahr?«

»Schon passiert. Milillo war an der LUISS, da gibt es am Samstagvormittag keine Vorlesungen. Der Einzige, der Luca gesehen hat, war der Bibliotheksaufseher, und zwar gegen zwölf, kurz bevor sie zumachten. Er sagte,

Luca hätte ein Buch holen wollen, das er für die Prüfungen brauchte …«

»Und was stört dich daran?«

»Dass er erklärt hat, er wäre den ganzen Vormittag an der Uni gewesen, und das stimmt einfach nicht. Er kam erst gegen zwölf.«

»Vielleicht hat er vorher noch woanders vor Ort etwas gemacht. Die LUISS ist ein richtiger Campus, wie in Amerika. Die jungen Leute treffen sich dort, unterhalten sich, flirten, hängen zusammen ab, machen irgendeinen Unsinn, auch wenn sie keine Vorlesung haben. War das bei uns damals nicht ganz genauso? Erinnerst du dich nicht mehr? Okay, ich weiß … die Jahre vergehen … auch Polizisten werden älter …«

»… und Staatsanwälte verblöden … Francè … niemand hat den Jungen an jenem Vormittag dort gesehen. Oder ist er etwa ein Geist? Und da ist noch was, das wir überprüfen müssen …«

»Sag schon.« Altissimi seufzte ergeben.

»Wir müssen herausfinden, wo er sich immer dann aufhielt, wenn Monica Costa ihre Termine im Fitnessstudio abgesagt hat. Vielleicht war er ja im Ferienhaus, um noch was dazuzulernen, was meinst du?«, sagte Raggio ein wenig anzüglich.

Altissimi strich über seinen grau melierten Bart. Auf diese Idee wäre er nicht einmal im Traum gekommen. Aus Angst vor neugierigen Ohren und losen Zungen sprach er leiser: »Glaubst du etwa, er hatte ein Verhältnis mit dem Opfer? Mit der Mutter seiner Freundin?«

»Ja und? Jetzt spiel nicht die Unschuld vom Lande.

Was haben wir nicht schon alles gesehen … der Schwager mit der Schwägerin, der Schwiegervater mit der Schwiegertochter, der Stiefvater mit der Stieftochter … Die Familie ist der Hort unterdrückter Leidenschaften«, erklärte Raggio feierlich und bediente sich desselben plakativen Redestils wie Altissimi.

»Na gut. Dann behalten wir also auch diese These im Auge. Das bleibt aber für den Augenblick unter uns. Überprüfen wir erst mal, wo der junge Mann in den vergangenen zwei Monaten überall gewesen ist, und vergleichen wir die Daten mit den plötzlichen Absagen der Costa.«

»Um herauszufinden, ob die beiden eine Beziehung hatten und ob sie an diesem Vormittag zusammen waren, müssen wir ihn nur einem DNA-Test unterziehen. Das haben wir bei dem Antiquitätenhändler getan, warum nicht auch bei ihm?«

»Weil wir uns schon einmal geirrt haben. Die Sache würde bestimmt herauskommen und in den Zeitungen landen. Die lauern eh schon, und wenn es dann auch noch um die Affäre einer Fünfzigjährigen mit einem Zwanzigjährigen geht, stürzen sich auch die Talkshows darauf. Luca Pezzani ist noch sehr jung, ich möchte ihn nicht der Presse zum Fraß vorwerfen. Außerdem ist sein Vater Anwalt, er würde das gar nicht zulassen, und es gibt keine Beweise, die rechtfertigen würden, den Jungen diesem Test zu unterziehen.«

»Wir könnten es auch ohne sein Wissen tun. Was ist mit dem Becher, aus dem er während der Befragung getrunken hat?«

»Der war aus Plastik und ist sicher schon im Müll gelandet … Außerdem bin ich gegen solche Methoden. Wenn so was auffliegt … Das kannst *du* vielleicht machen, aber ich nicht.«

»Dachte ich mir schon …«, schnaubte Raggio.

Francesco Altissimi war leider nicht nur ein grundgütiger Mensch, sondern auch ein ziemlicher Feigling.

»Was kannst du mir über das Mädchen sagen? Wann können wir sie befragen?«

»Ich war heute Nachmittag im Krankenhaus, aber die Ärztin hat mich nicht mit ihr reden lassen. Heute Vormittag hat eine Freundin Valentina besucht, und das hat sie sehr aufgeregt … Ich versuche es morgen wieder. Aber ich habe mit der Psychologin gesprochen.«

Raggio zuckte mit den Schultern, um seiner Skepsis gegenüber diesen studierten Seelenklempnern Ausdruck zu verleihen. Der Staatsanwalt ging darüber hinweg.

»Sie ist der Meinung, Valentina hätte gar nicht die Absicht gehabt, sich umzubringen, sondern wollte nur die Aufmerksamkeit der Personen in ihrem Umfeld erregen. Zum Beispiel die des Vaters …«

»Wirklich originell. Die erzählen doch immer den gleichen Stuss …«

»Edoardo, ich sage dir das als dein Freund: Du wirst langsam zu zynisch. Das Mädchen ist traumatisiert, man hat gerade ihre Mutter umgebracht. Da müssen wir ganz vorsichtig vorgehen.«

»Du bist zu zaghaft, Francè. Wenn du sie morgen mit deiner ganzen norditalienischen Höflichkeit befragst, dann erkundige dich doch bitte bei einem Tässchen Tee und einem Törtchen – aber um Himmels willen, ohne sie zu verletzen –, warum sie sich mit ihrem Freund gestritten hat.«

»Was, sie hat sich mit ihrem Freund gestritten?«

Raggio verdrehte die Augen. »Francè, warum sonst, glaubst du, behalte ich ihn im Auge? Das hat mir die Haushälterin, diese Ukrainerin, erzählt…«

»Na ja, Pärchen streiten sich schon mal, das ist doch nichts Ungewöhnliches.«

Raggio verlor langsam die Geduld. Er kannte Altissimi jetzt seit acht Jahren und wusste, dass er gern den Dummen spielte, wenn er sich nicht die Finger verbrennen wollte.

»Hör zu, ich will diese verfluchte DNA. Entweder beantragst du den Test auf offiziellem Weg, oder ich finde selbst eine Möglichkeit. Und ich will auch die Aufzeichnung aus den Überwachungskameras im Haus der Familie Costa. Du weißt, dass die Eingangstür videoüberwacht wird?«

»Natürlich weiß ich das. Ich habe sie schon angefordert, um zu sehen, ob Monica Costa in den Tagen vor ihrem Tod von jemandem nach Hause gebracht wurde. Aber Fehlanzeige. Sie kam immer allein zurück.«

»Ich möchte aber die Aufzeichnung vom Sonntagabend sehen. Und zwar ab zehn Uhr abends, als Valentina und ihr Freund das Haus verlassen haben, bis zu ihrer Rückkehr um ein Uhr nachts. Ist das möglich? Oder muss ich einen offiziellen Antrag ausfüllen?«

Altissimi stimmte zu. Wenigstens diesen Wunsch konnte er Raggio erfüllen.

»Aber für den DNA-Test gib mir ein wenig Zeit. Versuche wenigstens, einen kleinen Beweis für mich zu finden, dann beantrage ich ihn sofort. Aber so sind mir die Hände gebunden.«

43

Hinter seiner Sanftmut verbarg Edoardo Raggio das Wesen eines zähen Jagdhunds, und das, obwohl er nicht gerade mit der Statur eines Rugbyspielers gesegnet war. Auch wenn er im Privatleben vielleicht gern eine ruhige Kugel schob, im Job war er ein unermüdliches Arbeitstier. Er hatte das Büro des stellvertretenden Staatsanwalts mit dem Eindruck verlassen, dass dieser nicht viel unternehmen würde, um die Spur Luca Pezzanis zu verfolgen. Schreckte sein Freund etwa davor zurück, weil der Vater ein Staranwalt war? Commissario Edoardo Raggio ließ sich davon jedenfalls nicht beeindrucken, so was lief bei ihm nicht. Ganz im Gegenteil, er war nun eher neugierig geworden, diesen Mann kennenzulernen.

Raggio sah auf die Uhr, erst sechs Uhr abends, in der Rechtsanwaltskanzlei war bestimmt noch Betrieb. Ein beinahe körperliches Bedürfnis drängte ihn dazu, sich dort einmal umzusehen. Während er auf Google Maps die Adresse recherchierte, merkte er, dass ihn wie so oft eine diebische Freude überkam. Was war das? Der Wunsch nach Gerechtigkeit, das Bedürfnis, die Schwächsten zu beschützen, das Gefühl, er müsste das tun? War es das gewesen, was ihn vor vierundzwanzig Jahren als frischgebackenen Juraabsolventen dazu bewogen hatte, sich um eine Stelle im Polizeidienst zu bewerben? Oder einfach nur ein angeborener Drang, in den Leben von anderen herumzustochern, die Nase in die schmutzige Wäsche anderer zu stecken, fremde Schränke aufzureißen, um vielleicht auf verborgene Leichen zu stoßen?

In den seltenen Momenten von Selbstreflexion hatte Edoardo Raggio sich diese Frage schon öfter gestellt und war dabei stets zu dem Schluss gekommen, dass die Antwort darauf keine Rolle spielte, da sie nichts an seinem Verhalten geändert hätte. Und auch diesmal schob er Gewissensprüfungen und tiefenpsychologische Analysen beiseite, um nur seinem Instinkt zu folgen, der ihn direkt in die Via Nomentana führte.

In der Pförtnerloge saß einer der letzten Pförtner Roms und löste Kreuzworträtsel.

»Die Kanzlei Pezzani?«, fragte Raggio arglos wie ein Klient.

»Zweiter Stock.« Der Pförtner blickte nicht einmal von seinem Rätsel auf.

Dann braucht ihr euch auch nicht zu beklagen, wenn sie künftig auf eure Dienste verzichten, dachte der Commissario, während er die wenigen, von einem roten Läufer bedeckten Stufen zum Mezzanin hinaufging.

Weil er keine Lust hatte, die zwei Stockwerke hochzulaufen, nahm er den Aufzug. Der Lift öffnete sich direkt vor der Tür zur Kanzlei. Auf der Messingtafel an der Wand daneben stand: ANWALTSKANZLEI MASSIMO.

PEZZANI – SILVANA MORASSI. Er klingelte, und die Tür öffnete sich automatisch mit einem Summen. Am Ende des langen Ganges, in dessen rautenförmigem Parkett man sich spiegeln konnte, so blitzblank war es poliert, sah er durch eine offen stehende Tür eine ältere Sekretärin sitzen. Der Commissario ging den Flur entlang und war insgeheim darauf gefasst, dass jeden Moment jemand auftauchen und ihm Pantoffeln anbieten würde, damit dieser makellose Parkettboden nicht verschmutzt würde.

»Guten Abend. Ist Avvocato Pezzani im Haus?«, fragte er die Sekretärin im Empfangszimmer.

»Ja. Haben Sie einen Termin?«

»Eigentlich nicht. Ich muss auch nur kurz mit ihm sprechen. Es ist dringend«, fügte er hinzu, um zu vermeiden, dass man ihn stundenlang warten ließ.

»Im Moment ist er noch beschäftigt, aber ich sage ihm gleich Bescheid. Wen darf ich melden?«

»Commissario Capo Raggio.« Und er ließ seinen Worten ein Lächeln folgen, eins von denen, die er sparsam und nur dann einsetzte, wenn es absolut notwendig war.

Leider hatte sein attraktives Lächeln, denn attraktiv war es, mit all den ausdrucksstarken Falten um den Mund, nicht die erhoffte Wirkung. Oder jedenfalls nicht genug, um den unheilvollen Beiklang des Wortes »Commissario« abzumildern.

Die erfahrene Sekretärin wurde sehr ernst, stand auf und sagte mit Leichenbittermiene: »Ich werde ihn sofort rufen.« Dann verschwand sie hinter einer der vielen Türen.

Sie wusste über alles Bescheid. Wie alle langjährigen Mitarbeiter war sie wesentlich vertrauter mit den Familienangelegenheiten ihres Vorgesetzten als dessen Verwandtschaft. Sie war sicher über den Tod der Beinaheschwiegermutter vom Sohn des Hauses informiert, und vom Selbstmordversuch der Freundin hatte sie wohl auch bereits erfahren, hatte sie doch bestimmt seit Längerem mit Spannung darauf gewartet, dass bei den beiden die Hochzeitsglocken läuten würden. Wahrscheinlich wusste sie sogar auch schon, dass man den kleinen Luca, der zu ihrem Bedauern viel zu schnell erwachsen geworden war, verhört hatte.

Nach wenigen Minuten kehrte die Sekretärin zurück.

»Der Herr Anwalt lässt fragen, ob Sie im Konferenzraum auf ihn warten möchten. Er beendet noch seinen Termin mit dem Mandanten und kommt dann sofort zu Ihnen.«

Sie führte ihn in einen freundlichen hellen Raum mit einem langen Tisch, um den herum viele Stühle gruppiert waren. Raggio setzte sich.

»Möchten Sie vielleicht einen Kaffee, einen Tee, ein Glas Wasser?«

»Machen Sie sich keine Umstände. Ich bin bestens versorgt.«

Raggio fragte sich, ob diese Freundlichkeit ebenfalls auf den »Commissario« zurückzuführen war, doch dann dachte er an die Honorare einer Kanzlei von diesem Niveau und kam zu dem Schluss, dass ein derart guter Service wohl Standard war.

Die Sekretärin verschwand, doch zuvor warf sie ihm

einen letzten sprechenden Blick zu, in dem sie um Milde für die leidgeprüfte Familie ihres Chefs warb.

Keine Viertelstunde später erschien Avvocato Pezzani. Mit freundlichem Lächeln kam er auf den Polizeibeamten zu, als wäre er überglücklich, ihn zu sehen. »*Buonasera*, Commissario!«

Raggio war aufgestanden und hatte dem Anwalt die Hand hingestreckt, die dieser übertrieben herzlich schüttelte.

»Sehr erfreut, Massimo Pezzani. Bitte, nehmen Sie doch Platz. Kann ich Ihnen etwas anbieten?«

»Nein, nein, vielen Dank. Ich stehle Ihnen auch nur zwei Minuten Ihrer wertvollen Zeit. Und entschuldigen Sie bitte, dass ich einfach so ohne Voranmeldung hereingeplatzt bin.«

Edoardo hatte sich den Avvocato älter vorgestellt, stattdessen wirkte Massimo Pezzani mehr oder weniger gleichaltrig. Blitzschnell, so wie er es in seinem Beruf gelernt hatte, schätzte er ihn ein und kam zu zwei möglichen Schlussfolgerungen: Entweder war Pezzani sehr jung gewesen, als er seinen Sohn mit dieser Amerikanerin bekommen hatte, oder er hatte sich wesentlich besser gehalten als er selbst.

In der Zwischenzeit hatte sich der Anwalt zu ihm an den Tisch gesetzt und aus einer Tasche eine elektrische Zigarette hervorgezogen.

»Stört es Sie, wenn ich ein paar Züge nehme? Ich versuche ja aufzuhören, aber es ist hart…«

»Bitte.«

Massimo Pezzani sog lange an der Zigarette, als

wollte er allen Rauch der Welt in sich aufnehmen. »Also, schießen Sie los«, meinte er dann, während er den Wasserdampf ausstieß. Im Raum breitete sich ein würziger Duft aus.

»Sie wissen sicher, dass wir Ihren Sohn Luca wegen des Selbstmordversuchs von Valentina Ercoli sowie des Mordes an Monica Costa befragt haben?«

Der Anwalt zog erneut an seiner E-Zigarette. »Mhm, ja, eine furchtbare Geschichte. Eine Familie voller Probleme. Oder *dysfunktional*, wie man heutzutage sagen würde. Die Mutter, die Ärmste, war eine wunderschöne Frau, ich habe sie kennengelernt und fand sie sehr sympathisch, aber sie führte sich auf wie eine unreife Achtzehnjährige. Der Vater, ein berühmter Chirurg, war nie zu Hause... Die beiden waren so gut wie geschieden, auch wenn sie weiterhin unter einem Dach lebten. Valentina, das arme Mädchen, blieb weitgehend sich selbst überlassen...«

Raggio hatte sich bereits ein klares Bild von ihm gemacht: Römer, aus einfachen Verhältnissen, hart arbeitend, der klassische *Selfmademan*.

»Ja, so ungefähr habe ich es auch eingeschätzt. Mich interessiert nun, welche Beziehungen Luca zu der Familie Ercoli unterhielt. Ich wende mich an Sie, weil Ihr Sohn heute Morgen bei der Befragung sehr verstört wirkte...«

»Die ganze Sache hat ihn ziemlich mitgenommen.« Der Anwalt verlor kurzfristig seine Selbstsicherheit. »Vor allem das, was Valentina getan hat. Ich hab das Mädchen wirklich gern, keine Frage, aber wie ich gerade gesagt habe, sie ist ohne pädagogische Führung aufgewachsen und steckt voller Probleme. Einige Zeit lang war sie sogar magersüchtig. Und Luca, der ein sehr sensibler Junge ist, hat immer mit ihr mitgelitten. Also, das hat ihm nicht gutgetan, überhaupt nicht.«

»Man hat mir gesagt, dass er auch eine sehr innige Beziehung zu Monica Costa hatte, dass er sie fast wie eine Mutter ansah.« Raggio senkte die Stimme. »Vielleicht, weil seine eigene so weit weg lebt.«

Massimo Pezzani verzog verächtlich den Mund und legte die E-Zigarette im Aschenbecher ab.

»Diese Dinger sind wirklich ekelhaft, aber es hilft ja nichts…« Dann sah er den Commissario bedeutsam an, als wäre das, was er nun sagen wollte, die direkte Folge des unangenehmen Geschmacks in seinem Mund. »Lucas Mutter ist vor zehn Jahren fortgegangen.« Er lächelte bitter. »Man sollte niemals mit einer Ausländerin Kinder bekommen, das predige ich stets meinen Mandanten. Im schlimmsten Fall, also wenn man sich trennt, und heutzutage, Commissario, da trennt man sich, das sollte man sich von Anfang an, also schon in den Flitterwochen, klarmachen, nehmen sie die Kinder mit in ihre Heimat, und dann sieht man sie, wenn man Glück hat, einmal im Jahr für einen Monat in den Sommerferien. Oder sie gehen allein fort und lassen dich mit den kleinen Kindern zurück, die du dann großziehen darfst. Für mich kann ich nur eine einzige Entschuldigung geltend machen: Wir waren damals erst zwanzig…«

Als er auf diese Weise erfuhr, dass sich von seinen beiden Thesen hinsichtlich Pezzanis Alter die für sein Ego schmeichelhaftere als wahr herausstellte, fühlte Raggio sich ermutigt. Und empfand Solidarität mit dem Anwalt.

»Es muss schwer für Sie gewesen sein … Haben Sie die Kinder allein großgezogen?«

»Zusammen mit meiner Mutter und mit den Kindermädchen. Freundinnen hatte ich zwischendurch auch einige, aber die waren selbst noch zu jung, um ihnen die Kinder anzuvertrauen. Ich habe sie ihnen nicht einmal vorgestellt. Das Bett ist eine Sache, die Familie eine andere.«

Jetzt wirkte Pezzani wieder selbstsicher und forsch. Seit seiner Versetzung nach Rom hatte Raggio einige Männer von seinem Schlag kennengelernt, typische *generoni*, Vertreter des arroganten neureichen Bürgertums. Nichts und niemand schien ihnen etwas anhaben zu können, nichts konnte an ihrer schützenden Rüstung aus Zynismus, Freundschaften und Beziehungen in die höchsten und einflussreichsten Kreise kratzen.

»Hören Sie, ich würde gern etwas mehr über die Beziehung zwischen Luca und Monica Costa wissen. Ihr Sohn hat dem stellvertretenden Staatsanwalt gesagt, dass er sie sehr schätzte und wie eine zweite Mutter betrachtete …«

Massimo Pezzani lachte nervös auf. »Entschuldigen Sie, wenn ich lache, und ich will ja nicht schlecht über eine Tote reden, aber Monica Costa konnte nicht einmal ihrer eigenen Tochter eine gute Mutter sein, wie hätte sie es da für jemand anderen sein sollen …«

»Hat Luca Ihnen jemals etwas Vertrauliches über Monica Costas Privatleben erzählt?«

»Nein, nie. Luca ist fast zwei Meter groß, aber er ist immer noch ein unschuldiger, naiver Junge. Im Grunde ist er noch ein Kind, auch was Frauen anbetrifft. Vor Valentina hatte er nicht viele Freundinnen gehabt. Im Prinzip ist sie die erste richtige. Er hätte sich nie erlaubt, über Monica Costas Liebhaber zu sprechen. Denn darauf wollen Sie ja wohl hinaus, oder?«

»Ja, genau. Hören Sie, noch eine letzte Frage. Luca hat gesagt, dass er sich in den letzten Monaten oft zum Lernen in Ihr Ferienhaus im Circeo zurückgezogen hat. Wissen Sie, ob er alleine dorthin fuhr?«

Die Schlinge zog sich immer enger zu, und das hatte der Anwalt inzwischen begriffen. Eigentlich war es ihm wohl schon klar gewesen, als die Sekretärin den Besuch des Commissarios angekündigt hatte. Er nahm wieder seine E-Zigarette auf, zündete sie aber nicht an, sondern spielte nur nervös damit herum.

»Ich weiß nicht, wer ihn dorthin begleitet, vielleicht Valentina. Er ist erwachsen, und wenn er mich um die Ferienhausschlüssel bittet, weil er dort lernen will, frage ich nicht groß nach, selbst wenn ich annehme, dass er da was anderes vorhat. Ich gebe sie ihm, das ist alles.«

Raggio beschloss, nicht länger um den heißen Brei herumzureden. Sie beide waren Männer des Gesetzes, wenn auch auf verschiedenen Seiten: vollkommen unnötig, noch mehr Zeit mit Geplänkel und dem Austausch von Höflichkeiten zu verschwenden. Deshalb kam er nun zum Wesentlichen, selbst wenn er dazu ein wenig grob und unhöflich werden musste. Er holte etwas zum Schreiben aus der Tasche.

»Avvocato, das ist jetzt sehr wichtig, überlegen Sie bitte, an welchen Tagen in den letzten zwei Monaten Luca um die Schlüssel Ihres Ferienhauses gebeten hat.«

»Wie verdammt noch mal soll ich mich denn daran noch erinnern?« Die E-Zigarette rutschte Pezzani aus den Fingern. »Verzeihen Sie, Dottor Raggio, aber haben Sie eine Ahnung, wie viele Fälle, und zwar bedeutende Fälle, allein ich vertrete? Und da geht es nicht um Hühnerdiebe, sondern um Firmenklagen, Veruntreuung von Vermögen, milliardenschwere Scheidungen! Und wissen Sie, wie viele Mitarbeiter ich unter mir habe? Von den Problemen in der Familie ganz zu schweigen … Mein kleines Mädchen ist sechzehn und hat ihre Mutter seit zwei Jahren nicht mehr gesehen! Und da glauben Sie allen Ernstes, dass ich mich noch erinnern kann, wann genau Luca mich um die Schlüssel vom Ferienhaus gebeten hat, um dort was auch immer zu treiben?«

Pezzani holte Luft. Er hatte sich mehr als nötig aufgeregt. Als guter Anwalt wusste er, dass es kontraproduktiv war, wenn man gegenüber der Polizei Nervosität zeigte. Besser, man spielte auf Zeit. Immer. Daher wechselte er die Tonart.

»Lassen Sie mich in Ruhe darüber nachdenken, dann kann ich die Daten rekonstruieren. Heute Abend werde ich mit Luca sprechen, und wir werden sehen, ob wir uns gemeinsam erinnern können. Aber überlassen Sie das mir. Bitte behelligen Sie ihn nicht damit.« Seine Stimme brach. Raggio war allerdings nicht sicher, ob das echt war oder ein Trick. »Er ist doch noch ein Junge und hat viel durchgemacht. Schon als Kind, und jetzt wieder. Es ist fast wie damals bei der Trennung, als er nicht mehr schlafen konnte und ich mit ihm zum Therapeuten gehen musste…«

Noch mehr rausgeworfenes Geld, dachte Raggio.

»Na gut, Avvocato.« Raggio steckte die Schreibsachen ein, als würde er die Waffen strecken. »Für den Moment lasse ich Ihren Sohn in Ruhe, aber Sie machen mir so schnell wie möglich eine Aufstellung der Tage, an denen Luca Sie um die Schlüssel gebeten hat.«

Der Anwalt wirkte erleichtert. Er reichte dem Commissario die Hand.

»Ich danke Ihnen. Zurzeit lege ich großen Wert darauf, dass er zur Uni geht und seine Vorlesungen besucht. Er hat nächste Woche Examen, und ich fände es sehr schade, wenn er wegen dieser Sache durchfiele… Ich hoffe, dass er bald seinen Abschluss macht und dann bei mir in der Kanzlei anfängt. Kinder sollten sich so schnell wie möglich ihre Brötchen selbst verdienen, das ist zumindest meine Meinung.«

Raggio schüttelte ihm die Hand zum Zeichen, dass er ihm zustimmte.

»Und Sie? Sind Sie verheiratet? Haben Sie Kinder?«

»Ja, ich bin verheiratet und habe einen elfjährigen Sohn.«

»Ach, Sie Glücklicher. Eine intakte Familie ist in diesen Tagen so selten geworden. Halten Sie daran fest…«

Raggio nickte wenig überzeugt. Zum einen, weil er keine Gemeinplätze mochte, zum anderen, weil er im Laufe seines Berufslebens so oft miterlebt hatte, wie in ach so intakten Familien die Leute einander in Stücke rissen, und zwar im wahrsten Sinne des Wortes. Er hatte es sich schon vor einiger Zeit abgewöhnt, das Loblied auf die Familie zu singen. Außerdem lebten Avvocato Pezzani und seine Kollegen von den Familien, die getrennte Wege gingen. Man sollte niemals die Hand beißen, die einen füttert.

44

Der Heilige Josef aus Padanien hatte sich mit ihr in einem Pub im San-Lorenzo-Viertel verabredet, wo man den Abend um sieben mit dem Aperitif beginnen und um zwei Uhr nachts bei harten Drinks ausklingen lassen konnte. Es gab auch einen Bildschirm für Karaoke, aber sie hoffte, dass niemand auf die Idee käme, ihn einzuschalten.

Debora hatte dem Treffen mit ihm entgegengefiebert wie dem Wiedersehen mit einem geliebten Menschen, der nach einer monatelangen Mission in Afghanistan heimkehrt. Sie musste es geschickt anstellen und ganz weit ausholen, damit Fabrizio Comin nicht mitbekam, dass sie ihn nur aus diesem einen Grund hatte sehen wollen. Irgendwann würde sie das Gespräch ganz unauffällig auf die Via degli Ausoni lenken, auf den Wohnblock und auf jenen unseligen Vormittag. Und das alles war kaum zu bewerkstelligen, wenn einem die größten Hits der Achtziger von Vasco bis Venditti bis zur Unkenntlichkeit entstellt ins Ohr gegrölt wurden.

Als sie mit ihrer üblichen Viertelstunde Verspätung ankam, war Fabrizio Comin noch nicht dort.

Du kannst noch so schlimm sein, irgendwann findest du immer einen, der es noch schlimmer treibt… Das war ihr Leitspruch, aus der gesammelten Barphilosophie aller jungen Leute, die in Ostia geboren und aufgewachsen waren. Debora bestellte schon mal ein kleines Bier, um locker zu werden. Warum hatte Fabrizio sich mit ihr in San Lorenzo verabredet? Hatte er hier seine Werkstatt? Arbeitete er für die dort wohnenden Hausfrauen? Wie konnte es dann sein, dass er nichts von einem Verbrechen mitbekommen hatte, das in seinem direkten Umfeld passiert war? Die Ermordung einer Dame aus den besseren römischen Kreisen mochte vielleicht keine überregionale Nachricht wert gewesen sein, aber zumindest in den Geschäften des Viertels musste die Tat doch für Aufregung gesorgt haben…

Während Debora sich diese Fragen stellte, auf die sie sich noch im Laufe des Abends Antworten erhoffte, sah sie Fabrizio aus einer Seitenstraße rasch auf das Lokal zukommen. Er hatte sich den hippen biblischen Bart nicht abrasiert, aber ein wenig gestutzt, trug eine Jeans und einen Baumwollpulli ohne Hemd darunter. Die schwarzen Haare hatte er sich wohl doch schneiden lassen, zumindest kam es ihr so vor. So genau hatte sie ihn sich an dem Tag nicht angesehen, schließlich hatte sie ja nicht wissen können, wie wichtig er einmal für sie werden würde. Wegen dieser Geschichte, die seit zwei Wochen all ihre Gedanken beherrschte.

Fabrizio erkannte sie sofort wieder, obwohl sie sich

optisch stark verändert hatte. Ihr Lockendschungel war dank Paolo, dem Stylisten mit den magischen Händen, in Form gekommen, und statt eines ausgeleierten Pullis und einer strapazierfähigen Flanellhose wie bei ihrer ersten Begegnung hatte sie sich jetzt in ein tief ausgeschnittenes türkises Minikleid geworfen, das ihre großartigen Brüste – von Natur aus fest und nicht mit Silikon aufgepumpt – hervorhob.

Sie begrüßten einander mit einer Umarmung und Wangenküssen, so wie junge Leute es eben tun, selbst wenn sie sich in ihrem Leben vielleicht nur mal für drei Minuten gesehen haben.

Fabrizio setzte sich und bestellte ebenfalls ein Bier. »Oh Mann, ich hab mich so gefreut, von dir zu hören. Ich hatte die Hoffnung schon aufgegeben …«

»Ich hatte deine Visitenkarte verloren. Erst als ich auf der Suche nach einer Zigarette all meine Sachen durchwühlt habe, habe ich sie in einer Jackentasche wiedergefunden.«

Die halbe Wahrheit? Na ja, drei Viertel.

»Grundsätzlich bin ich ja gegen das Rauchen, aber wenn es für so angenehme Überraschungen sorgt …«

»Du bist nicht aus Rom, oder?«

»Aus Treviso. Hört man das?«

»Ein wenig.«

Fabrizio Comin hatte den starken Akzent des Veneto, den man unmöglich überhören konnte.

»Aber ich lebe schon seit fünf Jahren in Rom. Wenn ich nach Hause fahre, sagt man mir immer, dass ich wie jemand von hier klinge.«

Debora biss sich fest auf die Zunge, um nicht mit einem *Jaaa, davon träumst du …* herauszuplatzen.

»Und was machst du in Rom?«

»Eigentlich bin ich hergekommen, um Architektur zu studieren … Aber weil meine Eltern daheim eine große Schreinerei haben und ich das Handwerk von Grund auf gelernt habe … schon als kleiner Junge habe ich in der Werkstatt gestanden und gesägt, gehämmert und lackiert … habe ich beschlossen, mich hier in Rom selbstständig zu machen.«

»Wahnsinn«, meinte Debora knapp, aber voller Bewunderung. Die Leute aus dem Veneto waren wirklich eine Klasse für sich. Die gaben immer Vollgas, stellten was auf die Beine, bauten eine ganze Industrie auf … sie musste an ihren Freund Cristian denken, der wohl sein ganzes Leben lang die Liegen im Strandbad seines Vaters aufstellen und wegräumen würde, ohne je mal was aus eigenem Antrieb zu tun. Und sie dachte an sich selbst – wenn sie sich nicht demnächst endlich aufraffte, würde sie wohl bis zur Rente an ihrem Taxisitz kleben bleiben.

Eine innere Stimme rief sie zur Ordnung. *Bleib beim Thema, Idiotin!* Schließlich hatte sie sich nicht mit Fabrizio Comin verabredet, um einen soziologischen Vergleich zwischen jungen Leuten aus Rom und denen aus dem Veneto anzustellen. Oder um in seinen schönen schwarzen Augen zu versinken, während er ihr erzählte, was er noch alles so vorhatte. Auch wenn es zugegebenermaßen gar nicht mal schlecht war, ihn wiederzusehen.

»Und … hast du deinen Betrieb hier im Viertel, in San Lorenzo?«

»Nein, das wäre zu teuer. Ich habe eine Garage Richtung Ciampino gemietet, wo ich mir eine Werkstatt eingerichtet habe. Aber hier in San Lorenzo habe ich einen großen Kundenstamm, überwiegend Damen, die ich kurz nach meiner Ankunft in Rom kennengelernt habe, als ich noch mit meiner Freundin in der Via degli Equi lebte.«

»Und wo wohnst du jetzt?«

»Laurentina. Allein«, erläuterte er mit einem anzüglichen Grinsen.

Wer an Deboras Stelle hätte nun nicht gefragt: »Und was ist mit deiner Freundin?« Niemand. Eben. Deshalb fragte sie ihn:

»Und was ist mit deiner Freundin?«

»Sie wollte nach Treviso zurück. Rom hat ihr nicht gefallen. Zu chaotisch, zu stressig. Sie war nur wegen mir hergekommen. Als es zwischen uns aus war, ist sie nach Hause zurück.«

Sie konnte nichts dagegen tun: Fabrizio Comin hatte die Gabe, sie abzulenken. Ohne eine offensichtliche Verbindung reisten Deboras Gedanken in Windeseile vom Veneto in die Toskana, direkt in die Wohnung von Signora Raggio. Fabrizio Comos Ex-Freundin und die Frau des Commissarios überlagerten sich für eine Sekunde in ihrer Fantasie.

»Aber jetzt erzähl mal was von dir.«

Die Stimme von Fabrizio Comin holte sie in den Pub in San Lorenzo zurück.

»Du bist eine waschechte Römerin, das hört man. Auf welchem der sieben Hügel bist du geboren?«

»Auf keinem. Ich komme vom Meer. Ich bin aus Ostia.«

Da hatte sie den Salat. Schon wieder hatte sie sich von diesem Zimmermann aus dem Veneto vom Thema abbringen lassen. Wen interessierte schon, wo sie geboren waren? Sie musste jetzt unbedingt auf ihre erste Begegnung zurückkommen. Samstag, zwölfter April, zehn Uhr morgens.

Fabrizio erzählte gerade davon, wie er zum ersten Mal in Ostia gewesen war, als Debora ihn unterbrach. Gekonnt wie eine Diva aus den Filmen der Dreißigerjahre schenkte sie ihm einen schmachtenden Blick und hauchte: »Unsere erste Begegnung war ja auch ziemlich seltsam, an jenem Morgen in der Via degli Ausoni …«

Unter Berücksichtigung der Tatsache, dass ihre Begegnung nicht vor zehn Jahren in Paris, der Stadt der Liebe, stattgefunden und rein gar nichts Romantisches an sich hatte, da sie mit *»Verfluchte Scheiße, welches Arschloch lässt denn sein Taxi so stehen?«* begonnen hatte, war Deboras sehnsüchtiger Ton leicht unangebracht. Fabrizio aber, der brave Handwerker aus dem Veneto, tüchtig, aber naiv, fiel voll darauf rein.

»Ja, unglaublich. Ich muss Signora Ermini dafür regelrecht dankbar sein. Sonst ist sie ja eine schreckliche Nervensäge, sie bestellt mich wegen lauter Kleinkram und lässt dann bloß ein paar Euro dafür springen. Ich weiß schon gar nicht mehr, wegen was für einem Mist sie mich an dem Tag angerufen hatte …«

Na endlich, da wären wir, heiß, ganz heiß … Debora lehnte sich vor und ließ ihre ganze Verführungskunst spielen.

»Bist du denn noch mal in dem Haus gewesen?«

Der *putelo*, wie man jetzt im Veneto gesagt hätte, also der junge Mann war beinahe gerührt, weil er sich für einen Moment einbildete, dass sie vierzehn lange Tage vergebens dort auf ihn gewartet hatte.

»Nein, leider nicht …«, er strich ihr zärtlich über die Hand. »Am nächsten Tag bin ich nach Treviso gefahren. Meine Mutter hatte Geburtstag. Ich war nicht mal Ostern zu Hause, weil ich zu viel zu tun hatte, deswegen habe ich die letzten zehn Tage bei meinen Eltern verbracht …«

Deshalb also wusste er nichts von dem Mord! Er war gar nicht in Rom gewesen und hatte die Zeitungen, die im Lokalteil darüber berichteten, nicht gelesen, und als er zurückgekommen war, war die Neuigkeit schon keine mehr. Okay, es war an der Zeit, die Maske fallen zu lassen, na ja, zumindest halb, und den Stier bei den Hörnern zu packen.

»Dann hast du gar nichts von dem Verbrechen in der Via degli Ausoni gehört?«

Er riss die Augen auf und fragte naiv: »Ein Verbrechen? Was, wo denn, etwa im Haus von Signora Ermini?«

Debora nickte traurig. »Weißt du noch, dass ich mit dem Taxi auf eine Frau gewartet habe, die dann nicht mehr wiederkam?«, und mit Grabesstimme, die eines Mitglieds der Addams Family würdig gewesen wäre, fuhr sie fort: »Man hat sie am nächsten Tag in genau diesem Haus erwürgt aufgefunden. Vielleicht hat man sie gerade in dem Moment umgebracht, als du dich so wegen meines falsch parkenden Taxis aufgeregt hast …«

Dieses Detail verlieh ihrer Erzählung eine leicht komische Note, was Fabrizio Comin aber nicht auffiel, denn dazu war er zu erschüttert.

»Oh Gott, dann haben meine Eltern doch recht, wenn sie immer sagen, dass Rom ein gefährliches Pflaster ist … Und wer hat sie umgebracht?«

»Na ja … den Täter hat man noch nicht gefunden. Wahrscheinlich jemand, mit dem sie ein Verhältnis hatte. Das Merkwürdige ist, dass der Mörder weder beim Rein- noch beim Rausgehen gesehen wurde. Und das in so einem großen Haus, in dem es zugeht wie in einem Bienenstock. Ist doch seltsam, oder?«

Fabrizio versuchte jetzt anscheinend krampfhaft, sich an etwas zu erinnern.

Debora redete weiter auf ihn ein, weil sie hoffte, ihm so auf die Sprünge zu helfen. »Die Einzige, die etwas mitbekommen hat, weil sie durch den Lichtschacht einen Streit gehört hat, ist die Frau aus der Wohnung darüber. Vierte Etage, Treppenaufgang C. War das deine Kundin?«

Fabrizio wurde aus seinen Gedanken gerissen. »Woher weißt du denn das alles?«

Er war vielleicht naiv, aber so naiv nun auch wieder nicht. Dieser Typ gefiel ihr, in jeder Hinsicht, und er machte auf sie den Eindruck, als könne man ihm vertrauen. So ehrlich musste sie sein.

»Ich habe die Ermittlungen verfolgt. Schließlich habe

ich diese arme Frau dorthin gefahren. Ich habe sie dort abgesetzt und mich nicht weiter um sie gekümmert. Verstehst du, ich kann diese Geschichte nicht so einfach vergessen.«

Fabrizio runzelte die Stirn. Sein offenes, sanftes Gesicht verhärtete sich, soweit das bei diesen samtigen Augen überhaupt möglich war.

»Also deswegen hast du dich bei mir gemeldet. Du wolltest mich gar nicht wiedersehen, sondern nur wissen, ob ich etwas gesehen oder gehört habe. Für deine privaten Schnüffeleien.« Er sah sie abschätzig an. »Vielleicht sollte jeder besser das tun, was er kann. Ich bin Zimmermann, du fährst Taxi, und die Polizeiarbeit erledigen Polizisten.«

Das hatte sie nun davon – da war sie einmal ganz ehrlich, und schon reagierte der Typ stinksauer.

Sie nahm seine Hand zwischen ihre Hände und drückte sie fest.

»Entschuldige, aber warum regst du dich denn jetzt so auf? Ich fand dich sympathisch und wollte dich eigentlich sofort anrufen. Aber dann ist diese Tragödie passiert, und jetzt lässt sie mich einfach nicht mehr los. Wenn ich nicht rausfinde, wer Monica Costa ermordet hat, drehe ich noch durch.«

Trotz des Körperkontakts, der normalerweise Wunder wirkte, ließ Fabrizio sich nicht ablenken und blieb verschlossen.

»Wann bist du an dem Tag zu der Signora gegangen? Als ich ankam, stand dein Panda schon dort. Wo warst du denn da?«

»Denkst du etwa, dass ich diese arme Frau umgebracht habe? Du hast sie ja nicht mehr alle.«

»Aber nein, Fabrizio… Du hast mich schon wieder falsch verstanden!« Debora streichelte seine Hand, um ihn zu besänftigen. »Ich wollte doch nur wissen, ob dir beim Rein- oder Rausgehen etwas oder jemand aufgefallen ist. Monica war dort von halb neun, neun, also etwa die Zeit, zu der die Frau aus der Wohnung darüber den Streit gehört hat, bis mindestens halb zwölf, als ich vom Tatort weggefahren bin, mit ihrem Mörder zusammen.«

Debora listete die Zeiten auf wie ein Polizist, woraufhin Fabrizio sie ziemlich verwirrt ansah.

»Der Pathologe hat gesagt, dass Monica nicht später als um zwölf Uhr mittags erwürgt wurde. Wenn du also zwischen halb neun und zehn zur Wohnung deiner Kundin raufgegangen und wieder runtergekommen bist, könntest du dem Mörder begegnet sein, verstehst du? Komm schon, versuch dich zu erinnern, bitte, mach schon…«

Mit einem kräftigen Ruck, der zeigte, dass er körperliche Arbeit gewohnt war, entzog Fabrizio Debora seine Hand.

»Hör zu, meine Hübsche, du bist echt krank. Du nennst das Opfer beim Vornamen, als wäre sie eine Verwandte von dir, bestellst mich hierher, um mich zu verhören, und dann soll ich dir auch noch erzählen, ob ich jemanden gesehen habe, anstatt gleich zur Polizei zu gehen?« Er sprang auf. »Ciao, es war mir ein Vergnügen, und viel Glück noch.«

Er zog einen Zehn-Euro-Schein aus dem Portemonnaie und legte ihn auf den Tisch.

»Das ist für die Getränke. Dein Bier geht auf mich, auch wenn du eine *sola* bist, wie ihr in Rom zu einer Schwindlerin sagt.«

Und mit den schweren Schritten eines Mannes aus den Bergen verließ er den Raum, ohne sich auch nur einmal umzudrehen.

45

Im Zimmer war es dunkel, die Läden dicht verschlossen. Edoardo Raggio schlief tief und fest, er lag auf dem Bauch, den Kopf ins Kissen vergraben. Die letzten Nächte waren stressig und arbeitsintensiv gewesen, deshalb hatte der Schlafmangel am Abend seinen Tribut gefordert, und der Commissario war Knall auf Fall in den Schlaf des Gerechten gesunken. Vielleicht auch, weil er im Nebel um den Fall Costa endlich ein wenig Licht am Horizont sah. Er lag immer noch fest in Morpheus' Armen, als sich ihm ein schrilles Geräusch klagend ins Hirn bohrte. Er träumte gerade, er würde sich mit Milillo streiten. Während er ihn anschrie, er solle endlich nachsehen, woher diese Sirene käme, wurde er auf einmal schlagartig wach. Dieses unbarmherzige Geräusch war seine eigene Türklingel. Er griff nach dem Wecker. Halb neun. Es klingelte immer noch an der Tür, wer auch immer davorstand, wollte einfach keine Ruhe geben. Mühsam stand er auf und schleppte sich in Unterhose zur Gegensprechanlage.

»Wenn es wieder nur so jemand mit Werbeblättchen ist, hol ich meine Pistole und blas ihm den Schädel weg…«, knurrte er vor sich hin. »Wer ist da?«, fragte er mit der rauen, belegten Stimme, die typisch ist für jemanden, den man gerade aus dem Schlaf gerissen hatte.

»Ich bin's, Debora! Lässt du mich rein?«

Den Hörer in der Hand, blieb Raggio einen Moment so stehen. Er glaubte schon, er habe sich verhört. Oder träumte er noch? Man träumt von Dingen, die man fürchtet oder die man sich wünscht. So oder ähnlich, erinnerte er sich, ging ein Satz von diesem Freud. Seiner Meinung nach war das eine der wenigen Theorien, mit denen er ins Schwarze getroffen hatte. Und Debora war der perfekte Beweis dafür – sie verkörperte beides. Doch da immer noch jemand beharrlich in die Sprechanlage redete, wurde ihm klar, dass es sich nicht um einen Traum handelte.

»Hey, machst du mal auf? In welchem Stockwerk wohnst du? Nun mach schon, sonst wird der Kaffee kalt.«

»Zweiter Stock.«

Edoardo drückte den Öffner und spurtete dann los, um sich etwas überzuziehen. Innerhalb kürzester Zeit wusch er sich das Gesicht, wobei er sein T-Shirt komplett nass spritzte, während er gleichzeitig versuchte, sich die Hose überzustreifen und in einen Ärmel seines Hemdes zu schlüpfen. Dabei überlegte er die ganze Zeit fieberhaft, wie das passieren konnte, was ihm gerade passierte. Er hatte im Laufe seiner dreiundvierzig Jahre durchaus ein wenig Lebenserfahrung angesammelt. Trotzdem geriet er in Panik, wenn er erkannte, dass eine Frau sexuell an ihm interessiert war und diese Frau ihn genauso anzog, vor allem, wenn er die Situation nicht unter Kontrolle hatte und die Frau ihn eiskalt erwischte. So wie gerade jetzt.

Als es oben an seiner Tür erneut schellte, hatte er immer noch keine Socken an den Füßen, und das Hemd war nur zur Hälfte zugeknöpft, doch er öffnete trotzdem.

»Bitte sehr, Commissario, einmal Cappuccino mit Croissant!«

Sie stand in all der Attraktivität ihrer fünfundzwanzig Jahre vor ihm, die Wangen vom Laufen leicht gerötet und die Haare zerzaust. In einer Hand hielt sie eine Papiertüte und in der anderen einen Plastikbecher mit Deckel. Lächelnd überreichte sie beides dem Mann mit dem halb offenen Hemd und den wild abstehenden Haaren, der sie fast erschrocken anstarrte.

Raggio nahm alles verwirrt entgegen. »Danke, komm rein. Entschuldige, wenn die Wohnung etwas durcheinander ist … und ich auch …«

Debora trat ein und sah sich gründlich um. Sie hatte sich ohne groß darüber nachzudenken entschlossen, ihn einfach zu überfallen, aber jetzt, als sie zu dieser frühen Uhrzeit in seinem Flur stand, war sie doch etwas verlegen. Sie drang gerade in seine Privatsphäre ein, und er stand halb bekleidet vor ihr, nicht der Commissario im Dienst, und konnte sich nicht dagegen wehren. Sie sah unauffällig zu den anderen Räumen, auf der Suche nach einem zerwühlten Bett oder anderen Spuren, die auf die Anwesenheit einer Frau schließen ließen.

»Zum Glück kommt heute die Putzfrau. Ich hasse Unordnung. Komm mit in die Küche. Hast du schon gefrühstückt?«

»Ich habe einen Tee getrunken. Ich bin auf Diät.«

Debora hätte vor Aufregung auch nichts runterbekommen. Sie war hier, weil sie es kaum erwarten konnte, ihm zu erzählen, was sie Neues im Fall Costa herausgefunden hatte, aber jetzt, in dieser häuslichen, so privaten Umgebung, hatte sie ihr Ziel aus den Augen verloren. Die Wohnung brachte sie ins Träumen, sie stellte sich vor, wie sie beide hier zusammen am Morgen aufwachten und gemeinsam frühstückten wie Mann und Frau.

Als ob er ihre Gedanken lesen könnte, deckte der Commissario den Tisch für zwei.

»Diät, so ein Quatsch … Ihr Mädels seid doch immer auf Diät. Los, teilen wir uns das Croissant. Und dazu setz ich noch einen starken Kaffee auf.«

»In Ordnung, aber ich will nur ein bisschen.« Sie setzte sich auf einen Stuhl und fing an, aus ihrer Croissanthälfte Stückchen zu zupfen. »Commissario, ich muss dir was erzählen …«

»Raus damit, was hast du in diesen zwei Tagen angestellt, in denen du von der Bildfläche verschwunden warst?«

»Erinnerst du dich an die Frau vom Stockwerk obendrüber, die über den Lichtschacht den Streit mitbekommen hat?«, sagte Debora und steckte sich zwischendurch ununterbrochen Krümel in den Mund.

»Natürlich erinnere ich mich. Sie ist die einzige Zeugin im ganzen Haus ...«

»Sie hat doch gesagt, dass sie sich mit ihrem Schreiner unterhalten hat, oder? Also, diesen Schreiner kenne ich. Er heißt Fabrizio Comin. Ich habe mich gestern Abend mit ihm getroffen und ihn gefragt, ob ihm an dem Morgen im Treppenhaus oder im Aufzug jemand begegnet ist.«

Debora hatte ihm das alles in einem Rutsch hingeworfen, wie jemand, der einen Molotowcocktail schmeißt und dann wartet, wie die Umstehenden darauf reagieren. Raggios Reaktion fiel weniger spektakulär aus als befürchtet oder erhofft.

Er sah sie ohne ein erkennbares Zeichen von Überraschung an, und alles, was er sagte, war: »Na und?«

»Mir wollte er nichts erzählen, weil ich nicht von der Polizei bin, aber bei dir wird er schon den Mund aufmachen. Hier, das ist seine Telefonnummer.«

Debora legte die Visitenkarte von Fabrizio Comin, Zimmermann, auf den Küchentisch.

»Woher kennst du ihn, und wieso rückst du erst jetzt damit heraus?«

Der Espressokocher auf dem Herd begann zu brodeln.

»Ich habe ihn an dem Morgen vor dem Haus in der Via degli Ausoni kennengelernt, während ich auf Monica Costa gewartet habe, die einfach nicht wiederkam. Wir haben uns kurz unterhalten, und da hat er mir seine Visitenkarte gegeben.«

»Und wieso hast du dich erst jetzt an diesen Zimmermann erinnert?«

»Na ja, also an dem Abend, an dem wir gestritten haben …«

»Gestritten ist vielleicht ein zu großes Wort dafür.«

»Na gut, also, nachdem du mich auf die Palme gebracht hast, habe ich in einer Jackentasche sein Kärtchen wiedergefunden und ihn angerufen. Wo ist die Toilette?« Debora sprang unvermittelt auf und verließ die Küche, ohne seine Antwort abzuwarten.

»Warte, ich zeig sie dir …« Raggio führte sie durch den schmalen Flur bis zur Badezimmertür. »Entschuldigung, da ist alles ein wenig durcheinander …«

Tatsächlich war es ein Schlachtfeld. Raggio sammelte seinen zusammengeknüllten Schlafanzug vom Boden auf.

»Ich gebe dir ein sauberes Handtuch …«

»Nicht nötig. Das hier geht doch auch …«, sagte sie und zeigte auf eines, das etwas zerknittert und feucht am Haken neben dem Waschbecken hing.

Sobald Raggio verschwunden war, schloss Debora sich ein, öffnete den Wasserhahn, um mögliche Geräusche zu übertönen, und begann, sich im Raum umzusehen. Als Erstes nahm sie das Handtuch und schnupperte eingehend daran. Es roch nach ihm, ein wenig zwiebelig nach Schweiß, ein wenig nach Palmolive-Seife. Dann durchforstete sie die Schubladen des Beistellschränkchens. In einer waren Medikamente, die übliche Hausapotheke, in den anderen Shampooflaschen, Seifen und Zahnpasta, Kämme, Pflaster, Desinfektionsmittel und

Watte. Alles zu ordentlich für einen Mann, der allein lebte und rund um die Uhr arbeitete. In diesen Schubladen deutete etwas auf eine Frau hin. Und tatsächlich fand Debora in der letzten Schublade eine Packung Binden, Haargummis, Reinigungsmilch und Gesichtswasser. Die Ehefrau kam regelmäßig zu Besuch und hatte Spuren hinterlassen, ihr Revier markiert. Dann überlegte Debora einen Moment, ob all die Hinterlassenschaften vielleicht auch von jemand anders stammen konnten als von Raggios Frau, verwarf diese These jedoch sofort wieder, weil sie ihm in all seiner Ernsthaftigkeit keine Geliebte zutraute. Debora war noch jung, mit der Zeit würde sie schon noch herausfinden, dass nicht nur Hallodris fremdgingen. Dann durchzuckte sie der Gedanke, und dabei lief es ihr vor Aufregung kalt den Rücken hinab, dass sie, als sie hier so hereingeschneit war, auch auf Signora Raggio hätte treffen können. Sie malte sich das Ganze aus wie die Szene in einem Film: sie mit dem Cappuccino in der Hand und Mrs. Raggio im Nachthemd, wie sie ihr den heißen Kaffee ins Gesicht schüttete und damit für immer entstellte. Würde Raggio sie immer noch lieben, wenn sie zum Phantom der Oper mutiert wäre?

Debora fiel auf, dass sie sich schon recht lange in der Toilette aufhielt, daher betätigte sie die Spülung, betrachtete sich kurz im Spiegel und versuchte, ihren Haaren einen menschlichen Anstrich zu verpassen, schnupperte noch einmal tief an dem Rasierwasser, das ihr bei ihrer ersten Begegnung im Kommissariat gleich aufgefallen war, und ging hinaus.

»Du rufst ihn doch an, oder?«, fragte sie, sobald sie so entspannt die Küche betreten hatte, als wäre sie gar nicht lange weg gewesen.

»Sicher. Trink deinen Kaffee, sonst wird er kalt.«

Der Commissario tunkte seine Croissanthälfte in den Cappuccino. »Willst du vielleicht einen Löffel Zucker?«, fragte er.

Debora schüttelte den Kopf und stürzte den Kaffee hinunter wie eine bittere Medizin. »Ich habe noch etwas anderes getan. Aber ich hab so das Gefühl, dass du darüber weniger erfreut sein wirst.«

»Nun sag schon.«

»Ich bin zu Valentina Ercoli ins Krankenhaus gefahren, um sie ein wenig auszuquetschen.«

Das war also die Freundin, die Valentina so aufgeregt hatte. Wie dumm von mir, dass ich nicht gleich darauf gekommen bin ..., beschimpfte Raggio sich stumm. Inzwischen hatte er sich an Deboras Extratouren gewöhnt, und daher blieb er ruhig. »Und was hat dir die Ärmste verraten?«

»Mit Worten eigentlich nichts. Aber mir ist etwas klar geworden.« Sie zupfte noch ein Stückchen aus dem Croissant, höhlte es aus, indem sie nur das Innere Krümel für Krümel herausholte. »Valentina hat sich nicht aus Trauer über den Tod ihrer Mutter umbringen wollen, sondern aus Wut.«

»Wie kommst du denn darauf?«

»Weil sie, als ich sie danach gefragt habe, total ausgerastet ist.«

»Das heißt?«

»Sie ist durchgedreht, war völlig außer sich, und dann hat sie losgeheult, als ob sie sich schuldig fühlte …«

»Fängst du schon wieder mit deiner Psychologie an … Aber wie auch immer, im Laufe des Tages wird sie entlassen. Das hat mir gestern Abend Altissimi gesagt, der stellvertretende Staatsanwalt.«

»Warum gehen wir nicht heute noch mal gemeinsam hin?«

Raggio überlegte kurz. Dann nahm er sich von Deboras Teller, was sie bei ihrer Krümelaktion vom Croissant übrig gelassen hatte.

»Was hast du denn mit dem armen Ding angestellt? Wolltest du ihm wie einer Leiche zum Einbalsamieren die Innereien entfernen?«

Sie mussten beide lachen. Dann wurde er wieder ernst.

»Hör zu, ich hab da etwas vor. Aber es ist ein wenig heikel, weil es um zwei junge Menschen geht, von denen die eine gerade erst aus dem Koma erwacht ist. Ich will Luca Pezzani, den Freund, zu Valentina bringen.«

»Warum?«

»Das erkläre ich dir später. Fährst du mich mit dem Taxi hin? Wir holen ihn von der Uni ab, und dann schaffen wir ihn ins Gemelli-Krankenhaus.«

»Aber gerne, von mir aus sofort!«

»Warte, ich muss mich noch zu Ende anziehen.« Er strich ihr sanft über die Locken, vergrub seine Hände darin, dann sagte er ihr leise ins Ohr: »Und du iss dieses arme ausgehöhlte Croissant auf, denn mit Essen spielt man nicht …«

Das hatte auch ihre Großmutter immer gesagt, aber aus seinem Mund klang der Satz völlig anders. Ganz neu und wunderschön.

46

Die Freie Universität für Sozialwissenschaften Guido Carli, besser bekannt als LUISS, lag mitten im Parioli-Viertel, zehn Minuten zu Fuß von der Via Bartoloni entfernt, wo die Familie Ercoli wohnte. Taxi Siena 23 mit Debora und Raggio an Bord positionierte sich in der Nähe des Hauptausgangs im Viale Romania. Es war kurz nach neun.

»Woher weißt du, dass er kommt? Vielleicht hat er heute ja gar keine Vorlesung.«

»Der Vater schickt ihn trotzdem her. Er will, dass er zumindest nach außen hin ein ganz normales Leben führt.«

»Wie ist der Vater denn so?«

»So alt wie ich. Eher klein. Die Körpergröße muss der Sohn von der amerikanischen Seite geerbt haben.«

»Jetzt komm schon …« Debora seufzte.

»Ach so, du willst wissen, wie er so tickt …« Raggio tippte sich an die Stirn. »Wie soll er schon sein? Ein Rechtsanwalt eben, ein dünkelhafter Egomane …«

»Was meinst du damit?«

»Dass er sehr von sich überzeugt ist. Ein Besserwisser.«

»Also ein blöder Wichser, der auf dicke Hose macht?«

»So kann man es auch sagen …« *Diese Jugend von heute denkt, sie kann mit einer Handvoll Worten, meist dazu noch ordinär, die Welt beschreiben.*

Als könnte sie seine Gedanken lesen, wiederholte Debora, was er gesagt hatte, und kostete jede Silbe einzeln aus. »Dün-kel-haf-ter E-go-ma-ne … ein schöner Ausdruck, gefällt mir.«

Raggio musste sich korrigieren. Dieses Mädchen hatte durchaus was drauf. Sie hatte begriffen, dass die Wirklichkeit zu kompliziert war, um sie in einer Handvoll Worten zusammenzufassen …

»Und wie steht dieser dünkelhafte Anwalt zu seinem Sohn? Liebt er ihn?«, fragte Debora jetzt.

Edoardo antwortete nicht sofort. Debora hatte das Problem genau auf den Punkt gebracht. Ein etwas älterer Mensch hätte mit wesentlich gewählteren Worten um den heißen Brei herumgeredet, ohne zum Wesentlichen vorzudringen. Entweder er liebte ihn, oder er liebte ihn nicht. Schwarz oder weiß. Zwischentöne gab es da nicht. Die lernt man erst mit dem Alter, dann erfindet man das Grau, allerdings auf die Gefahr hin, dass alles darin verschwimmt. Raggio musste an seinen Sohn denken. Er war noch ein Kind, aber im Nu, im Laufe weniger Jahre, würde er erwachsen sein, formbar und undurchschaubar, genau wie Luca Pezzani.

»Ja. Er liebt ihn.«

In dem Moment fuhr ein weißer Smart vor der Fakultät vor. Langsam, ganz rechts, augenscheinlich auf der Suche nach einem Parkplatz.

»Das ist er. Fahr hinter ihm her, bis er einen Parkplatz gefunden hat. Dann halt an und lass mich aussteigen.«

Debora gehorchte, ganz die gute Assistentin.

Nach wenigen Metern fädelte der Smart sich in eine winzige Lücke zwischen einem Citroën C1 und einem Honda ein. Luca Pezzani öffnete die Tür und schälte sich mühsam aus dem Auto. Kaum zu glauben, dass ein Zwei-Meter-Mann in so eine Blechbüchse passte.

Die Zeit, die der Student brauchte, um sein Auto mit der Fernbedienung zu verriegeln, genügte Raggio, um sich vor ihm aufzubauen. Debora, die hinter dem Steuer des Taxis saß, beobachtete das Ganze durch die Windschutzscheibe wie einen Stummfilm. Der junge Mann wirkte erschrocken. Der Commissario reichte ihm gerade mal bis ans Kinn und musste zu ihm aufschauen. Er redete ganz ruhig mit ihm, lächelte sogar. Debora verfolgte ihr Gespräch gespannt, ließ sich keine Regung entgehen. Sie hätte jedes Wort mitsprechen können.

Luca Pezzani schüttelte mehrmals den Kopf, versuchte schwach, sich zu widersetzen. Der Vorschlag des Polizeibeamten schien ihm nicht zu gefallen.

Raggio legte ihm beinahe väterlich eine Hand auf die Schulter und führte ihn mit sanfter Gewalt zum Taxi. Der junge Mann gehorchte ihm resigniert mit gesenktem Kopf.

Raggio ließ ihn hinten einsteigen und setzte sich dann neben ihn. Dann sagte er zur Fahrerin: »Zum Gemelli-Krankenhaus.«

Die Fahrt verlief schweigsam. Wahrscheinlich gab es nichts mehr zu sagen. Nur irgendwann fragte Pezzani besorgt: »Aber danach bringen Sie mich wieder zur Uni, ja? Ich muss meinen Tutor treffen. Wir hatten uns um elf Uhr, nach der Vorlesung verabredet.«

»Das sollte klappen.« Raggio sah auf seine Armbanduhr. »Es wird nicht lange dauern. Ich hoffe nur, dass Valentina noch nicht entlassen wurde.«

»Nein«, erklärte Luca knapp. »Ihre Tante hat gesagt, dass sie am Nachmittag rauskommt.« Dann schwieg er für den Rest der Fahrt.

Während Siena 23 das Taxi durch die Straßen von Rom lenkte, betrachtete sie dabei, so oft es ging, den Studenten im Rückspiegel. Sie hatte ihn bisher noch nicht persönlich getroffen und auf der Beerdigung nur aus der Ferne gesehen, inmitten der Menge. Dafür aber hatte sie ihn auf den Fotos ausführlich studiert. Doch als sie ihn nun vor sich sah, fand sie den Anblick ziemlich enttäuschend.

Auf dem Schnappschuss im Segelboot, das auf Facebook gepostet war, hatte sie ihn ziemlich attraktiv gefunden. Ein Typ wie aus einem dieser italienischen Sommerfilme, junge Leute und das Meer, aber mit ganz eigenem Charme. Bei der Beerdigung hatte er schon etwas unscheinbarer, kränklicher gewirkt. Doch jetzt, nach allem, was Debora im Spiegel erkennen konnte, war er nur noch ein Schatten seiner selbst. Blass, die geröteten Augen ängstlich aufgerissen, ein Strich in der Landschaft.

Ob irgendjemand seine Mutter, diese Amerikanerin, informiert hatte, was ihr Sohn gerade durchmachte? Debora hätte ihn gern gefragt, aber das schien ihr nicht der richtige Moment dafür. Sie verschob die Nachforschungen zur Mutter-Sohn-Beziehung auf später, wenn sie wieder mit Edoardo allein sein würde.

Als sie das Krankenhaus erreichten, wies Raggio sie an, in der Tiefgarage zu parken. Ein gutes Zeichen, das hieß wohl, dass er sie nicht draußen im Taxi warten lassen wollte. Und tatsächlich stellte der Commissario Debora ihrem »Fahrgast« vor, sobald sie den Motor ausgeschaltet hatte.

»Luca, das ist Debora Camilli, meine Assistentin. Sie ist noch nicht im Polizeidienst, aber bald.«

Debora wäre ihm am liebsten um den Hals gefallen und hätte ihn abgeküsst. Stattdessen hielt sie sich vornehm zurück und gab dem jungen Mann die Hand, wie es wohl ein richtiger Polizist getan hätte. Unter anderen Umständen hätte Luca Pezzani die Frau in der Polizistin gesehen und sie mit einem anerkennenden, aber höflichen Blick bedacht. Aber jetzt beachtete er sie kaum, da er sich vor der Begegnung mit Valentina fürchtete.

Sie fuhren mit dem Aufzug in den vierten Stock hoch. Valentina Ercoli war von der Intensivstation in eine andere Abteilung verlegt worden. Nun hatte sie ein Einzelzimmer auf der Privatstation, für die man extra zahlen musste. Als sie vor der Tür standen, klopfte der Commissario. Nachdem keine Antwort kam, versuchte er es noch einmal, worauf ein leises »Herein« zu hören war.

Raggio ließ Luca als Ersten hineingehen. Der junge Mann betrat unsicher den Raum. Debora und Edoardo blieben hinter der halb geöffneten Tür zurück, dicht aneinandergedrängt, und hielten den Atem an, um unbemerkt zu bleiben. Sofort hörten sie das Mädchen schreien:

»Was willst du hier? Ich habe dir doch gesagt, dass ich dich nie mehr sehen will!«

Schnell unterbrach Luca sie: »Ich bin nicht allein, draußen sind ein Commissario und eine Polizeibeamtin.«

Wohl oder übel mussten Debora und Raggio sich zeigen.

Als Valentina die beiden sah, regte sie sich nur noch mehr auf.

»Was soll das? Heute Morgen war doch schon der stellvertretende Staatsanwalt bei mir.«

»Wir haben nur Luca hierher begleitet. Er wollte Sie sehen, aber allein hätte er sich nicht hergetraut.«

Hasserfüllt betrachtete Valentina ihren Freund. »Wir hätten uns zu Hause eh gesehen. Es wäre nicht nötig gewesen, dass du mit Begleitschutz hier auftauchst.«

Valentina war zwar noch etwas blass, sah aber deutlich erholt aus. Die blonden Haare hatte sie auf dem Kopf zu einem straffen Knoten zusammengefasst. Jetzt trug sie eine weiße Bluse und eine Markenjeans. Sie wirkte größer als noch vor zwei Tagen, als sie im Koma gelegen hatte. Ihr Gesicht war immer noch das eines jungen Mädchens, aber der hochmütige Blick verlieh ihr etwas Damenhaftes. Die gleiche Ausstrahlung wie ihre Mutter und ihre Tante.

»Wenn Sie wollen, lassen wir Sie allein«, sagte Raggio.

»Nicht nötig«, erwiderte Valentina knapp. »Gleich

kommen mein Vater und meine Tante, um mich abzuholen. Ich will so schnell wie möglich nach Hause. Ich hab es verdammt noch mal satt, in diesem beschissenen Zimmer eingesperrt zu sein.«

Raggio dachte, dass die Schnoddersprache der Jugend etwas Gleichmacherisches an sich hatte: Das Mädchen aus dem Parioli-Viertel drückte sich genauso vulgär aus wie seine Taxifahrerin aus Ostia.

»Warum sind Sie so wütend auf ihn?«, fragte er und zeigte auf Luca, der wie angewurzelt mitten im Zimmer stand, den Rucksack mit dem Notebook noch immer auf der Schulter.

Valentina erwiderte verärgert: »Ich will im Moment eben allein sein. Ist das etwa verboten? Oder ein Verbrechen?«

»Sind Sie wütend wegen dem, was mit Ihrer Mutter passiert ist?«

Valentina schwieg. Ihre Unterlippe zitterte. Gleich würde sie in Tränen ausbrechen.

»Ich will nicht darüber sprechen. Ich will überhaupt nicht sprechen. Und jetzt verschwinden Sie, sonst ruf ich meinen Vater an.«

Mit glänzenden Augen und gerötetem Gesicht griff sie sich ihre Pradatasche und suchte darin nach ihrem Handy. Sie kannte es nicht anders. Wenn etwas nicht so lief, wie sie es wollte, würde ihr Vater schon dafür sorgen, dass alles in Ordnung kam.

Luca, der bis jetzt noch nichts gesagt hatte, flehte beinahe: »Commissario, können wir bitte gehen? Ich muss zur Uni.«

»In Ordnung. Ich werde mit Valentina allein sprechen, wenn sie sich wieder beruhigt hat.«

Sie waren schon fast an der Tür, als Valentina Debora ansah, als hätte sie sie in diesem Moment erst bemerkt.

»Und wer sind Sie? Kenne ich Sie nicht irgendwoher?«

»Ich bin die Assistentin des Commissarios. Vielleicht sind wir uns bei der Beerdigung begegnet.«

»Ich glaube nicht. Oder vielleicht schon. An den Tag kann ich mich nicht mehr so gut erinnern. Ich war so durcheinander …«

»Das ist doch verständlich«, sagte Debora mit einem höflichen Lächeln.

Sie verließ schnell das Zimmer, ehe Valentina Ercolis Erinnerung zurückkam.

47

Nachdem sie Luca wieder zur Universität gebracht hatten, bat Raggio Debora, ihn zum Kommissariat von San Lorenzo zu fahren. Auf dem Weg vom Gemelli-Krankenhaus zur LUISS war jeder der drei in seine eigenen Gedanken versunken gewesen, und so hatten sie geschwiegen, doch kaum waren Raggio und sie allein, konnte Debora ihre Überlegungen nicht länger für sich behalten.

»Das Mädchen ist stinksauer auf ihren Freund.«

»Dafür muss man kein Hellseher sein … oder wie man

bei mir im Süden sagt: *non c'e bisogno a' zingara…*«, meinte Raggio.

»Und er macht sich ins Hemd.«

»Das war genauso deutlich zu merken.«

»Also?«

»Ich hab da so eine Theorie. Aber dafür muss ich mit diesem Weichei Altissimi reden…« Raggio hatte beschlossen, seine altmodische süditalienische Höflichkeit abzulegen und sich mehr dem jugendlichen Schnodderton anzupassen. »…und ihn davon überzeugen, einen Antrag von mir zu bewilligen.«

Okay, du willst nicht mit der Sprache rausrücken. Von mir aus, dann lass ich dich erst mal in Ruhe… Debora hatte verstanden, dass sie ihn besser nicht bedrängen sollte, wenn er sich so verhielt. Früher oder später, meist noch innerhalb eines Tages, würde er sie dann doch in seine Pläne einweihen. Inzwischen vertraute er ihr, und das war die Hauptsache.

Sie setzte ihn vor dem Kommissariat ab.

»Ich rufe dich heute Abend an, falls es etwas Neues gibt.«

»Zu Befehl, Chef…«, meinte Debora lachend und salutierte.

Raggio wandte sich ab, als wollte er aussteigen, sie hatte die Hand schon am Schaltknüppel. Doch dann wurde ebendiese Hand plötzlich gepackt und gedrückt.

Debora erstarrte, mit laufendem Motor, den Fuß auf dem Gaspedal, ihr stockte beinahe der Atem, und sie fühlte nur noch die sanfte Wärme dieser Berührung. Er schwieg, hielt nur fest, ganz fest ihre Hand.

So blieben sie sitzen, ohne einander anzusehen, Debora hätte nicht sagen können, wie lange es gedauert hatte. Dann ließ Raggio ihre Hand los, stieg schnell aus und ging weg, ohne sich noch einmal umzudrehen.

48

Kaum hatte Commissario Raggio einen Fuß über die Schwelle des Kommissariats gesetzt, kam ihm auch schon Calocero ungewöhnlich betriebsam entgegengelaufen.

»Dottore, da will jemand mit Ihnen reden. Er ist schon seit über einer Stunde hier. Ich habe versucht, Sie anzurufen, aber Ihr Handy war ausgeschaltet.«

»Wer ist es?«

»Ein junger Mann. Er sieht ein bisschen aus wie einer von diesen Globalisierungsgegnern. Er sagt, er ist wegen des Mordes in der Via degli Ausoni hier.«

Ein Lächeln huschte über Raggios Gesicht. Er hatte ihn nicht so schnell, nein, er hatte ihn überhaupt nicht erwartet. Eigentlich hatte er gedacht, dass er ihn ins Kommissariat einbestellen müsste, und jetzt war der Schreiner aus eigenem Antrieb gekommen.

»Wo ist er?«

»Im Warteraum.«

»Ich geh ins Büro. Bring mir einen Kaffee, schick Milillo zu mir, damit er das Protokoll aufnimmt, und in genau fünf Minuten führ ihn in mein Büro.«

»Den Kaffee mit viel Zucker, richtig?«

»Wie immer, Calò. Drei Löffel, nicht umrühren.«

Raggio mochte es, wenn die Zuckerkörnchen unter seinen Zähnen knirschten.

Er betrat sein Büro und holte den Aktenordner mit allen Unterlagen zum Fall Costa aus der Schreibtischschublade. Die Tür öffnete sich, und Milillo kam ganz aufgeregt herein.

»Auf geht's, Dottore, so langsam kommen die Zeugen aus der Deckung …«

Raggio schätzte Vice Ispettore Milillos Liebe zu seinem Beruf, der anstrengend und schlecht bezahlt war, aber da er selbst Pessimist war und das Leben ihn darin fast permanent bestätigte, neigte er dazu, den Enthusiasmus seiner Mitarbeiter lieber etwas zu dämpfen.

»Nicht so hastig, Milì.« Seinen Mitarbeitern gegenüber, die alle wie er aus dem Süden stammten, drückte er sich gern etwas lockerer aus und griff auch mal zum Dialekt. »Wir wissen noch nicht, was er uns zu sagen hat. *Magari è nu'mitomane*, vielleicht lügt er uns die Hucke voll, oder er hat rein gar nichts gesehen, aber weil er an jenem Morgen dort im Haus war, hat er jetzt das Bedürfnis, herzukommen und uns das zu sagen.«

»Ach, jetzt seien Sie doch nicht so negativ, Dottore. Ein bisschen Optimismus …«

Das Klopfen an der Tür unterbrach ihre Diskussion darüber, ob man ein Glas lieber als halb voll oder halb leer betrachten sollte.

»Herein.«

Es war Calocero mit einem dampfenden Espressotässchen in der Hand. Hinter ihm kam ein junger Mann mit langen braunen Haaren und Bart herein.

»Ihr Kaffee und der Zeuge.«

Raggio verdrehte die Augen.

»Bitte, setzen Sie sich doch … Und entschuldigen Sie die Wartezeit, aber ich war dienstlich unterwegs.« *Im Einsatz* klang ihm zu sehr nach Fernsehserie.

»Soll ich Sie allein lassen, Dottore?«

»Ja, geh schon.«

Raggio verabschiedete Calocero mit der üblichen beiläufigen Handbewegung. Sein Blick, sein Verstand und all seine Sinne waren schon voll auf den Zeugen konzentriert.

»Sie sind …?«, fragte er, obwohl er es schon wusste.

»Ich heiße Fabrizio Comin und bin Zimmermann.«

Er hatte sich den Mann jünger vorgestellt, und irgendwie stattlicher und attraktiver. Bei Rivalen übertrifft die eigene Vorstellung meist die Wirklichkeit. Der Mann war noch recht jung, aber schon über dreißig, da war es bis vierzig bloß noch ein Katzensprung. Ein breites Kreuz hatte er, aber besonders groß war er nicht. Gerade mal ein paar Zentimeter größer als er selbst.

»Dann erzählen Sie mir doch bitte, was Sie gesehen haben.«

»Ich bin an dem Morgen zu diesem Haus gefahren, weil ich im vierten Stock zu tun hatte. Signora Ermini gehört zu meinen Stammkunden.«

»Wann genau war das?«

»Wir hatten halb neun vereinbart. Ich habe mich vielleicht etwas verspätet, aber höchstens um eine Viertelstunde.«

»Wie lange sind Sie in der Wohnung von Signora Ermini geblieben?«

»Als ich wegging, war es höchstens zehn Uhr. Aber ich bin dann noch eine halbe Stunde oder so in der Gegend gewesen, vielleicht auch etwas länger.«

»Und warum?«, rutschte es Raggio etwas schärfer raus als beabsichtigt.

Fabrizio Comin war verwirrt. Weshalb war dieser Polizist auf einmal so aggressiv ihm gegenüber? Er war gekommen, um eine Zeugenaussage zu machen, und nicht, um einen Mord zu gestehen. *Bullen sind doch alles Schweine, die können gar nicht anders, als friedliche Bürger einzuschüchtern.*

Nun war er sich doch nicht mehr so sicher, ob es wirklich eine so gute Idee gewesen war, für diese Aussage einen Vormittag Arbeit zu opfern.

»Weil… na ja, ich hatte eben noch etwas zu erledigen. Ich musste Schrauben beim Eisenwarenhändler holen, mein Handy aufladen…«

»Und vor dem Haus haben Sie sich nicht zufällig aufgehalten?«

Verdammt, der wusste ja schon alles über ihn!

»Doch, ich habe dort mit einer Taxifahrerin gesprochen, die ihren Wagen in zweiter Reihe vor meinem Panda abgestellt hatte.«

Als er ihn »Taxifahrerin« sagen hörte, spürte Raggio leichtes Magengrimmen. Er bemerkte, dass die Befragung zu privat zu werden drohte, und hatte auf einmal ein schlechtes Gewissen. Sowohl dem jungen Mann gegenüber als auch gegenüber seinen Pflichten als Staatsdiener.

»Gut, gut, bitte entschuldigen Sie, ich wollte mich nicht in Ihre persönlichen Angelegenheiten mischen. Ich wollte nur wissen, wie lange Sie sich in dieser Gegend aufgehalten haben, um zu verstehen, ob der Zeitrahmen mit dem des Mordes übereinstimmt.«

Okay, der Polizist hatte sich entschuldigt. Fabrizio Comin war nicht nachtragend, und in seinem Innern hatte er ihm schon verziehen.

»Jetzt erzählen Sie mir bitte, was oder wen Sie in den zwei Stunden, die Sie im Haus oder in seiner Umgebung verbracht haben, gesehen haben.«

»Also, als ich morgens ankam, ist jemand zusammen mit mir im Fahrstuhl nach oben gefahren und dann im dritten Stock ausgestiegen.«

»Eine attraktive Frau, groß, blond, elegante Erscheinung?«

»Nein, nein. Es war nicht das Opfer. Die habe ich bloß im Internet gesehen. Sondern ein junger Mann. Er war groß und dünn.«

Raggio versuchte, unbeeindruckt zu wirken. Er warf Mililllo, der bereits sichtlich aus dem Häuschen war, einen Blick zu, der bedeutete: »Wehe, du sagst ein Wort.« Aber er musste doch selbst schlucken.

»Würden Sie ihn wiedererkennen, wenn ich Ihnen ein Foto von ihm zeige?«

»Herrgott, ich weiß nicht. Ich war noch nicht lange wach… Ich bin auch kein besonders neugieriger Mensch, ich starre andere Leute normalerweise nicht an. Außerdem, Commissario …«, Comin fasste sich ein Herz und legte eine Entschiedenheit an den Tag, die man bisher nicht bei ihm vermutet hätte, »ich möchte niemanden in Schwierigkeiten bringen, der vielleicht gar nichts mit der Sache zu tun hat. Wenn ich wirklich ganz sicher wäre … Aber ich erinnere mich nur, dass es ein junger Mann war, sehr groß und dünn, vielleicht blond. Aber … nee, sein Gesicht würde ich nicht wiedererkennen. Besser ein Schuldiger in Freiheit als ein Unschuldiger hinter Gittern. Das ist meine Meinung.«

Das ist wirklich einer von diesen Globalisierungsgegnern, schoss es Milillo durch den Kopf.

Du hast ja so recht, dachte Raggio hingegen, *aber ich muss den Schuldigen finden, und deshalb muss ich mir auch die Unschuldigen vorknöpfen.*

»Warum sind Sie dann überhaupt gekommen?«

»Weil ich es richtig fand, Sie bei den Ermittlungen zu unterstützen. Aber ich will niemanden beschuldigen, wenn ich mir nicht hundertprozentig sicher bin.«

Comin wich nicht von seinem Standpunkt ab. Trotzdem hatte Raggio nicht vor, ihn so einfach ziehen zu lassen. Und er ging zum vertraulicheren Du über: »Hör mal, machen wir es doch so. Ich zeige dir ein paar Fotos. Und du sagst mir, ob du es absolut ausschließen kannst, dass die Person, die du im Aufzug getroffen hast, auf den Bildern zu sehen ist, die ich dir zeige. Nur das, so entlasten wir einen Unschuldigen.«

Milillo sah den Commissario bewundernd an. Wie raffiniert er diesen Freak mit seinen eigenen Waffen schlug.

Raggio öffnete die Akte vor ihm und holte drei Fotos von Luca Pezzani hervor. Eine Vergrößerung vom Begräbnis und zwei Schnappschüsse, die er vom Facebook-Profil des jungen Mannes heruntergeladen hatte. Der eine war das Bild mit Valentina auf dem Boot, der andere ein Erinnerungsfoto an eine Reise mit den Kommilitonen zur UNO. Die Jungs trugen alle Anzug und Krawatte, die Mädchen Kostümchen. Luca Pezzani war der Größte in der Gruppe, er hatte ihn mit einem roten Stift umkreist.

»Sieh dir die Fotos aufmerksam an und sag mir, ob der junge Bursche darauf demjenigen ähnelt, den du im Aufzug getroffen hast, oder ob der ganz anders aussah.«

Comin starrte gut fünf Minuten auf die Bilder, eine Zeitspanne, die Milillo, der mit den Fingern reglos auf der Computertastatur verharrte wie ein Pianist im wichtigsten Moment seines Konzertes, endlos lang erschien. An Fabrizios gerunzelter Stirn konnte man ablesen, wie sehr er mit sich haderte. Er hatte Bedenken, was aus dem Unbekannten würde, den er nur einmal gesehen hatte und dessen Schicksal nun in seinen Händen lag.

Raggio betrachtete Comin wohlwollend. Obwohl dessen Bart und Haare für seinen Geschmack zu lang waren, schien er doch ein guter Kerl zu sein. Er konnte nicht leugnen, dass er sich in seiner Fantasie in den letzten beiden Wochen mehrfach danach gesehnt hatte, mit Debora Sex zu haben. Und vielleicht sogar nach mehr. Doch dann hatten ihm seine Vernunft oder Feigheit geboten, das Ganze nicht weiter zu verfolgen. Dass er vor einer halben Stunde im Taxi ihre Hand gedrückt hatte, war der einzige Moment der Schwäche gewesen, den er sich gestattet hatte. Und während er jetzt beobachtete, wie dieser junge Mann mit seinem Gewissen rang, dachte er, wenn ihm schon jemand Debora wegnehmen musste, was im Grunde ja auch gut war, dann fände er es nicht übel, wenn dieser Jemand Fabrizio wäre.

Der junge Mann aus dem Veneto kratzte sich am Kopf, ehe er sich schließlich immer noch ziemlich widerstrebend äußerte.

»Commissario, ich kann es nicht ausschließen. An das Gesicht erinnere ich mich nicht, vielleicht hab ich es nicht einmal angesehen. Doch vom Typ her kommt es hin. Das war schon so ein junger reicher Schnösel aus den besseren Vierteln im Norden der Stadt, ein *Pariolino*, wie man hier in Rom sagt, so einer, der schon um acht Uhr morgens aussieht wie aus dem Ei gepellt.«

»Erinnerst du dich, was er anhatte?«

Fabrizio schüttelte den Kopf. »Nein, keine Ahnung. Er könnte auch Jeans und T-Shirt getragen haben. Doch es kommt immer drauf an, wie man die trägt.«

Raggio nickte. »Sicher.«

»Aber solche wie ihn gibt es viele. Und die trifft man auch massenhaft in den Bars von San Lorenzo, wo es passiert ist … Ich könnte es jetzt nicht beschwören, dass der Blonde hier der Typ ist, den ich gesehen habe.«

Er wollte ihn retten. Diesem jungen Mann einen Ausweg lassen, obwohl dessen Leben – mit Sommerurlauben auf Yachten – sich so radikal von seinem eigenen unterschied.

»Na gut, das ist alles. Du kannst gehen. Und vielen Dank noch mal, dass du aus freien Stücken zu uns gekommen bist. Gib beim Rausgehen doch bitte dem Beamten deine Kontaktdaten, falls wir dich noch einmal brauchen.«

Fabrizio Comin stand auf, gab dem Commissario die Hand und ging zu Milillo, um ihm seine Telefonnummer zu nennen.

Der Commissario erhob sich ebenfalls. »Milillo, ich gehe raus, eine rauchen. Druck die Aussage aus und leg sie mir auf den Schreibtisch.«

Er war schon in der Tür, als ihm eine Frage einfiel, die er dem jungen Mann noch nicht gestellt hatte.

»Comin, warum kommst du eigentlich erst jetzt damit? Der Mord ist vor zwei Wochen geschehen, alle Zeitungen haben darüber berichtet.«

»Ich war nicht in der Stadt, Commissario, sondern habe meine Eltern in Treviso besucht. Ich bin gleich an dem Samstagabend weggefahren, deshalb habe ich nichts davon mitbekommen.«

»Und woher weißt du es jetzt?«

Comin zögerte sichtlich. Dann erzählte er das erste Mal in diesem Gespräch und unerwartet kaltblütig eine Lüge. Eine Halbwahrheit à la Debora.

»Von einer Freundin. Gestern Abend haben wir uns darüber unterhalten, was so in der Zwischenzeit in Rom los war, und da hat sie mir von diesem Mord erzählt. Das war purer Zufall. Sie hat darüber in der Zeitung gelesen, und da sie weiß, dass ich viele Kunden in San Lorenzo habe…«, er lachte, wie um zu bestätigen, dass es ein Zufall gewesen war. »Mich hat fast der Schlag getroffen, als ich davon gehört habe.«

Du willst sie da heraushalten, sie beschützen, wirklich nett ...

Der Commissario tat so, als würde er glauben, dass Comin zufällig davon gehört hatte, und verließ den Raum. Er ging direkt zu Calocero, der an der Rezeption saß.

»Bereite eine Zeugenvorladung für Luca Pezzani vor. Und wenn der Dirigente mir grünes Licht gibt, stellen wir sie ihm schon morgen zu.«

»Obwohl morgen der Erste Mai ist?«, fragte Calocero.

»Scheiß doch der Hund drauf«, antwortete der Commissario grob. »Dann kann Di Girolamo wenigstens nicht mehr behaupten, dass wir uns einen faulen Lenz machen. Wir werden ihm zeigen, dass wir sogar dann arbeiten, wenn die anderen feiern ...«

Raggio ging nach draußen. Bevor er den Dirigente darüber informieren würde, dass sich im Fall Costa eine neue Entwicklung ergeben hatte, wollte er noch mit seinem Freund, dem stellvertretenden Staatsanwalt Altissimi sprechen. Comins Aussage nagelte Luca Pezzani zwar nicht fest, aber sie unterstützte seinen Verdacht beträchtlich. Jetzt musste ihm Altissimi den DNA-Test genehmigen, ohne Wenn und Aber. Und während er auf die wissenschaftliche Untermauerung seiner These wartete, würde er Luca Pezzani am folgenden Tag einem richtigen Verhör unterziehen, mit allem Drum und Dran, das Stunden dauern würde, bis zur körperlichen und geistigen Erschöpfung des Befragten. Er war nicht besonders stolz darauf, zu solchen Maßnahmen greifen zu müssen, besonders bei einem jungen Menschen, der erst zweiundzwanzig war, aber er wusste, dass es keinen anderen Weg gab, um ein Geständnis zu bekommen. Das gute alte, gnadenlose und für die meisten Verteidiger des Rechtsstaats illegale Dauerverhör.

Eines Tages würde er das Debora erklären müssen, wenn sie wirklich zur Polizei wollte... Er würde ihr knallhart sagen müssen, dass man, wenn man keine erdrückenden Beweise in der Hand hatte und einen Mörder zu einem Geständnis bringen wollte, ihn in einem zermürbenden Nervenkrieg herausfordern musste. Sich in einer Kraftprobe zwischen Verbrecher und Polizist beweisen musste, wer länger durchhielt. Würde das Mädchen, das noch so wenig über die hässlichen Dinge des Lebens wusste, auch dazu in der Lage sein?

49

Die Sonne hatte gerade erschöpft ihr Tagwerk beendet – genau wie Debora. Todmüde starrte diese auf die Straße, die Hände fest um das Steuer gelegt, während sie versuchte, nicht die Kontrolle über den Wagen zu verlieren, aber der berüchtigte Sekundenschlaf lauerte schon. Um wach zu bleiben, hatte sie das Autoradio auf Schwerhörigenlautstärke aufgedreht, doch alle Stücke, selbst der härteste Rock, hatten auf sie nur die einschläfernde Wirkung von Wiegenliedern. Ihr hing dieser turbulente Vormittag nach, dessen krönender Höhepunkt diese schlichte, aber doch sprechende Geste des Commissarios gewesen war, so aufregend wie ein Tor in der neunzigsten Minute, wegen der sie den Rest des Tages nicht mehr klar hatte denken können. Auf ihrer Wolke sieben schwebend, war sie zweimal vom Zentrum zum Flughafen und zurück gefahren und hatte mehrfach den Bahnhof angesteuert, wobei sie mit ihren Fahrgästen nur das Nötigste gesprochen hatte, um sie zu ihrem Ziel zu befördern. Und das alles in dem stressigen Verkehr vor dem Feiertag, in dem jetzt auch wieder die nicht sehr wendigen Touristenbusse mitmischten, denn mit dem Frühlingsanfang strömten die Menschen wieder der Ewigen Stadt entgegen wie Nachtfalter, die magisch vom Licht angezogen wurden.

Nach ihrer letzten Fuhre war sie soeben auf dem Heimweg nach Ostia, als ein Anruf sie wachrüttelte. Da sie gerade auf der Uferstraße im Stau stand, konnte sie gleich auf ihr Handy sehen und erkannte eine Nummer, die sie in ihrem Handy gespeichert hatte.

Sie wollte sich natürlich ihre Müdigkeit nicht anmerken lassen, daher räusperte sie sich, ehe sie ranging. »Hallo!«

»Hallo Debora. Hier ist Fabrizio. Störe ich dich? Bist du noch bei der Arbeit?«

»Nein, du störst überhaupt nicht! Ich bin gerade auf dem Heimweg. Hier ist verflucht viel los …«

»Also, ich wollte mich für gestern Abend entschuldigen. Ich habe mich wie ein Arschloch benommen. Aber ich war stinksauer. Ich hatte halt gedacht, du hättest angerufen, weil du mich sehen wolltest …«

»Das wollte ich doch auch! Na gut, da war auch die Sache mit dem Mord … Aber eigentlich interessiert mich der nicht besonders. Den habe ich doch nur erwähnt, um über etwas zu reden«, log Debora.

»Wie auch immer, jedenfalls war ich heute Morgen im Kommissariat, um eine Aussage zu machen.«

Debora wäre fast auf den Wagen vor ihr aufgefahren.

»In welchem Kommissariat?«

»Dem in San Lorenzo. Da ist doch der Mord passiert. Außerdem war ich schon mal dort. Als ich noch im Viertel gewohnt habe, habe ich da mal einen neuen Pass beantragt.«

»Und mit wem hast du gesprochen?«

»Mit einem Commissario mit auffallend hellen Augen, ziemlich klein. Mit leicht südlichem Akzent …«

Schlagartig war sämtliche Müdigkeit von ihr abgefallen. Das Wort »Commissario« hatte bei ihr die gleiche Wirkung wie eine Prise Kokain. Ihr Herz klopfte plötzlich laut, und die Rädchen in ihrem Hirn fingen sofort an zu rattern. Wenn Fabrizio Comin es so eilig gehabt hatte, ins Kommissariat zu kommen, musste er etwas zu erzählen haben. Debora überlegte kurz, ob sie es wagen konnte, ihn nach seiner Aussage zu befragen, doch sie befürchtete, es sich gleich wieder mit ihm zu verscherzen. Fabrizio war ein herzensguter Kerl, aber auch ein Sensibelchen. Deshalb sagte sie scheinbar gleichgültig: »Ja, der ermittelt in diesem Fall. Ich habe auch ein paarmal mit ihm gesprochen.«

»Sag mal, telefonierst du übers Headset?«, fragte er sie plötzlich.

Sie hätte ihn am liebsten angelogen, aber dann sagte sie doch spontan die Wahrheit. »Eigentlich nicht.«

»Dann will ich dich nicht zu lange am Telefon festhalten. Ich wollte dich bloß fragen, ob du Lust hast, morgen Nachmittag mit mir zu dem Megakonzert in San Giovanni zu gehen.«

Das »Concertone«, dieses Open-Air-Konzert zum Ersten Mai, hatte Debora noch nie interessiert. Dicht gedrängt inmitten einer Masse von Partyvolk zu stehen – der Gedanke war ihr fast ein bisschen zuwider, doch die Aussicht, mit Fabrizio Comin dorthin zu gehen, ließ das Ganze in einem neuen Licht erscheinen.

»Das fände ich supertoll, aber morgen muss ich arbeiten.«

»Du arbeitest am Ersten Mai?«, fragte Fabrizio entgeistert. »Aber ist das nicht antisolidarisch?«

»Ja schon, aber irgendwer in Rom muss ja Taxi fahren. Es können doch nicht alle zu Fuß gehen. Wer soll sich sonst um die alten Leute, die Kranken, die Rollstuhlfahrer kümmern …?«

Gegen diesen zwar gewerkschaftspolitisch nicht gerade korrekten, dafür aber sehr pragmatischen und sozialen Einwand konnte Fabrizio Comin nichts einwenden. »So ein Pech …«, sagte er enttäuscht.

Debora begriff, dass sie jetzt die Initiative ergreifen musste. Fabrizio war ein wichtiger Zeuge und außerdem auch noch nett. Den durfte sie sich nicht durch die Lappen gehen lassen.

»Hör mal, treffen wir uns doch am Wochenende. Magst du zu mir nach Ostia kommen? Wir können am Strand bei einem Freund von mir Fisch essen, er hat ein Lokal direkt am Meer …«

»Super!«

»Was ist dir lieber, Samstag oder Sonntag? Mir ist das egal, ich muss es nur vorher wissen, wegen der Schichten …«

»Dann nehmen wir doch den Sonntag. Sonst bleibt bei mir zu viel Arbeit liegen.«

»Okay. Dann sehen wir uns am Sonntag, gegen zwölf Uhr vor dem Strandbad Sirena in Ostia. Ciao!« Sie schickte ihm einen schallenden Kuss durchs Handy, bevor sie auflegte.

Debora strahlte. Die vor ihr im Stau stehenden Wagen mit ihren hellen Scheinwerfern sahen für sie nun aus wie die leuchtende Spur der Milchstraße. Sie spürte, dass Fabrizio das fehlende Mosaiksteinchen war, mit dem sich endlich ein klares Bild ergeben würde. Und *sie* hatte ihn gefunden. Sie konnte es kaum erwarten, mit Raggio zu sprechen. Vor diesem wunderbaren Augenblick, der ihr wie eine Ewigkeit vorgekommen war, in dem er so unerwartet ihre Hand gedrückt und gehalten hatte, hatte er ihr doch gesagt, er würde sie anrufen, wenn es etwas Neues gäbe. Warum hatte er es dann noch nicht getan? Ach, egal. Debora ließ sämtliche taktischen Spielchen und Skrupel fahren und rief ihn selbst an.

Sein Handy war ausgeschaltet. Sie fragte sich, ob Raggio noch im Dienst war. Dann probierte sie es in der Telefonzentrale des Kommissariats. Nach langem Klingeln ging der diensthabende Beamte ran. Sie erfuhr, dass Raggio schon vor einer halben Stunde gegangen war.

Wenn sie noch in Rom gewesen wäre, hätte sie sich direkt nach Monte Mario aufgemacht und ihn zu Hause aufgesucht. Doch inzwischen hatte sie Ostia erreicht, sie war todmüde, die lange Strecke zurück würde sie nicht mehr schaffen. Gott sei Dank gab es SMS.

Sie schrieb ihm:

Ich weiß, dass Fabrizio Comin bei dir war.
Ruf mich an, sobald du dein Handy einschaltest.
Egal wann ...

Sie fügte noch ein lachendes Emoticon hinzu, löschte es dann aber wieder, aus Angst, er könnte sie zu albern finden.

Kaum hatte sie auf »Senden« gedrückt, erwachte ihr Funkgerät zum Leben, und die Stimme ihres weiblichen Big Brothers erfüllte das Wageninnere.

Debora war versucht, es einfach auszuschalten, aber sie hatte zu gute Laune, um irgendjemanden wegzudrücken, deshalb schaltete sie fröhlich auf Empfang.

»Siena 23, hast du schon Feierabend?«

»*Schon*? Weißt du, wie spät es ist? Hör mal, ich habe um zwölf den Dienst angefangen, und seither habe ich noch keine einzige Pause gemacht, nicht mal für einen schnellen Kaffee zwischendurch hat es gereicht, außerdem bin ich viermal, ich wiederhole, vier Mal zum Flughafen und zurück gefahren ...«, übertrieb sie schamlos.

Die Stimme aus dem Funkgerät klang keineswegs beeindruckt und fuhr ohne das geringste Anzeichen von Mitleid fort.

»Morgen fängst du um dreizehn Uhr an und fährst bis einundzwanzig Uhr. Keine Extratouren! Was ist mit dem Wochenende?«

»Da arbeite ich am Samstag und nehme mir den ganzen Sonntag frei. Das ist mein gutes Recht, schließlich habt ihr mich für morgen eingeteilt, das ist der Erste Mai, und da sollte man eigentlich nicht …«

Fabrizio Comin hatte die Fackel der Rebellion in der unbeugsamen Seele Deboras entzündet, einer Werktätigen, die sich unwissentlich ausbeuten ließ.

»Außerdem, meine Liebe, weiß ich nicht, ob es nach den Gesetzen für Arbeitnehmer überhaupt zulässig ist, dass am Ersten Mai gearbeitet wird. Oder nach der Verfassung«, fügte Debora kämpferisch hinzu, um ihre Position zu untermauern.

»Jetzt haben wir hier auch noch eine Gewerkschaftstussi, das hat uns gerade noch gefehlt … steht in der Verfassung zufällig auch, dass jemand nur noch arbeiten soll, wenn er Bock darauf hat – Arbeit oder nicht, das ist hier die Frage?«

Mit diesem Zitat frei nach Hamlet beendete die Angestellte der Taxikooperative das Gespräch und ließ dieses politisch-existenzielle Problem im Raum stehen.

Debora stellte das Funkgerät aus, das sie ein paar Minuten von ihren Gedanken, die um Raggio kreisten, abgelenkt hatte. Sie nutzte den nächsten Stau wegen »zähfließendem Verkehr auf der Uferstraße«, um ihr

Handy zu nehmen, in der Hoffnung, dass er sofort auf ihre SMS geantwortet hatte. *Nichts. Vielleicht war er in einer Besprechung. Oder er stand unter der Dusche. Oder sein Akku war leer …*

Debora beschloss, sich nicht aufzuregen, um sich den Abend nicht zu verderben, und versetzte sich in den Seelenzustand einer Frau, die ganz geduldig und gelassen auf ein Zeichen des Geliebten wartet. Natürlich nur innerhalb der sehr engen Grenzen ihres Charakters.

Sie wartete den ganzen Abend über auf diesen Anruf, sah sich eine Talentshow im Fernsehen an und ärgerte ihren über seinen Büchern brütenden Bruder, um sich abzulenken. Zum Glück war ihre Mutter heute ganz gegen ihre Gewohnheit mit zwei Kolleginnen zur Feier des Ersten Mai Pizza essen gegangen, sonst wäre ihr aufgefallen, wie häufig ihre Tochter ihr Handy kontrollierte, und sie hätte sie sofort mit Fragen gelöchert.

Debora ließ das Telefon auch in der Nacht eingeschaltet, weil sie hoffte, dass Raggio irgendwann anrufen würde.

Doch leider kam dieser Anruf nicht.

50

Edoardo Raggio hatte aus einem guten Grund nicht angerufen, der so simpel und so alt war wie die Welt. Um sieben Uhr abends war plötzlich und ohne Vorankündigung seine Frau bei ihm im Dienst aufgetaucht, um ihn zu überraschen. Cecilia Bosco, verheiratete Raggio, hatte sich vom Hauptbahnhof direkt zum Kommissariat von San Lorenzo aufgemacht, weil sie überzeugt war, ihn dort zu finden.

Und sie hatte recht. Der Commissario erledigte gerade eine seiner unangenehmsten Pflichten: Er informierte den Dirigente über die letzten Entwicklungen in dem Fall, die auf die Spur von Luca Pezzani geführt hatten.

Als Milillo das Büro betrat, um ihm mitzuteilen, dass seine Frau gekommen war, entschlüpfte Raggio, der seit Tagen unter ziemlichem Druck stand, leise ein: »Die hat mir gerade noch gefehlt …«

Doch der Dirigente hatte es gehört und lachte schallend.

»Ist es wirklich Unsinn, wenn ich sage, dass wir Polizisten eigentlich alle Junggesellen bleiben müssten? Ein Heer von Singles, die sich nur dem Gemeinwohl verpflichtet fühlen. Ab und zu ein bisschen Sex, um den Hormonstau abzubauen, sonst wird man zu aggressiv – aber keinerlei Bindungen.«

»Verzeihung, aber haben Sie nicht eine Frau und drei Kinder?«, fragte Raggio verärgert über diese Einmischung in sein Privatleben.

»Ja eben, ich spreche aus eigener Erfahrung. Außerdem habe ich gesagt, eigentlich, Raggio, das meint in der Theorie. Aber in der Praxis sind wir … na ja … doch menschliche Wesen und lassen uns von unseren Gefühlen leiten …«

Raggio wandte sich schnell an Milillo. Er wollte das Thema persönliche Bindungen abschließen.

»Sag meiner Frau, dass ich eine Besprechung mit dem Dirigente habe. Sie soll sich ein Taxi nehmen und zu Hause auf mich warten.«

»Das habe ich ihr schon gesagt. Sie meint, Sie sollten sich keine Sorgen machen, sie würde hier auf Sie warten. Dann könnten Sie zusammen nach Hause fahren. Ihre Frau wollte nur, dass ich Ihnen ausrichte, dass sie da ist.«

Der Commissario nickte schicksalsergeben, was bei Di Girolamo ein zufriedenes Grinsen hervorrief, weil er sich in seiner Theorie bestätigt fühlte.

»Also, Raggio, wollen Sie diesen Pezzani wirklich morgen Vormittag einbestellen, bevor wir das Ergebnis des DNA-Tests haben? Da spielt ein Tag mehr oder weniger doch auch keine Rolle mehr, während es fatal wäre, noch einmal einen Verdächtigen ohne tragfähige Beweise zu beschuldigen.«

»Dottor Di Girolamo, ich habe etliche Indizien für die Annahme, dass der Verdächtige ein Verhältnis mit dem Opfer hatte.«

»Wir haben bereits gesichert herausgefunden, dass er da nicht der Einzige war. Sondern nur einer von vielen …«

»Das ist richtig, aber uns interessiert bloß der letzte Geliebte, den niemand kannte, selbst Monica Costas engste Freunde nicht. Außerdem hat Luca Pezzani hinsichtlich seines Alibis für den zwölften April gelogen. Mal abgesehen von der Aussage des Zimmermanns, der ihn so gut wie identifiziert hat.«

»So gut wie, Raggio, *so gut wie*. Überlegen Sie es sich

genau, bevor Sie einen Riesenwirbel veranstalten. Es handelt sich um einen jungen Mann von zweiundzwanzig Jahren, ohne Vorstrafen, aus guter Familie …«

»Das habe ich. Außerdem habe ich den Vater informiert. Das hatte ich ihm versprochen. Er hat gesagt, dass er morgen mit seinem Sohn zu uns kommt, damit dieser eine freiwillige Aussage macht. Die Vorladung ist eine reine Formalität. Wenn Sie möchten, können wir auch darauf verzichten.«

Di Girolamo stieß einen Seufzer der Erleichterung aus.

»Viel besser. Eine freiwillige Aussage in Gegenwart des Vaters, der Anwalt ist. Dann können uns weder die Untersuchungsrichter noch die Presse an den Karren fahren. In Ordnung, Raggio. Jetzt gehen Sie schon zu Ihrer Frau, die wartet doch auf Sie. Und morgen berichten Sie mir über Pezzanis Aussage.«

»Selbstverständlich, Dottore.«

Nachdem Di Girolamo den Raum verlassen hatte, nahm Raggio sein Handy und ging ebenfalls. Er dachte kurz an Debora, ein rasches Aufblitzen, als ob die Sonne sich an einem Regentag mal eben zwischen den Wolken zeigt. Er hätte sie gern angerufen oder noch lieber getroffen. Doch dann fiel ihm ein, dass Cecilia schon einige Zeit auf ihn wartete. Sie war gekommen, um den Ersten Mai mit ihm zu verbringen, doch stattdessen würde er morgen nicht bei ihr sein können, weil er das Verhör von Luca Pezzani angesetzt hatte. Er hatte ein schlechtes Gewissen, aber inzwischen war es ihm ein treuer Begleiter, mit dem zu leben er gelernt hatte.

Raggio schaltete das Handy aus, um peinliche Anrufe zu vermeiden, und ging zu seiner Frau, die zusammen mit der treuen Seele Milillo geduldig auf ihn wartete.

51

Wie immer in den vergangenen Jahren, das hatte wohl etwas mit dem vielfach beschworenen Klimawandel zu tun, präsentierte sich der Erste Mai mit einem wolkenverhangenen Himmel, der ganz danach aussah, als würde er den römischen Familien ihre Picknicks, den Gewerkschaftlern ihre Demonstrationen und den jungen Leuten das Gratis-Open-Air-Konzert in San Giovanni verhageln.

Doch weder das schlechte Wetter noch der Feiertag hielten Luca Pezzani und seinen Vater davon ab, sich pünktlich um zehn Uhr und in Begleitung einer Assistentin bei der Staatsanwaltschaft einzufinden, wie sie es mit Edoardo Raggio, verantwortlichem Commissario der Polizei, im Vorfeld ausgemacht hatten. Dort wurden sie von ihm und dem stellvertretenden Staatsanwalt Francesco Altissimi bereits erwartet.

Der junge Mann sah noch mitgenommener aus als am Vortag, falls dies überhaupt möglich war. Seinen blutunterlaufenen Augen nach zu urteilen, hatte er die ganze Nacht nicht geschlafen. Doch er wirkte nicht mehr so nervös. Man merkte, dass die Anwesenheit seines Vaters ihn beruhigte.

Altissimi ließ sie in seinem Büro Platz nehmen. Luca Pezzani setzte sich dem Commissario gegenüber vor den Schreibtisch, sein Vater stellte seinen Stuhl ganz bewusst etwas abseits. Der Staatsanwalt hatte bestimmt, dass das Verhör in seinem Büro stattfand, aber Raggio sollte es führen. Die Spur Luca Pezzani hatte er aufgetan, Altissimi unterstützte ihn, ohne allerdings einen Hehl aus seinen Zweifeln zu machen. So würde er, falls das Ganze sich als Reinfall erwies, kaum Verantwortung übernehmen müssen.

Altissimi nahm neben Raggio, doch ebenfalls etwas abseits Platz, so dass er Massimo Pezzani gegenübersaß.

Raggio wandte sich zunächst an den Vater, um gleich die Bedingungen für dieses Verhör zu klären.

»Avvocato, wir haben Ihrer Anwesenheit bei diesem Gespräch zugestimmt, obwohl Ihr Sohn volljährig ist, aber ich bitte Sie, sich nur zu Wort zu melden, wenn es unbedingt nötig ist.«

»Einverstanden, Commissario. Ich möchte Sie jedoch daran erinnern, dass ich in meiner Eigenschaft als Anwalt und nicht als Vater hier bin.« Er warf seinem Sohn einen beruhigenden Blick zu.

Raggio nickte ein wenig gereizt.

Altissimis Assistentin, eine frischgebackene Juristin mit spitzer Nase und Brille, hatte schon damit begonnen, sich Notizen zum Gespräch zu machen.

In der Ferne hörte man unterdrücktes Donnergrollen. Es kam von Osten. Außerhalb von Rom in den Albaner Bergen regnete es wahrscheinlich schon.

»Also, Signor Pezzani? Ihr Anwalt hat uns mitgeteilt,

dass Sie uns etwas zu erzählen haben. Sollen wir damit beginnen?«, begann Raggio zunächst ganz förmlich.

Der junge Mann nickte. Dann seufzte er tief. Ihm musste wirklich etwas schwer auf der Seele liegen, was nicht so leicht herauswollte. Obwohl er die ganze Nacht damit verbracht hatte, das auswendig zu lernen, was ihm sein Vater ausgearbeitet hatte, verließ ihn nun angesichts dieses Inquisitionstribunals der Mut. Der Anwalt biss sich nervös auf die Zunge, um nicht selbst kurzerhand das Wort zu ergreifen und zu erzählen, was ihm der Sohn am vergangenen Abend berichtet hatte.

Raggio begriff, dass er die Partie eröffnen musste, sonst würden sie noch bis morgen früh dort sitzen. Und da er schon mal am Zug war, konnte er gleich zum Wesentlichen kommen.

»Luca, Sie hatten ein Verhältnis mit Signora Costa, richtig?«

»Ja, aber ich habe sie nicht getötet!«, schrie der junge Mann beinahe. »Warum hätte ich das tun sollen? Wir haben uns geliebt. Ich war verrückt nach ihr. Und sie hat mich auch geliebt. Ich hätte sie nie getötet, *niemals*!«

Diese Liebeserklärung klang echt, aber es waren Worte, die ihm sein Vater vorgegeben hatte. Unpassende Worte, am Schreibtisch von einem Erwachsenen verfasst. Ein verliebter junger Mann hätte sich nie so ausgedrückt.

»Sie haben sich geliebt, aber sie hatte genug von Ihnen und hatte beschlossen, Sie abzuservieren.«

»Das ist nicht wahr! Was wissen Sie schon von Monicas Gefühlen für mich? Sie hat mich über alle Maßen geliebt. Sie hat mir gesagt, so wäre es noch mit niemandem gewesen!« Luca Pezzani nahm eine äußerst elegante Aktentasche aus Leder zum Umhängen von der Rückenlehne des Stuhls und zeigte sie dem Commissario. »Die hat *sie* mir geschenkt.« Er öffnete sie und holte eine Reihe kleinerer und größerer Gegenstände heraus. »Genau wie diesen Kaschmirschal, die Sonnenbrille, diese Muscheln, die sie am Strand an der Düne im Circeo für mich gesammelt hat, die Taucheruhr …«

Auf Rat seines Vaters zeigte Luca Pezzani diese Liebesbeweise vor, die Monica Costa ihm während ihres Verhältnisses geschenkt hatte, und wirkte dabei wie ein Kind, das mit seinen Weihnachtsgeschenken angeben will.

»Natürlich hat sie Sie geliebt«, sagte der Commissario, dem der junge Mann zunehmend leidtat. »Aber irgendwann findet auch die größte Liebe ein Ende.« Jetzt musste er gnadenlos zustoßen. »Valentina wurde langsam misstrauisch. Und als Monica sich zwischen Ihnen und ihrer Tochter entscheiden musste, hat sie beschlossen, die Beziehung zu Valentina zu retten. Deshalb hat sie Ihnen gesagt, dass es für immer aus ist.«

»Das ist nicht wahr!«, brüllte Luca.

Seine Stimme zitterte. Ihn erschütterte mehr, was der Commissario über das Ende seiner Liebesbeziehung gesagt hatte, als die Angst, wegen Mordes angeklagt zu werden.

»Sie sind am Morgen des zwölften April in der Via degli Ausoni gewesen, richtig? Lügen Sie jetzt nicht, denn noch heute werden wir einen DNA-Test durchführen, der uns innerhalb von vierundzwanzig Stunden sagen wird, ob Sie der Mann sind, mit dem Monica wenige Stunden vor ihrem Tod Geschlechtsverkehr hatte.«

»Haben Sie eine offizielle Anordnung für den Test?« Massimo Pezzani versuchte sachlich und professionell zu klingen, doch das gelang ihm nicht so ganz.

»Natürlich«, antwortete Raggio. »Unterschrieben vom hier anwesenden stellvertretenden Staatsanwalt.« Und er hielt dem Rechtsanwalt das Dokument unter die Nase.

Da er in die Angelegenheit involviert wurde, konnte Altissimi nicht mehr so tun, als wäre er gar nicht anwesend. »Es gab genügend Hinweise, um als nächsten Schritt die DNA des jungen Mannes untersuchen zu lassen. Aber wenn er unschuldig ist, hat er nichts zu befürchten. Der DNA-Test ist eines von vielen Gutachten. Man muss das Gesamtbild betrachten, das sich schließlich aus der Summe aller Beweise ergibt …«

Avvocato Pezzani überflog rasch das Dokument, bevor er es dem Commissario zurückgab. Dann suchte er die Augen seines Sohnes, doch der saß mit gesenktem Kopf da.

»Schauen Sie, Luca, es gibt eine Neuigkeit, von der weder Sie noch Ihr Vater etwas wissen.« Raggio klang versöhnlich, beinahe sanft, als erzählte er gerade eine Gutenachtgeschichte. »Ein junger Zimmermann hat an jenem Morgen in der Via degli Ausoni gearbeitet. Während er mit dem Aufzug gegen neun, Viertel nach neun in den vierten Stock zu seiner Kundin fuhr, ist er dort einem großen, schlanken jungen Mann mit blonden Haaren begegnet, der im dritten Stock ausgestiegen ist. Ich habe ihm Bilder vorgelegt, und er hat Sie darauf wiedererkannt. Aber wenn es Ihnen lieber ist, können wir ihn auch gern vorladen und eine Gegenüberstellung machen …«

Massimo Pezzani wurde blass. Dieser Mistkerl Raggio hatte ihm am vergangenen Abend nichts von diesem Zimmermann erzählt, als er ihn angerufen hatte, um ihm ganz heuchlerisch, von Vater zu Vater mitzuteilen, dass er Luca unbedingt noch einmal sprechen müsse, weil Beweise aufgetaucht waren, die den Verdacht nahelegten, dass er ein kurzes Verhältnis mit der Mutter seiner Freundin gehabt habe, und *zwar in der Vergangenheit*, hatte dieser Drecksack gesagt.

»Herr Staatsanwalt.« Massimo Pezzani wandte sich an das schwächere Glied von den beiden. »Hier werden sehr schwerwiegende Beschuldigungen vorgebracht. Wenn Commissario Raggio eine Gegenüberstellung vornehmen will, wird er eine offizielle Anordnung vorweisen müssen …«

»Sie hat gefragt, ob wir uns an jenem Morgen um halb neun treffen könnten, bevor ich in die Uni gehen würde, weil sie mit mir reden wollte.«

In Luca Pezzanis Augen standen Tränen, doch er versuchte, sie zu unterdrücken. Er schämte sich, dass er sich vor all diesen Gesetzeshütern wie ein kleiner Junge benahm.

»Ich hatte schon vor einer Weile gemerkt, dass irgendetwas nicht in Ordnung war. Monica hatte mich zweimal versetzt mit der Ausrede, ihr ginge es nicht gut, aber ich wusste, dass das nicht stimmte. Und Valentina bespitzelte mich, sie klebte förmlich an mir, rief mich ständig an…«, stieß Luca hervor, ohne Atem zu holen. »Ich kam etwas zu spät in die Via degli Ausoni. Monica war schon dort.« Er verstummte kurz und dachte nach. »Ich bin mit jemandem im Aufzug nach oben gefahren, aber das hätte genauso gut Jesus sein können, ich erinnere mich nicht an ihn, ich war mit meinen Gedanken ganz woanders…«

Raggio bedeutete ihm, er solle fortfahren, das sei nicht wichtig.

»Sie hat sofort mit mir schlafen wollen, hat mir praktisch die Kleider vom Leib gerissen, es war klar, dass sie mich begehrte, dass sie mich mehr als je wollte… Aber…« Er schwieg.

»Aber?«, hakte der Commissario nach.

»Während wir uns liebten, als…«, er zögerte aus Scham und sah zu der jungen Frau, die am Computer saß und alles protokollierte. Zum Glück hielt sie den Kopf gesenkt und sah auch nicht hoch. Sie wusste, dass sie in so einem Fall nicht wie eine Frau wirken durfte, sondern wie ein asexuelles Wesen ohne Augen und Ohren, quasi eins mit dem Computer.

»… als sie gekommen ist… hat sie angefangen zu weinen. Ich habe sie gestreichelt und sie gefragt, was los ist. Da hat sie mir gesagt, es wäre das letzte Mal, dass wir uns lieben würden. Sie hätte beschlossen, die Sache zu beenden, weil Valentina Verdacht geschöpft habe. Die beiden stritten sowieso die ganze Zeit… Monica fürchtete, dass ihre Tochter sie noch mehr hassen würde, wenn sie es herausfände. Ich liebe dich, hat sie zu mir gesagt, aber meine Tochter kommt an erster Stelle.«

»Und was haben Sie dann getan?«

»Du musst darauf nicht antworten, Luca!«, meldete sich sein Vater zu Wort. »Du bist nicht verpflichtet, auf alle Fragen des Commissarios zu antworten. Das weißt du doch, oder? Du machst ja bald deinen Abschluss in Jura!«

Diese Erinnerung, dass er die Gesetze kannte und dass sein Sohn selbst juristisch vorgebildet war, hätte komisch wirken können, wäre die Situation nicht so ernst gewesen. Ein Vater, der versuchte, seinen Sohn davon abzuhalten, einen Mord zu gestehen, indem er ihn fragte, ob er genug studiert und brav seine Lektionen gelernt hatte.

»Ich habe geweint«, sagte sein Sohn, ohne auf ihn zu hören. »Zuerst jedenfalls. Ich habe sie angefleht, doch dann bin ich wütend geworden. Ich habe sie beschimpft, sie sei eine Hure, und dass sie eh nur Sex mit mir gewollt hätte und meiner jetzt überdrüssig wäre. Ich habe ihr eine Menge hässliche Sachen gesagt.«

Er senkte den Kopf, um die Tränen zu verbergen, die wieder zu fließen begannen.

»Und dann?«, hakte Raggio unerbittlich nach.

»Dann bin ich gegangen.«

»Und sie?«

»Sie ist geblieben. Aber sie hat noch gelebt. Das schwöre ich.«

Massimo Pezzani seufzte erleichtert auf.

»Wie spät war es ungefähr?«

»Das weiß ich nicht. Ich war vollkommen durcheinander. Ich bin aus der Wohnung getorkelt, als wäre ich betrunken. Habe nur noch geweint.«

»Was haben Sie dann bis zwölf Uhr mittags gemacht?«

»Ich bin zur Villa Adda gelaufen, weil ich meinen Frust loswerden musste. Ich war verzweifelt. Dann, ich weiß gar nicht nach wie langer Zeit, bin ich an einem Brunnen stehen geblieben, habe mir das Gesicht gewaschen und bin in die Uni gegangen.«

»Und niemand hat Sie gehört oder gesehen? Keine Anrufe?«

»Nein, ich hatte das Handy ausgeschaltet. Ich hatte Angst, Valentina könnte mich erwischen und mich so finden, völlig durcheinander, in Tränen aufgelöst. Außerdem wollte ich allein sein. Alle anderen Menschen waren mir egal.«

»Haben Sie Monica nicht doch noch einmal angerufen, damit sie in die Via degli Ausoni zurückkehrt?«

»Nein, das wäre sie auch nicht. Sie hatte mit allem abgeschlossen, hatte sich endgültig entschieden. Das war klar.«

Es hatte angefangen zu regnen. Der Regen aus den Albaner Bergen hatte die Stadt erreicht und überflutete die südlichen Viertel Roms. Das Licht, das durch das geöffnete Fenster in den Raum fiel, tauchte alles in ein bleiernes Grau, als wollte eine verfrühte Dämmerung hereinbrechen.

»Wer, glauben Sie, hat sie getötet?«

»Das weiß ich nicht. Ich jedenfalls nicht«, antwortete Luca mit hoher leiser Kinderstimme.

»Hatte Monica in letzter Zeit noch einen anderen Liebhaber außer Ihnen?«, fragte Raggio jetzt brutal und ohne Umschweife.

»Nein. Unmöglich. Monica war mit mir zusammen, da gab es keine anderen. Sie schlief nicht einmal mehr mit ihrem Mann, das hatte sie mir fest versprochen!«

Massimo Pezzani schüttelte den Kopf. Sein Sohn hatte aus dem Bauch heraus mit der Naivität eines verliebten Zweiundzwanzigjährigen geantwortet und damit die falsche Antwort gegeben. Je mehr Liebhaber diese Schlampe gehabt hatte, desto geringer war die Wahrscheinlichkeit, dass er sie getötet haben konnte.

»Na gut.« Raggio rieb sich zufrieden das Ohrläppchen. »Dottor Altissimi, ich bin fertig. Wenn Sie noch Fragen stellen möchten …«

»Luca, warum hat Valentina Ercoli Ihrer Meinung nach versucht, sich umzubringen?« Francisco Altissimi war vorsichtig, dem Rechtsstaat verpflichtet und wollte keinen Ärger, aber er war nicht dumm und verstand sein Handwerk. »Ja, ich weiß, das habe ich Sie bereits gefragt, aber in Anbetracht dessen, was Sie uns gerade erzählt haben, frage ich Sie noch einmal: Warum hat Ihre Freundin versucht, sich umzubringen? Hat sie herausgefunden, dass Sie ein Verhältnis mit ihrer Mutter hatten, oder haben Sie ihr dies etwa selbst nach dem Tod von Signora Costa gestanden?«

»Nein, nein. Valentina wusste nichts davon. Ich habe nichts mit ihrem Selbstmordversuch zu tun. Ich weiß nicht, warum sie es getan hat, Valentina und ich haben uns in diesen beiden Wochen so gut wie gar nicht getroffen. Sie wollte das Haus nicht verlassen, wollte niemanden sehen, nicht einmal mich, das habe ich Ihnen doch schon gesagt.«

Nun wirkte Luca wieder verängstigt und nervös.

Sein Vater, der es bemerkte, griff jetzt ein: »Herr Staatsanwalt, mein Sohn ist ehrlich zu Ihnen gewesen, er hat sein Verhältnis mit Signora Costa zugegeben, was ihn, obwohl er unschuldig ist, an die Spitze der Liste mit den Verdächtigen setzt. Aber jetzt ist er erschöpft, Sie beide haben ihm genügend zugesetzt. Wir sind freiwillig gekommen, auch noch an einem Feiertag. Bitte lassen Sie uns jetzt nach Hause gehen.«

»Gehen Sie ruhig, aber Sie …«, hier wandte Altissimi sich direkt an den jungen Mann, »verlassen Rom nicht und halten sich zu unserer Verfügung.«

»Darf ich nicht einmal zum Lernen in den Circeo fahren?«, fragte Luca ganz unschuldig.

»Nein, es tut mir leid.«

Massimo Pezzani stand auf und nach ihm auch sein Sohn, der durch die Gewichtsverluste der letzten Tage noch größer wirkte. Mit hängendem Kopf folgte er seinem Vater, Inbegriff des reuigen und schuldigen Sohnes, in den so viele Hoffnungen gesetzt worden waren und der seinen Eltern stattdessen nur Enttäuschungen und Kummer bereitet hatte.

52

»Na, was glaubst du, hat er sie umgebracht?«

»Ich weiß es nicht, Edoardo. Sicher, inzwischen haben wir einige Beweise, um eine Anklage zu formulieren.«

Francesco Altissimi fuhr vorsichtig durch den strömenden Regen, sichtlich bemüht, trotz der beschlagenen Scheibe die Straße zu erkennen.

»Leidenschaft als Motiv. Die Geliebte wollte das Verhältnis beenden, und er hat sie getötet. Aus diesem Grund wird jeden Tag eine Frau umgebracht. Recht banal, aber so ist es nun mal…«

»Eben. Zu banal. Irgendetwas an dieser Geschichte passt nicht. Der Junge hat bestimmt einen seelischen Knacks, aber ich glaube nicht, dass er jemanden umbringen könnte…«

Während er noch mit seinem Freund, dem stellvertretenden Staatsanwalt, sprach, hatte er die Nummer seiner Frau gewählt.

»Ich bin hier fertig. Ich schaue nur noch mal im Kommissariat vorbei, um dort was abzuholen, und dann komme ich… Nein, lass uns zu Hause essen. Wo sollen wir denn hin bei diesem Regen?… In Ordnung, Pasta klingt gut, ich habe sowieso nicht so viel Hunger. Bis nachher.«

Raggio beendete das Gespräch.

»Wie läuft es so bei euch zu Hause?« Altissimi war einer der wenigen, die über die Affäre zwischen Edoardo und Caterina Bescheid wussten, da sie seine Kollegin und er zudem mit beiden befreundet war. Das traumatische Ende des Ganzen hatte er ebenfalls mitbekommen.

»Geht so«, erwiderte Raggio und starrte auf das mechanische Hin und Her der Scheibenwischer.

»Cecilia bleibt ein paar Tage?«

»Nein. Sie fährt heute Abend mit dem Bus um acht wieder nach Siena.«

Trotz ihrer Freundschaft oder vielleicht gerade deswegen fragte Altissimi nicht weiter nach. Er kannte Edoardo und wusste, dass er nicht gern über sein Privatleben sprach. Außerdem ging ihm als gutem Piemonteser Diskretion über alles.

Raggio glaubte allerdings, ihm das erklären zu müssen. »Sie will Giulio nicht zu lange bei ihrer Mutter lassen. Die wurde im Winter an der Hüfte operiert, und nun fürchtet Cecilia, dass es ihr zu viel werden könnte. Außerdem nimmt mich dieser Fall voll in Beschlag. Es wäre sinnlos, dass sie länger hierbleibt, wenn ich sowieso den ganzen Tag arbeite.«

Sein Freund wusste, dass das nicht das eigentliche Motiv war, sagte aber aus den genannten Gründen nichts.

Beide schwiegen eine Weile. Die Straßen waren wegen des schlechten Wetters und des Feiertags so gut wie leer gefegt. Es waren nur wenige Autos unterwegs, deren Scheinwerfer mit ihren Lichtbündeln das Grau des Regens durchschnitten.

»Was für ein beschissener Erster Mai«, murmelte Raggio.

Altissimi hielt mit dem Wagen vor dem Kommissariat.

»Warum wolltest du noch mal zurück ins Büro? Willst du dir etwa Arbeit nach Hause mitnehmen? Wenn dann deine Frau die Scheidung einreicht, werde ich mich auf ihre Seite schlagen.«

Den letzten Satz hatte er lachend gesagt, um die schlechte Laune des Commissarios zu heben.

»Was heißt hier Arbeit? Milillo hat mir ein hübsches Filmchen besorgt. Es heißt *Die Ercolis privat.* Sobald Cecilia heute Abend fort ist, werde ich es mir als Preview reinziehen. Willst du es dir mit mir zusammen ansehen? Soll ich Bier und Popcorn besorgen?«

»Na klar, damit ich dann die Scheidung riskiere, wo du mich schon gezwungen hast, heute am Feiertag zu arbeiten. Du kannst mir ja morgen von dem Film berichten. Ciao, Edoardo. Du bist der einzige Workaholic aus Neapel im ganzen Land.«

»Und du bist der einzige Faulpelz aus Turin. Wir sind die Ausnahmen, die die Regeln bestätigen. Bis dann, Francè.«

Raggio betrat das Kommissariat, wo Milillo, die andere Ausnahme vom Klischee des faulen Süditalieners, schon mit dem Video in der Hand auf ihn wartete.

Der Commissario nahm das Päckchen entgegen, wünschte seinem Untergebenen einen schönen Ersten Mai und fuhr dann direkt nach Hause.

Zum Glück hatte es aufgehört zu regnen. Es war fast zwei Uhr, und der Himmel riss wieder auf. Erleichtert dachte er sich, dass damit das Open-Air-Konzert gerettet war. Nicht so sehr wegen der Künstler oder wegen des Publikums, die interessierten ihn nicht, sondern wegen seiner Kollegen, die zur Überwachung der Piazza eingeteilt waren. Wenn sie schon am Feiertag Dienst schieben mussten, dann wenigstens nicht bei Regen.

Debora kam ihm in den Sinn. Den ganzen Tag über waren seine Gedanken immer wieder zu ihr zurückgekehrt. Am Morgen hatte er gleich nach dem Aufwachen ihre SMS gesehen, aber er hatte keine Zeit gehabt, weder um sie anzurufen noch um ihr zu antworten. Er fragte sich, wie sie wohl den Tag verbrachte. Vielleicht wollte sie mit ihren Freunden zum Open-Air-Konzert.

Er musste an die Zeit zurückdenken, als er zwanzig Jahre alt war und noch am Golf von Salerno lebte. Im Sommer war immer etwas los, da kamen die Touristen, und manchmal fuhren er und seine Freunde auch die Küste entlang, aber im Winter war dort ein Abend wie der andere. Abgesehen von einem kleinen Kino und der Bar mit dem Billardtisch gab es nichts. Wenn er an diesen öden, verschlafenen Sonntagen die Möglichkeit gehabt hätte, zu einem Rockkonzert zu gehen …

Er stellte sich vor, wie es gewesen wäre, wenn er mit Anfang zwanzig aus seinem Dorf nach Rom gekommen wäre. Wenn er Debora damals begegnet und sie gleichaltrig gewesen wären, hätten sie sich überhaupt gemocht? Wahrscheinlich nicht. Man begegnet sich immer dann, wenn man sich begegnen soll, nicht früher und nicht später.

Raggio versuchte, sie anzurufen, aber ihr Telefon war ausgeschaltet. Daher antwortete er nun auf ihre SMS.

Heute können wir tagsüber nicht telefonieren.
Ich ruf dich am Abend an. Es gibt Neuigkeiten.
Ich vermisse dich.

Er wollte schon auf Senden tippen, als er plötzlich wieder an seine Affäre mit Caterina denken musste. Die Erinnerung an sie überfiel ihn unerwartet und hinterrücks. Wie ein Mörder, der im Dunkeln lauert und dann zuschlägt, wenn man am wenigsten damit rechnet. Mit *Ich vermisse dich* hatte er fast immer seine SMS beendet, wenn sie sich aus familiären oder beruflichen Gründen nicht sehen konnten. Von der Affäre mit Caterina hatte er viele schöne Erinnerungen zurückbehalten, aber auch viele Narben, und sie hatte seine Ehe für immer infrage gestellt. Er hatte geschworen, diesen Fehler nie wieder zu begehen, schon gar nicht mit einer Frau, die fast zwanzig Jahre jünger war als er selbst. Er löschte also das *Ich vermisse dich* und schickte die SMS los.

53

Die Busse nach Siena fuhren vom Bahnhof Roma Tiburtina ab. Cecilia stieg erst kurz vor der Abfahrt ein und suchte sich einen Fensterplatz. Der Bus war fast komplett gefüllt. Da war eine Gruppe Textilarbeiter, die zur Gewerkschaftsdemo nach Rom gekommen waren. Sie hatten die hinteren Reihen des Busses belegt und zusammengefaltete Transparente dabei, die noch trieften vom

Regenschauer am Spätnachmittag. Sie gehörten allesamt zur älteren Generation, die jungen Gewerkschaftler waren geblieben, um sich trotz des Regens das Open-Air-Konzert anzuhören. Bis vor etwa zehn Jahren hatten die Gewerkschaften diese Fahrten selbst organisiert, doch dann hatte sich die Teilnehmerzahl so verringert, dass es sich nicht mehr lohnte, einen kompletten Reisebus anzumieten. Daher war das kleine Häuflein der verbliebenen Streiter gezwungen, sich mit dem Linienbus zu begnügen.

Cecilia fand einen freien Platz neben einer Bekannten, Eigentümerin einer Buchhandlung in Siena, deren Sohn in Rom arbeitete. Sie setzte sich, und nachdem sie ein paar Höflichkeiten mit ihrer Sitznachbarin ausgetauscht hatte, schaute sie aus dem Fenster und suchte ihren Mann. Er stand noch auf dem Bürgersteig, um sich von ihr zu verabschieden. Sie gab ihm das Zeichen *Alles in Ordnung*, er antwortete mit der Geste für *Wir telefonieren*, dann winkten sie einander zum Abschied zu, und er entfernte sich. Ein stummer Dialog, wie er schon seit Jahren von ihnen und zahllosen anderen Paaren wiederholt wurde.

Während er zum Auto zurücklief, bedauerte Edoardo, dass er ihr keinen Kuss zugeworfen hatte. Und er hatte ein schlechtes Gewissen.

Der Nachmittag war angenehm verlaufen. Nach dem Mittagessen hatten sie sogar miteinander geschlafen. Beide hatten damit gerechnet, und wenn sie es nicht getan hätten, wäre es zu traurig gewesen. Ein Eingeständnis ihrer Niederlage. Er hatte es auch genossen. Ihr Körper gefiel ihm immer noch, obwohl er sich manchmal zwingen musste, ihn mit geschlossenen Augen nicht mit dem von Caterina zu verwechseln. Er versuchte daher stets, die Augen bewusst offen zu halten, um ganz bei ihr zu sein und zu verhindern, dass seine Fantasie zu jemand anderem abschweifte. Dann waren sie im Bett liegen geblieben und hatten geredet – über ihren Sohn, Urlaubspläne für den Sommer, die Arbeit. Raggio war jedoch in Gedanken immer beim Fall Costa. Ständig wanderten sie zu Luca Pezzani, Valentina Ercoli und Monica Costa. Diese merkwürdige Dreieckskonstellation war seiner Überzeugung nach der Schlüssel zu dem Verbrechen. Die Reaktion des Mädchens im Krankenhaus, das angespannte Verhältnis zwischen ihr und ihrem Freund … All das musste etwas mit Monica Costas Tod zu tun haben.

»Edoardo, was hast du? Du bist mit deinen Gedanken ganz woanders. Glaubst du, ich merke das nicht? Ich rede mit dir, und du hörst mir gar nicht zu. Willst du mir erzählen, wie es heute Morgen gelaufen ist?«

»Nein, Cecilia, bitte, lass mich abschalten. Wenigstens heute Nachmittag will ich meine Ruhe haben. Ich bin müde, das ist alles. Ich denke nicht an die Arbeit, ich schwör's.«

Ein Meineid. Eigentlich konnte er es kaum erwarten, endlich wieder allein zu sein und sich das Video vom Abend vor Valentinas Selbstmordversuch anzusehen.

Als es dann Zeit war, seine Frau zum Bus zu bringen, fühlte Edoardo sich erleichtert. Im Grunde seines Herzens bedeutete ihre Rückfahrt für ihn eine Befreiung. Um sein schlechtes Gewissen zu beruhigen, denn manchmal sündigen wir in Gedanken mehr als im wirklichen Leben, hatte er Cecilia am Bahnhof versprochen, dass er, sobald der Fall gelöst wäre, sich drei, vier Tage Urlaub nehmen würde, um sie mit Giulio und ihr in Siena zu verbringen.

Er hatte seine Frau gern und spürte eine tiefe Verbundenheit zu ihr. Cecilia vermittelte ihm Ruhe und Sicherheit, er fühlte sich wohl mit ihr, auch im Bett. Aber er liebte sie nicht mehr. Nicht mehr so wie früher, nicht so, wie er Caterina geliebt hatte. Doch das hätte er weder sich selbst noch sonst jemandem je eingestanden. Er musste seine Ehe und seine Familie um jeden Preis verteidigen. Die berufliche und menschliche Erfahrung hatte ihn eins gelehrt: Zuneigung schenkt Zufriedenheit, während Leidenschaft tötet. Und der Fall Monica Costa war der tragische Beweis dafür.

54

Debora war erst um vier Uhr morgens eingeschlafen. Nachdem sie vergeblich auf Raggios Anruf gewartet hatte, hatte sie müde und verärgert ihr Handy ausgeschaltet und war in einen unruhigen Schlaf gefallen.

Am nächsten Tag, an dem es mal regnete, aber auch mal die Sonne herauskam, hatte sie dann während der Arbeit die ganze Zeit schlechte Laune gehabt. Ihre Schicht hatte sie gerade erst beendet, und nun war sie auf dem Heimweg nach Ostia, als das Handy klingelte.

»Einen wunderschönen Ersten Mai, Siena 23!«

»Du kannst mich mal, Commissario.«

In der vergangenen Nacht hatte sie irgendwann beim Herumwälzen in einer Mischung aus Wut und Enttäuschung beschlossen, dass es diesen intimen Moment, in dem ihre Herzen und ihre Hände eins geworden waren, niemals gegeben hatte. Sie waren nur zwei Gesetzeshüter, die ein Verbrechen beschäftigte, er der Vorgesetzte und sie seine Assistentin.

Raggio reagierte nicht auf ihre Beleidigung. Er hatte sich inzwischen an die Prinzessinnenallüren der Taxifahrerin gewöhnt, und in seinem Innersten wusste er auch, warum sie so aufgebracht war.

»Bist du wütend auf mich, weil ich dich nicht angerufen habe?«

Keine Antwort. Er wartete einen Moment, dann rückte er mit der Sprache heraus. Lügen kam für ihn nicht infrage, das hatte er in seinem Leben schon zu oft getan.

»Meine Frau hat mich besucht. Sie war einen ganzen Tag in Rom, da musste ich bei ihr bleiben.«

Debora schwieg weiter. Das war ein Tiefschlag, und sie brauchte einen Moment, um sich davon zu erholen. In dieser schlaflosen Nacht hatte sie sich alle möglichen und unmöglichen Szenarien ausgemalt: eine endlose Sitzung mit dem Staatsanwalt, nächtliche Ortstermine, eine plötzlich anberaumte Dienstreise oder auch, dass er vor Erschöpfung eingeschlafen war und ganz vergessen hatte, dass er sie noch anrufen wollte, aber nicht, dass er einfach nur mit *IHR* in Rom gewesen war. Innerhalb einer Sekunde blitzten jede Menge Bilder von einem imaginären Tag der Eheleute Raggio vor ihrem inneren Auge auf, und ihr wurde spontan übel. Vergeblich versuchte sie, diese Fantasien aus ihrem Kopf zu vertreiben. Sie hörte, wie aus ihrem Mund eine distanzierte Stimme kam, die fragte: »Gibt es etwas Neues? Ich weiß, dass Fabrizio Comin bei dir war.«

»Ja, er hat eine wichtige Zeugenaussage gemacht, würde ich sagen … also eine wirklich entscheidende. Ich wollte dir danken.«

Debora hatte inzwischen am Straßenrand der Via Colombo angehalten. Dieses verfluchte Kopfkino mit Edoardos Wohnung als Kulisse war zu viel für sie. Sie stellte sich vor, wie seine Frau, die sie nie gesehen hatte, groß, schlank und blond, also das genaue Gegenteil von ihr, mit ihm in dieser Küche zu Abend aß, in der er ihr noch am Tag zuvor zärtlich durch die Haare gefahren war und ihr zugeflüstert hatte, dass man nicht mit Essen spielte …

»Und ich wollte dir noch sagen, dass ich mir gerade das Video aus der Überwachungskamera der Ercolis angesehen habe …«

Seine Stimme, vor allem aber das, was er gesagt hatte, brachten sie wieder auf den Boden der Tatsachen zurück. Schlagartig waren die Bilder in ihrem Kopf verschwunden. Und die Ermittlerin in ihr gewann wieder die Oberhand über die verliebte Frau.

»Und? Hast du etwas entdeckt?«

»Ich möchte, dass wir uns das Video noch einmal zusammen ansehen. Magst du zu mir kommen?«

In dem Moment erfuhr Debora am eigenen Leib, dass »das Herz schlägt einem bis zum Hals« nicht bloß eine Redensart war. Denn genau da spürte sie es, direkt unterhalb des Kehlkopfs. Vor Aufregung brachte sie kein Wort heraus. Commissario Raggio lud sie um zehn Uhr abends zu sich nach Hause ein, damit sie sich gemeinsam ein wichtiges und heikles Beweismittel ansahen. Sie, Debora Camilli, von Beruf Taxifahrerin. Aus dem dunklen Loch, in das sie gerade noch gefallen war, wurde sie nun direkt in den siebten Himmel katapultiert. Er schätzte sie! Er betrachtete sie als Mitarbeiterin, oder besser, sogar mehr als das, fast als Kollegin, denn schließlich hatte er diesen Trottel Calocero nicht eingeladen, sich das Filmmaterial anzusehen. Die Bilder von Signora Raggio waren bereits in Vergessenheit geraten, ersetzt durch Bilder von ihr selbst und vom Commissario, wie sie Seite an Seite im selben Büro arbeiteten.

Raggio hatte ihr Schweigen jedoch als ein Nein gedeutet.

»Ist das zu spät? Na gut, du hast recht, Entschuldigung, daran hatte ich nicht gedacht. Dann sprechen wir morgen, wenn du deine Schicht beendest.«

»Nein, nein, es ist überhaupt nicht zu spät. Ich besorg uns noch ein paar Bier, und dann komme ich.«

Debora legte auf, ohne Raggio Zeit für eine Erwiderung zu lassen.

Während sie nach einem Zwischenstopp, bei dem sie sich mit Bier und Pizza eindeckte, über die Gianicolense-Umgehungsstraße fuhr, dachte sie noch einmal an das Telefonat mit Edoardo zurück.

»Meine Frau hat mich besucht. Sie war einen ganzen Tag in Rom, ich musste bei ihr bleiben.«

Er hatte »musste« gesagt. Warum hatte er »musste« gesagt und nicht etwa, »ich *wollte* bei meiner Frau bleiben«? Wenn du jemanden begehrst, dann willst du mit ihm zusammen sein, mit »müssen« hat das nichts zu tun. Fast freute sie sich darüber. Doch dann dachte sie noch einmal darüber nach und kam zu einer bitteren Schlussfolgerung.

Die Ehe ist ein Gefängnis, selbst wenn es gut läuft.

Debora dachte an ihre Eltern, die ständig miteinander gestritten hatten, an Monica Costa, die unglückliche, unbefriedigte Ehefrau, an Signora Raggio, die von ihrem Mann nur noch als Verpflichtung angesehen wurde, und beschloss, dass sie niemals heiraten würde. Polizistin und Single, das würde ihr Leben sein. Abenteuer schon, aber Ehe und Familie, nein, auf keinen Fall.

Als sie über die Panoramica fuhr, sah sie sich schon in Uniform, die einsame Rächerin der Nacht. Falls Dirigente Di Girolamo sie gehört hätte, hätte er ihr die Hand geschüttelt und ihr gratuliert.

55

Auf dem niedrigen Couchtisch im Wohnzimmer hatte Raggio verschiedene Spezialitäten seiner Heimat hübsch angeordnet: ein Teller mit Salami, Büffelmozzarella, Oliven aus Gaeta, in Öl eingelegte Auberginen und ein

Schüsselchen mit Taralli. Der einzige Stilbruch war eine Flasche Chinotto, die neben zwei Gläsern zum Mixen und zwei perfekt gefalteten Stoffservietten stand.

Als Debora diesen Empfang sah, war sie ein wenig vor den Kopf geschlagen. Während der Herfahrt hatte sie sich vorbereitet. Sie musste sich distanziert und professionell verhalten, aus ihrem Kopf alle Bilder verbannen, die bestimmt vor ihrem inneren Auge auftauchen würden, sobald sie seine Wohnung betrat, und an nichts anderes denken als an den Film und die Ermittlungen. Doch als sie dieses so perfekt gedeckte Tischchen sah, gerieten all ihre guten Vorsätze ins Wanken.

»Magst du etwas Büffelmozzarella?«

Debora schüttelte den Kopf. Raggio ignorierte das, schnitt ein Stückchen ab, legte es auf den Teller und reichte ihn ihr zusammen mit der gestärkten Serviette. Tadelloser Service. Raggio duldete keine Schlamperei, das hatte Debora bereits bei ihrer ersten Begegnung bemerkt.

»Der hier kommt aus Battipaglia, das ist der echte, nicht so 'n Gummizeug aus dem Supermarkt.«

Sie ließ sich in Versuchung führen und biss hinein. Spürte, wie ihr Milch übers Kinn lief. Der Mozzarella schmeckte fantastisch. Auch die in ein dunkelgrünes Olivenöl eingelegten Oliven sahen lecker aus. Aber sie wollte sich nicht von diesen Köstlichkeiten ablenken lassen. Sie würde nur ein wenig Mozzarella essen, und dann ging es gleich an die Arbeit. Aber sie kostete doch eine Olive. Saftig war sie und aromatisch. Debora bekam Durst.

»Gib mir was, womit ich die Bierflaschen öffnen kann ... Den Quatsch da kannst du allein trinken«, sagte sie und zeigte auf die Flasche Chinotto.

»Zu Befehl!«, sagte der Commissario lachend und ging in die Küche, um einen Flaschenöffner zu holen.

Debora, jetzt allein im Raum, sah sich um. Sie suchte nach Anzeichen, die ihre Fantasiebilder mit Leben erfüllten. Aber sie fand keine Spur von der Frau: Das Wohnzimmer war absolut neutral, ganz genau so, wie sie es am Vortag um acht Uhr morgens verlassen hatte. Sie erinnerte sich nur noch, dass ein grüner Stoffschal über der Couch gelegen hatte, der jetzt fehlte. Wahrscheinlich war er in der Wäsche gelandet. Sie versuchte erneut, die Visionen aus ihrem Kopf zu verbannen und wieder zu der rationalen und entschlossenen Ermittlerin zu werden, wie sie es sich vorgenommen hatte.

Edoardo kam in den Raum zurück und öffnete eine Flasche Bier. »Ich nehme auch einen Schluck, um dir Gesellschaft zu leisten. Ich werde es allerdings mit etwas Chinotto mischen.«

Debora sah ihm angewidert zu, während er sich seinen Cocktail mixte. Sie trank ihr Bier in einem Zug aus und schlüpfte nun in die Rolle, in der sie sich wesentlich wohler fühlte.

»Also, was hat Fabrizio Comin dir erzählt?«

»Dein Freund, der Zimmermann ...«

»Freund ... ich habe ihn doch nur zweimal gesehen. Und außerdem ist das meine Sache. Jetzt mach schon, schieß los ...« Sie stupste ihn mit dem Ellenbogen an, was in ihren Augen als liebevolle Aufforderung gemeint war.

»An dem Tag ist er im Aufzug einem jungen Mann begegnet, der im dritten Stock ausgestiegen ist. Die Beschreibung trifft auf Luca Pezzani zu, den Freund von Valentina Ercoli. Ich habe ihm Fotos gezeigt, und meiner Meinung nach hat er ihn erkannt, obwohl er sich nicht festlegen wollte.«

»Verdammt! Das ist ja echt ein Coup!«

Die Taxifahrerin, an der eine Polizistin verloren gegangen war, war so aufgeregt wie ein Jagdhund, der Beute gewittert hat. »Und jetzt? Hast du Pezzani verhaftet?«

»Ich habe ihn einbestellt. Sein Vater, der Anwalt ist, hat ihm geraten, seine Affäre mit Monica Costa einzugestehen. Und das hat er getan. Im Grunde ist es ja kein Verbrechen, die Mutter seiner Verlobten zu vögeln.«

»Hat er auch zugegeben, dass er um die Tatzeit in der Via degli Ausoni war?«

»Ja, aber er sagt, dass sie noch lebte, als er sie verlassen hat.«

»Na klar ...«

»Bei uns gilt immer noch die Unschuldsvermutung, Siena 23. Sollte allerdings bei der DNA-Untersuchung herauskommen, dass die Hautfetzen unter den Nägeln des Opfers von ihm stammen, sieht es ziemlich schlecht aus für den Jungen.«

Raggio sagte das voll Bedauern. Im Grunde tat es ihm leid, eigentlich wäre ihm lieber gewesen, er hätte sich geirrt, es war ein Sieg mit bitterem Nachgeschmack.

»Und jetzt schauen wir uns das Video an ...« Er drückte auf die Taste der Fernbedienung. Auf dem Bildschirm erschien immer dieselbe Einstellung: der Hauseingang in der Via Bartoloni, aufgenommen von oben.

Nach einer Weile tauchte Valentina im Video auf, gefolgt von Luca.

Sie geht auf die Eingangstür zu und lässt ihren Freund einfach hinter sich. Sie hantiert mit den Schlüsseln, um aufzuschließen. Er legt ihr eine Hand auf die Schulter und will sie aufhalten. Sie macht sich von ihm los. Sie streiten, sie schreit etwas.

»Gibt es denn keinen Ton dazu?«

Der Commissario lachte herzhaft.

»Schön wär's. Das ist doch keine professionell produzierte DVD. Die Kamera ist zum Schutz vor Einbrechern gedacht, ein ganz billiges Modell, die hat kein Mikro.«

Debora beschoss, bis zum Ende der Vorführung nichts mehr zu sagen, um sich nicht noch mal als letzte Idiotin zu outen.

Inzwischen sah man im Video, dass Valentina weinte. Luca wirkte ziemlich panisch.

Debora starrte wie gebannt auf die Bilder, die vor ihr abliefen:

Der Mann holt sein Handy heraus und wählt eine Nummer. Die Frau versucht, ihm das Telefon abzunehmen. Es gelingt ihr nicht. Sie gibt auf, sinkt auf den Eingangsstufen zusammen. Während er telefoniert, holt sie ein Döschen aus der Handtasche und schluckt zwei Tabletten. Sie will gerade eine dritte nehmen, doch da hat ihr Freund das Telefonat beendet und hindert sie daran. Er setzt sich neben sie auf die Stufen, nimmt ihre Hand und streichelt sie.

»Jetzt spulen wir etwas vor, weil in den nächsten gut zwanzig Minuten zwischen den beiden nichts passiert.«

Raggio drückte auf Schnellvorlauf. Die zwei jungen Leute verwandelten sich in zwei Figuren aus einem lustigen Stummfilm, er streichelte ihr mechanisch und viel zu schnell über den Kopf, und sie hob und senkte ihn ruckartig wie eine Puppe.

Plötzlich tauchte eine weitere Person im Bild auf. Der Commissario drückte auf Play, damit sie das Geschehen wieder in Normalgeschwindigkeit verfolgen konnten.

»Aber … ist das nicht die Tante?«

»Tja. Und er hat sie angerufen, nicht die Nichte.«

Das Bild war hier unscharf. Die Frau wirkte unfrisiert.

Sie trug einen leichten Mantel, der offen stand. Debora dachte, dass sie vermutlich nach dem Anruf überstürzt das Haus verlassen hatte.

Die Tante ist aufgebracht. Sie packt ihre Nichte an den Schultern und redet auf sie ein. Dann schüttelt sie sie energisch.

»Luca hat sie angerufen, weil er es mit der Angst zu tun bekommen hat. Er hat begriffen, dass seine Freundin Tabletten schlucken wollte, und hat deshalb die Tante angerufen. Das erscheint mir vollkommen normal.«

Debora sah ganz gebannt auf den Bildschirm und gab dazu live ihre Kommentare ab.

»Und warum hat Luca uns das nicht erzählt? Da wäre doch nichts dabei gewesen. Und da, schau doch …«

Flaminia sperrt die Tür auf und schiebt ihre Nichte

ins Haus. Dann sagt sie noch etwas zu Luca, und sie gehen beide aus dem Bild.

»Ende der Vorstellung«, sagte Raggio und schaltete Fernseher und Videorekorder aus. »Wenn du eine Nichte hättest, die sich umbringen will, würdest du dich dann so verhalten?«

»Nein, ich würde die ganze Nacht bei ihr bleiben und in ihrem Zimmer schlafen. Aber diese Flaminia ist wie jemand von der Gestapo, sie hat ihre eigenen Methoden.«

»Nein, Siena 23. Irgendwas an der Sache stinkt gewaltig. Morgen werde ich sie mir alle drei vorknöpfen, Tante, Nichte und Freund. Ich will, dass sie mir den Ton zum Video liefern, damit auch du glücklich bist.« Und er lächelte sie sanft an, so wie nur er es tat.

Debora hatte ihn noch nie von so Nahem gesehen. Er hatte große, ganz helle Augen, die in diesem hageren Gesicht mit den markanten Zügen noch größer wirkten. Sie spürte eine wohlige Wärme in sich, am liebsten hätte sie es sich dort auf dem Sofa bequem gemacht und wäre eingeschlafen, Arm in Arm mit ihm, ohne noch etwas zu tun oder zu sagen. Doch dann kehrten diese Bilder in ihren Kopf zurück: seine Frau, die durch die Wohnung lief, und sie sah auch die tote Monica Costa vor sich …

Ohne nachzudenken, griff sie nach seiner Hand und drückte sie fest.

»Bitte, lass mich mit Valentina Ercoli sprechen.«

Wie sie so seine Hand hielt, mit ihrem intensiven Duft nach junger Frau, in den sich ein Jasminparfüm mischte, das ihm zu Kopf stieg und im Magen kribbelte, schmolz Commissario Raggio dahin wie Schokolade in der Sonne. Er starrte auf ihre strahlend weißen und so perfekten Zähne und bekam vorübergehend nicht mehr mit, was sie zu ihm sagte.

»Ich gebe mich auch nicht als Polizistin aus, ich sage, dass ich Taxifahrerin bin, ich schwör's dir… Ich bin sicher, dass sie sich mir gegenüber öffnet, dass sie sich mir anvertraut. Wir sind schließlich fast im gleichen Alter.«

Vielleicht brachte ihn genau diese Bemerkung zum Alter auf den Boden der Tatsachen zurück und seinen Körper wieder auf Normaltemperatur. Er war ganz kurz davor gewesen, sich davonreißen zu lassen und zu sagen: »Mein Liebling, mach, was du willst, befrage, wen du willst, solange du mich nur in deinen Haaren, deinem Mund, deinem Busen, deiner Möse versinken lässt…«, als ihm klar wurde, dass er im Begriff stand, eine Riesendummheit zu begehen. Er stellte sich den Chef vor, wie er ihn vor der gesamten Mannschaft zusammenstauchte, weil er die Ermittlungen wegen eines jungen Mädchens hatte platzen lassen.

»Nein, Debora, das geht nicht. Ich spüre, dass ich nur noch einen Schritt von der Lösung des Falls entfernt bin. Ich kann mir keinen Fehler mehr erlauben, ich kann nicht einfach all die Stunden Arbeit, und nicht nur meine, sondern auch die des Staatsanwalts und vom gesamten Team, nur wegen einer persönlichen Schwäche in den Wind schießen.«

Debora ließ seine Hand los.

Also deswegen hatte er sie zu sich nach Hause eingeladen. Nicht weil er große Stücke auf sie hielt oder in ihr eine gute Ermittlerin sah… Sie war nur eine Schwäche, ein junges Ding, das ihn antörnte, mehr nicht!

Debora sprang vom Sofa auf. Sie hatte Tränen der Wut in den Augen.

»Und warum hast du mich dann heute Abend herkommen lassen? Um mit mir zu vögeln? Hat deine Frau es dir nicht richtig besorgt?«

O Gott, was redete sie denn da? Aber sie war völlig außer sich. Die Worte sprudelten ungehemmt aus ihr heraus, jetzt hatte sie sich einmal auf die schwarze Piste begeben und schoss dort wie eine Lawine hinunter.

»Also gut, Commissario, da hast du wohl etwas missverstanden. Ich wäre gern Polizistin geworden, und genau, ich hab dich vielleicht ein bisschen angemacht, aber nur, weil mir der Fall so wichtig war. Du interessierst mich einen Scheißdreck! Und jetzt verreck doch an deinem Chinotto!« Nach diesen Worten rannte sie aus der Wohnung, damit er die Tränen nicht sehen konnte, die ihr in Strömen die Wangen herabliefen, und weil sie sich schämte.

Sie stieg ins Taxi und raste wie eine Verrückte nach Hause, jagte mit Bleifuß über rote Ampeln. Es war das reinste Wunder, dass sie sich mit ihrem Taxi nicht zerlegte.

56

Debora Camilli war stur wie ein Maulesel. Obwohl sie am Boden zerstört war, weil der Abend mit Raggio so unschön geendet hatte, und sie sich elend fühlte wegen der Dinge, die sie ihm an den Kopf geworfen hatte, war ihr in dieser schrecklichen, schlaflosen Nacht nie auch nur ansatzweise in den Sinn gekommen, ihren Plan aufzugeben. Sie hatte sich in den Kopf gesetzt, vor allen anderen Ermittlern mit Valentina Ercoli zu sprechen, und das würde sie auch tun.

Um drei Uhr in der Nacht, nachdem sie all ihre Tränen vergossen und die zwanzigste Zigarette geraucht hatte, stellte sie schließlich den Wecker auf sechs Uhr und versuchte, noch ein wenig zu schlafen, was ihr jedoch nicht gelang. Um halb sieben war sie bereits gestiefelt und gespornt. Auf Zehenspitzen schlich sie zur Wohnungstür, öffnete sie leise und schlüpfte nach draußen.

Um halb acht lag Taxi Siena 23 in der Via Bartoloni vor dem Haus Nummer 18 auf der Lauer.

Um acht beobachtete Debora, wie Professor Ercoli mit seinem Mercedes aus der Garage kam. Er sah müde aus und fuhr ganz langsam, so wie alte Leute. Dieser Mann, den sie bei ihrer ersten Begegnung so verachtet hatte, tat ihr nun leid. Trotz der Tragödie, die seine Familie gerade durchlebte, ging er weiterhin jeden Morgen in die Klinik, um Menschen aufzuschneiden und wieder zuzunähen. Er musste den Laden am Laufen halten, durfte nicht aufgeben, obwohl sein Blick, den

Debora durchs Fenster erhascht hatte, eindeutig besagte, dass er sich am liebsten in eine Ecke gelegt hätte, um nie mehr aufzustehen.

Debora wartete eine weitere halbe Stunde, dann kam eine blonde Walküre mit einem Dackel an der Leine aus der Haustür.

Der Dackel sah traurig aus, ein trübsinniger Blick, wie ihn nur ein Hund haben konnte, und Debora dachte, dass er wohl von allen Beteiligten die arme Monica am meisten vermisste.

Als die Frau hinter der nächsten Ecke verschwunden war, beschloss Debora, zur Tat zu schreiten. Rasch stieg sie aus ihrem Taxi und ging zum Klingelbrett, suchte nach dem Namen Ercoli-Costa und drückte die Taste. Sie musste ziemlich lange warten. Dann antwortete endlich eine verschlafen klingende Stimme.

»Wer ist da?«

»Valentina?«

»Ja?«

»Ciao. Ich bin's, Debora, eine Freundin deiner Mutter. Ich hab was für dich.«

Am anderen Ende herrschte Schweigen. Debora dachte schon, Valentina wäre gegangen. Doch nach einer langen Pause sagte sie wieder etwas.

»Wer bist du? Ich kenne dich nicht.«

»Das habe ich doch gerade gesagt, ich bin eine Freundin deiner Mutter. Wir haben uns erst vor Kurzem kennengelernt, deswegen sind wir zwei uns noch nicht begegnet. Ich will dir nur schnell was geben … Kannst du kurz runterkommen?«

»Ich soll die Wohnung nicht verlassen. Mir geht es immer noch nicht so gut. Morgen fahre ich mit meiner Tante weg, nach Cortina. Der Arzt hat gesagt, dass ich mich ausruhen soll.«

»Dann komm ich kurz hoch! Ich geb es dir nur rasch, und dann bin ich sofort weg …«

»Eigentlich haben meine Tante und mein Vater gesagt, dass ich niemanden reinlassen soll. Ich soll im Bett bleiben und mich erholen.« Sie zögerte einen Moment. »Aber wenn es nur ein Paket ist …«

»Welcher Stock?«

»Der oberste.«

Das elektrische Summen, mit dem sich die Tür öffnete, war Musik in Deboras Ohren.

Einmal die Möglichkeit zu haben, Monicas Heim zu betreten und ihr natürliches Umfeld zu erforschen, hatte sie sich schon seit Beginn der Ermittlungen brennend gewünscht, doch aus Furcht vor Raggios Reaktion hatte sie diese Idee nicht weiterverfolgt. Allerdings hatte sie sich genau wegen dieses geheimen Wunsches bereits vor einigen Tagen den Gegenstand besorgt, den sie jetzt, sorgfältig in elegantes Geschenkpapier eingewickelt, in Händen hielt.

Der Aufzug brachte sie in den obersten Stock. Dort gab es nur eine einzige, stahlverstärkte Tür, und auf dem Messingschild standen die beiden Nachnamen ERCOLI und COSTA. Debora klopfte das Herz bis zum Hals, als sie klingelte.

Was, wenn Debora sie erkannte? Sie hatte sie ja erst vor zwei Tagen im Gemelli-Krankenhaus gesehen … Das wäre richtig peinlich. Ein weiteres Fettnäpfchen für ihre Sammlung nach ihrer Begegnung mit Professor Ercoli, dem Date mit Fabrizio Comin und diesem megapeinlichen Auftritt gestern Abend bei Raggio. Das wäre die absolute Krönung und würde sowohl ihren persönlichen Ermittlungen als auch sämtlichen Träumen von einer Karriere im Polizeidienst definitiv ein Ende setzen.

Doch sie hatte keine Zeit, es sich zweimal zu überlegen. Die Tür öffnete sich, und Valentina stand mit ihren laufenden ein Meter sechzig vor ihr. Sie trug einen Jogginganzug aus Flanell und dicke Antirutschsocken. Die Haare waren mehr oder weniger straff hinten zusammengefasst. So im Casuallook und ungeschminkt wirkte sie tatsächlich wie ein kleines Mädchen. Sie musste gerade erst aufgewacht sein.

»Ciao.« Debora streckte ihr die Hand entgegen. »Ich bin Debora …«

»Valentina«, erwiderte die andere misstrauisch, ohne die Hand zu ergreifen. »Entschuldige, du hast gesagt, du warst eine Freundin meiner Mutter?«

»Ja. Also, wir kannten uns erst seit Kurzem, Freundin kann man das eigentlich noch nicht nennen …«

Um nicht gleich wiedererkannt zu werden, hatte Debora sich eine Baseball-Kappe aufgesetzt und versucht, darunter ihre dichte Lockenpracht zu verstecken, außerdem hatte sie sich eine Vintage-Sonnenbrille aufgesetzt. Sie sah aus wie aus einem B-Movie der Siebziger entsprungen.

Valentina betrachtete sie argwöhnisch. »Du bist keine Freundin meiner Mutter. Du bist von der Polizei.«

Gar nicht so dumm, das Mädchen, aber Debora hatte mit ihrem Misstrauen gerechnet. Sie platzte laut heraus, als hätte Valentina gerade einen guten Witz gemacht.

»Von der Polizei, oh Mann, schön wär's. Ich fahre Taxi. Willst du meine Papiere sehen? Die Lizenz? Deine Mutter und ich haben uns kennengelernt, als ich sie mit dem Taxi irgendwohin gebracht habe.«

Valentina musterte sie weiterhin zweifelnd. Irgendetwas an dieser Taxifahrerin kam ihr bekannt vor.

»Du kannst sowieso keine Freundin meiner Mutter sein. Dazu bist du zu jung. Außerdem hat sich meine Mutter nie mit Leuten wie dir abgegeben …«

»Was weißt du denn schon? Deine Mutter war ein sehr freundlicher Mensch. Gesellig …«

»Meine Mutter? Reden wir wirklich von derselben Person?«

Valentinas Lachen klang sarkastisch. Eigentlich zog sie eher eine Grimasse, als dass sie lachte.

Ein typischer iPhone-Klingelton aus dem Nebenzimmer ließ sie aufhorchen.

»Entschuldige mich kurz.«

Die im Eingangsbereich sich selbst überlassene Debora wagte sich etwas weiter in die Wohnung vor. An der Wand gegenüber hing ein großes altes Ölgemälde aus dem neunzehnten Jahrhundert. So etwas hatte Debora bislang bloß in Museen gesehen, ein prächtiger Goldrahmen ließ diese gute Kopie vom *Frühstück im Grünen* noch wertvoller erscheinen.

Auf leisen Sohlen schlich sie in die Richtung, aus der das Handyklingeln kam. Als es abbrach, huschte sie schnell näher, weil sie hoffte, die Unterhaltung belauschen zu können. Valentina sprach leise, kaum mehr als ein Flüstern.

»Ja … nein, niemand … nein, ich habe noch nicht gepackt … Papa hat gesagt, dass er uns hinfährt …«

Dann hörte Debora nichts mehr. Wahrscheinlich war das Gespräch beendet. Sie lief schnell zum Abtreter zurück, auf dem sie vorhin gestanden hatte, gerade noch rechtzeitig, ehe Valentina wieder bei ihr war.

»Entschuldige, aber ich muss noch fertig packen. Morgen fahre ich weg. Du hast gesagt, dass du mir etwas geben wolltest. Was ist es?«

»Es ist … etwas, das deine Mutter dir schenken wollte.«

Valentina riss überrascht die Augen auf.

»Wie bitte?«

Debora übergab ihr das Päckchen. »Hier.«

Valentina betrachtete es kurz, sie wirkte verstört. Dann begann sie hektisch auszupacken, wie ein raffgieriges Kleinkind.

»Sie hatte mich gebeten, es für sie zu besorgen, weil sie es dir schenken wollte, es aber selbst nicht mehr finden konnte. Weißt du, ich komme im Taxi ziemlich viel rum, ich kenne fast alle Parfümerien in Rom. Sie hatte mir schon das Geld dafür gegeben, da konnte ich es doch nicht einfach behalten …«

Valentina hatte inzwischen das Papier aufgerissen und schaute konsterniert auf den eleganten Flakon mit dem grünen Etikett, das ein Rahmen aus altmodischen Blumenornamenten zierte.

»Aber … das ist ja Mamas Parfüm!« Bestürzt, ja beinahe entsetzt musterte sie das Fläschchen. »Das benutze ich nicht … das kann nicht für mich gedacht sein …«

»Doch, ganz sicher. Sie hat mir gesagt, dass sie es dir schenken wollte, aber dann …«

In der Zwischenzeit hatte Valentina den tropfenförmigen Verschluss herausgezogen und sog still den vertrauten Duft ein. Sie murmelte eher für sich: »Es riecht zu stark. Mir wird davon übel. Mir ist schon immer davon übel geworden …«

»Ja, es riecht wirklich etwas stark«, log Debora, um ihr recht zu geben. »Es ist eben ein Parfüm für eine Dame. Was benutzt du denn so?«

»Ich? …« Valentina war vollkommen verwirrt. Mit leerem Blick starrte sie auf das postume Geschenk von ihrer Mutter. Es sah aus, als würde sie gleich in Ohnmacht fallen. Mechanisch erwiderte sie: »Light Blue von Dolce & Gabbana.«

»Eine ausgezeichnete Wahl, das liebe ich! Was ist … geht es dir nicht gut?«

»Mir ist ein wenig schwindelig. Ich bin erst vorgestern aus dem Krankenhaus entlassen worden«, flüsterte Valentina.

In dem Moment hörte Debora, wie der Aufzug sich in Bewegung setzte. Ihr brach der kalte Schweiß aus. Was, wenn jetzt jemand von der Familie kam und sie hier entdecken würde? Die ukrainische Haushälterin musste auch jeden Moment vom Gassigehen zurück sein, sie würde sofort den Professor informieren …

Sie musste zusehen, dass sie so schnell wie möglich

von hier wegkam. Andererseits wollte sie sich nicht die Gelegenheit entgehen lassen, Valentina auszufragen.

»Hör mal, es ist so ein schöner Tag, ich glaube, ein wenig frische Luft würde dir guttun… Mein Taxi steht unten. Was ist, wollen wir ein wenig im Viertel herumfahren?«

»Nein, ich darf mich nicht anstrengen. Außerdem muss ich noch Koffer packen, morgen fahre ich in die Berge, das habe ich dir doch gesagt…« Dann musterte sie Debora neugierig. »Fährst du wirklich Taxi?«

»Ich schwör's. Ich hab unten vor der Haustür geparkt. Willst du es sehen?«

Ohne noch etwas zu sagen, ging Valentina zum Nebenzimmer, durchquerte ein geräumiges Wohnzimmer und betrat zusammen mit Debora, die ihr einfach gefolgt war, eine Terrasse mit einem schönen Blick über die Stadt. Sie lehnten sich über die Brüstung, und Debora zeigte auf Taxi Siena 23, das unten vor dem Haus stand.

»Das da ist es. Ach komm schon, machen wir eine kleine Fahrt ums Karree, damit du ein wenig an die Sonne kommst. Du bist so blass… Nur zehn Minuten und dann bring ich dich wieder zurück.«

»Eigentlich wollte ich in diesem Jahr den Führerschein machen. Papa hatte gesagt, dass er mir zum Geburtstag ein Auto schenkt. Aber dann ist meine vorläufige Fahrerlaubnis abgelaufen…«

»Weißt du was, wenn es dir wieder besser geht, kann ich dir ja das Autofahren beibringen…«

Vielleicht war es gerade die Sache mit dem Taxi, die Valentinas Widerstand brach. Im Grunde war sie noch ein unerfahrenes Mädchen, und diese forsche Frau vor ihr, die fast genauso alt war wie sie und schon hinter dem Steuer eines Taxis saß, machte sie neugierig.

»In Ordnung, aber nur fünf Minuten. Ich zieh mir schnell den Burberry und die Ballerinas an, dann komme ich.« Nach diesen Worten verschwand sie in einem der Zimmer.

»*YES!*« Debora riss die Arme hoch wie ein Läufer beim Zieleinlauf.

Liebend gerne hätte sie jetzt die Wohnung von oben bis unten untersucht, um Spuren von Monica und ihrem Leben im goldenen Käfig zu finden, aber ihr blieb keine Zeit. Blitzschnell war Valentina wieder zurück.

»Gehen wir?«

»Na klar!«

Auf ihrem Weg zur Wohnungstür fiel Debora ein riesiger schwarzer Plüschpanther ins Auge, der auf den Sofakissen herumlag.

»Der ist ja geil! Ist das deiner?«

»Ja. Den hat mir meine Tante zu Weihnachten geschenkt. Ich bin ganz verrückt nach Stofftieren.«

Unwillkürlich musste Debora daran denken, was so ein riesiges Plüschteil kosten musste. Auch sie hatte als kleines Mädchen Stofftiere geliebt, und ihr Vater hatte ihr immer mal wieder eines geschenkt, aber das war nur ganz billige Ware aus irgendeiner Autobahnraststätte gewesen. Die Vorstellung, dass man sich noch mit zweiundzwanzig so etwas schenken ließ, wo man für das Geld einen schönen Trip nach London machen könnte, kam ihr vollkommen absurd vor.

57

Debora klemmte sich hinters Steuer, während Valentina sich ohne zu zögern nach hinten setzte. Man sah, dass sie Fahrten im Taxi gewohnt war. Wahrscheinlich hatte sie noch nie in ihrem Leben einen Bus genommen.

Sobald Debora den Motor anließ, spürte sie die Hand ihres Fahrgasts auf ihrer Schulter. »Wohin fährst du mich?«

Debora zuckte erschrocken zusammen. Valentina schien sich genau wie ihre Mutter an jenem Morgen in der Via degli Ausoni an ihr festzuklammern.

»Keine Sorge. Wir drehen nur eine kleine Runde. Wir können ja schlecht mit dem Taxi dumm herumstehen.«

Valentina ließ los. Erschöpft ließ sie sich nach hinten sinken. Sie wirkte todmüde.

»Und … mit wem fährst du nach Cortina? Nur mit deiner Tante?«

»Ja.«

»Dein Vater kommt nicht mit?«

»Nein, der muss arbeiten.«

Schweigen.

»Hast du denn … keine Freundin, keinen festen Freund, jemand, der dir in dieser schlimmen Zeit beistehen kann …«

»Nein. Ich bin lieber mit meiner Tante allein.«

Debora begriff, dass sie ihre lebhafte Fantasie bemühen musste, wenn sie Valentinas eisernes Schweigen brechen wollte.

»Weißt du eigentlich, wie ich deine Mutter kennengelernt habe? Sie ist gerade aus dem Fitnessstudio gekommen, dem in der Via Panama. Sie musste zu einem Friseur im Zentrum …«

Das Mädchen sah nach draußen, sie schien ihr gar nicht zuzuhören.

»… irgendwie sind wir ins Gespräch gekommen, und sie fragte mich, wie alt ich bin. Ich sage fünfundzwanzig, und da sagt sie, sie hat eine Tochter, die nur ein paar Jahre jünger ist. Und dann hat sie angefangen, mir von dir zu erzählen.«

»Von mir?«

Debora sah im Rückspiegel, wie sie zwei Augen ungläubig anstarrten. Sie stand an der Ampel auf dem Viale Parioli, vor der Villa Glori. Sie stellte sich die Szene vor, wie sie sie gerade beschrieben hatte. Oder vielmehr, als wäre es wirklich so gewesen.

»Na ja, sie hat mir erzählt, dass sie, als du ein kleines Mädchen warst, immer mit dir hierhergekommen ist, zu den Ponys …«

Sie hatte einmal eine Kundin mit einer Schar Kinder hierher zum Park gefahren, und die waren ihrer Mutter damals mit dem großartigen Ponyreiten gehörig auf die Nerven gegangen.

»Das stimmt!« Valentina setzte sich überrascht auf. »Ich hatte ein wenig Angst vor ihnen. Doch ich wollte trotzdem auf ihnen reiten.«

Sie sah durch das Seitenfenster zum Eingangstor des Parks hin, durch das man die von Grün umgebenen Wege erkennen konnte. So früh am Morgen waren da keine Kinder. Nur ein paar Jogger und eine Filipina, die einen Buggy schob.

»Wollen wir aussteigen und ein paar Schritte gehen?«

Valentina antwortete nicht. Sie sah nur traurig aus dem Fenster. Wahrscheinlich dachte sie an ihre Kindheit zurück, an diese unbeschwerten Nachmittage, als die Mutter noch nicht zu ihrer Feindin geworden war. Debora sah Monica vor sich, wie sie sie an jenem Morgen in die Via degli Ausoni zurückfuhr, direkt in die Arme ihres Mörders. In Valentinas Augen lag jetzt derselbe düstere Ausdruck.

Sie stellten das Auto ab, betraten den Park und schlenderten ziellos die Wege entlang.

»Monica hat viel von dir gesprochen. Sie hat mir erzählt, wie wunderschön du bist.«

»Nicht so schön wie sie … Ich komme mehr auf meinen Vater.«

»Das stimmt doch gar nicht! Du siehst ihr wahnsinnig ähnlich!«

Valentina lief mit gesenktem Kopf vorwärts. Debora dachte sich, dass sie weinte. Instinktiv wollte sie ihr eine Hand auf die Schulter legen, aber die einsame Rächerin der Nacht in ihr riet ihr, genau das Gegenteil zu tun. Jetzt war der Moment gekommen, wo sie brutal zuschlagen musste.

»Sie fühlte sich schuldig, sagte, sie sei keine gute Mutter gewesen. Sie war zu jung, als sie dich bekommen hat, war noch nicht bereit. Jetzt hatte sie aber vor, sich nur noch um dich zu kümmern …«

»Das stimmt nicht. Sie hat sich einen Dreck um mich gekümmert. Sie war eine beschissene Egoistin!«

So eine heftige Reaktion hatte Debora nicht erwartet. Valentina weinte zwar, aber vor Zorn.

»Ständig hat sie meinen Vater betrogen, sie hatte jede Menge Liebhaber. Ihn interessierte das nicht, denn er hat sie genauso betrogen. Aber mich schon!«

»Vielleicht haben sie sich nicht mehr geliebt, sind aber wegen dir zusammengeblieben.«

»Nein, ganz bestimmt nicht! Sie haben immer nur an sich gedacht! Er arbeitet zumindest, aber sie, was macht sie denn? Einen Scheiß!« Jetzt redete sie in der Gegenwartsform von Monica, als wäre sie noch am Leben. »Sie ist nur eine Hure. Nimmt allen die Männer weg. Sie hat meiner Tante den Freund weggeschnappt, und sogar meinen hat sie sich gekrallt! Du hast wirklich keine Ahnung, wie sie war. Sie hat wirklich jedem den Kopf verdreht …«

»Wer hat sie umgebracht? Du weißt es, oder? Sag es mir, Valentina, du kannst es nicht auf ewig für dich behalten. Deshalb hast du doch auch die Tabletten genommen …«

Valentina krümmte sich zusammen, als ob sie sich übergeben müsste.

Debora führte sie zu einer Bank und setzte sich neben sie.

»Deine Mutter hat Luca deinetwegen verlassen. Sie hat mir gesagt, dass sie sich kurz von ihren Gefühlen hat mitreißen lassen, und dass sie es sofort danach bereut hat. Aber er wollte sich nicht damit abfinden. Er war es, oder?«

Valentina hob den Kopf. Sie war totenblass. Ihre Augen glänzten. Kaum vernehmlich murmelte sie: »Ja.«

»Hat er es dir gestanden, oder glaubst du es nur?«

»Ich hab's gesehen.«

Debora hatte schon den Mund aufgemacht, um etwas zu sagen, doch dann klappte sie ihn wieder zu. *Hatte sie da gerade richtig gehört? Sagte Valentina, dass sie den Mord beobachtet hatte?* Vor Aufregung brach ihr der Schweiß aus.

»Hast du ein Taschentuch?«

Debora kramte in den Taschen ihrer Weste und fand ein Päckchen Papiertaschentücher. Das reichte sie Valentina, die sich die Nase putzte. Sie versuchte, gleichgültig zu wirken.

»Du warst also in der Via degli Ausoni, als Luca sie erwürgt hat?«

»Nein, ich bin später dazugekommen.« Valentina trocknete sich die Tränen. Nun wirkte sie ganz gefasst. Dass sie ihr Geheimnis eingestanden hatte, schien sie beruhigt zu haben.

»Ich hatte schon seit Ostern den Verdacht, dass Luca in Mama verliebt war, als er nicht mit in den Skiurlaub wollte. Ich habe es meiner Tante erzählt, und sie hat gesagt, dass die beiden ihrer Meinung nach ein Verhältnis hätten. Sie war sich da sicher. Kannst du dir vorstellen, wie ich mich gefühlt habe? Meine Mutter und mein Freund …«

Debora nickte.

»Ich wollte es nicht glauben. Ich habe Monica gefragt, aber sie hat es abgestritten. Er genauso. Aber jetzt hatte man mir den Floh ins Ohr gesetzt… Als ich sie an dem Morgen so früh das Haus verlassen sah, habe ich mir gedacht, dass sie bestimmt zu ihm gehen würde. Sie wirkte nervös. Ich habe versucht, Luca zu erreichen, aber er hatte sein Handy ausgeschaltet…«

Valentina war jetzt ganz ruhig. Sie schien die Handlung eines Films nachzuerzählen, nicht die Tragödie ihres Lebens.

»…und ich wusste nicht, was ich tun sollte, ich war völlig durch den Wind. Ich rufe also meine Tante an und erzähle ihr alles. Sie sagt, sie glaubt auch, dass die beiden gerade zusammen sind. Und dass Mama sich mit ihren Liebhabern in einer Wohnung in der Via degli Ausoni trifft, die sie kennt. Sie fährt mich hin, kommt aber nicht mit hoch.«

Debora holte ihr Päckchen Zigaretten hervor und zündete sich eine an. Sie war zu aufgeregt, aber Valentina sollte das nicht bemerken.

»Kann ich auch eine haben?« Valentina zeigte auf die Zigaretten.

»Na klar.« Debora reichte ihr eine und gab ihr Feuer. »Komm, erzähl weiter.«

Valentina nahm einen tiefen Zug.

»Mein Vater weiß nicht, dass ich rauche. Er will das nicht. Aber ich rauche heimlich.«

Verfluchte Kacke, mach weiter! Was interessiert mich der Scheiß, den du deinem Vater erzählst?

Als ob sie Deboras Ungeduld gespürt hätte, fuhr Valentina fort:

»Also, ich klingele, Luca macht mir auf, er wirkt vollkommen aufgelöst. Er sagt: ›Geh nicht weiter, ich habe Scheiße gebaut. Ich habe Monica getötet.‹ Aber ich bin weitergegangen.«

Jetzt legte das Mädchen die Hände vors Gesicht und bedeckte ihre Augen. So blieb sie still sitzen.

Debora schwieg ebenfalls, sie musste nachdenken. Versuchte, das Puzzle zusammenzusetzen.

»Warum hast du ihn nicht angezeigt?«

»Er hat mir gesagt, dass er mich liebt, dass sie ihn verführt hat. Dass alles wieder so werden würde wie früher. Aber das stimmt nicht. Es kann nie wieder so werden wie früher.«

»Am Abend vor deinem Selbstmordversuch habt ihr gestritten. Dann ist auch deine Tante dazugekommen. Warum?«

Valentina sah sie erstaunt an. »Woher weißt du das?«

»Ich habe das Video der Überwachungskamera gesehen.«

»Also bist du doch keine Freundin meiner Mutter! Sondern von der Polizei!«

»Nein, ich bin nicht von der Polizei! Aber ich arbeite bei den Ermittlungen mit, weil ich deine Mutter gekannt habe. Luca sitzt praktisch schon hinter Gittern. Er hat die Beziehung zu deiner Mutter gestanden, und ein Zeuge hat ihn im Aufzug gesehen, als er in der Via degli Ausoni kurz vor dem Mord nach oben fuhr. Und mit deiner Zeugenaussage ist der Fall gelöst.«

Valentina war noch bleicher geworden. Diese Taxifahrerin hatte sie hereingelegt. Sie dachte, sie würde mit einer Freundin reden, stattdessen …

Debora legte ihr sanft eine Hand auf die Schulter.

»Los, gehen wir aufs Kommissariat, ich bringe dich hin. Da machst du deine Aussage, und ich fahre dich wieder zurück nach Hause.«

Sie wollte sie persönlich zu Raggio bringen. Als ihre Jagdtrophäe. Sie wollte ihm beweisen, was die Rächerin der Nacht draufhatte, weil er sie doch nur als »eine Schwäche« betrachtete.

Valentina blaffte sie wie ein wütendes Tier an: »Hände weg, du Miststück!«

Am liebsten hätte Debora sie jetzt geohrfeigt. Doch sie beherrschte sich, zumindest dieses Mal. Sie sah Valentina eindringlich an und hoffte, dass sie sie so einschüchtern konnte.

»Oder möchtest du lieber zu Hause von der Polizei in Handschellen abgeführt werden?«

Diese Drohung bewirkte mehr als alle guten Worte.

Valentina stand auf. »Okay, gehen wir.«

Sie lief Richtung Tor, Debora folgte ihr. Den ganzen Weg über sagte sie kein Wort, hochmütig hielt sie den Kopf oben. Am Taxi angekommen, blieb sie bei der hinteren Tür stehen, machte aber keine Anstalten, diese zu öffnen. Debora begriff und hielt ihr kommentarlos die Tür auf, wie einem Fahrgast.

Und als Valentina einstieg, zischte sie Debora mit all der Wut, die in ihr kochte, und ohne sie anzusehen zu: »Ich hätte wissen müssen, dass du nur eine Schlampe bist, die mir die Polizei auf den Hals gehetzt hat. Meine Mutter hätte sich niemals mit so einer Loserin abgegeben.«

58

Sie betrat das Kommissariat wie ein Condottiere, der nach einer erbitterten Schlacht seinem König die Gefangenen vorführt.

»Ist Raggio schon da?«, fragte sie den Polizisten in der Pförtnerloge.

»Ja, er ist gerade gekommen.«

Sie betete, dass der Polizist sie nicht wie irgendeine Besucherin nach ihren Personalien fragen würde. Selbstsicher ging sie einfach an ihm vorbei und führte Valentina in den Hof.

Doch der Polizist machte keine Anstalten, sie aufzuhalten.

Inzwischen wussten im Kommissariat alle, wer sie war. *Raggios Taxifahrerin.* Und es gab viele Gerüchte. Und wie so häufig in solchen Fällen hielt man etwas, das nicht stimmte, für eine Tatsache.

Debora lief den langen Flur entlang, der ihr inzwischen so vertraut war, und klopfte an der Tür des Commissarios.

Als sie seine Stimme »Herein!« sagen hörte, machte ihr Herz einen Satz, aber sie versuchte, nicht daran zu denken, wie sie auseinandergegangen waren. Sie stellte sich vor, sie trüge eine Uniform und sei wie einer der vielen Polizeibeamten, denen sie im Flur begegnet war. Sie drückte das Kreuz durch und öffnete mit einem Ruck die Tür.

Als Raggio Debora sah, war er wie vom Donner gerührt. Nach der Szene vom vergangenen Abend hatte er gedacht, er würde sie nie wiedersehen, stattdessen waren nicht einmal zwölf Stunden vergangen, und schon stand sie erneut vor ihm.

Debora ließ ihm keine Zeit, etwas zu sagen.

»Commissario, Valentina Ercoli möchte eine freiwillige Aussage machen.«

An diesem *freiwillig* hatte Raggio berechtigte Zweifel.

»Gerade hat sie mir gestanden, sie wisse ganz sicher, dass Luca Pezzani ihre Mutter getötet habe, da sie Augenzeugin der Tat war.«

Raggio gelang es, nach außen gelassen zu bleiben. Er betrachtete Valentina, die stumm neben der Frau stand, die an ihrer Stelle sprach.

»Ist das so?«

Die junge Frau nickte.

»Haben Sie beobachtet, wie er die Tat beging?«

»Nein, aber ich bin kurz danach eingetroffen.«

Regungslos hielt der Commissario seine Augen auf das Mädchen gerichtet. Debora hatte ihn noch nie so gesehen. Seine Miene wirkte so hart, dass Valentina den Blick abwandte.

Er stand auf. »Nun gut, Signorina Ercoli. Nehmen Sie Platz. Ich rufe den Kollegen, damit er Ihre Aussage protokolliert.«

Dann richtete er sich an Debora: »Kommst du kurz mit? Ich muss dir die Genehmigung geben, damit du mit dem Taxi auf den Hof fahren darfst …«

Debora folgte ihm widerspruchslos. Doch sie hatte Angst. Angst davor, er würde ihr nicht verzeihen, dass sie sich seinen Anweisungen widersetzt hatte, Angst davor, dass er sie demütigen und kurzerhand rauswerfen würde.

Ihre Befürchtungen waren nicht ganz unbegründet, denn kaum hatte Raggio die Tür des Büros hinter sich geschlossen, packte er sie am Arm und presste sie mit dem Rücken gegen die Wand.

»Hör zu, Debora …« Er sprach ganz leise, damit die anderen Polizeibeamten, die den Gang entlangliefen, ihn nicht hörten. »Da sind ein paar Dinge, über die ich dich informieren muss.«

Er redete als Polizist mit ihr. Da war nichts Persönliches, Privates in seiner Haltung. Er hatte den Abend und dessen hässlichen Abschluss aus seinem Kopf gelöscht, angesichts des Falls Costa war ihr privater Zwist vollkommen in den Hintergrund gerückt.

»Wir haben die Ergebnisse der DNA-Untersuchung. Die Spuren von Samenflüssigkeit sind von Luca Pezzani, das wussten wir ja schon. Aber die Hautpartikel unter ihren Fingernägeln stammen nicht von ihm.«

Fest gegen die Wand gedrückt, versuchte Debora, alle Informationen in ihrem Kopf zu verarbeiten, die ihr Chef, denn das war Raggio in dem Moment für sie, ihr gerade mitteilte.

»Und dann ist da noch etwas. In den Zeitungen stand, Monica Costa sei erwürgt worden, weil es auf den ersten Blick so aussah. Sie hatte Male am Hals, jemand hatte es ganz sicher versucht. Aber der Tod wurde nicht durch Ersticken, sondern durch ein Schädel-Hirn-Trauma hervorgerufen. Weißt du noch, ich hab dir doch von dem Hämatom am Kopf erzählt und dass sie bei der Auseinandersetzung wahrscheinlich gegen das eiserne Kopfteil des Bettes geprallt ist…«

Die Vorstellung, die Debora sich von den Ereignissen gemacht hatte, war damit vollkommen über den Haufen geworfen. Ihr Puzzle war zerstört, und alle Teile lagen nun weit auf dem Boden verstreut. Sie musste wieder bei null anfangen.

»…Ich rufe Milillo trotzdem, und wir nehmen Valentinas Aussage auf. Komm wieder mit rein und leiste ihr Gesellschaft. Deine Anwesenheit wird sie beruhigen.«

Immer wieder liefen Polizisten an ihnen vorbei, sie kamen aus Büros oder gingen hinein und musterten neugierig dieses Pärchen, das leise miteinander flüsterte, wobei sie sich bestimmt vorstellten, dass die beiden miteinander turtelten.

»…in Kürze wird Luca Pezzani mit seinem Vater hier sein. Ich habe ihn wegen des Videos einbestellt. Er ist das schwächste Glied. Dann wollte ich mir eigentlich Valentina vornehmen, und danach die Tante. Aber du hast dich ja wieder mal eingemischt.«

Der Commissario starrte sie mit strengem Blick an. Am liebsten wäre Debora im Erdboden versunken, aber sie wandte die Augen nicht ab.

»Also gut – soll sie eben hierbleiben, und wenn der Freund kommt, konfrontieren wir die beiden miteinander. Okay?«

Debora nickte. Sie hatte ihn noch nie in der operativen Phase erlebt. Er war plötzlich ein ganz anderer Mensch. Schüchternheit, Güte, Trägheit waren verschwunden. Selbstsicher und energisch gab er Anweisungen, die keinen Widerspruch duldeten.

Debora wagte nur zu fragen: »Hast du denn eine Vermutung?«

»Ja, aber Vermutungen reichen nicht«, antwortete er knapp. Dann zeigte er auf die Tür zu seinem Büro.

»Bitte sehr, Ispettrice, machen Sie Ihren Job.«

Debora fügte sich und folgte ihm ohne ein Wort.

59

Valentina Ercoli wiederholte emotionslos alles, was sie Debora im Park Villa Glori erzählt hatte, so als ob die Sache sie nicht direkt beträfe. Vielleicht hatte die Wiederholung den Schilderungen ihren Wahrheitsgehalt genommen, ließ sie ausgedacht wirken wie in einem Drehbuch.

Milillo tippte zufrieden alles mit. Der Fall wurde gerade Schritt für Schritt gelöst, und er hatte von Anfang an auf den Jungen als Schuldigen getippt.

Der Commissario hörte schweigsam zu und stellte Valentina nur wenige Routinefragen zum zeitlichen Ablauf, Ortswechsel oder zur Beschreibung des Tatorts. Dann kam er zum Wesentlichen und ging unvermittelt zum Du über.

»Und am Abend vor deinem Selbstmordversuch, was ist da passiert?«

Valentina seufzte, als ob das, worüber sie nun erzählen sollte, die eigentliche Tragödie wäre und nicht etwa der Mord an ihrer Mutter.

»Ich konnte einfach nicht mehr. Diese zwei Wochen waren die reinste Hölle. Ich konnte kaum noch schlafen, bin nachts von meinen Albträumen aufgewacht. Außerdem ertrug ich Luca nicht mehr, ich konnte ihn einfach nicht mehr ansehen. Doch er hat mich immer wieder angerufen, wollte, dass wir uns treffen. Er hatte Angst, sobald ich längere Zeit allein wäre, würde ich ihn anzeigen.«

»Und du? Hattest du Angst vor ihm?«

»Nein. Vor Luca doch nicht. Er ist ein Schlappschwanz. Steht total unter der Fuchtel seines Vaters.«

»Er hat deine Mutter getötet, er hätte dasselbe mit dir tun können.«

Sie zuckte gelassen mit den Schultern. »Das war im Affekt. Er könnte nie jemanden einfach so kaltblütig ermorden.«

So wie sie es sagte, klang es, als würde sie ihn dafür verachten.

»Kommen wir auf jenen Abend zurück, Valentina. Was ist da passiert?«

»Luca hat begriffen, dass ich nicht mehr konnte. Ich war vollkommen am Ende. Ich habe ihm gesagt, dass ich zur Polizei gehen und alles erzählen würde.«

»Und er?«

»Er hat Schiss bekommen, hat geglaubt, dass ich es wirklich tun würde, und hat deswegen meine Tante angerufen.«

»Deine Tante wusste über alles Bescheid, nicht wahr?«

Valentina biss sich auf die Lippe. »Ja. Also nicht sofort, nachdem es passiert war …«

»Hast du denn nicht gesagt, dass sie dich in die Via degli Ausoni gebracht hat?«

»Ja, aber … sie ist gleich wieder gefahren.«

»Aber später, als du nach Hause gekommen bist, hast du ihr erzählt, was passiert ist, oder?«

»Nein. Nicht sofort. Also, ich erinnere mich nicht mehr, wann ich es ihr gesagt habe …« Valentina wand sich, es war offensichtlich, dass sie Angst hatte. Ihre größte Sorge schien zu sein, ihre Tante auf keinen Fall in Schwierigkeiten zu bringen.

Raggio schaute zu Debora hinüber, die hinter Valentina saß, und sie las in seinen Gedanken. Im normalen Leben würde es nie zwischen ihnen funktionieren, aber als Cops waren sie ein perfektes Paar.

»Also gut, dann zurück zum Sonntagabend. Luca hat deine Tante angerufen, und sie kam dann auch, wie aus dem Video klar hervorgeht.«

Er betonte diesen letzten Satz, um das Mädchen daran zu erinnern, dass sie bereits alles gesehen hatten und sie sich daher die Mühe sparen konnte, sie zu belügen. Und tatsächlich gab Valentina zu, dass die Tante sofort gekommen sei.

»Und was hat sie zu dir gesagt, als sie dich an den Schultern gepackt hat?«

Valentina wollte sich damit herausreden, dass sie sich nicht mehr erinnern könne, aber als der Commissario erklärte, dass sie dann eben Luca fragen würden, kehrte wie durch ein Wunder ihre Erinnerung zurück.

»Sie meinte, dass ich niemandem etwas sagen soll. Dass es ein tragischer Unfall war und Luca es nicht absichtlich getan hat. Sie sagte, wenn ich reden würde, würde ich Lucas und auch mein Leben zerstören. Ich habe nachgegeben, aber dann konnte ich in der Nacht nicht schlafen und habe die Tabletten genommen.«

Sie erzählte alles, ohne einmal Atem zu holen. Sie wollte nur eins, möglichst schnell zum Schluss der Geschichte kommen, damit ihr nicht etwas herausrutschte, was nicht abgesprochen war.

»Du hast deine Tante sehr gern, nicht wahr?« Die Stimme des Commissarios wurde auf einmal samtweich.

»Ja. Wäre sie meine Mutter gewesen, wäre diese ganze Scheiße nicht passiert...«

»Warum?«

»Weil Mama eine Egoistin war!«, schrie Valentina wütend.

»Vielleicht, aber sie hat dich auch geliebt. Deinetwegen hat sie mit Luca Schluss gemacht.«

»Sie hatte einen anderen, deswegen hat sie mit Luca Schluss gemacht!« Valentinas Stimme zitterte dabei. »Ich war ihr dabei vollkommen egal!«

»So ein Unsinn. Sie hatte keinen anderen.«

Raggio war jetzt ebenfalls laut geworden, um das Mädchen zu übertönen. Davon war sie so beeindruckt, dass sie verstummte. Daher konnte er wieder einen anderen Ton anschlagen. Beinahe sanft fügte er hinzu: »Sie hat sich sogar wieder blond gefärbt, um so auszusehen, wie es dir gefiel.«

Ein schneller Blick zu Debora genügte, und die nahm das Stichwort auf.

»Genau, das hat sie mir gesagt.«

Als Valentina hinter sich die Stimme der Taxifahrerin hörte, fuhr sie herum und starrte diese ungläubig an.

»›Valentina mag mich nicht mit dunklen Haaren. Sie hat mir eine Szene gemacht. Morgen gehe ich zu Paolo und lass mich wieder blond färben. Ich werde meinen kleinen Liebling überraschen …‹«

Valentina schlug sich die Hand vor den Mund und presste sie fest darauf, um nicht in Tränen auszubrechen, doch vergeblich. In sich zusammengesunken kauerte sie auf dem Stuhl, das Gesicht hinter ihren blonden Haaren verborgen, und weinte still in sich hinein.

Es klopfte an der Tür. Calocero kam herein. Er ging zum Commissario und flüsterte ihm etwas ins Ohr.

Raggio antwortete genauso leise, aber für Debora verständlich: »Führ ihn herein. Allein.«

Auf Raggios Befehl brachte Calocero Luca Pezzani herein, ein Bild des Jammers, hilflos, ohne väterlichen Beistand völlig verloren.

Als Valentina aufsah, stand auf einmal der Mann vor ihr, der bis vor Kurzem noch ihr Freund gewesen war. Sofort schrie sie hysterisch los: »Ich will weg hier, ich will weg! Papa, ich will meinen Vater! Rufen Sie sofort meinen Vater an!«

Debora packte sie an den Schultern und murmelte ihr beschwichtigend zu: »Ganz ruhig, wir gehen ja gleich. Du musst ihn nur identifizieren und sagen, dass er es war. Eine reine Formalität …«

Hasserfüllt sah Valentina den jungen Mann an und sagte zum Commissario: »Er war es, er hat meine Mutter umgebracht.«

Luca Pezzani, der sich keinen Zentimeter bewegt hatte, starrte sie entgeistert an. »Was redest du denn da? Bist du jetzt völlig übergeschnappt?«

Seine Stimme klang brüchig, ebenso schrill und gepresst wie die von Valentina.

Debora und Raggio kam sofort das Gleiche in den Sinn, die Zeugenaussage der älteren Dame aus dem vierten Stock, die über den Lichtschacht Schreie gehört hatte, zwei Stimmen, die sich stritten, eine weiblich, die andere von unklarem Geschlecht.

»Nehmen Sie doch Platz und beruhigen Sie sich«, sagte Raggio. »Agente …« Er bedeutete Calocero, der im Zimmer geblieben war und auf weitere Befehle wartete, ihnen einen Stuhl zu bringen.

Pflichteifrig stellte Calocero ihn vor Luca hin, und der ließ sich kraftlos darauf sinken. Er zitterte wie Espenlaub.

»Die Signorina hier, Ihre Freundin, behauptet, ihre Tante hätte sie an dem bewussten Tag in die Via degli Ausoni gebracht, weil sie wusste, dass sie Sie dort mit Signora Costa antreffen und in flagranti erwischen würde.« Dieser alte bürokratische Ausdruck kam ihm lächerlich vor, während er ihn aussprach. »Als sie dort eintraf, haben Sie ihr die Tür aufgemacht und gerufen: ›Ich habe Scheiße gebaut. Ich habe Monica getötet.‹ Und tatsächlich lag Signora Costa leblos auf dem Bett. Hat es sich so abgespielt?«

Während der Commissario sprach, schaute Luca Pezzani seine Freundin mit weit aufgerissenen Augen an und schüttelte ungläubig den Kopf. Valentina presste die Lippen zusammen und starrte ihn hasserfüllt an.

Raggio verlor langsam die Geduld. »Kommen Sie, Pezzani, dann erzählen Sie schon, was passiert ist. Die Signorina war in der Via degli Ausoni, so viel steht fest. Sie hat die Wohnung genau beschrieben.«

»Ja, Commissario, sie war dort.« Luca war blass geworden vor Wut. »Sie kam wenige Minuten, nachdem Monica gegangen war. Sie tobte wie eine Furie. Sie suchte die ganze Wohnung ab, weil sie sich einbildete, dass Monica sich im Schrank versteckt hätte. Wie im Film ...« Hier kicherte er hysterisch.

»Mistkerl«, stieß Valentina zwischen den Zähnen hindurch.

»Ich war am Boden zerstört. Valentina war mir in dem Moment ganz egal. Monica hatte mich gerade verlassen. Sie hatte gesagt, dass sie ihre Tochter nicht weiter verletzen wollte, aber ich wusste, dass sie einen anderen hatte, auch wenn sie es abstritt ...«

»Woher wussten Sie das?«

»Flaminia hat es mir erzählt. Sie wusste alles über Monica ...«

Raggio und Debora wechselten einen bedeutungsvollen Blick, aber der junge Mann bekam es nicht mit.

»Daher wusste die Tante auch über Sie beide Bescheid?«

»Ja. Sie hat es sofort bemerkt. Monica hat mir erzählt, dass sie sie deswegen ausgequetscht hat. Sie ist standhaft geblieben, hat alles abgestritten. Aber Flaminia hat ihr nicht geglaubt.«

»Und wann hat sie Ihnen gesagt, dass Monica einen anderen hatte?«

»Monica hatte mich schon seit Tagen mehrmals versetzt, sie ging nicht ran, wenn ich sie anrief …«

»Also war das Ihre Nummer, die einem falschen Namen zugeordnet war?«

»Ja, sie hatte mich darum gebeten, für den Fall, dass Valentina einmal ihr Handy benutzen sollte …«

Inzwischen redete er, als ob seine ehemalige Freundin nicht im Raum wäre. Er würdigte sie auch keines Blickes mehr.

»… Ich ging zu ihr nach Hause unter dem Vorwand, ich wollte Valentina besuchen, auch wenn ich wusste, dass sie nicht da war, und Oxana sagte mir, dass es der Signora nicht gut ginge oder dass sie ausgegangen sei, aber das war gelogen. Dann, zwei Tage vor diesem Samstag, habe ich, als ich wieder mal vor dem Haus wartete, Flaminia getroffen. Ich war zu fertig, um ihr etwas vorzumachen. Deshalb erklärte ich ihr, dass ich unbedingt mit Monica sprechen müsse, und sie meinte, dass ich es gut sein lassen solle: ›Ist der eine weg, kommt schon der Nächste. So ist Monica eben.‹«

Luca schwieg verletzt, sein Blick verlor sich im Leeren. Er durchlebte noch einmal den Schmerz, den er dabei empfunden hatte.

»Nun?« Raggio schlug mit der Hand auf den Tisch, um ihn aus seiner Erstarrung zu reißen. »Kommen wir auf jenen Vormittag des Zwölften zurück, in die Via degli Ausoni. Valentina betritt die Wohnung und findet nicht wie erwartet ihre Mutter vor…«

Der Commissario wirkte jetzt wie ein Grundschullehrer, der zwei Schüler vor sich hatte, die keine ordentliche Inhaltsangabe hinbekamen.

»Ja, genau so war es. Sie hat mich gezwungen, Monica anzurufen und ihr zu sagen, dass sie zurückkommen soll.«

»Warum?«

Diesmal richtete Raggio die Frage direkt an Valentina, die mit verschränkten Armen wie angewurzelt auf ihrem Stuhl saß.

»Er erzählt nichts als Scheiße«, keifte das Mädchen. »Ich habe Ihnen doch gesagt, dass Monica schon tot war, als ich hinkam.«

»Warum?«, wandte er sich daher diesmal an Luca.

»Weil sie sie dort demütigen wollte, wo sie unser Verhältnis nicht mehr abstreiten konnte.«

»Wie haben Sie Monica dazu gebracht, noch einmal zurückzukommen?«

Luca senkte den Kopf. Es fiel ihm sichtlich schwer, das zu sagen »Ich erzählte ihr, dass mich gerade Valentina angerufen hätte. Wenn sie nicht käme, drohte ich ihr, würde ich ihre Tochter kommen lassen und ihr alles erzählen.«

Das sagte er ganz leise, ihm war deutlich anzuhören, dass er sich schämte. Als er wieder aufsah, glänzten seine Augen.

Debora dachte an das Telefonat zurück. Wie oft in diesen zwei Wochen hatte sie sich das Gespräch zwischen den beiden vorgestellt, hatte sie wieder Monicas Worte im Ohr gehabt und versucht zu erraten, was die Stimme am anderen Ende der Leitung gesagt haben könnte?

»In dem Moment habe ich sie gehasst, weil sie mir erzählt hatte, sie würde mich ihrer Tochter wegen verlassen, obwohl sie schon einen anderen hatte.«

»Und was ist dann passiert?«

»Schluss jetzt! Es reicht! Ich will diesem Irren nicht mehr zuhören!«

Valentina war aufgesprungen und wollte zur Tür, doch an Calocero, der dort reglos wie eine Schweizer Wache im Vatikan stand, kam sie nicht vorbei.

»Keine Chance, du musst ihm zuhören, Valentina. Wann du gehen kannst, falls du gehen kannst, bestimme immer noch ich. Das funktioniert hier so.«

Raggio klang ruhig, aber bestimmt. Debora zeigte auf den Stuhl, von dem das Mädchen gerade aufgestanden war, und forderte sie mit beredter Geste auf, sich wieder hinzusetzen. Valentina fügte sich erschrocken. Im Grunde war sie bloß ein verängstigtes Mädchen. Sie spielte sich nur so auf, weil sie schreckliche Angst hatte.

»Bitte, fahren Sie fort.«

»Als Monica zurückkam«, nahm Luca seine Erzählung wieder auf, »ging Valentina sofort auf sie los. Monica versuchte, ihr alles zu erklären, doch sie ließ sie überhaupt nicht zu Wort kommen. Und dann …« Er zögerte. Sah zu Valentina hinüber, aber sie starrte auf den Boden.

»Dann haben sie miteinander gekämpft, sie hat sie

gegen die Wand gestoßen, und Monica hat sich nicht mehr bewegt.«

»Das stimmt nicht! Er hat sie gewürgt. Er war eifersüchtig. Er schrie sie an: ›Du Hure!‹ Und drückte ihr den Hals zu!«

Raggio wandte sich an Luca.

»Die Würgemale am Hals haben Sie ihr zugefügt?«

»Ich … ich habe ihr nur den Mund zugehalten und sie am Hals gepackt, damit sie nicht mehr schrie. Aber ich habe sie nicht getötet. Die da hat sie gegen die Wand gestoßen!«

»Aber daran ist sie nicht gestorben, sie atmete noch. Sie ist gestorben, weil der da sie erstickt hat, richtig?«, fragte Valentina.

Sie wirkten wie zwei kleine Kinder, die beim Spielen eine wertvolle Vase zerbrochen hatten und sich nun gegenseitig die Schuld dafür zuschoben. Beide hofften, dass der andere der Mörder war, um sich von einer Last auf dem Gewissen zu befreien, die sie schon viel zu lange mit sich herumschleppten.

Der Commissario seufzte einmal tief und beschloss, nicht auf Valentinas Frage einzugehen. Die Wahrheit wäre zu hart gewesen, und sie wollte nur, dass ihr jemand sagte, nein, du hast deine Mutter nicht umgebracht.

Raggio wandte sich wieder an Luca. »Und was haben Sie dann gemacht?«

»Wir sind davongelaufen. Aus Angst.« Er starrte Valentina hasserfüllt an. »Es ist doch nicht wahr, dass sie noch atmete. Sonst hättest du doch den Notarzt gerufen, oder?«

»Du bist ein Weichei. Ein beschissener Feigling. Du ekelst mich an.«

»Ich bin in den Park Villa Ada gegangen und habe dort gesessen und geweint, wie ich es Ihnen gesagt habe. Ich habe Monica geliebt, ich war verrückt nach ihr, und nun war sie tot.«

Er war aufrichtig. Dann wechselte er die Tonart. Nun klang er verächtlich. »Sie wissen nicht, was die da getan hat. Sie hat mich am Abend angerufen und mir erzählt, dass die Polizei bei ihnen gewesen wäre und alle befragt hätte, aber ich sollte mir keine Sorgen machen, uns würde niemand verdächtigen. Und dass auch ihre Tante gemeint hätte, wir sollten nichts sagen.«

»Also wusste deine Tante vom ersten Tag an Bescheid. Stimmt das, Valentina?«

Valentina schwieg.

Einige Minuten herrschte tiefes Schweigen im Raum.

Milillo hatte aufgehört mitzuschreiben. Raggio bewegte den Kopf ein wenig hin und her, als wollte er alles noch einmal Revue passieren lassen. Debora sah auf ihren Commissario, er wirkte müde, am Ende seiner Kräfte. Dann wanderte ihr Blick zu den beiden, zwei dumme kleine Kinder, die nicht wussten, was sie taten, Opfer und Mörder zugleich, und empfand Mitleid mit ihnen. Am liebsten hätte sie sie gleichzeitig verprügelt und umarmt.

Valentina brach das Schweigen. Als wäre sie am Ende eines Examens angelangt, bei dem sie alle Fragen beantwortet hatte, fragte sie den Commissario brav: »Kann ich jetzt nach Hause?«

Diese kindliche Frage bewies, wie unbedarft sie war. Ihr waren die Schwere ihrer Tat und die damit verbundenen strafrechtlichen Folgen überhaupt nicht bewusst

»Nein, Valentina, du kannst nicht nach Hause. Keiner von euch. Ihr seid beide verhaftet. Agente Calocero wird deinen Vater informieren. Ihrer, Luca, wartet draußen, wenn Sie wollen, können Sie sich von ihm verabschieden.«

»Was meinen Sie mit verabschieden?«

Auch er hatte nicht begriffen, was ihn nun erwartete.

»Sie werden jetzt in Untersuchungshaft überführt. Es muss noch geklärt werden, wer von Ihnen beiden letztendlich Monicas Tod verursacht hat, aber das ist dann die Aufgabe des stellvertretenden Staatsanwalts. Vorläufig werden Sie beide des gemeinschaftlich begangenen Totschlags beschuldigt. Milillo, kümmere dich um ihre Überstellung in die Untersuchungshaft nach Rebibbia.«

Der Beamte stand auf und verließ den Raum.

Die beiden jungen Leute saßen wie erstarrt da, blass und reglos wie Marmorstatuen.

Valentina stammelte: »Aber ich habe doch nichts dabei, ich bin einfach so aus dem Haus …«

»Schreib eine Liste der Dinge, die du benötigst, eine Beamtin wird zu dir nach Hause fahren und alles einpacken, was nach den Haftbestimmungen erlaubt ist.«

Valentina brach in Tränen aus. Die Antwort des Commissarios hatte ihr, mehr als alles andere, endlich klargemacht, was sie nun verlor: ihre Freiheit und all die kleinen und großen Privilegien.

Milillo kehrte in Begleitung zweier Kollegen, einem Mann und einer Frau, zurück.

»Sie ist da, Dottore.«

Raggio dankte Milillo stumm, dass er sich nicht genauer ausgedrückt hatte. »Calocero, bring sie in den kleinen Raum und lass sie nicht aus den Augen. Sobald ich hier fertig bin, lass ich dich rufen, und du führst sie herein. Milillo, bring diese beiden durch den Hintereingang raus.«

Er wollte Luca und Valentina, die sowieso schon genug mitmachen mussten, diese hässliche Begegnung ersparen.

»Sag Avvocato Pezzani, wenn er mit seinem Sohn sprechen möchte, ehe er überstellt wird, kann er das jetzt tun. Und du, Anselmi…«, er wandte sich an die uniformierte Beamtin, »fährst zur Villa Rosalba und sprichst mit Professor Ercoli. Lass dir aber vorher von Valentina die Liste mit den Dingen geben, die sie benötigt, dann kannst du sie ihr gleich mitbringen.«

»Ja, Commissario.«

Ispettore Loredana Anselmi war nur durchschnittlich groß, aber ziemlich kräftig gebaut. Als sie Valentina in Gewahrsam nahm, wirkte diese neben ihr noch zierlicher und zerbrechlicher als sonst. Debora kam sie vor wie ein kleines Mädchen, das von der Lehrerin zum Nachsitzen geschickt wird, als sie sie in Begleitung dieser stämmigen Polizistin das Zimmer verlassen sah. Luca folgte seinerseits Milillo und Agente Scuranti. Während die beiden jungen Leute getrennt den Raum verließen, sahen sie sich nicht einmal an, denn jeder hätte im Gesicht des anderen ein Spiegelbild der schrecklichen Tat gesehen, die sie beide begangen hatten.

Raggio und Debora waren allein im Büro zurückgeblieben.

»Und jetzt?«, fragte Debora, als sie ihre Sprache wiedergefunden hatte. In der letzten halben Stunde hatte sie versucht, möglichst nicht aufzufallen, sie hatte sich weder bewegt noch einen Laut von sich gegeben. Die Dynamik dieses Verbrechens, der, wenn auch ungeplante, Mord an der Mutter oder der Geliebten, hatte sie geschockt.

»Ich rufe jetzt den Staatsanwalt an und erzähle ihm, was sich ergeben hat. Meine Arbeit ist erledigt. Jetzt geht der Fall an ihn …«, sagte der Commissario und setzte sich hinter den Schreibtisch.

Debora kam auf ihn zu. Sie wollte ihm etwas sagen, wusste aber nicht so recht, was. Gratulieren, genau, das war es, sie wollte ihm dazu gratulieren, wie großartig er dieses Verhör geführt hatte, wie klug er die beiden dazu gebracht hatte, ein Geständnis abzulegen. Stattdessen brachte sie nur ein »Also … dann ist der Fall wohl abgeschlossen« heraus.

Sie setzte ein Lächeln auf und wollte ihm die Hand geben, wie sie es so oft im Film gesehen hatte. Doch er ergriff sie nicht.

»Nein, für mich ist er das noch nicht. Da ist noch etwas, was ich noch zu erledigen habe. Eigentlich ist es sinnlos, denn es wird nichts dabei herauskommen. Aber ich muss es trotzdem tun, sonst wird mir das ewig nachhängen«, dabei fuhr er sich über den Bauch, als könnte er das Magengeschwür schon spüren. »Ich finde keine Ruhe, wenn ich an diese zwei armen dummen Kinder denke, die wie Marionetten manipuliert wurden. Und heute Nacht will ich ruhig schlafen können …«

60

»Warum haben Sie das getan? Warum haben Sie gelogen und dem jungen Mann erzählt, Monica hätte bereits einen anderen? Warum haben Sie Valentina in die Via degli Ausoni gebracht, wo Sie doch genau wussten, dass sie dort ihre Mutter und Luca vorfinden würde? Warum haben Sie die beiden so manipuliert?«

Flaminia Costa schüttelte verärgert den Kopf, was ihren Bob mit der neuen Dauerwelle zum Wippen brachte.

Da wird ihre Schwester ermordet und ihre Nichte versucht sich umzubringen, und diese beschissene Kuh findet sogar noch Zeit, zum Friseur zu gehen, dachte Debora. Sie saß neben Calocero, der nur darauf wartete, den letzten Akt des Falls Costa in den Computer einzugeben.

»Weswegen wollen Sie mich beschuldigen, Commissario? Ich habe nichts verbrochen, ich habe nur versucht, die zwei zu beschützen. Niemand trägt Schuld an dem, was geschehen ist. Das Ganze war ein tragischer Unfall. Zumindest haben sie es mir so geschildert. Und ich habe ihnen geglaubt.«

»Noch einmal: Warum haben Sie Luca erzählt, Monica hätte einen anderen, obwohl das gar nicht stimmte?«

»Weil das ohnehin früher oder später passiert wäre. Monica war so, sie konnte nicht ohne einen Mann sein. Und die Kerle liefen ihr hinterher… Sie war fast fünfzig, wissen Sie das? Und trotzdem vögelte sie den Freund ihrer Tochter. Einfach ekelhaft!…«, sagte sie und verzog das Gesicht zu einer angewiderten Grimasse, als ob sie etwas Ekliges gegessen hätte.

Der Commissario sah sie an und dachte, dass er diese Frau nicht mal mit der Kneifzange anfassen würde, selbst dann nicht, wenn sie beide ein Jahr allein auf einer einsamen Insel zubringen müssten wie in diesem Film von Lina Wertmüller, den er so mochte.

»Und was wollten Sie damit erreichen, als Sie Valentina in die Via degli Ausoni fuhren? Wollten Sie, dass sie ihre Mutter hasste?«, fragte er sie in einem Ton, aus dem seine gesamte Feindseligkeit sprach.

»Ja. Dieses Mal durfte sie nicht einfach so davonkommen wie sonst immer. Sie war erst zufrieden, wenn sie alle verführt hatte, die ihr unterkamen. Dabei hatte sie doch alles. Geld, einen angesehenen Mann, eine Tochter… Aber das genügte ihr nicht… es war ihr *nie* genug.«

Nicht eine Spur von Mitleid für die tote Schwester. Nur Neid, Eifersucht, Verbitterung.

»Und jetzt ist alles zerstört. Ganz egal, ob alle dabei draufgehen! Jetzt sind Sie zufrieden, richtig? Hauptsache, Sie haben Ihre Rache gehabt. Wen kümmern da schon zwei junge Leute, deren Leben mit zwanzig schon zu Ende ist!«

Raggio schrie sie beinahe an und ballte die Fäuste vor

Wut. Debora liebte ihn dafür, dass er jetzt die Beherrschung verlor, dass er nicht zynisch und gleichgültig geworden war durch seinen Beruf, in dem er in all den Jahren täglich mit dem Verbrechen, der hässlichen Seite der Menschen und mit ihrem Elend konfrontiert wurde.

Flaminia Costa zuckte mit den Schultern und antwortete auf die Anschuldigungen des Commissarios nur mit einem verächtlichen Blick.

»Das ist nicht meine Schuld, sondern die dieser unfähigen Mutter. Wäre Monica nicht so eine …«, sie wollte schon *Hure* sagen, aber Raggios harter Blick hielt sie davon ab, »nicht so gewesen, wie sie war, hätte Valentina niemals getan, was sie getan hat. Sie war so ein wunderbares, gutes, liebevolles Mädchen. Und Monica war nie für sie da. Nie, Commissario, nie! Also sparen Sie sich Ihre moralinsauren Predigten für jemand anderen.«

»Sie sollten auf jeden Fall wissen, dass gegen Sie ebenfalls Anzeige erstattet wird wegen Falschaussage, Unterschlagung von Beweismitteln und Begünstigung. Sie wussten alles, und dadurch, dass Sie Ihre Nichte nicht angezeigt haben, haben Sie sich an der Tat mitschuldig gemacht. Von Anstiftung zum Verbrechen ganz zu schweigen …«

»Das müssen Sie mir erst mal beweisen. Mein Anwalt wird sich darum kümmern.«

Debora betrachtete Flaminia Costa. Sie studierte ihren Gesichtsausdruck, die tiefen Falten um den Mund, den sehnigen Hals. *Bosheit macht Menschen hässlich.* Der Spruch ihrer Großmutter kam ihr in den Sinn, als sie dieses angespannte Gesicht vor sich sah, das Jahre unterdrückten Grolls und enttäuschter Liebe trotz des aufwendigen Make-ups viel älter wirken ließen.

»Kann ich jetzt gehen, Commissario, oder wollen Sie mich verhaften?« Sie lächelte boshaft, wie jemand, der sich der Ohnmacht seines Gegners bewusst ist.

»Leider kann ich das nicht. Gehen Sie.«

Mit diesen Worten schlug Raggio die Akte Monica Costa, die er vor sich hatte, energisch zu, um anzuzeigen, dass für ihn diese hässliche Geschichte nun wirklich erledigt war.

61

Es war ein wunderschöner sonniger Tag im Mai, einer von denen, an denen man genau spüren kann, dass der Sommer vor der Tür steht. Nicht mehr lange, dann würde man in den Straßen wieder nackte Beine, kurzärmlige T-Shirts, leichte Stoffhosen und Sandalen mit bleichen Füßen darin sehen.

Am Strand von Ostia waren die Liegen des Strandbads Sirena ordentlich in erster, zweiter, dritter, ja sogar vierter Reihe aufgestellt. So mancher Mutige, ein ausländischer Tourist oder ein angeberischer Einheimischer, wagte es und nahm unter den überraschten und bewundernden Blicken der Umstehenden ein kurzes Bad im Meer. Die dort der Sonne ausgesetzten Körper zeigten durchgängig eine Leichenblässe, mit der einen oder anderen gebräunten Ausnahme, die von einem Winterurlaub auf den Malediven oder aus einem römischen Sonnenstudio stammte. Der Anteil der aufgepolsterten Titten stieg mit jedem Jahr, und im Gegensatz dazu sank das Alter der Operierten auf unter vierzig, manchmal unerklärlicherweise sogar auf unter dreißig. Um ein Paar naturbelassene Brüste zu sehen, musste man sich schon an die Mädchen halten, die gerade der Pubertät entwachsen waren, oder an ihre Großmütter, die ab und an unglaubliche Möpse präsentierten.

Debora hatte trotz des warmen, fast sommerlichen Wetters nicht einmal einen Badeanzug mitgebracht. Sie war zu spät zu ihrer Verabredung gekommen und zeigte kein bisschen Haut. Sie trug eine indische Tunika mit langen Ärmeln, die sie auf dem Wochenmarkt gekauft hatte, und dazu lange Haremshosen. Zwischen den offenen, wilden Haaren blitzten lange Silberohrringe mit Türkisen hervor. Sie hatte sich für einen Ethnolook entschieden, weil der ihrer Meinung nach zu dem kommunistisch-freakig-alternativen Zimmermann passte, denn so hatte sie Fabrizio Comin eingestuft.

Beide waren gleichzeitig mit leichter Verspätung angekommen, und schon das deutete darauf hin, dass sie gut miteinander klarkommen würden. Ein Pünktlichkeitsfanatiker und eine chronische Zuspätkommerin sind zu permanentem Streit verdammt, ein Pärchen dagegen, bei dem beide nicht auf die Zeit achten, bringt zwar die ganze Welt gegen sich auf, aber die Beziehung ist gerettet.

»Was für eine üble Geschichte. Die Tochter, die die Mutter aus Eifersucht umbringt. Ich dachte, so was kommt nur bei Underdogs vor, aber anscheinend können auch die Reichen mal austicken …«

Fabrizio Comin rollte eine Gabel verkochter Spaghetti mit Meeresfrüchten auf und begann zu essen. Er kaute langsam und schluckte den Bissen kommentarlos herunter. Seinem Gesichtsausdruck nach zu urteilen schien es ihm zu schmecken. Vielleicht bezeichnete man so etwas ja bei ihm im Veneto als al dente.

»Die Geschichte ist komplizierter, als es in der Zeitung beschrieben wird. In dieser Familie waren alle emotionsarm.«

Dieses Wort hatte Debora von einer Kundin aufgeschnappt, die am Telefon damit ihren Ex beschimpfte. Der Ausdruck hatte ihr gefallen, deshalb hatte sie ihn in ihr Vokabular aufgenommen.

»Am Ende war das Mädchen der Mörder, die zierlichste von allen …« Sie streckte ihre Gabel zu Fabrizios Teller hinüber und klaute ihm eine kleine Garnele, die sicher aus der Tiefkühltruhe stammte. »Na ja, die Reichen sind eben genau wie wir, nicht besser und nicht schlechter …«

Sie sagte es lachend, um ihn mit seinen Klassenvorurteilen aufzuziehen. Wenn ihr Beruf als Taxifahrerin sie eins gelehrt hatte, dann dass es in jeder Schicht Mistkerle gab, vollkommen unabhängig von Vermögen oder sozialer Herkunft.

»Willst du noch etwas bestellen? Du wirst mir doch jetzt nicht wieder mit dieser blöden Diät kommen? Los, lass dir von Sabrina einen Teller bringen, dann gebe ich dir von mir was ab …«

»Na gut. Aber nur zwei Bissen …«

In Fabrizio Comins Gegenwart fühlte sie sich wohl: Obwohl er ihr gefiel, hatte sie bei ihm noch nie dieses Gefühl gehabt, dass ihr der Magen kribbelte und sich verschloss. Ganz im Gegenteil – als sie ihn mit so viel Appetit essen sah, hatte sie selbst Hunger bekommen.

»Sabri!«

Sabrina, die in ihren Minirock aus Kunstleder gepresst war wie in eine Wurstpelle, brachte gerade eine Wagenladung frittierten Fisch und Meeresfrüchte an einen großen Tisch mit Rumänen.

Debora winkte ihr, sie solle doch noch einen Teller bringen.

Sabrina antwortete mit einem demonstrativen Augenzwinkern. Sie zeigte auf Fabrizio, der ihr zum Glück den Rücken zugewandt hatte, und hob mehrmals den Daumen, zum Zeichen, dass sie ihn zum Anbeißen fand.

Tatsächlich war Fabrizio Comin mit seinen langen dunklen Haaren, dem Bart, den sanften Augen und der gesunden Gesichtsfarbe, in dem leicht aufgeknöpften blütenweißen Hemd, dessen Ärmel er hochgekrempelt hatte und so zwei kräftige Zimmermannsarme sehen ließ, richtig attraktiv.

Sabrina brachte den Teller, und mit ihm als Gruß aus der Küche ein Meeresfrüchte-Antipasto. Sie zwinkerte Debora noch einmal zu, für den Fall, dass ihre vorherigen Zeichen nicht eindeutig genug gewesen waren.

»Die sind hier echt nett. Seid ihr gut befreundet?«

»Das ist praktisch mein Wohnzimmer. Ich komme schon hierher, seit ich ein kleines Mädchen war. Cristian,

Sabrinas Zwillingsbruder, und ich sind zusammen in eine Klasse gegangen …«

»Wie du wohl als kleines Mädchen warst … Ich hätte dich gern kennengelernt, als du noch so warst …«, mit den Händen deutete er dazu etwas Winziges an.

»Hör mal, hast du Lust, gleich einen Spaziergang in die Pineta zu machen? Hier ist zu viel los.«

Fabrizio Comins Gesicht erhellte sich zu einem Lächeln, das selbst Gletscher zum Schmelzen gebracht hätte.

»Na klar hab ich Lust! Und wie!« Er nahm ihre Hand und küsste sie, wobei sein Bart auf ihrer Haut angenehm kitzelte.

Der Zauber dieses Augenblicks wurde von einer SMS von Jessica gebrochen:

Wenn du ihn vernaschst, ruf mich sofort danach an.

Debora bemühte sich krampfhaft, nicht zu lachen.

»Entschuldige, das war von Jessica, meiner besten Freundin. Ich schalte es gleich aus …«

Im gleichen Moment bekam sie noch eine andere Nachricht. Debora starrte gebannt auf das Display, während alles um sie herum – Stimmen, Essensgeräusche, Kindergeschrei – verstummte …

Fabrizio Comin bemerkte, dass sich eine schwarze Wolke über ihrem Tisch zusammengeballt hatte.

»Was ist passiert? Etwas Schlimmes?«, fragte er besorgt.

»Nein, nein, gar nichts.«

Debora schaltete das Handy endgültig aus und steckte es in die Handtasche.

»Hast du noch Hunger?«, fragte sie, als ob nichts gewesen wäre.

»Nein. Soll ich um die Rechnung bitten?«

»Ja, komm, dann machen wir unseren Spaziergang …«

Sie lächelte Fabrizio an, und Fabrizio erwiderte ihr Lächeln.

Debora versuchte, die Traurigkeit zu unterdrücken, die diese SMS in ihr ausgelöst hatte. Es war ein Abschied.

Vielen Dank für alles, Agente Siena 23. Ich werde dich vermissen. Ich wünsche dir, dass du all deine Träume verwirklichen kannst. Es umarmt dich Edoardo

Ich werde ihn nicht wiedersehen, dachte sie. Innerhalb weniger Sekunden zogen all die Bilder ihrer Geschichte in wildem Durcheinander an ihr vorbei. Der Streit bei ihm zu Hause, wie er im Taxi ihre Hand gedrückt hatte, sie beide dicht nebeneinander im Zwielicht der Wohnung in der Via degli Ausoni, das Frühstück in der Küche …

Inzwischen hatte Sabrina Fabrizio Comin einen karierten Zettel mit einer daraufgekritzelten Zahl gebracht, der nicht einmal ansatzweise wie eine ordentliche Quittung mit ausgewiesener Mehrwertsteuer aussah, aber er sagte nichts dazu und griff nach seinem Portemonnaie.

Erst da erwachte Debora aus ihren quälenden Erinnerungen.

»Kommt nicht infrage. Das hier ist mein Zuhause, und du bist mein Gast.«

»Machst du Witze? Tut mir leid, aber in der Beziehung bin ich altmodisch. Ich bin der Mann, also ist das meine Sache.«

Und damit nahm er den Zettel.

Dieser Fabrizio Comin, ein Gentleman aus Treviso, gefiel ihr immer besser. Er war sanft, aber er zeigte auch, wo es langging. Zu schade, dass diese SMS sich nun quälend in ihrem Kopf einnistete …

Würde sie ihn wirklich nie wiedersehen? Keine Ermittlungen, Verhöre, Beobachtungen, Streitereien mehr … Einen Augenblick lang wäre sie beinahe in diesem Abgrund aus Bedauern und Sehnsucht versunken. Zum Glück kamen ihr die Statistik und eine gewisser Hang zum Optimismus zu Hilfe.

Warum eigentlich? In Rom wird alle drei Minuten ein Verbrechen begangen. Und da soll niemand von denen, Opfer oder Täter, ein Taxi nehmen? Wir werden uns bestimmt wiedersehen, Commissario Raggio. Morgen ist auch noch ein Tag.

In Deboras Brust schlug das Herz einer Scarlett O'Hara.

Sie sah Fabrizio an, der ihre Hand hielt, mit diesen Augen eines Bernhardiners, der sie aus dem Sturm retten würde, und erwiderte den Druck, bereit, ihm überallhin zu folgen.

Denn so war Debora Camilli nun einmal …

Danksagungen

Vor allen anderen will ich mich bei Fiammetta bedanken, weil sie mich so aufmerksam und sorgsam bei meiner Arbeit begleitet hat. Ohne sie würde dieser Roman noch in irgendeiner Schublade liegen.

Vielen Dank auch an Carlo und Marilena, die ihn ausgewählt und mit so viel Begeisterung in ihrem Haus aufgenommen haben.

Danke, Flavia, dass du sofort an ihn geglaubt hast und mir eine Portion Selbstvertrauen eingeflößt hast, wenn ich überhaupt keines hatte.

Ich danke Mila und Irene, meinen ersten Leserinnen, weil sie nicht gesagt haben, ich solle das Ganze lieber sein lassen, sondern das genaue Gegenteil.

Vielen Dank an Carla, Claudia, Emanuela, Liliana und Fabrizio, die mir professionell, aber auch mit spielerischer Leichtigkeit die Geheimnisse ihrer Arbeit offengelegt haben, damit ich nicht zu viel Blödsinn von mir gebe.

Und einen dickes Danke an die unbekannte junge römische Taxifahrerin, die mich vor einigen Jahren in ihren Wagen einsteigen ließ und mich mit ihrer Natürlichkeit und ihrer sympathischen Art zu meiner Protagonistin Debora inspiriert hat.

Und schließlich, last but not least, ein riesengroßes

Danke an Giulio für seine Ratschläge und die wertvollen Ideen. Für seine Unterstützung, seine (unendliche) Geduld, seine Großzügigkeit. Und für vieles andere mehr.